新哈姆雷特

〔日〕太宰治
Dazai Osamu
著
兰立亮
译

上海译文出版社

目录

蛐蛐

我要离开你了，你总是满嘴谎言。或许我也有不对的地方，但我不知道自己错在何处啊。我也已经二十四岁了，到了这个年纪，即便别人指出我哪里不对也本性难改了。我已无法改过自新，不像耶稣那样能够死而复生。我也觉得自我了断像是罪大恶极，所以打算和你分手，以一种我自己认为正确的活法努力生活一段时间。我很怕你，或许在这个世界上，你的活法才是绝对正确的。但是，我无论如何都无法照你的活法生活下去。我嫁给你快五年了。十九岁那年春天我和你相亲，之后便很快近乎抛弃一切嫁给了你。因为时过境迁，现在我要告诉你，我的父母极力反对这门亲事。弟弟那时刚上大学，也老成持重地问一些“姐姐，这人靠谱吗”之类的问题，表现出一副闷闷不乐的样子。我觉得你可能不喜欢听这种话，所以时至今日一直对你只字未提。那时，我还有其他两门亲事。我也记不太清楚了，其中一位据说还是刚从帝大[1]法学专业毕业的少爷，志向是外交官。我还看过他的照片，此人满面春风，像是个乐天派。他是家住池袋的长姐介绍的。另一位在我父亲的公司上班，是个近三十岁的技师。这都是五年前的旧事，我也记不太清了，听说是个大户人家的长子，为人诚实厚道，父亲好像对他甚是中意，父母都诚心诚意支持这门亲事。我觉得自己没有看他的照片。这种事无所谓了，而且，被你嗤之以鼻的话我会很痛苦，所以就将自己记得的一切一五一十地告诉你。我现在说这些事绝对没有故意让你不痛快的意思，还请你相信这一点！我非常为难，因为我根本没有起过“要是嫁到别的好人家就好了”那种见异思迁的愚蠢念头，我的心里全是你。你若还以平时那种腔调笑话我的话，我会不知所措的。我可是郑重其事地说这番话的，请你一定听我把话说完。无论是那时还是现在，我都没有产生过与你之外的人结婚的念头，这一点一目了然。我从小最讨厌做事磨磨蹭蹭。那时候，父亲、母亲以及住池袋的长姐在我面前说了不少对方的好话，劝我不管怎样至少要相相亲。但我觉得相亲于我而言和婚礼如出一辙，因此不能轻率地答复。我完全没有和那位先生结婚的念头，如果男方如大家所言是个十全十美之人，即便我不嫁给他，其他优秀的结婚对象他也能想找多少有多少吧，所以我

---

1. “帝国大学”的简称。日本明治政府根据 1886 年《帝国大学令》设立的官立大学。最初指现在的东京大学。1897 年之后陆续根据此令设置了 9 所帝国大学。战后，根据《学校教育法》改为国立大学，不再使用这一称呼。

总觉得提不起兴致来，一直隐隐约约地觉得自己要嫁给这个世界上（我一说到这些，你当即就会笑我）非我不娶的那个人。恰巧那个时候，你那边传话过来说要提亲。这一做法太不正式，父母一开始就闷闷不乐。可是，那个古董商但马先生来父亲公司推销画作，又喋喋不休地说起提亲的事，最后甚至口无遮拦地开起了玩笑：“这幅画的作者迟早肯定会成个人物。将令嫒嫁给他如何？”父亲敷衍地当作耳旁风，姑且只是将画买下后挂在公司接待室的墙上。这样一来，但马先生两三天后又来了，他说这次是郑重上门提亲。事实不就是这样吗？真是太不讲规矩了呀！父母都目瞪口呆，如果说中间人但马先生就那个德性的话，将婚姻大事委托给但马先生的男人也太那个了！不过，之后我问了你才知道，提亲之事你一概不知，全都是但马先生出于义气的单方面行为。我们深受但马先生眷顾，你取得现在的成就但马先生功不可没啊！他真的是将生意置之度外而为你尽心尽力。因为他看好你了啊！今后也不要忘了他。那个时候，我听到但马先生冒冒失失的提议，虽然有些诧异，却突然想和你见上一面，不知怎的心里美滋滋的。一天，我偷偷去父亲的公司看你的画。那时候的事我或许向你提起过吧。我装作有事找父亲去了接待室，一个人仔仔细细地欣赏你的画作。那天天气很冷，我站在偌大的冷冷清清的接待室的一角，哆哆嗦嗦地站着观赏你的画作。那幅画作画着小庭院和向阳的檐廊。檐廊空无一人，只放着一个白色坐垫，是一幅只有蓝、黄、白三种颜色的画。我看着看着，感觉哆嗦得更厉害了，简直挺不住了。我觉得这幅画只有我才能看懂。我说的是真心话，你不许笑我。自打看了那幅画，有两三天我一直都是白天黑夜身体不停颤抖，心里想着一定要嫁给你。这种想法实在轻浮，羞得我身体就像发烧了一般，但我还是将这一想法告诉了母亲。母亲一脸嫌弃的样子，但我心意已决，不会放弃，直接回复了但马先生。但马先生大声说了句“有魄力”，起身时被椅子绊了一下摔倒了。但当时我们两人都一脸严肃。之后的事你应该一清二楚。在我家，随着时间的流逝，家人对你的评价越来越差。你未经父母同意就从濑户内海的故乡贸然来到东京，你父母就不用说了，亲戚都对你漠然置之；你喝酒；作品从未入选过画展；你好像是个左翼人士；不确定是否真的从美术学校毕业。除此之外，还有许多不知从何处查到的各种事实。父母告诉我这些，并批评了我。不过，但马先生热情地调解，好歹进入到相亲这一步。我和母亲来到千疋屋[1]的二楼，发现你就是我想象中的男人。我惊诧于你白衬衫袖口的洁白无瑕，当端起红茶托盘时，身体不争气地颤抖着，勺子在托盘上叮叮当当地响，真让我不知所措。回到家，母亲变本加厉地数落你的不是。你一个劲儿地吞云吐雾，没怎么搭理她，这一点好像最为恶劣。她还屡次三番说你面相不好，没有前途。但是，我已经决定跟你走，就和

---

1. 创立于1834年的日本知名水果店，主要从事水果的进口、零售的专卖店。除销售水果、西洋点心、红酒等商品外，还有直营的水果店兼餐厅。

她闹了一个月，并最终获得了胜利。我也和但马先生商量了一下，就近乎抛弃一切地嫁给了你。对我来说，快乐的时光都抵不上在淀桥[1]的公寓生活的那两年。我们每一天都为明天的计划欢欣鼓舞。画展也好，大名鼎鼎的名家也好，你对这些丝毫不感兴趣，一直自由地进行创作。生活过得越是清苦，我越是心情激动，出乎意料地开心，对当铺、旧书店念念不忘，就像自己久远的记忆中的故乡。真的囊空如洗之时，我会使出浑身解数，劲头十足。再没有比没钱时做的饭吃起来更开心、更美味的了。我接连不断地研制出许多新美食，对吧？现在不行了。一想到有能力购买所有自己想要的东西，脑子里就不会涌现任何奇思妙想了。即便去市场，我脑子里也是一片空白，只是将外面的大妈们买的东西同样买一份带回来而已。你突然声名鹊起，我们就离开淀桥的公寓，搬进了位于三鹰町的家。打那时起，我所有的快乐丧失殆尽，做菜的奇思妙想也没了用武之地。你突然变得能说会道，对我疼爱有加，但我却不由自主地觉得自己就像一只被豢养的猫一般，总是非常茫然。我没想过你能在这个社会上出人头地，一味地觉得你这人会一辈子赤贫如洗，因固执己见、随心所欲地画画而被世人嘲笑，但你会满不在乎，不服他人，偶尔喝上两口自己喜欢的小酒，一生不与俗世同流合污。这样想是不是太愚蠢了？不过，无论那时还是现在，我

1. 日本 1947 年之前采用的东京 35 区制区名之一，现属于东京新宿区。

都始终相信这世上会有那么美好的一个人。别人都看不到此人额前的月桂冠[1]，肯定将其视为傻瓜，没有人愿意嫁给他、服侍他吧。所以，我打算嫁给他并照顾他一辈子。我觉得你就是那个天使，一直觉得只有我才理解你。可是，哎呀，又怎么样呢？你突然莫名其妙地声名鹊起，我不知为何觉得羞愧难当。

我并非讨厌你飞黄腾达。我知道你那些令人莫名地伤感的画作一天天被众人喜爱，就每夜感谢神灵，觉得自己都快喜极而泣了。在淀桥的公寓生活的那两年，你随心所欲地画一画自己喜欢的公寓的后院，描绘一下新宿深夜的街景。钱用完的时候，但马先生就过来带走两三幅画，同时留下足够的钱作为费用。那时，你对但马先生拿走画作表现出非常失落的样子，对钱的事毫不关心。但马先生每次来，都悄悄地把我叫到走廊上，将一个白色方形信封塞到我腰带里，一板一眼地鞠躬行礼，郑重地说一声“拜托您了”。你总是一副漠不关心的样子，我也做不出马上查看信封内容那样俗气的事。因为我原本就打算没钱就照没钱的活法生活下去的，也从未向你报告说收到了多少钱，因为我不想让你沾上铜臭之气。我确实一次都没有向你说过我想要你挣钱、要你成名之类的话，觉得像你这样不擅交际、行事鲁莽（抱歉！）的一根筋成不了大款，也绝不会出名。但这一切都是你伪装的

1. 月桂叶编织的花冠。古希腊人视月桂为圣物，授予竞技获胜或诗文优美之人以示荣誉。

啊！你为什么要这样？为什么？

但马先生来找你商量开个人画展的事，打那以后，你好像变得注重仪容仪表了。首要的便是看牙医。你有很多蛀牙，一笑起来简直就像个老头。过去你根本不在意，尽管我劝你去看牙，你也总是开玩笑，说什么“没关系的呀！牙掉光了我就装满口假牙，金制假牙亮闪闪的，会让一帮女孩子痴迷哪”，根本不愿做牙齿护理。可现在不知抽什么风，经常在工作间隙去看牙，一次镶上一颗、两颗金牙回来。“哎呦喂，你张嘴笑一个！”我这么一说，你那张胡子拉碴的脸一下子红了，心虚地说了句“但马那家伙总是絮叨我牙的事”，难得一见地为自己辩解。个人画展是我去淀桥的第二年秋天举办的。你的画作被更多的人喜爱，我怎么可能不开心呢！说明我太有先见之明了啊。据说报纸也对你不吝赞扬，展出的画也销售一空，连绘画名家也写信给你。这一切太美好了，让我觉得有些害怕。你和但马先生都要我一定到展览现场看看，可我担心得浑身发抖，只好躲在房间里不停地织毛活。你的那些画作二三十幅一字排开，被众人观赏，这幅情景光是想象一下我都要喜极而泣了。这种美好的事情来得这么早，甚至让我想到肯定会发生什么不好的事。每天夜里我都会向神灵忏悔：“这些幸福业已足够，还请神灵保佑他今后无病无灾啊！”我这样为你祈祷。你每天晚上都接受但马先生邀请四处遍访名流，甚至还出现第二天早上才回家的情况。我觉得没什么的，可你却不厌其烦地给我讲前一天晚上的事，说一些某某老师怎么样啦，那人是个蠢货啦之类的非常无聊的事情，与平时沉默寡言的你判若两人。之前的两年，我和你一起生活时从未听你说过别人的坏话。不管某某老师怎样，你不都是一副唯我独尊的态度，对这些漠不关心的样子吗？而且，你说那种话，好像就是要努力让我相信你自己没做什么见不得人的事。可是，即便你不那么心虚地绕着弯子自我辩解，我也绝不是一个活到现在还对那种事一无所知的人，你痛痛快快地告诉我，我反倒会轻松一点，即便我可能会因此痛苦一两天。毕竟我打算给你当一辈子老婆的，在那种事上不太相信男人，而且也不会无端怀疑男人。那种事儿我丝毫不担心，也能够一笑了之。但是，除此之外，还出现了更令我痛苦的事情。

我们突然成了有钱人，你也变得忙忙碌碌。二科会[1]主动邀请你加入。于是，你开始觉得公寓的小房子让你没面子了。但马先生也屡次三番地怂恿我们搬家。“住在这样的公寓里会被人怀疑你在社会上的信誉，首当其冲的就是画的价格总是涨不上去。干脆豁出去租个大房子吧！”他向我们传授自己那令人厌烦的独门经验。甚至你也兴致勃勃地附和他，讲一些“说得没错！住在这样的公寓会被人小瞧的！”之类的庸俗的话。所以，我不由得大吃一惊，感到非常落

---

1. 1913年成立的日本民间美术团体，主办二科展，与文部省主办的美术展览会针锋相对，为具有创作新倾向的艺术家提供了展示作品的平台。

寞。但马先生骑着自行车四处奔波，为我们找了三鹰町的这幢房子。年底，我们带着少许家庭生活用品搬进了这座偌大的房子。在我不知情的情况下，你竟然去百货商店真的买了许多豪华家具。那些家具一件件陆续送来的时候，我感到心里郁闷，之后非常伤感。因为这样的话你和为数众多的普通暴发户根本没什么区别啊。但是，我觉得自己这种想法对不住你，努力做出一副欢欣雀跃的样子。不知不觉中，我成了那种不招人待见的“太太”的样子。你甚至还说要招一个女佣，但唯有这一点我非常抵触，无论如何都无法接受。我做不到支使别人。搬到这里后，你很快定制了三百张明信片，并在上面印上了搬家告知。三百张！你什么时候结交了那么多朋友啊？我觉得你已经开始走在岌岌可危的钢丝上，这让我害怕不已。早晚肯定会出事。你不是那种凭借世俗的人际交往来获得成功的人。这样一想，我只是一味地担惊受怕，每天忧心忡忡地生活着。可是，你非但没有栽跟头，而且总是好事连连。难道是我搞错了？我母亲也常来看我们了，每次都拿来我的和服、存折之类的东西，看上去兴高采烈的。据说父亲一开始很讨厌公司接待室的那幅画，就让人取下放在公司仓库里。这次将画拿回了家，还换了个高档画框挂在自己的书房里。住池袋的大姐也开始写信给我，鼓励我做好贤内助。家里客人剧增，有时客厅里坐了一屋子人。这种时候，你那爽朗的笑声就会传到厨房里来。你真的变得能说会道了。以前你是那么寡言少语，“啊啊，这个人什么都清楚，却对任何事情都不感兴趣，所以才总是默不作声的。”我一直坚信是这样的。但现在看来，好像并非如此。你在客人面前滔滔不绝地说着那些无聊的事情，把前一天刚刚从客人那里听来的绘画评论装模作样地当作自己的见解原封不动地照搬。还有，我将自己阅读小说的感想稍稍跟你一说，你第二天就会煞有介事地原样将我的拙见讲给客人听。“即便是莫泊桑[1]，也对信仰持有敬畏之心呢！”我端着茶刚要进客厅，听到你这样说就觉得羞愧难当，一下子呆若木鸡。你过去对此一无所知，对吧？对不起！我自己也是什么都不懂。不过，我自以为至少拥有自己的语言。可你要么完全沉默不语，要么只能人云亦云。你明明这个样子，没想到竟然不可思议地成功了。那年你参加二科会美展上的画作甚至还得了报社的大奖，报纸不吝好评，列举了一些让人觉得有些肉麻得说不出口的溢美之词，比如孤高、清贫、思索、忧愁、祈祷、夏凡纳[2]等等。后来，你与客人谈到那家报纸的报道，竟然满不在乎说什么“评价还算恰如其分吧”。哎呀，你说的都是什么话呀！我们并不清贫。要我给你看看存折吗？自从搬到这个家之后，你简直就像换了个人似的经常钱不离口。一有客人求画，你必然会大模大样地提到价格。“我们

1. 莫泊桑（Henri René Albert Guy de Maupassant，1850—1893），法国批判现实主义作家。代表作有《项链》《羊脂球》等。

2. 夏凡纳（Pierre Puvis de Chavannes，1824—1898），法国 19 世纪后期的重要壁画家。代表作有《希望》《贫穷的渔夫》等。

事先讲清楚，事后就不会发生纠纷，彼此都会心情愉快。”这种话你还真能对客人说出口，可是我偶尔听到后还是觉得非常厌烦。你为什么经常对金钱那么痴迷啊？我认为，只要创作出好的画作，生活方面自然不成问题。从事一份不错的工作，默默无闻地过一种清贫、朴实的生活，再没有比这种生活更加快乐的事了。钱什么的我根本不想要，我希望自己内心之中怀有高远、庄严的自尊而不为人知地活着。你甚至开始翻我的钱包。一拿到钱，你就会把钱分成两份，分别放进你的大钱包和我的小钱包。你的钱包里装的是五张大面额的纸币，而我的钱包里则是一张折了四折的大额纸币，剩下的钱你全部存进邮局和银行。我任何时候都只是在一旁看着。若是我哪天忘了锁放置存折的书柜抽屉，你发觉后就会心生不悦，来一句“真伤脑筋”来抱怨我，令我灰心丧气。你去画廊收钱的话，大概会在第三天回来。即便那个时候，你也是醉醺醺的，哗啦一声打开玄关的门，刚一进屋就说那种让我伤心的话：“喂，还剩三百元呐！你数数看！”钱是你的，不管你用多少都没什么，难道不是吗？我想你偶尔也会为消愁解闷狠狠花上一大笔钱吧。你或许觉得钱花光的话我会很失落，我也知道离了钱不行，但我活着并不是一味地只考虑钱的事。剩下区区三百元你回家来就这么趾高气昂，这种心情换作是我，会觉得极度落寞。我根本就不希望得到钱，也不想买什么、吃什么、看什么，家里的生活用品大多是旧物凑合着用，和服也是重新染色、改做，根本不用买新的，好歹能过得下去。即便一个手巾架我也不愿买新的，因为太浪费了。你有时带我去市里吃昂贵的中国菜，但我一点都没有觉得好吃，莫名地心神不宁、心虚胆怯，觉得真是太浪费了，实在没有必要。与三百元相比，与中国菜相比，你在家里的院子中为我搭个丝瓜架，我都不知道自己会多么开心！八铺席大小的檐廊西晒那么厉害，我想要是搭个丝瓜架的话情况肯定会好很多。尽管我那样求你，你却说什么“请个花匠不就得了”，不愿亲手搭架子。“请花匠”这种模仿有钱人的做派实在令人生厌。我明明希望你来搭架子，你却说“好啦！好啦！下一年搭”，只是耍耍嘴皮子，结果拖到现在还没有动手。你在自己的事情上铺张浪费，对别人的事情总是置若罔闻。不记得什么时候的事了，你的朋友雨宫先生因妻子生病手头紧，来家里找你商量借钱，你故作姿态把我叫到客厅，一本正经地问：“家里现在有钱吗？”我感到既滑稽又愚蠢，非常尴尬，脸上讪讪的不知如何是好。这时，你像是嘲笑我似的说：“不要瞒我了！翻翻你那里，二十来块应该有的吧。”我真的大吃一惊，区区二十元？我再次看着你的脸。你摆摆手岔开了我的视线，“好啦，借给我吧！别那么小气嘛！”接下来，你又转身对雨宫先生笑着说：“你我彼此彼此。这种时候手头不宽裕可真的不好受呐！”我目瞪口呆，什么话都不想说。你根本就不是什么“清贫”、什么“忧愁”，现在的你身上哪里会有“忧愁”美丽的影子呢？你反而是一个任性的乐天派。你不是每天早上都在盥洗室里大声唱着“嗨啰咿啰嘿啰嘿”[1]这种流行小调吗？我在邻居面前真的是羞得抬不起头。“祈祷”“夏凡纳”，这些词用在你身上真是暴殄天物。什么“孤高”，难道你没发现你自己只是生活在一群给你捧场的马屁精中间吗？你被来访的客人们尊称为“老师”，对他们所有人的画作都从个人角度狠批一通，说一些自己确实独树一帜之类的话。但我觉得，如果你真那么想，就没有必要信口雌黄地说别人的坏话来获得客人认同。即便是那种装点门面的赞同，你也渴望从众多客人那里听到它。这还算哪门子孤高！你真的没有必要让不断来访的人那样佩服你，难道不是吗？你谎话连篇。去年你退出二科会，成立了一个名叫什么新浪漫派的团体时，我是多么痛心啊。因为你召集自己背地里嗤之以鼻的人成立了那个团体。你完全没什么主见，在这个世界上，你那样的生活方式果真就是对的吗？葛西先生来的时候，你俩凑在一块说雨宫先生的坏话，时而怒不可遏，时而冷嘲热讽。雨宫先生来的时候，你又对他亲亲热热，说什么“我的朋友还真的只有你一个”。你说得情真意切的，根本让人想不到这竟是谎话。之后你这次又开始对葛西先生的举止说三道四。社会上所谓的成功人士，生活中难道都是像你这样处事的吗？我隐隐约约感到害怕，也觉得不可思议，肯定会发生什么不好的事情，要发生就发生好啦，为了你，

---

1. 原文为“おいとこそうだよ”，日本宫城县民谣《嗨啰咿啰小调》的首句。

也为了证明神的存在，我甚至在心灵的某处祈祷会有这么一件不好的事情发生。但是，并没有发生什么坏事，一件也没有，你仍然是好事连连。你那个团体举办的第一届展览会也好评如潮。我从客人那里了解到，你的菊花图果真是心境澄明，散发着高洁的爱之芬芳。为什么会是这样呢！真是太不可思议了。今年过年期间，你第一次带我去赫赫有名的冈井老师家拜年。冈井老师是你画作的最为热忱的支持者，尽管他那么有名，却住在比我们家还要狭小的房子里。在这一点上，我觉得他是一位名副其实的大师。他身体胖乎乎的，给人一种老成持重的感觉，盘腿而坐，透过眼镜打量着我。那一双大眼睛也是孤高之人的眼睛，就像在父亲公司的那间冰冷的接待室第一次看到你的画作时一样，我的身体微微抖个不停。老师大大咧咧地说了一些确实非常单纯的话。他看着我，开玩笑地说："哦，真是位好夫人，就像出身于武士门第的女子。"他刚这么一说，你就一本正经且完全像是炫耀似的说："是的。内人的母亲是士族[1]。"我惊得直冒冷汗，我母亲为什么是士族出身呢？父亲、母亲都是土生土长的平头百姓。不久，你该不会在别人的吹捧下，开始说"内人的母亲是华族[2]"之类的话吧。就连老师这样的人也无法看穿你

1. 原意指武士门第，在此指日本明治维新后对原武士阶层的称呼，士族位于华族之下，平民之上。1947 年新宪法实施后废除。

2. 日本 1869 年设置的位于皇族和士族之间的贵族身份，一开始指原来的公卿、大名。根据 1884 年《华族令》，这一身份也适用于维新功臣、实业家，授予爵位，成为享有各种特权的社会身份。1947 年新宪法实施后废除。

所有的花招，这一点真是奇了怪了，难道整个世界都是这样子吗？老师说到你最近的工作，“想必会很辛苦吧。”他不停地安慰你。可我的脑海里却浮现出了你每天早上“嗨啰咿啰嘿啰嘿”地唱流行小调的样子，越发不明白怎么回事了，甚至觉得极为滑稽，差一点笑出声来。从老师家出来，还没走出一町[1]，你就飞起一脚踢起一块石子，说道：“呸！他可真会讨女人欢心！”我大吃一惊。你太卑鄙龌龊了，刚才还在老师面前点头哈腰的，转身就马上污蔑别人，你真是个疯子。从那时起，我就考虑和你分手了，我真的是忍无可忍。我觉得你肯定做错了，要是发生什么灾难让你吃吃苦头就好了。但是，依然没有出现什么倒霉事。你甚至忘了但马先生过去对你的好，对朋友说什么“但马这个蠢货又来啦”之类的不敬的话。但马先生不知何时也知道了此事，每次都会自我解嘲地笑着来一句“但马这个蠢货又来啦”，大大咧咧地从后门进来。我对你们之间的事情茫然不解。人的自尊都丢到哪里去了？我要和你分手。我甚至觉得，你们这些人好像沆瀣一气，一直在嘲笑我。前些日子，你在广播上就“新浪漫派于时代形势的意义”这样的主题做了发言。我正在起居室看晚报，突然间收音机里提到了你的名字，接着就听到了你的声音。于我而言，你的声音听起来就像换了个人。那是一种多么龌龊、污浊的声音啊！我觉得你真的是一个讨厌的

1. 日本长度单位，1 町约等于 109 米。

人。我可以站在远处清楚地评价你这个男人。你只是俗人一个，今后可能还会继续得心应手地大展宏图吧。真是太庸俗了。听到你说“我之所以有今日……”，我关了收音机。你以为你是什么东西啊！请有点羞耻好不好！“我之所以有今日……”还请不要再说这种令人震惊的话了。啊，你早点栽一跟头就好了。那天晚上，我早早睡下，关了灯独自仰面躺着。此刻，我听见一只蛐蛐在我脊背下面拼命地叫着。虽然是在地板下叫着，但它正好处于我背部正下方，所以总觉得像是有只小蛐蛐在我的脊骨里鸣叫着一般。我真想将这幽幽的低鸣封存在自己脊骨之中，永生不忘，和它一起活下去。我也觉得在这个社会上或许你是对的，我才是错的，但我无论如何都弄不明白自己错在何处，又在何种程度上错了。

浪漫灯笼

一

八年前过世的那位著名西洋画巨匠入江新之助先生的遗属好像都有些古里古怪。不，他们并不是所谓的阴阳怪气，或许他们那样的生活方式才出乎意料地是正确的，反过来看我们普通的家庭就不正常了。但不管怎么说，入江家的家庭气氛似乎与普通家庭多少有些不同。很久以前，我曾经从入江家的家庭氛围中获得启发而创作了一个短篇小说。我不是一个流行作家，所以我创作的作品无法很快在杂志上刊载，那个短篇小说在我书桌的抽屉里也搁置了很长一段时间。除此之外，我还有三四篇未发表的所谓的压箱底之作，所以，前年初春，我把它们全部汇总在一起出版了单行本。虽然是一部没有分量的作品集，但我至今仍有些敝帚自珍。之所以这么说，是因为其中的作品毫无例外都有些稚嫩，没有任何野心，而且是我非常开心地完成的。所有的力作都是一些让人觉得有点矫揉造作、之后作者自己重读时也会感到厌烦的作品。但是，轻松的小品文却不存在这种情况。像以往情形一样，这部作品集好像也没什么销量，但我并未对此事感到遗憾，甚至还庆幸作品没卖出去正好。我对它偏爱有加，虽然并不认为其内容是上乘之作，但无论怎样都能经得起客观冷静的鉴赏。也就是说，作品集中都是些不太严谨的作品。不过，作者对自己作品的厚爱似乎理所当然，我时而也会偷偷地将那本过于甜腻的创作集摊在书桌上阅读，即便在那部创作集中也是最为肤浅，但身为作者的我却情有独钟的作品，就是我在开头提及的从入江新之助的遗属那里获得启示而创作的短篇小说。这篇小说毋庸置疑也是一篇没有深度的微不足道的小说，但不知为什么，我对它却无法忘怀。

入江家兄妹五人，都非常喜欢罗曼司[1]。

长子二十九岁，法学学士。与人打交道时，他总是有点狂妄自大。但这个坏毛病是他用来遮掩自身软弱的鬼脸面具，实际上他生性软弱，和蔼可亲。和弟弟妹妹们一起去看电影，他嘴上说电影是烂片、无聊之作，却被影片里的武士义气所折服，第一个流泪的总是这位长兄，这一点毫无疑问。一出电影院，他就立马变得盛气凌人，闷闷不乐，路上也一言不发。他在公开场合斩钉截铁地宣称自己未曾说过

1. 源自英语 romance，指欧洲中世纪以恋爱、英雄事迹为中心的传奇通俗小说，也可指以恋爱为内容的抒情文学、长篇恋爱小说。

谎，这句话有待核实，但他确实刚直单纯。他在学校学习成绩不太好，毕业后也没去找工作，一直固守着这个家。他一直研究易卜生[1]，最近重读《玩偶之家》，为得到一个重大发现而欣喜若狂。他发现娜拉那个时候恋爱了，爱上了医生阮克，于是把弟弟妹妹召集到一起，指出这一点并慷慨陈词地努力解释，但这却是枉费心机。弟弟妹妹们都不置可否地歪着头微笑着，毫无激动喜悦之色。本来弟弟妹妹就瞧不起这个哥哥，一贯没把他当回事。

长女二十六岁，至今未嫁，在铁道省[2]上班。她法文相当不错。身高五尺三寸[3]，形销骨立，被弟弟妹妹们戏称为“瘦马”。她留一头短发，戴着一副赛璐珞材质的粗框圆形眼镜。她豁达大度，和任何人都能做朋友，往往是全身心地付出后被人抛弃。这就是她的兴趣，因为她要默默地品味忧愁寂寥之感。但是有一次，她迷恋上了一个在同一科室工作的年轻官员，之后还是被甩了。只有这次被甩的时候她确确实实由衷地感到心灰意冷、不好意思，就撒谎说自己肺部不适，卧床休息了一个星期。之后脖子上缠上绷带，装腔作势地咳嗽着去看医生，没想到经过胸透精密检查，医生夸赞说

1. 亨利克·易卜生（Henrik Ibsen，1828—1906），挪威戏剧家，欧洲近代戏剧的创始人。代表作有《玩偶之家》《人民公敌》等。

2. 日本内阁行政机关之一。1920 年，由当时负责行政监管铁道事务的铁道院升格而成，1943 年改名运输通信省。

3. 日本尺贯法长度单位，1 尺约 30.3 厘米，1 尺为 10 寸，1 寸为 10 分。5 尺 3 寸约为 160 厘米。

她的肺是那种为数不多的强健之肺。她在文学鉴赏方面态度认真，确实经常阅读，作品不分东洋、西洋，自己也劲头十足地偷偷写了些习作。这些都藏在书柜右侧的抽屉里，上面写有“离世两年后发表”的一张纸片规规矩矩地放在积攒在一起的习作上面。“两年后”时而改成“十年后”，时而又重新写成“两月后”，有时又变成了“百年后”。

次子二十四岁，此人庸人一个，在帝大医学部就读，但不怎么去学校，因为他身体非常虚弱，是个正儿八经的病人；却有着一张令人惊叹的英俊的脸。他非常吝啬。长兄为人所骗，讨价还价以五十元买了一个平淡无奇的球拍，此球拍据说曾为蒙田[1]所用。长兄洋洋自得之时，次子一个人在生闷气，他因过于愤怒而发了高烧，最终损伤到了肾脏。他具有一种想蔑视他人、蔑视所有人的思想倾向，别人一说什么话，他就会心情不爽，“切”地发出一声非常不开心的怪笑，那笑声类似鸦天狗[2]。他对歌德[3]情有独钟。虽然如此，但他并不钦佩歌德朴素的诗歌精神，倒是存在像是爱慕其高官高位的一面，真是个怪胎。但是，在兄弟姐妹都参加的即

1. 蒙田（Michel Eyquem de Montaigne，1533—1592），16 世纪法国文艺复兴后期人文主义思想家、作家、怀疑论者。主要作品有《蒙田意大利之旅》《随笔集》《热爱生命》等。

2. 日本民间传说中的怪物，又称小天狗。一副修验者的打扮，脸上有乌鸦那样的尖嘴，长有一对漆黑的翅膀，可自由飞翔。

3. 约翰·沃尔夫冈·冯·歌德（Johann Wolfgang von Goethe，1749—1832），是 18 世纪中叶到 19 世纪初德国最重要的作家之一，作品充满了狂飙突进运动的反叛精神。代表作有《少年维特的烦恼》《浮士德》等。

兴诗评比中，他总是名列前茅。他擅长写作，正因为是一个俗人，所谓的那种对热情的客观把握就明确清晰，他以此种心态专注写作的话，或许会成为一个二流作家。家里那个腿脚不好的十七岁女仆，爱他爱得死去活来。

次女二十一岁，是个自恋狂。一家报社海选“日本小姐”时，她纠结了三个晚上，非常痛苦地考虑要不要毛遂自荐。她想大声呼喊来发泄自己的焦虑。不过，煎熬了三个晚上之后，她发现自己身高不合要求就死心了。兄弟姐妹之中，她明显比其他人矮小，身高四尺七寸[1]，但长相并不寒碜，甚至相当漂亮。她有时半夜三更赤身裸体地对着镜子微笑；有时用丝瓜爽肤水擦洗丰满的雪白大腿，悄悄地亲吻手指尖，心荡神驰地眯着眼睛；还曾经因为鼻尖上出了个像是针扎的小肿包而极度抑郁，甚至筹划过自杀。她在阅读图书的选择方面也很有个性，会从二手书店淘来《佳人奇遇》[2]《经国美谈》[3]之类的书，一个人傻笑着看得不亦乐乎。她还喜欢阅读黑岩泪香[4]、森田思轩[5]这些人的译作。不知从哪里还搞来许多听都没听说过的同人杂志，边看边郑重其事地念

---

1. 约 142 厘米。
2. 日本明治时期政治家、作家柴四郎（东海散士）的政治小说代表作。
3. 日本明治时期社会活动家、作家矢野龙溪的政治小说代表作。
4. 黑岩泪香（1862—1920），日本作家、记者、翻译家。译作有《月界旅行》《悲惨世界》等。
5. 森田思轩（1861—1897），日本记者、翻译家。代表作有评论《赖山阳及其时代》，译作有《十五小豪杰》《金驴记》等。

叨着“真有趣啊！好棒”，从头到尾专心致志地读着。实际上，她私底下最喜欢的是镜花[1]的作品。

小弟十八岁，今年刚考入一高[2]理科甲类。进入高中后，他的举止突然大变。这一点在他的哥哥姐姐看来实在可笑之至。但小弟是个较真的人。不管家里多么微不足道的纠纷，他必然会不请自来，突然出现，当仁不让地做出一个自己深思熟虑的判决。以母亲为首的一家人都受不了小弟这一点，会自然而然地对他敬而远之。小弟对大家的态度极为不满。大姐不忍看他紧绷着脸不开心的样子，为他做了一首和歌来安慰他那颗怀才不遇的寂寥之心——“自以为成年，无人视我为大人，我心戚戚然”[3]。他的脸像小熊一样憨态可掬，哥哥姐姐各方面对他照顾太多，因此，他多少有些不太稳重。他喜欢侦探小说，有时会一个人在房间里乔装打扮。他声称学习外语，买来了日语、外语对照的柯南·道尔[4]的小说，却只看日语部分。他认为兄弟姐妹中只有他一人担心家里的事，内心不知不觉地被自己这种悲壮之感所打动。

---

1. 泉镜花（1873—1939），原名镜太郎，尾崎红叶门下弟子。代表作有《高野圣》《歌行灯》等。

2. 旧制第一高等学校的简称，东京大学教养学部前身。

3. 日文原文为“ひとりでは大人になった気でいても、誰も大人と見ぬぞかなしき”。

4. 阿瑟·柯南·道尔（Arthur Conan Doyle，1859—1930），英国著名小说家、医生。代表作有《福尔摩斯探案集》《失落的世界》等。

以上就是那个短篇小说开头的文字。接下来，微不足道的小事点点滴滴地铺展开来，这样就形成了小说的结构。这个短篇不用说，自然是一个微不足道的作品，这一点我前面也已经说过。与对作品的偏爱相比，我对作品中描写的那一家子人更是偏爱有加，我很喜欢那个家庭，它是现实中切实存在的家庭。换句话说，这个短篇肯定是对已故的入江新之助遗属的素描。不过，这未必就是按照事实进行的如实叙述，而是采用了一种夸张的说法。即便我本人，也是非常诚惶诚恐地讲述这个故事的。可以说我适当整理、讲述了诗与真实之外的内容，许多地方都夹杂着谎言，不过大体上还是描绘了入江家的情形。也就是说，即便会有“一毛”的差异，但“九牛”却是真实的。当然，那个短篇小说只描写了兄妹五人以及他们温柔贤惠的母亲，关于祖父及祖母的内容，出于作品结构上的考量，尽管非常失礼也还是不得不割爱了。这一处理的确不妥，明明要讲述入江一家人，却将家庭中的祖父、祖母排除在外，不管怎样好像都是残缺不全的。我现在想先讲一讲这两位老人。在此之前，有一点我必须要事先说明一下，接下来我讲述的全部内容，并不是当下入江家的情形，还只是四年前我在短篇小说中不动声色地描绘的那个时候入江家的家庭氛围。现在的入江家，情况略有不同。有人结婚了，有人甚至过世了，与四年前相比，似乎有些黯然。而且，我现在也不能像过去那样可以无忧无虑地去入江家玩了。换句话说，入江家兄妹五人，还有我，大家都渐渐长大成人，都是一副文质彬彬、客客气气的所谓的“社会人”的样子，即便偶尔相互碰到，也觉得毫无情趣可言。说白了，当下的入江家对我来说索然无味。要写的话，我还是想描写四年前的入江家。因此，我接下来讲述的也是四年前入江家的情形，现在已略有不同。我要事先说明的仅此一点。说起那时候的祖父，他好像每天都无事可做，总是玩乐。如果说入江一族中存在着非同寻常的浪漫血统的话，可以认为这一血统应该是来自这位祖父吧。他已年过八十，每天像是有要事似的匆匆忙忙从位于麹町的自家后门出来，动作确实敏捷。这位祖父壮年时期在横滨从事规模相当大的贸易生意，其子也就是已故的新之助先生考入美术学校之时，他非但丝毫不反对，反而极为开明大气，甚至还向周围的人炫耀。即使是上了年纪退休之后，他也不在家老实待着，趁家人不注意就迅即转身从后门溜了出去。大步流星地走了两三町远，回头看看，确认家人没有跟过来之后，便从衣兜里缓缓掏出一顶鸭舌帽，将帽檐朝上翘着戴在头上。虽然是顶花哨的方格花纹鸭舌帽，却非常陈旧。可如果不戴上这顶帽子，就没了散步的情调，四十年来他一直喜欢戴这顶帽子。他戴着它去银座，走进资生堂[1]点上一杯热巧克力，在那里耗上一两个小时，这里看看，那里瞧瞧，一发现过去的生意伙伴带着年轻的艺伎出现，就立刻高声和他们打招

1. 指资生堂分公司资生堂 Parlor 经营的功能齐全的西餐厅连锁店。

呼，缠住他们不放，不容分说将他们让进自己的包厢，慢条斯理地说些挖苦人的话。这就是他欲罢不能的乐趣。回家之前，他必定会去买点礼物给人家，因为硬拉别人和自己聊天还是挺不好意思的。最近，他又明显开始在意家人的情绪，想出了一个勋章制度。他在一枚墨西哥银币上开了一个洞，用红丝绳串起来作为勋章。家人一周评比一次，将勋章颁发给一周内贡献最大的那一位。没有人想获得勋章，因为一得到它就必须这一周在家的时候一直吊在胸前，大家毫无例外都吃不消这一点。母亲对公公很孝顺，尽管获得勋章，她也摆出一副惊喜的表情把勋章挂在和服腰带上，不过尽可能挂在不显眼的部位。祖父晚上喝酒时，母亲为他多加了一瓶啤酒，祖父就不管母亲愿不愿意，当场把这枚勋章颁给了母亲。长兄也是老实认真的性格，偶尔会因为陪祖父去演艺场看节目而一不小心被授予了勋章。尽管如此，他还是大大方方、老老实实地将勋章在胸前挂上一周。长女和次子总是逃避授勋机会，长女坚决认为自己没有获得勋章的资格，巧妙地逃掉了；次子尤为过分，曾经将勋章放进抽屉里，甚至撒谎说勋章丢失了。祖父当即看破他没说实话，命令次女搜查他的房间。次女不幸找到了这奖牌，这下又转手奖给了她。祖父似乎对次女有所偏爱，一家人中数次女最心高气傲，明明没任何功劳，可祖父动不动就想为她颁发勋章。次女一拿到勋章，大多会放在自己钱包里。祖父只允许次女有此种例外，可以不将勋章挂在胸前。一家人中，多少有点心思想获得勋章的人只有小弟。勋章一授予小弟挂在他胸前，他确实会觉得有些不好意思而感到心神不宁，但当勋章要取下转发给其他人时，他突然会变得有些失落，有时趁次女不在家，偷偷溜进她的房间找到她的钱包，留恋地看着里面的奖牌。祖母从未获得过这枚勋章，因为她一开始就明确拒绝。她是一个极其果断干脆的人，说勋章实在太蠢了。祖母将小弟视为掌上明珠。有段时间小弟开始琢磨催眠术，给祖父、母亲、哥哥姐姐都实施了催眠，但没有一个人被成功催眠。大伙一个个东张西望，哈哈大笑。小弟一个人哭丧着脸，汗流浃背，最后对祖母施法，没想到很快就应验了。祖母坐在椅子上，开始前仰后合地打起盹来，天真地回答着催眠师那郑重其事的问题。

“奶奶，你看到花了吧？”

“啊，花好漂亮啊！”

“是什么花啊？”

“是莲花呀。”

“奶奶，你最喜欢什么呀？”

“是你哟！”

催眠师有些扫兴。

“你所说的‘你’，是指谁啊？”

“就是和夫（小弟的名字）嘛。”

一直在旁边观摩的家人哄堂大笑，祖母因此回过神来。即便如此，催眠师的颜面还是姑且得以保全，因为祖母一个人总归是被成功催眠了。不过，较真的长兄事后忧心忡忡地偷偷问祖母："奶奶，你真的被催眠了吗？"祖母"哼"地笑了一声，小声嘀咕道："怎么会呢！"

以上是对入江家全体家庭成员的大致素描。我还想对这一家人进行更为详尽的介绍，但是，与人物素描相比，我更想介绍这家人集体以故事接龙的形式完成的一部篇幅相当长的"小说"。入江家的兄弟姐妹都多少对文艺有些兴趣，这一点我之前也提到过。他们有时会一起玩故事接龙，通常在阴云笼罩的某个周日，兄妹五人聚在客厅，百无聊赖之时，按照长兄的提议开始故事接龙。这个游戏由一人随意设置一个登场人物，接下来就按照顺序，每人接着编排这一人物的命运，最终创作出一篇故事。若故事像是简单就能结束的话，大家就当场按顺序讲完后加以整理。故事从一开始就饶有兴趣的时候，大家就决定慎重地写在稿纸上，按顺序传递给下一个人。像这种他们五人合作的"小说"积累下来也应该有四五篇了，祖父、祖母、母亲偶尔也会帮他们。这次这个稍长的故事好像也有祖父、祖母、母亲的帮助。

二

小弟明明不太擅长编故事，却常爱抢头彩。他大多数情况下都写不好，但是小弟并未灰心丧气，还劲头十足地说下次肯定能写好。新年的五天假期里，他们有些无聊，便开始玩那种故事接龙游戏。这个时候，“请让我先来吧！”小弟又主动请缨。每次都是这样，哥哥姐姐就笑着答应了。这次是今年第一个故事，大家决定用心整整齐齐写在稿纸上按顺序传递给下一个人，截止日期为第二天早上，各自能有一天时间充分思考后进行创作，第五天晚上或第六天早上将完成一篇故事。在完成之前的五天，他们五兄妹都微微有些紧张，隐隐约约感受到一丝生存的价值。

小弟按照惯例要求打先锋，被允许后按规定要从头写起。但他现在连个方案都没有，精神难免有些萎靡不振，他心里想着自己要是没有接受这项任务就好了。一月一日这天，其他哥哥姐姐都各自出去玩了，祖父当然是一大早就穿着燕尾服从家中消失了踪影，家里只剩下祖母和母亲。小弟一直在书房里不停地削铅笔。他走投无路，最终动了歪脑筋，决定抄袭，觉得除此之外别无他法。他忐忑不安地广泛浏览了《安徒生童话》《格林童话》和《福尔摩斯探案集》之类的书，东拼西凑总算完成了。

从前，北国的森林里住着一个可怕的老巫婆，她心术不正、相貌丑陋，但对独生女拉朋扎尔[1]倍加疼爱，每天用金梳子为她梳头。拉朋扎尔是个漂亮的孩子，而且非常活泼，一到十四岁，就开始不听老巫婆的话了，甚至有时还会反过来

1. 拉朋扎尔（Rapunzel）为格林童话《莴苣姑娘》的主人公长发公主的名字。

训斥她。即便如此，老巫婆舐犊情深，总是脸上赔笑让着女儿。在萧瑟的秋风肆虐下，森林里的树木一天天变得光秃秃的了，老巫婆家也开始了过冬的准备。此时，一个上好的猎物迷路闯入了魔法森林。一位骑马的王子误入傍晚的森林之中。他是这个国家十六岁的王子，因醉心于狩猎而和随从走散了，迷失了回去的路。王子身上的黄金铠甲在幽暗的森林中像火炬那样光芒四射，老巫婆不可能看走眼。她像风一样飞出屋子，立马将王子从马上拽了下来。

“这位少爷好肥美啊！这白嫩的皮肤是怎么做到的呢？是吃了核桃仁才养得这么肥嫩的吧！”老巫婆垂涎欲滴地说道。老巫婆长着长长的、可怕的胡须，长眉毛一直盖到了眼睛上。“简直就是一只小肥羊哪。味道会怎样呢？用盐腌了过冬吃最好了。”她龇牙咧嘴地笑着，抽出短刀瞄准了王子白皙的喉咙。在这危急关头——

“啊！”老巫婆大叫了一声，因为被女儿拉朋扎尔咬住了耳朵。拉朋扎尔跳上她的背，狠狠地咬住她的左耳垂不放。

“拉朋扎尔啊，请饶了我吧。”老巫婆对女儿非常宠爱，丝毫不生气，勉为其难地笑着向她告饶。拉朋扎尔摇着老巫婆的后背撒娇地说：

“这个小孩要和我一起玩呀！把这个漂亮的孩子给我吧！”因为一直娇生惯养，她个性非常倔强，说一不二。老巫婆想着就先忍一个晚上，过后再杀了王子用盐腌上。

“好好好，给你好啦。今晚就好好招待你的客人吧。但是，到了明天你可要还给我！”

拉朋扎尔点了点头。当天晚上，王子在魔法之家受到了非常高的礼遇，但也吓得魂飞魄散。丰盛的晚餐有烤青蛙串、塞满婴儿小指的蝮蛇皮、鬼笔鹅膏[1]以及由鼹鼠湿乎乎的鼻子和青虫的五脏做的沙拉。饮品是沼泽女人用水绵酿造的酒和在墓穴生产的硝酸酒。饭后点心是生锈的钉子和教堂的窗玻璃。王子看一眼这些菜就想呕吐，碰都没碰，但老巫婆和拉朋扎尔却大呼“好吃！好吃”，因为每一道菜都是这个家里的珍馐美味。一用完餐，拉朋扎尔就拉着王子的手走进自己的房间。拉朋扎尔和王子个头几乎一样高，进房间后就勾着王子的肩膀，看着他的脸小声说道：

“在你还没开始讨厌我之前，我不会让我妈妈杀了你的。你真的是王子吗？”

拉朋扎尔的头发因为老巫婆每天都梳理的缘故，简直就像黄金纺出来的金线那样美丽无比、熠熠生辉，一直垂到脚部。她的脸宛如天使般胖乎乎的，感觉像一朵黄玫瑰。她的嘴唇犹如一颗草莓一样又小又红。眼睛乌黑明亮，流露出一丝忧伤。王子觉得自己从未见过如此漂亮的女孩。

“嗯。”他低声答道。心情稍微放松了些，眼泪吧嗒吧嗒地落了下来。

拉朋扎尔用黑亮的眼睛盯着王子，微微点了点头。

---

1. 一种剧毒蘑菇，又名毒伞、毒鹅膏菌。

“即便你不喜欢我，我也不会让别人杀你的哦！要是那样的话，我就亲手杀了你。”说完，拉朋扎尔也哭了。接着，她又突然大笑起来，用手背抹去泪水，也给王子擦了擦眼泪，兴高采烈地说道：“好啦，今天晚上你和我睡到我养小动物的地方吧！”说完将王子领到隔壁的卧室。那里铺着稻草和毛毯。抬头一看，房梁上、栖木上停有一百多只鸽子。它们看上去像是睡着了，但两人一走近，它们又都动了动身体。

“这些都是我的呀！”拉朋扎尔告诉王子，随手迅速抓住近旁的一只，拎着它的脚摇晃着。鸽子受到了惊吓，扑棱棱拍打着翅膀。“给我亲亲他！”拉朋扎尔尖叫着，将鸽子朝着王子的脸庞甩去。

“那边的乌鸦是森林里的无赖。”她朝房间角落里的大竹笼努了努嘴，“有十只，毕竟都是无赖，如果不用竹笼好好关着，马上就会飞跑了呀！这里还有我的老朋友贝贝。”她这样说着，用手抓住一只鹿的鹿角，把它从房间角落里拖了出来。鹿的脖子上套着一个铜制的项圈，一条粗铁链与之相连。“这家伙如果不用锁链牢牢锁着，就会从我们这里逃走的。为什么大家都不愿待在我们这里呢？算了，我每天晚上都用小刀逗贝贝玩。这样一来，这家伙就非常害怕，挣扎个不停哪！”拉朋扎尔这样说着，从墙缝里取出一把明晃晃的小刀，用它在鹿的脖子上抚弄着。小鹿痛苦地扭动着身子，大汗淋漓。拉朋扎尔见状哈哈大笑。

“你睡觉的时候也把这把小刀放在身边吗？”王子有些害

怕，细声细气地问道。

“是啊，无论什么时候我都是抱着小刀睡觉的。”拉朋扎尔满不在乎地答道，“因为不知道会发生什么啊。我们不说这个了，快点睡吧。你怎么会迷路误入这片森林的呢？接下来给我讲讲吧。”两人并排躺在了稻草上，王子结结巴巴地说起了今天误闯森林的前后经过。

“你和随从们分开，很寂寞吧？”

“好寂寞啊。”

“你想回城堡吗？”

“啊，好想回去啊！”

“我不喜欢那种哭丧着脸的小孩！真是讨厌！”拉朋扎尔说着，突然跳了起来，“与一脸哭相相比，理应高兴才对呀！这里有两个面包、一块火腿，路上肚子饿了就吃掉好了。你还磨蹭什么！”

王子大喜过望，不由得跳了起来。拉朋扎尔像母亲一样沉着冷静。

“啊啊，请穿上这双毛皮长靴，靴子送给你了，路上估计会很冷的。我不能让你冻着。这是我妈妈的露指手套。来吧，你戴戴看。你瞧，只看手的话，你像极了我那脏兮兮的老妈。”

王子流下了感激的泪水。拉朋扎尔接着把鹿拉了出来，为它解开了锁链。

“贝贝啊，可能的话，我还想用小刀多抚弄你几下，真是非常好玩哪！不过现在还是算了吧！因为我想把你放了。你带这孩子回城堡吧！他想回城堡哪！无所谓啦，比我老妈跑得快的也就只有你了。实在拜托了！”

王子骑上了鹿背。“谢谢你，拉朋扎尔，我不会忘记你的。”

“这种事无所谓啦！贝贝，快跑！把背上的客人甩下来的话，我可饶不了你！”

“再见。”

“啊，再见！”拉朋扎尔哭了起来。

小鹿在夜色中像箭一样奔驰，越过草丛，穿过森林，径直蹚过湖水，一溜烟地奔跑在野狼嚎叫、乌鸦啼鸣的荒野上，可以听到背后像放焰火一样“嗖嗖”的奔跑声。

“不要回头，老巫婆在追我们。”鹿边跑边告诉王子，“没关系的，比我快的只有流星。不过，你可不要忘了拉朋扎尔的好心。虽然她个性很强，却是个落寞的孩子。好啦，已经到城堡了。”

王子站在城堡门口，宛如做了一场梦。

可怜的拉朋扎尔！老巫婆这次大动肝火，“你竟放走了重要的猎物，任性也得有个底线。”她说完这句话，就将拉朋扎尔关进了森林深处暗无天日的塔中。那座塔没有门也没有阶梯，塔顶的房间只有一扇小小的窗户。拉朋扎尔每天在塔顶的小屋里生活。可怜的拉朋扎尔！一年过去了，两年过去了，在昏暗的房间中出落得越来越漂亮，却徒然无人识。她现在已完全成长为一个大人，成了一个心事重重的姑娘。她一直在思念王子，因为太孤寂了，有时也会对着月亮、星星歌唱。

歌声之中蕴含着凄凉，森林中的小鸟、树木听后为之落泪，兴许月亮也会泪眼汪汪。老巫婆每月都来巡视一次，之后放下食物、衣服就走了。老巫婆还是很疼爱拉朋扎尔的，不忍心让她饿死在塔里。她有一对魔法翅膀，可以自由地出入塔顶的房间。三年过去了，四年过去了，拉朋扎尔也自然长到了十八岁。在昏暗的房间里，她没有注意到自己芳兰竟体，美得光彩照人。这年秋天，王子出猎，再一次误入魔法森林，突然听到了哀婉的歌声。这首歌自然而然地流入他的心田，让他失魂落魄，稀里糊涂地来到了塔下。“该不会是拉朋扎尔吧！”王子绝对没有忘记四年前那个美丽的女孩。

“让我看看你的脸！”王子竭尽全力地嘶喊着，“悲伤的歌，就不要再唱啦！”

拉朋扎尔从塔顶的小窗探出头来，回答道：“说这话的是谁呀？对悲伤的人来说，悲伤的歌就是一种救赎。你根本不了解别人的悲伤，就……”

“哎呀，拉朋扎尔！”王子欣喜若狂，“请好好想想我是谁！”

拉朋扎尔的脸庞一下子变得煞白，接下来又隐隐约约变得红润了。但是，她多少还保留着幼年时期的好强性格，尽量用一种冷冰冰的语气说道：

“拉朋扎尔？那个孩子四年前就死了！”不过，接着她想放声大笑，就轻轻吸了一口气。这样一来，她突然想哭了，剧烈的呜咽取代了笑声。

那孩子的头发是黄金桥。

那孩子的头发是彩虹桥。

森林中的小鸟一齐唱起了奇妙的歌。拉朋扎尔哭着哭着，偶然听到了这支歌，突然灵机一动，想到了一个美妙的主意。她将自己美丽的长发在左手上绕了两三圈，右手握起了剪刀。现在拉朋扎尔美丽的金发已经长得很长，甚至垂到了地板上。她毫不留恋地“咔嚓、咔嚓”剪掉头发，将其绑在一起，做成了一条长绳。那是太阳底下最美的绳索。她将绳索牢固地绑在窗户边上，顺着美丽的金绳“刺溜”一下降落在地面上。

“拉朋扎尔……”王子嘴里嗫嚅着，看得如痴如醉。

到了地面上的拉朋扎尔突然变得有些拘拘儒儒，她一言不发，只是将白皙的手轻轻放在王子的手上。

“拉朋扎尔，这下轮到我来帮助你了。不，请让我帮你一辈子吧。”王子已经二十岁了，看起来沉稳可靠。拉朋扎尔微微一笑，点了点头。

二人急急忙忙逃离森林，趁着老巫婆还没有发现，急不可耐地横穿荒野，非常幸运地安全抵达城堡。城中上下欢天喜地，庆祝他们归来。

小弟绞尽脑汁之后，终于写到这里。随后，他变得怏怏不乐。真是糟糕，写成这样根本无法成为故事的开篇。自己一个人连结局都写好了，明摆着又要被哥哥姐姐嘲笑了。小弟喑喑苦思焦虑。天黑了，出去游玩的哥哥姐姐也像是陆陆续续地回来了，客厅里传来了众人的欢声笑语。“我好孤独。”一种难以形容的寂寥之感袭上他的心头。此刻，救世主出现了，那就是祖母。她非常心疼在这之前一直将自己关在书房里的小弟。

“你又开始写了吧？写得还顺利吗？”她走进小弟的书房问道。

“一边待着去！”小弟有些心烦意乱。

“又没有写好吧？你明明不擅长这个，还要参加这种愚蠢的竞赛，这可不行啊！给我看看。”

“你懂什么呀！”

“哭什么呀，你个傻孩子，快点拿给我看。”祖母从她和服腰带间取下老花镜，开始小声朗读小弟写的童话故事。她吃吃地笑出了声，“哎呀呀，这孩子那方面已经开窍了哪！有点意思，写得不错嘛！不过，这样的话后面就没办法接了啊！”

“可不是嘛！”

“很头疼吧？要是我的话，我会这样写的，‘城中上下欢天喜地，庆祝他们归来。但是，接下来不幸仍然会持续’。怎么样？这种巫婆之女和王子两人身份有着天壤之别呀！无论多么相爱，结局都不会很顺利的啊。这种姻缘就是不幸之源。这样写怎么样呢？”她说着，用食指戳了戳小弟的肩膀。

“我知道啊，这种情况！你不要管我。我有我自己的想法啊！”

“哎呀，是吗？”祖母是个平心静气的人，大致明白了小弟所说的想法。“快点把之后的内容写一写，到客厅来吧。你肚子饿了吧？吃完煮年糕，接下来玩玩纸牌得了！那种竞赛非常无聊，后面的就交给你大姐吧！因为她擅长这个哪！”

小弟将祖母轰走后，平心静气地将所谓的自己的想法加了进去。

“但是，接下来不幸持续着，巫婆之女和王子身份有着天壤之别，由此将要发生不幸的事。后面的就拜托大姐了。请你关爱拉朋扎尔。”小弟按照祖母所说的写完，长长地松了一口气。

三

今天是一月二日，全家人聚在一起吃了年糕汤。随后，长女迅即回到了书房。她那纯白的毛衣胸口处别了一朵小小的人造黄玫瑰花，双膝稍稍叉开跪坐在书桌前面。然后，她笑眯眯地用手绢不停地擦拭着镜片，擦完镜片，再次戴上眼镜，夸张地眨了眨眼睛。她突然神情庄重，重新坐好，在桌前托着腮，一时陷入了沉思。不久，她拿起钢笔开始了创作。

真正的故事总是在恋爱舞会结束时开始，好像大多数电影都是在男女主人公幸运地终成眷属之际打上“The End”字幕。

可是，我们想知道的就一件事，即在那之后他们开始了怎样的生活。人生绝不是一连串让人激动万分的舞会，而总是一种在令人扫兴的宿命之中吃喝拉撒的日常。我们的王子和拉朋扎尔在孩提时仅仅相互看了对方一眼便感受到了无法割舍的依恋，经受一番磨难之后，以成人的样子再次相逢。但是，这个故事绝不会就此终结，我必须要告知的，毋宁说就存在于他们之后的生活之中。王子和拉朋扎尔手牵手逃离魔法森林，昼夜兼程，一直不吃不喝、一言不发地走过广袤的荒野，最终抵达城堡。虽然如此，但接下来才是糟糕透顶的。

王子和拉朋扎尔累得筋疲力尽，但两人根本没有时间好好休息。国王、王后以及仆从也都为王子的平安归来笑逐颜开，接二连三地集中询问此次冒险经历，最终弄明白，低着头站在王子身后的绝色美人就是四年前救过王子的恩人。因此，城堡里倍加喜气洋洋，拉朋扎尔被伺候着泡了一个香水浴，穿上了漂亮、轻盈的衣服，在一张被褥又厚又软、全身都要陷下去的床上沉沉睡去，甚至没有发出一丝鼾声。她睡了很长时间，就像熟透的无花果马上就要自然地“啪嗒”一声从枝头落下一般，她睡到自然醒，突然睁开了双眼，看到一身盛装、变得精神抖擞的王子站在枕边冲着她微笑，拉朋扎尔羞得无地自容。

“我要回家了。我的衣服呢？”她欠了欠身说道。

“小傻瓜！”王子悠然自得地说道，“你身上穿的不就是衣服嘛！”

“不，我说的是我在塔里穿的那件啊。把它还给我，那可是我妈妈收集最好的布料为我缝的呀！”

“小傻瓜！”王子再次悠然自得地说道，“你是不是又开始觉得孤单了？”

拉朋扎尔不由自主地点了点头，突然心头一酸，控制不住放声大哭。她并不是因为自己离开母亲，置身于满是陌生人的城市而感到落寞，这一点她之前就一直有心理准备。而且，那个老巫婆绝不是一个好母亲，就算她是一个好母亲，女孩子只要自己心爱的人在身边，和所有至亲分开后也会平心静气，丝毫不会感到寂寞。拉朋扎尔之所以大哭，并不是因为孤独，肯定是因为她感到羞愧、懊悔吧。不顾一切地逃到城堡里，被人伺候着穿上这么漂亮的衣服，躺在这么柔软的被褥里睡得昏天黑地。那么，醒来平心静气地一想，“我的身份配不上这些，我是令人讨厌的巫婆的女儿。”她清楚地意识到这一点，从而无法忍受，不仅仅羞愧难当，甚至感受到了屈辱，才说出“我要回家”这种唐突的话吧。拉朋扎尔像是多少还带着小时候那种好胜的倔强性格，对不知艰辛为何物的王子来说，这一点是无法理解的。因为拉朋扎尔突然哭了起来，他觉得非常莫名其妙。

“你的疲劳还没有恢复，”他自以为是地做出判断，“肚子也饿了。总之，我还是让人准备用餐吧。”他小声嘀咕了一句，就慌慌张张地离开了房间。

过了片刻，五个侍女来到房间，再次伺候她洗了个香水浴，这回她们为她换上了一件鲜红的礼服，脸和手略施粉黛，还熟练地将她那略短的金发盘了起来，给她戴上了一串大气的珍珠项链。当拉朋扎尔站起身来，五个侍女不约而同地发出了一声惊叹，她们从未见过如此高贵美丽的公主，觉得或许今后也不会在这个世上看到第二个。

拉朋扎尔被人领着走进餐厅，国王、王后和王子三人都满脸堆笑地起身迎接她。

“噢，你好漂亮！”国王张开双臂欢迎拉朋扎尔。

“真的好美。”王后也满意地点了点头。国王和王后都心地善良，一点架子都没有，特别和蔼可亲。

拉朋扎尔有些落寞地微笑着向他们致意。

“请坐吧，坐在这里。”王子立刻拉着拉朋扎尔的手，让她坐在饭桌旁，自己也紧挨着她坐了下来，一副洋洋自得的神情，那样子甚至让人觉得有些滑稽。

国王和王后微笑着入座。很快，温馨祥和的宴会开始了，拉朋扎尔却一个人茫然不知所措，因为她完全无法判断如何食用陆陆续续端上来的美味佳肴。她偷偷瞥了一眼身旁的王子，不动声色地一一模仿他的动作，即便好歹放进口中，但对吃惯了老女巫做的青虫五脏色拉和卤煮蛆虫等食物的她来说，国王享用的最上等的珍馐她也觉得味道有些怪怪的，心口一直不舒服。只有鸡蛋做的菜的确好吃，但她也还是觉得比不上森林里的乌鸦蛋那么美味。

饭桌上的谈资五花八门。王子讲述了四年前的恐怖经历，又得意洋洋地讲了此次的冒险。国王对他所讲的每一句话都非常感动，深深点头。他每次点头都要干杯，最终酩酊大醉，由王后扶着去别的房间歇息了。看到只剩下王子和自己两人，拉朋扎尔小声说道：

“我想出去走走，总觉得心里闷得慌。”她的脸色非常苍白。

王子大喜过望，因此忽略了站在拉朋扎尔立场上理解她的痛苦。人们往往就是这样，在自己处于幸福之中时会忽略他人的痛苦吧。即便看到拉朋扎尔脸色苍白，他也毫无顾忌。

“是吃多了吧。到院子里走走，马上就会好的。”他轻轻说完这句话，站起身来。

外面天气晴朗。秋天也已经过半，可是唯有这里的庭院依然百花怒放。拉朋扎尔看到这番美景，脸上终于露出了笑容。

“我精神好多了。城堡里太昏暗了，我还以为是晚上呢。”

“怎么可能是晚上嘛！你从昨天白天一直酣睡到今天早上，睡得那么沉，甚至没有鼻息，我都担心你是不是睡过去了呢。”

“在森林里长大的女孩要是那个时候死去，一醒来就变成一位气质高雅的公主就好了。但是，我尽管醒了过来，可还是我妈妈的女儿啊！”拉朋扎尔对这一点由衷地感到遗憾，就这样说了出来，王子却理解为拉朋扎尔在开玩笑，放声大笑。

“是吗？是这样啊。那你太可怜了。”说完，王子再次开怀大笑。

一种纯白的不知名字的小花竞相开放，散发出浓郁的芳香。经过开着这种花朵的荆棘丛后面时，王子突然站定，郑重其事地看着拉朋扎尔，接着就紧紧抱住了她，让她觉得连骨头都被他挤碎了。接下来，王子像个疯子一般做出了令人意外的举动，拉朋扎尔由着他的性子，这也不是头一次了，逃离森林在荒野上日夜兼程的途中，也发生过三次类似的事情。

“你哪里都不会去了吧?”王子稍稍平复了一下情绪，又与拉朋扎尔肩并肩继续散步，他低声问道。他们走过开着白花的荆棘丛的阴影，走向一个睡莲盛开的小水塘。拉朋扎尔不知为何突然觉得有些滑稽，扑哧一声笑了起来。

“哎呀，你怎么啦?”王子看着她的脸问道，“你笑什么?”

“对不起。看你一本正经的，我就忍不住笑了。事到如今，我还能去哪里呢? 我在那座塔里等了你四年。”他们来到了池塘边。拉朋扎尔一下有点想哭，她在岸边的青草地上随意坐下，抬头看着王子，说道:“国王、王后都同意我俩的事吗?”

“当然啦!”王子又恢复了自己那活泼的笑脸，在拉朋扎尔身旁坐了下来，“你可是我的救命恩人哪!”

拉朋扎尔将脸贴在王子膝上哭了起来。

数日后，城堡为他俩举行了盛大的婚礼。新婚之夜的新娘子身体可怜见儿地不停地颤抖着，犹如一个折翼的天使。

王子对成长环境与自己不同的这朵野玫瑰一味地爱怜，与她共同生活一两个月后，拉朋扎尔离奇古怪的想法、热烈到有些蛮横的行为、天不怕地不怕的勇气以及幼稚得让人莫名其妙的问题都让他感受到一种无穷的魅力，让他不可救药地爱上了她。寒冷的冬天过去了，天气一天天变暖，院子里早开的花卉开始绽放的时候，两人肩并肩在院子里四处闲逛，拉朋扎尔已经有了身孕。

“好奇怪啊，真的莫名其妙。”

“你好像又有疑问了，对吧？”王子二十一岁，已经有了几分成年人的样子，“我倒想听听这次你会有什么疑问哪！前些日子你可是问了‘神在哪里’这样一个了不起的问题啊！”

拉朋扎尔低下头，笑嘻嘻地说道：

“我算是个女人吗？”

王子对这个问题有些措手不及。

“至少你不是一个男人。”他装模作样地回答道。

“我也会生孩子，然后变成一个老太婆吧？”

“你会变成一个漂亮的老太婆吧。”

“我不乐意这样啊！”拉朋扎尔微微一笑，这是一种凄凉的笑容，“我不要生孩子。”

“这又是为什么呢？”王子不慌不忙地问道。

“我昨天晚上想了一整夜。一生孩子，我很快就会变成老太婆，你就只疼爱孩子一个人，肯定会将我视为麻烦吧。没有人会再疼爱我，这一点我心知肚明。因为我是一个出身卑贱的傻女人，所以，一旦成了老太婆而变得污秽不堪的话，也就一无是处，只能重回森林做女巫了。”

王子开始有点不高兴了。

“你还没有忘记那片令人憎恶的森林吗？想想你目前的身份！”

“对不起。我原以为自己已经彻底忘记了。但是，在昨天晚上那样寂寞的夜晚，我突然想起了它。我的妈妈是一个可怕的女巫，但她极其宠爱我。我觉得即便没有人疼爱我了，唯独森林中的妈妈还会像抱小孩那样抱着我。”

“我不就在你身边嘛！”王子极不痛快地说道。

“不，你做不到。你虽然非常疼我，但总是一味地觉得我稀奇古怪而笑话我，我总觉得有点落寞，生了孩子的话，你肯定会觉得孩子很有趣而彻底忘记我吧，因为我是一个无趣的女人。”

“你都没有注意到自己有多美。”王子极其不满地噘着嘴嘟囔道，“你老说一些索然无味的事，今天的问题太无聊了。”

“你根本不懂。我最近非常痛苦，毕竟我是一个有着巫师血统的野蛮女人。我对即将出生的孩子痛恨至极，恨不得杀掉这个孩子。”她的声音颤抖着，紧紧咬着下唇。

性格柔弱的王子战战兢兢，觉得这家伙或许真的会杀死小孩，不懂达观而依本能行事的女人，常常会酿成悲剧。

长女满脸自信，一气呵成写到这里。她静静放下笔，从头开始重新阅读，时不时地面红耳赤，撇嘴苦笑，因为处处可见略带色情的描写。她觉得说话尖酸刻薄的次子随后肯定会对这些描写冷嘲热讽，但那也是没办法的事，自己想得开，因为她觉得故事如实地表达了自己现在的心境，十分伤感。不过，即便仅仅这一点，也描绘出了女人的多愁善感。她心里暗自得意，觉得自己这个方面在兄弟姐妹中是独一无二的。书房里没有生火，她突然发现这一情况，小声嘀咕了一句“噢，好冷”，耸着肩膀站起身来，拿起稿子刚到走廊上，就差点和小弟撞个满怀，小弟像是有什么事情似的站在那里。

“抱歉，抱歉！”

“小和，你是来探风的吧？”

“不不，不是这样。”小弟面红耳赤，越发惊慌失措了。

“我心里清楚，你是在担心我无法顺利地接下去，对吧？”

“的确如此！”小弟小声承认了，“我写得很烂哪！反正我也不擅长啊。”他自顾自地开始一个劲儿自我解嘲。

“也不是啦，你这次就完成得很不错呢！”

“真的吗？”小弟的一双小眼睛因为高兴而熠熠生辉，“姐姐，你帮我接下去了对吧？你把拉朋扎尔描写得还好吗？”

“是的，总算写得还行。”

“谢谢姐姐！”小弟向大姐合掌致谢。

四

新年第三天。

元旦那天，次子来我位于郊区的家里玩，单方面把日本现代小说贬得一无是处。他讲得意气风发，天快黑的时候，突然低声说了句“这下糟了，好像发烧了”，就急急忙忙回去了。他的话果然应验了，当天晚上他就开始发低烧，昨天一会儿躺下，一会儿起来，到了今天早上还没有完全见好，头仍有些昏昏沉沉，躺在被窝里闷闷不乐。他一过分刻薄地批评别人的作品，就会得这种严重的感冒。

“你体温怎么样？”母亲走进房间，在枕边坐了下来，轻轻把手放在病人额头上，“好像还有点发烧哪！你要保重自己的身体。昨天又是年糕汤，又是屠苏酒的，没好好躺着，真是不拿自己身体当回事。发烧的时候，最好老老实实躺着，你身子骨明明很弱，却总是逞强，这怎么行哪！”

被母亲抢白了一通，次子神情沮丧，也没有还口，只是暗暗苦笑着听母亲絮叨。这位次子是兄妹中最为冷静的现实主义者，所以也是个相当尖酸刻薄的人。但不知为什么，对母亲总是像蔓草那样顺从，一点也不嚣张跋扈。恐怕也是因为他内心深深意识到自己经常生病而给母亲带来不少麻烦这一点吧。

“今天你给我躺上一天！不能随便起来走动了。饭也在这里吃。我特意熬了些粥。小里（女仆的名字）马上会端过来。”

“妈妈，我有一事相求。”他的语气非常微弱，“今天呀，轮到我写了。我可以写吗？”

“什么？”母亲根本不知情，“什么事啊？”

“喏，那个小说接龙又开始了呀！我昨天百无聊赖，就求姐姐硬让她给我看看稿子。昨天晚上我一整晚都在思考如何接下去。这次的这个小说有点难。”

“不行，不行！”母亲笑着说，“在感冒期间文豪也不会有好思路的。让你哥哥替你写怎么样？”

“不行呀！哥哥可不行！哥哥嘛，没什么文采啊。哥哥一写文章，任何时候都会写成演讲稿的。”

“不许你说自己哥哥那样的坏话。你哥哥写的东西不是很大气、很有男人味的嘛！妈妈我一贯最喜欢他写的东西。”

“你不懂，妈妈，你不会明白的。无论如何这次我必须要写。故事的发展必须由我来写。妈妈，求你了！我可以写，对吧？”

“真伤脑筋！你今天必须给我卧床休息，让你哥哥代你写吧！不管是明天还是后天，身体确实康复了再写不是挺好吗？”

“不行啊，妈妈也太小瞧我们的游戏了。”次子叹了口气，用棉被把头蒙上了。

“我明白了。”母亲笑了，“是妈妈不对啦！那么，你看这样行不？你躺在床上慢慢讲给我听，我把你说的内容记录下来。好啦，就这样做吧。去年春天，你也是发烧卧床休息的时候，妈妈不是按照你说的内容将有些难度的学校论文笔录下来了嘛！那时候妈妈意外地写得还不错，对吧？”

病人依然用棉被蒙着头，根本不想做出回答。母亲不知如何是好。女仆小里端着早餐走进房间。她出生于沼津[1]一

1. 位于日本静冈县东部的中心都市。

带的一个渔村，十二岁开始就在入江家做工，来这里已有四年，所以对这家人的浪漫风气耳濡目染。她从小姐们那里借来女性杂志，工作间隙拿来阅读消遣。她阅读古代复仇故事时情绪最为感慨激昂，对“女人首要是贞操”这句话喜欢至极，一个人暗自紧张，觉得即使拼了命也要守护贞操。在她的柳条箱里，藏着一把长女给她的银制裁纸刀，她打算当作短剑来用的。她肤色浅黑，小脸神情严肃，穿着打扮也干干净净、整整齐齐。左脚有点毛病，走路时稍稍有些拖地，这个样子反而让人心生爱怜。她对入江家的所有人奉若神明，对祖父的那个银币勋章也奉为至宝，甚至觉得勋章绚烂夺目。她坚信世界上没有人比大小姐学识渊博，没有人比二小姐天生丽质。但她却对体弱多病的二公子情有独钟，爱得死去活来，心里傻傻地幻想着自己若能陪着这么帅气的主人去找仇家报仇的话该多么开心啊！如今已经没有了古代那样的复仇之旅，真是无聊透顶。她总是想这些傻事。

现在，小里恭恭敬敬地将食案摆在次子枕边，感到有些落寞。次子仍然以被蒙面，母亲只是静静地看着他。两人都不理小里，她不动声色地坐在那里等了一会儿，但次子没有任何动静。她怯生生地问夫人：

“少爷的病情是不是很严重啊？”

“这个嘛，怎么说呢？”母亲笑了。

突然，次子掀开被子，翻身趴在床上，拉过食案拿起了筷子，就那样趴着狼吞虎咽地吃了起来。小里吓了一跳，但她很快平静下来伺候次子用餐，看着他出乎意料的精力充沛的样子便放下心来。次子一言不发，吸溜吸溜地猛然喝着粥，发泄愤怒似的大口吃着梅干，食欲好像十分旺盛。

“小里你会怎么想呢？”他剥着半熟的鸡蛋，突然说道，“比方说吧，如果我和你结婚的话，你会有什么感受呢？”这确实是一个出人意料的问题。

与小里相比，母亲倒是要惊慌十倍。

“哎呀！这孩子说什么傻话呢！即便是玩笑话也不能这样说。对吧，小里，他这是在逗你玩哪！这种粗鲁的玩笑，怎么可能会是真的呢！”

“我说的是‘如果’呀！”次子镇定自若。因为从刚才开始，他就一直在思考小说的情节，根本没注意到这个假设是多么刺痛小里的心。真是个为所欲为的孩子。“小里你会怎么想呢？告诉我吧！你的想法可以为我写小说提供参考啊！这一部分确实挺难的。”

“你突然说这种不着边际的话，”母亲心里一块石头落了地，“小里不可能明白嘛！对吧，小里，阿猛（次子的名字）净说些蠢话。”

“要是我的话……”小里觉得如果能帮助次子，自己会毫无保留地说出一切。她没有理会夫人不知所措的目光暗示，觉得自己的想法对次子非常关键，就紧握拳头答道：“要是我的话，就去死。”

“什么呀，”次子看上去非常失望，“太无聊了，死的话太无趣了啊！拉朋扎尔死去的话，故事也就结束了呀！这不行啊。啊啊，好难哪！我该如何决定呢？”他一味地不断思考小说的情节，小里斩钉截铁的回答也似乎根本无济于事。

小里极其沮丧，她静静地收拾着食案，为了掩饰自己的难为情，她端着食案嘻嘻哈哈地笑着从房间里逃了出去。走在走廊上，她很想大哭一场，但因为也没什么可伤心的，又发自内心地笑了。

母亲感觉自己好像很想对年轻人天真率直的一面暗暗表示感谢，为自己那种将人往坏处想的惊慌之举感到羞愧，认为可以相信他们。

“怎么样？思路成形了吗？你就躺着连续讲出来就行，我用笔帮你记下来。”

次子再次仰面躺着，将被褥拉到胸口处，闭着眼睛左思右想，那样子看上去非常难受。然后，他用一种煞有介事的郑重的口吻说道：

“我思路理好了。那就麻烦你了！”

母亲忍不住笑出了声。

以下为那天母子合作的口述笔录全文。

一个如玉一般白嫩美丽的婴儿诞生了，他是个男孩，整个城堡一片欢腾。可是，生下孩子后，拉朋扎尔的身体却日渐衰弱，全国的名医都来为她看病，穷尽各种办法，但病情愈发不可把握，甚至到了危及生命的程度。

“所以嘛，”拉朋扎尔躺在床上静静地流着眼泪对王子说，“所以嘛，我说了我不愿意生孩子的！我是女巫的女儿，我模模糊糊能够预感到自己的命运。我一生孩子，肯定会发生不祥的事情。我一直抑制不住这样想。我的预感任何时候都很准。要是我现在死了，灾难就此结束就好了。可是，我还可怕地预感到会发生即使自己死去也解决不了的灾难。如果像你告诉我的那样有神灵存在的话，我心里非常想向那个神灵祈祷。我们肯定是被什么人憎恨着。难道我们犯了什么十恶不赦的错误？”

“没有那种事，没有那种事！”王子在病床枕边转来转去，极力否定着，心里却茫然不知所措。宝宝出生的喜悦转瞬即逝，现在他为拉朋扎尔不明原因的身体衰弱魂不守舍、夜不能寐，只是一味地在病床周围徘徊。王子依旧打心底里爱着拉朋扎尔。拉朋扎尔的容貌和身形之美，或者她身上那犹如在异质环境中培育的奇花异草般的新奇感，抑或是有点惹人怜爱的可怜的盲目无知，王子就是被这些方面所吸引，只是忘我地爱抚着拉朋扎尔。两人之间的爱，也并非产生于精神上的高度共鸣和信赖，而且，也不是由相互感受到相同祖先的血缘而要为共同宿命殉情这一深切的达观和理解连结在一起的爱情。因为这个原因来怀疑王子爱情的本质也是说不通的。王子发自内心地疼爱拉朋扎尔，爱她爱得无法自拔，只是爱着她，这样不就够了吗？所谓纯粹的爱情也就是这样。女人在内心深处暗自追求的爱情，无非就是这种一心一意的可靠的好感。即便说成是精神上的高度信任，为相同的宿命殉情，如果彼此生厌，也是鸡飞狗跳，于事无补。正是因为存在总有点喜欢的地方，那些精神恋爱啦、宿命啦之类的冠冕堂皇的词也听起来像是千真万确。那些词语只是为了梳理相互之间好感的泛滥，或是用于反省激情行为，为这种行为辩解，在青年男女的恋爱之中，再没有比这种辩解更令人作呕的了。特别是“拯救女人”这种男人的伪善真的是让人忍无可忍。爱对方的话，为什么就不能堂堂正正地说“我爱你”呢？前天，我去D作家那里做客，也谈到了这个话题，当时D作家竟不客气地说我是一介俗物。即便是说这话的D作家本人，据我对此人日常生活的密切观察，他也是一个按照自己的喜好有缝就钻的人。那家伙爱说谎，说那些我是俗物之类的话我也不介意。将事实如实地说得清清楚楚这一点是我所崇尚的。人哪，最好是做自己喜欢的事。有点离题了，我只是无法想象所谓的精神恋爱、相互理解的恋爱这些说法，王子的恋爱是真诚的，我觉得他对拉朋扎尔的爱才是纯粹的爱情，王子全心全意地爱着拉朋扎尔。

“不许说‘死’之类的傻话！”王子极为不满地噘着嘴又说了一句，“你不知道我有多爱你吗？”王子是一个诚实的人，可是，仅有诚实的美德是无法治愈拉朋扎尔的重病的。

“你要活下去！”王子痛苦地低声吼道，“你不能死！”他叫了起来，除此之外，王子根本无话可说。

“你只要活着，我只要你给我活着！”王子声音低沉下来，喃喃自语。此时，他的耳畔响起了一个沙哑的声音："真的吗？只要活着就行吗？"他惊讶地回头一看，啊啊，王子吓得毛发倒竖，感觉像是全身被泼了冷水一般。一个老太婆，也就是那个老巫婆悄无声息地就站在他的身后。

"你来干什么！"王子不由得大声喊道。他并非是因为临危不惧，而是因为胆战心惊才喊叫的。

"我当然是来救我女儿啦！"老婆婆平静地回答。然后，她微微一笑："我知道呀！这个世界上没有我这个老婆子不知道的事！我知道一切啊！你把我女儿带到这个城堡，对她呵护有加，这一切我早就知道啦！如若你只是一时玩弄她的感情，我也不会坐视不管的。看来似乎不是这样，所以我一直容忍你们到今天。女儿生活幸福，我心里也略略有所宽慰。可是，好像还是不行啊。你可能不知道，巫师家的女儿一旦被男人宠爱生下孩子，要么死去，要么会变成这个世上容貌奇丑无比的女人，两种下场必居其一。拉朋扎尔像是对这一点浑然不知，但应该凭借某种直觉冥冥之中感觉得到吧。她该是很不情愿生孩子吧。现在看上去真是可怜哪！拉朋扎尔的事你打算如何处理呢？是坐视不救呢，还是即便她变得像我一样丑，也要让她活下去呢？你刚才一直念叨着说不管发生什么事都要她活着，怎么样？即便成了我这副容貌，活着也还不错，对吧？我年轻的时候也是一个美貌绝不输拉朋扎尔的女孩，我受到游猎猎人的宠爱而生下了拉朋扎尔。我母亲问我要死还是要活下去，我无论如何也要活着，所以母亲就施法救了我一命。但也因为这个原因，我就成了你现在看到的这副容貌！怎么样？你刚才的心愿没有虚言吧？”

“让我死了算了！”拉朋扎尔在病床上痛苦地微微扭动着身子，“只要我死了，大家都会安然无事。王子，拉朋扎尔受你眷顾至今，已经死而无憾了。活着遭罪，我实难接受。”

“让她活下去！”王子这次非常果敢地说道，额头上冒出了黏糊糊的油汗，“拉朋扎尔的容貌不可能变得像老婆婆你那样丑陋。”

“我干吗要说谎嘛！好啦，这样的话，我就让拉朋扎尔长久活下去吧！无论她的容貌变得多么丑陋，你都会一如既往地爱着她，对吧？”

五

次子病床上的口述笔录不太长，与篇幅比起来，情节好像多少还是有所推进的。但是，毕竟只凭喝粥供给的那点体力，平素对日本所有现代作家一概冷嘲热讽的傲慢无礼的骄子，也只能稍稍展现其天赋异禀的一鳞半爪，连自己构思并业已成型的写作计划的三分之一还未讲述出来便已筋疲力尽。可惜才华也敌不过感冒引起的低烧，在情节稍稍开始出现大的飞跃这种情形之下，就无奈地被迫将接力棒交给下一位选手。下一棒选手是同样趾高气扬的次女。她被一种若不一鸣惊人绝不善罢甘休的功名之心所鼓舞，从新年第四天早上开始就坐立不安，家人聚在一起在餐桌旁吃早饭时，只有她早餐特别简单地吃了点牛奶、面包就打发了。或许也是因为她觉得如果像家人那样食用味噌汤、腌萝卜那样实实在在的食物的话，胃里肯定会浑浊不清，想象力也会萎靡不振吧。吃完饭后她去了客厅，就那样呆呆地站着，胡乱地敲击着琴键，肖邦、李斯特、莫扎特、门德尔松、拉威尔，这些名家的曲子她随心所欲地想到哪儿就弹到哪儿，因为她想要让灵感从天而降。这个女孩行事大张旗鼓，觉得自己获得了灵感，就装作一本正经的样子离开客厅，接下来去浴室脱下袜子洗脚，行为真是莫名其妙。但是，她却自以为通过这种行为净化了自身，真是一种变态的洗礼。她十分满意自己借此变得六根清净，缓缓地回到自己的书房。在书房椅子上落座后，她低声念叨了一句“阿门”。这番操作实在离奇古怪，因为这位次女不可能有什么信仰，她好像是为了表达自己此刻的紧张情绪，就想到了一个略略合适的词语临时借用一下。“阿门”一叫，心情果然就平静了。次女煞有介事地在脚边的小小陶瓷火盆里放入一根“梅花”牌的熏香，贪婪地深深吸了口气，眯上双眼，觉得自己感受到了古代闺秀作家紫式部的心境。《春天最美是黎明》这篇文章一下子浮现在她的脑海中，真是神清气爽，但她回过神来发现这篇文章为清少纳言[1]所作，觉得有些扫兴。她慌里慌张从书桌上的

---

1. 生卒年不详，日本平安时代女作家，歌人。代表作有《枕草子》《清少纳言集》等。

书立中抽出的那本书是《希腊神话》，即异教的神话，由此可以彻底说明次女的“阿门”纯属摆设。据说这本《希腊神话》是她幻想的源泉，想象力枯竭的话她就打开这本书，满眼都是鲜花、森林、泉水、恋情、天鹅、王子、精灵，但不太靠谱。次女的所做所为实在难以置信。肖邦、灵感、洗脚仪式、阿门、“梅花”、紫式部、《春天最美是黎明》《希腊神话》，岂不是没有任何关联？真是支离破碎。她接下来只是做做样子，哗啦哗啦地快速翻着《希腊神话》，看到阿波罗的裸体插图，露出邪恶的浅笑，“啪”的一声把书扔了出去。然后，她打开书桌的一个抽屉，取出一个巧克力盒子和一个水果糖罐子，用极为矫揉造作的动作——只用食指和拇指，另外三根手指伸直上跷着，用一种风情万种的撩人姿势捏起一块巧克力放入口中，刚入口就咽下去了。旋即她又将水果糖塞入口中，咯嘣咯嘣嚼碎后，接着又开始吃巧克力，眨眼间又吃起了水果糖，如同饿死鬼一般狼吞虎咽。早餐的时候，为了减轻胃的负担，她有意只吃了些面包和牛奶，这点食物根本不够。这位次女本来就相当能吃。她故作高雅地简单吃了些面包、牛奶，但那点食物对她来说只是塞塞牙缝，还远远不够。也就是说，她躲在书房里避开众人后，立刻就发挥了吃货大吃特吃的本性。总之，她不是一个实实在在的女孩。吞下十块巧克力、十颗水果糖后，她若无其事地哼起了《茶花女》的旋律。她一边哼唱一边吹掉稿纸上的灰尘，拿起蘸水钢笔蘸满墨水，开始拖拖拉拉写了起来，这写作态度实在是相当轻率。

不懂达观而依本能行事的女人，常常会酿成悲剧。初枝（长女的名字）女士的这一暗示也似乎在这一点上遇到了些许混乱。拉朋扎尔出生在魔法森林，吃着青蛙烤串和毒蘑菇长大，在一个老太婆一味的溺爱中变得刁蛮任性，与森林里的乌鸦和鹿为玩伴，也就是所谓的“野孩子”。所以，无论在兴趣上，还是在感觉上，仍然存在着本能的野蛮之处吧。这一点可以肯定，而且，不难推测，她源自本能的言行反而具有让王子为之痴狂的魅力。但是，拉朋扎尔果真是一个不懂达观的女性吗？她是一个本能上野蛮的女性，这一点是肯定的，但处于生死关头的拉朋扎尔难道不是看上去对一切都想开了吗？“我要死了。”她说道，“我还是死了为好。”这不就是对一切都想开的人说的话吗？但初枝女士将拉朋扎尔视为一个不懂达观之人而加以批评。我要是轻率地反对这一观点，就会被她训斥。因为笔者不愿意被她训斥，所以也就决定姑且对初枝女士表示赞同。拉朋扎尔确实是不明事理的女人。“让我死吧”之类的话，听起来极其谦虚，惹人爱怜，但仔细想来，这些话非常任性，自命不凡。自己老想着被人宠爱，自负地认为自己还具有被他人宠爱的资格。在这段时间里，自己也活得有意义，也能感受到这个世界很快乐，这一点理所当然。可是，她虽然有着清晰的认识，觉得自己已经失去了被他人宠爱的资格，但人必须要活下去，即便失去了“被爱的资格”，

“爱人的资格”应该还是永远存在的。我认为所谓的人真正的谦虚，就是知晓爱他人的喜悦。一味地追求被爱的喜悦，才是一种野蛮、无知的行为。拉朋扎尔直到现在只考虑被王子宠爱，没考虑爱王子，甚至没想着爱自己的孩子。不不，她甚至嫉妒自己的孩子。而且，当她知道自己已经不可能被任何人爱时，心里想着“我不活了”“你干脆狠狠心杀了我”，盼着自己死去。她是一个多么任性的人啊！拉朋扎尔必须要更爱王子才行。王子也是一个落寞的孩子，要是拉朋扎尔死去的话，王子该多么失落啊！拉朋扎尔必须要回报王子的爱，“我想活着，想方设法要活下去。自己无论遭受什么罪，也要为了孩子活着，爱那个孩子，要把他养得胖胖乎乎、壮壮实实。”这种一心一意的祈祷才正是真正明事理之人的谦虚态度吧。自己长相丑陋，别人不会爱自己了，但至少可以暗自默默地去爱他人吧。即便不为人知也无所谓。再没有比爱更伟大的喜悦了。如此率直、心胸开阔的女性才是神的宠儿。此人纵使没有人爱她，她也应该会被神之大爱眷顾。“真是幸福啊！”笔者虽然滔滔不绝地说了这些极为冠冕堂皇的话，但真实想法也未必如上所述。笔者也认为人长得漂亮，众人如痴如醉地爱着自己，再没有比这种情况更好的了。不过，如果我不冠冕堂皇地那样说，或许会招致初枝女士不悦。所以，我只是战战兢兢地讲述了一些言不由衷的高深莫测的话。初枝女士说起来实际上就是笔者的亲姐姐，还是笔者的法语老师，所以笔者一向不反对她的见解，努力做到诚惶诚恐地一味逢迎她。虽说长幼有序，但幼小的一方还是挺痛苦的。话说回来，拉朋扎尔是一个不明事理的无知女人，所以，她从意识到自己失去了被爱的资格开始，就马上希望自己干脆早点死去，她像是深信自己活着就是为了被王子疼爱，所以真是无可救药了。

但是，王子现在一直努力着。人一处于痛苦中，就会向神灵祈祷，痛苦得无以复加之时，就会向神求助。但在大难临头的时候，甚至会疯疯癫癫地央求恶魔。王子现在被逼得走投无路，就差双手合十恳求这个肮脏龌龊的老巫婆了。

“请让她活下来！”王子脸上流着油汗，大声叫道。他已经向恶魔屈膝，一再请求，为了留住自己心爱之人的性命，即便抛弃自尊甚至所有的一切他也毫不后悔，真是一位坚强勇敢而又纯真可爱的王子。老婆婆微微一笑。

“好吧，我就让拉朋扎尔长久地活着吧。即便她成了我这副容貌，你也依然会一如既往地爱着她，对吧？”

王子用手掌胡乱地抹着额上的油汗。

“容貌，我现在没有时间考虑这个，我只是想再看到健健康康的拉朋扎尔。拉朋扎尔还很年轻，只要年轻、健康，无论什么样的容貌都不可能丑陋。好啦，快点让拉朋扎尔恢复到她原来健康的样子吧！”王子无所顾忌地说着，眼里闪着泪光。或许让她就这样漂漂亮亮地死去才是真正深沉之爱。但是，“啊啊，我不想让拉朋扎尔死，没有了拉朋扎尔的世界漆黑一片，再没有比背负着被诅咒的宿命的女孩更可怜的了。

我想让她活着，想让她永远陪伴在我身边，不管容貌多么丑陋我都不在乎，因为我很爱她。她是神奇的花朵，是森林里的精灵，是山中雾霭里诞生的女人身体，请永远不要消散！”王子心中因为哀愁、爱恋而痛苦得无法忍受，要不是老婆婆在眼前，他真想紧紧抱住拉朋扎尔那消瘦的胸脯放声痛哭。

老婆婆看着王子那痛苦的表情，就像是看到什么美好的事物一般眼睛陶醉地眯成了一条缝，看上去怡然自得。“真是个好孩子。”她很快用沙哑的声音嗫嚅道，“真是一个相当实在的孩子。拉朋扎尔，你是一个非常幸福的女人啊！”

“不，我是一个不幸的女人。”拉朋扎尔听到老婆婆的低语应答道，“我是女巫的女儿，一被王子疼爱，我就会相应地更加强烈地想到自己卑微的出身，非常羞愧、痛苦，不由自主地思念故乡，觉得在森林里的那座塔上和星星、小鸟说话的时光反倒是无忧无虑。我迄今为止不知有多少次想逃离城堡，回到那片森林里妈妈的身边。可是，离开王子我会非常痛苦，因为我喜欢他。我很难离开王子。即便我有十条命，我也愿意献给他。王子是一个非常温文尔雅的好人，我无论如何也离不开他，就这样拖着没有行动，在城堡里一直待到现在。对我来说，每一天都是地狱。妈妈，女人不应该和自己心爱的人结婚吗！否则根本不会幸福的。啊啊，让我死了算了，我好像无论如何都做不到和王子活着分开，所以，我一死就自然分开了。现在一死，我也好，王子也好，都能幸福地解脱了。”

“这点就是你自私任性啦！”老婆婆笑着说道，语气中饱含慈爱，“王子答应我了，说无论你的容貌变得多么丑陋，他都会疼你爱你的。他对你相当痴迷哪！真是了不起！这种情形的话，如果你死了，王子可能会追随你而去的呀！算了，不管怎么说，为了王子，你最好还是要重新恢复健康。之后的事走一步说一步吧。拉朋扎尔，你已经生了孩子，现在做了母亲了呀!”

拉朋扎尔微微叹了口气，静静地闭上了双眼。王子情绪激动过后，现在也面无表情，像一具化石一般呆呆地站着。

面前要建一个魔法祭坛。老婆婆像风一样迅即出了病房，一眨眼工夫便提着什么东西再次出现，一出现便又马上消失，就这样反复进进出出，将各种各样的用品拿到了病房里。祭坛由四根野兽的腿支撑着，上面铺着一块猩红的布，这块布用五百种蛇的舌头鞣制而成，猩红色是从舌头上渗出的血液的颜色。祭坛上放着一个用黑牛皮做的大得离奇的锅，锅下明明没有火，但锅里的热水却咕嘟咕嘟沸腾着，那样子似乎即将溢出。老婆婆披头散发地在大锅周围跑来跑去，嘴里念着什么咒语，将多种药草或者世之罕见的各种物品投入沸水之中。比如，远古时代就一直没有消融的高山积雪，开始融化之前闪闪发光的竹叶上的凝霜，活了一万年的乌龟的壳，在月光下一粒一粒收集起来的砂金，龙鳞，出生后一次也没有见过阳光的褐家鼠的眼珠，杜鹃鸟吐出的水银，萤火虫尾部的珍珠，鹦鹉的蓝舌头，永不凋谢的罂粟花，猫头鹰的耳垂，瓢虫爪，蟋蟀的臼齿，一朵开在海底的梅花以及其他这个世上难以找到的奇珍异宝。老婆婆将这些东西一个接一个投入锅内，在锅周围大约转了三百圈，从锅里升腾而起的水蒸气渐渐像彩虹一般呈现出了七彩之色。此时，老婆婆突然停了下来，“拉朋扎尔！”她像换了个人似的用威严的语气朝病床上的拉朋扎尔呼唤道，“妈妈这个魔法一生只施一次，你也姑且忍耐一下！”话音未落，她便扑向拉朋扎尔，“扑哧”一声将一把细长的刀子插入她的胸膛，王子还没来得及“啊”地大叫一声，老婆婆已经将骨瘦如柴的拉朋扎尔的身体举至眼睛以上高度，“扑通”一声投入大锅之中。只听见从锅中传来一声微弱的近似海鸥叫那样的声音，之后又是水煮开的声音和老婆婆低声念咒语的声音。

事情太突然了，王子惊得说不出话来，最终用几近嗫嚅的低沉声音说道：

“你要干什么！我没有求你杀了她，也没有吩咐你用锅煮了她！还给我，把我的拉朋扎尔还给我！你这恶魔！”

他只能这样耍耍性子，但根本没有力气顶撞老婆婆。他扑向拉朋扎尔那张空床，“哇”的一声像个孩子一样大哭起来。

老婆婆不顾这些，用一双充血的眼睛盯着大锅，从额头到脸颊汗如雨下，全神贯注地念着咒语。咒语突然停了，与此同时，锅里开水沸腾的声音也适时而止。王子满脸泪水，稍稍抬起了头，疑虑重重地看向祭坛。啊啊，随着老婆婆“拉朋扎尔，出来吧”这一似乎自鸣得意的爽朗的呐喊，拉朋扎尔的面容立刻浮现了出来。

六

真是一个大美人，这张脸美得光彩动人。

长兄心潮澎湃地续写着。他使用的钢笔实在太粗了，大得简直像一根香肠。他紧紧握着这支威风凛凛的钢笔，挺起胸膛，紧抿嘴唇，用一种严谨的态度一字一字写得清清楚楚、大大方方。但可惜的是这位长兄似乎没有弟弟妹妹那种编故事的才能，弟弟妹妹因此似乎也存在不把这位长兄放在眼里的倾向。不过，这是弟弟妹妹傲慢的行为，长兄也有他们无可比拟的长处。他不撒谎，老老实实，而且在所谓的情感方面多愁善感。现在他无论如何也不忍心描写拉朋扎尔从大锅里出来后是一副老巫婆那样丑陋、可怕的容貌。这样写的话，拉朋扎尔真的是可怜之至，对王子也太残忍了。他甚至对这一点感到愤愤不平，就一鼓作气写下了“真是一个大美人，这张脸美得光彩动人”这句话，但后面的内容就无法接下去了。长兄好像总是过于郑重其事，所以他的想象力极为贫乏。所谓讲故事的才能，那种油嘴滑舌、诡计多端的人好像更为出色，长兄可以说是正人君子，心里燃烧着高尚的理想之火，也宅心仁厚，丝毫没有算计和心机。所以，总觉得他在虚构故事方面并不擅长。不客气地说，他编故事的水平够差的。不管写什么，很快就像论文那样干巴巴的，现在他也依然是一种演讲般的语气。长兄只是一味地认真，写完

“这张脸美得光彩动人”这句，他闭上眼睛郑重地想了一会儿，然后慢条斯理地继续写下了以下内容，虽然没有写成什么故事，但长兄的诚实和爱心实实在在地在字里行间全都流露了出来：

这张脸不是拉朋扎尔的脸吗？不，仍然还是拉朋扎尔的脸！但是，这不是生病之前拉朋扎尔那张犹如野玫瑰般汗毛很多的可爱容颜（虽然对女性容貌说三道四有失礼貌），现在这张重生的微笑着的脸庞，如果用花草来比喻的话（将万物之灵长的人的容貌比喻为植物实在欠考虑），首先是桔梗，或是月见草吧，总之是秋天的花草。拉朋扎尔从魔法祭坛上走了下来，脸上带着落寞的微笑。气质——之前没有的端庄贤淑的气质已经出现在她的身上。王子不由得对这位高贵的女王轻轻点头致敬。

“竟然也有这种不可思议的事情！”老巫婆歪着头自言自语道，“不该是这样的。我原来只是想着像癞蛤蟆那样一脸疙瘩的女儿从大锅里爬出来的。一定是比我的魔法更强的力量干扰了我作法。我输了，也厌倦了魔法，还是回到森林，老老实实做一个百无聊赖的老太婆度过余生吧。这个世上竟然还有我不知道的事情啊！”她这样说完，“砰”的一声踢翻了魔法祭坛，将其放进壁炉里烧了起来。据说祭坛的各种用具发出蓝色的火焰，之后整整烧了七天七夜。老太婆回到了森林，作为一个普普通通、性情平和的老婆婆静静地度过了余生。

总而言之，王子爱情的力量战胜了老婆婆的魔法，但据我观察，他们二人真正的婚姻生活现在好像终于要开始了。王子迄今为止的爱，说得极端点可以用“爱抚”这个词来替代。在青春年少之时，这种爱还是迫不得已的。但是，它肯定会陷入僵局进而面临危机。王子和拉朋扎尔的情况也的确主要是拉朋扎尔怀孕生子使两人的爱产生了分歧，那确实是神的考验。可是，王子天真无邪的拼命的祈祷成为获得神之垂怜的一个原因，拉朋扎尔作为一位褪去肉体感觉的精神高尚的女性而得以重生。王子不由得对她点头致敬。二人由此开始了新的婚姻生活第二阶段，曰为相互尊敬。没有相互尊敬，就无法成就真正的婚姻。拉朋扎尔现在已经不再是野蛮女孩，不是他人的附从，她嘴角浮现出蕴含着深深的忧郁、聪慧、温柔的微笑，像一个天生的女王那样从容淡定。王子与拉朋扎尔默契地微笑传情，仅仅这样，他的心情也会变得平和而快乐。丈夫和妻子，在一生的婚姻生活中也要时变时新。为了发现彼此真正的价值，必须要战胜一个接一个危机，不离不弃地携手向前。王子和拉朋扎尔或许在五年或十年后还会重新结婚，但是，因为两人已经不可能失去彼此之间一心一意的信任和尊敬，所以本人觉得他俩的婚姻总算可以令人放心了。

长兄写得过于认真投入，连他自己都有些惊慌失措，不知道讲了些什么。自己根本没有写成什么故事，甚至还觉得破坏了故事。长兄就那样握着粗大的钢笔，愁眉苦脸，很是为难。他拿不定主意，站起身来，将书架上的书抽出来一本一本地翻看，终于找到了一处合适的内容，这段内容位于使徒保罗[1]的书信《提摩太前书》的第二章。长兄默默颔首，觉得这一节作为拉朋扎尔故事的结束语恰如其分，便神气十足地抄了下来。

愿男人无忿怒，无争论，举起圣洁的手，随处祷告。又愿女人知廉耻、自守，以正派衣裳为妆饰，不以编发、黄金、珍珠，和贵价的衣裳为妆饰。只要有善行，这才与自称是敬神的女人相宜。女人要沉静学道，一味地顺服。我不许女人讲道，也不许她辖管男人，只要沉静。因为先造的是亚当，后造的是夏娃。且不是亚当被引诱，乃是女人被引诱，陷在罪里。然而女人若常存信心、爱心，又圣洁自守，就必在生产上得救。[2]

“姑且先这样好啦！”长兄情不自禁地微微一笑，“估计这段话对弟弟妹妹也是非常好的警示吧。如果没有保罗的句子，我的观点杂乱无章、腻腻歪歪，相当平庸，或许会成为弟弟妹妹的笑柄，好险！真的感谢保罗。”长兄这种想法就

1. 保罗（Saint Paul），《圣经》中的人物。《圣经·新约》中的《罗马书》《哥林多前书》《哥林多后书》《以弗所书》《提摩太前书》《提摩太后书》等内容为其所撰，被称为“保罗书信”，构成了《新约》的主要内容，是阐释基督教教义的重要文献。

2. 引文出自《圣经》，译文参照了中国基督教两会编《圣经》（简化字现代标点和合本，2000年版）译文，根据小说原文和《圣经》英语译文略有改动。

像经历了九死一生一般。他总是念念不忘教导弟弟妹妹，因此总是郑重其事，编故事也放不开，必定是一种说教的语气。长兄有长兄的痛苦，不得不总是一副一本正经的样子。他那作为长兄的责任感是不会允许自己和弟弟妹妹相互打趣这种事发生的。

就这样，在新年的第五天，故事以长兄的道德宣讲这一有点近似于画蛇添足的结尾而大体完成。今天是一月五日，次子的感冒也痊愈了。中午刚过，长兄意气风发地走出了书房。

“好啦，完成了，完成了！”他挨个向弟弟妹妹报告，通知大家到客厅集合。祖父也笑呵呵地来了。很快，祖母也被小弟硬拉过来了。母亲和小里忙着将火盆、茶、点心、代替午饭的三明治、祖父的威士忌等端到客厅来。小弟第一个念。祖母跪坐着往前凑，总是在文章的各个段落停顿处插上一句“就是，就是”表示赞同，所以小弟朗读时也觉得有些难为情。祖父趁着忙乱将威士忌的瓶子拉到自己身边，打开瓶塞，一个人随意喝了起来。“爷爷，你是不是喝得太多了？”长兄小声提醒他，祖父用更加细小的声音回答道：“浪漫小说喝醉了听才是行家嘛！”小弟、长女、次子、次女用各自富有创意的朗读方式读完，最后，长兄用一种忧国忧民、激昂澎湃的演讲式的悲壮语气朗诵。次子一直强忍着不笑，但终于忍无可忍，逃到走廊上去了。次女摆出一副像是对长兄的文笔极度鄙视似的滑稽表情，故意为长兄鼓倒掌，真是个自命不凡的家伙。

等到全部内容朗读完毕，祖父已经因饮酒过量而醉醺醺的。“好！大家写得都好！其中，留美（次女的名字）写得尤其好！”他果然还是偏爱次女。可是，他睁开醉眼，提出了一个让人出乎意料的反对意见。

“你们只写王子和拉朋扎尔的事，都丝毫没有提及国王和王后的事，真是遗憾。初枝写到了一点，但那点内容还不够。本来王子和拉朋扎尔能成婚，以及之后幸福长久地生活，这一切完全都是拜国王和王后的慈爱所赐。如果没有国王和王后的理解，王子和拉朋扎尔无论多么相爱，生活都会乱七八糟。所以，忽略国王与王后的宽容大度的话，这个故事就不能成立。你们还年轻，没有留意到长辈这种背后理解的重要性，一味地将王子和拉朋扎尔的爱恋作为中心。你们好像还没有写到位。儿子推荐我读雨果的作品，我很喜欢，那些作品的视野的确是面面俱到。那个雨果呀——”他扯着嗓子大声说话的时候，祖母发火了：“难得孩子们这么开心，但你都说些什么话呀！”说完还顺便拿走了威士忌酒瓶和酒杯。祖父的批评似乎也有切中肯綮之处，但他说话语气没轻没重的，所以无人支持，被大家无视了。祖父一下子变得垂头丧气。母亲看不下去，悄悄地把那个勋章交给了祖父。母亲偷偷地为祖父偿还了他私底下借的一小笔欠款，去年除夕夜，母亲由此获得了祖父颁发的银币勋章。

“爷爷说了，他要把勋章颁给写得最优秀的人哪！”母亲笑着告诉孩子们。她是想借颁奖环节让祖父再一次打起精神来，但祖父却极为郑重其事地说道：

“哎呀，这个嘛，还是颁给千代（母亲的名字）吧！永远送给你了。孙子们就拜托你照顾了。”

孩子们不由得深受感动，觉得这确实像是一枚了不起的勋章。

东京八景

献给艰难困苦的某人

此地位于伊豆[1]南部，除了涌出的温泉之外别无其他可取之处，是一个令人兴味索然的山村。印象中村里住了三十户人家，想着可能房费便宜，我就选择了这个荒凉萧瑟的村子。那是昭和十五年[2]七月三日的事。那时候，我手头也略略宽绰了一些，但今后前途仍是漆黑一团，甚至小说创作也到了山穷水尽的地步。两个月内如若还完全写不出小说的话，我就会再次回到身无分文的窘境。细细想来，手里的这点盈余也不是那么踏实，但对我来说，这是我十年来第一次手里有充裕的钱。我的东京生活始于昭和五年[3]的春天，那时候我已经和一个叫 H 的女人住在了一起。故乡的长兄每

---

1. 指位于日本静冈县东部的伊豆半岛及东京都的伊豆诸岛，是著名温泉旅游胜地。
2. 指 1940 年。
3. 指 1930 年。

月都会寄来足够的钱，虽然我们这两个傻瓜相互告诫不要奢侈，但每到月底还是入不敷出，不得不去当铺当一两样东西。在第六个年头上，我们最终还是分手了，我只留下了被褥、书桌、台灯、一个行李箱以及那令人心烦的巨额债务。那之后过了两年，经某前辈张罗，我按部就班地相亲、成家了。又过了两年，我平生第一次可以歇口气，枯燥乏味的作品集也出版了将近十部。我觉得即便出版方没有向我约稿，我这边只要写好拿给他们，他们大概也会以三部中录用两部这样的几率买下我的作品。今后就是没有任何乐子可言的成年人的工作，我希望只创作自己喜欢的作品。

手头的这点闲钱虽然让我心里非常不踏实，但至少我这一个月可以不用担心钱的问题而写自己喜欢的作品。我觉得自己此时的境况非常不真实，恍惚和不安相互交织，因为这种异常的心绪不宁而无法着手工作，心里也就开始焦躁起来。

《东京八景》，我很想找个时间下大功夫好好写这个短篇，希望将自己这十年间的东京生活依托于那一时期的风景，把它们都描绘出来。我今年三十二岁，即便按照日本的规矩，也意味着这个年龄开始进入中年。而且，即便从自己的身体、热情来看，悲乎哉，也无法否定这一点，还是将这一点牢记于心为好。“你已青春不再，一副不折不扣、年过三旬的男人的模样。”《东京八景》，我不想拿这部作品去迎合任何人，而是希望作为自己与青春的诀别之词来完成它。

“那家伙也变得越来越平庸了啊。”这样愚蠢的恶言恶语与微风一道悄悄传入我的耳中。每次听到这些风言风语，我都会在心中坚定地回答：“我原本就是庸人一个。你没有发现这一点，对吧？”与这一情况相反，当我做好心理准备要以文学为毕生事业时，蠢人们反而轻视我，认为我容易对付。我只是微微一笑。不老的青春属于演员的世界，文学中并不存在。

《东京八景》，我觉得现在这个时候正应该写这篇小说。目前也没有迫在眉睫要完成的约稿，而且还有一百多元闲钱。现在还不是在那种恍惚和不安交织的五味杂陈的唉声叹气中消磨时间，在狭小的房间里转来转去、无所事事的时候，我必须不断地提高自己。

我买了一张东京市的大地图，坐上了从东京站开往米原[1]的火车。我在心里反复叮嘱自己，这次可不是出去游玩，而是要辛辛苦苦地去建造一座自己创作生涯的丰碑。在热海[2]，我换乘了开往伊东[3]的火车，又从伊东坐上了去下田[4]的巴士。巴士沿着伊豆半岛东海岸南下，摇摇晃晃地行驶了三个小时，抵达了那个有着三十户人家的破落山村。四座小旅馆矗立在那里，寒酸得让人有一种难以忍受的郁闷。我选择了F旅馆，因为我觉得那家好像算是四家之中稍微好一点

---

1. 位于日本滋贺县琵琶湖东侧的城市，为重要交通中转站。
2. 位于日本静冈县伊豆半岛的东北角，面朝相模湾的温泉观光胜地。
3. 位于日本静冈县伊豆半岛的东岸的温泉观光胜地。
4. 位于日本静冈县伊豆半岛的东南部，面朝下田湾的港口城市。

的。一个看上去不怀好意的粗俗的女招待领着我上了二楼。进入房间一看，我这把年纪竟快要哭了。回想起三年前我在荻窪[1]租的那个公寓的房间。我寄宿的公寓即便在荻窪也是最低级的地方。可是，这个与被褥间相邻的六铺席大小的房间，比那个公寓的出租屋还要廉价、寒酸。

“没有其他房间了吗？”

“是的，全都客满了。这个房间比较凉快呀！”

“是吗？”

我像是被她轻视了，或许是自己穿着寒酸的缘故。

“住宿费有三元五十钱[2]和四元两种，午餐费另算，我们怎么给您安排呢？”

“我选三元五十钱的吧。午餐我会在想吃的时候告知你们。我想在这里集中精力做些事情，大概要住十天。”

“您稍等。”女招待说完便下楼了。过了一会儿，她再次来到了房间，“那个……您长住的话，按规定需要预付住宿费。”

“是吗？先交多少钱好呢？”

“这个嘛，多少都行吧。”她含含糊糊地说。

“那我先交五十元吧。”

“好的。”

我将纸币摆在桌上，有些不耐烦了。

---

1. 地名，位于日本东京杉并区中央部地名。

2. 货币单位，1 钱为 1 日元的百分之一。

“你全拿走吧。一共九十元，我钱包里只留下了烟钱。”

干吗来这种鬼地方呢？我心里思忖道。

“不好意思，钱我就先收下了。”

女招待离开了。“不能生气！还有重要事情要做。或许这样的待遇正符合我现在的身份。”我一边强迫自己胡乱这么想，一边从手提箱底部取出钢笔、墨水、稿纸这些东西来。

隔了十年手头才有的闲钱，就这样被收走了。不过，我煞有介事地劝慰自己说，这种悲哀亦是命中注定。我忍耐着这份悲哀开始在这里工作。

我不是来游玩的，是来辛辛苦苦工作的。当天夜里，在昏暗的电灯下，我将东京市的大地图在桌面上全部展开。

有多少年没像现在这样浏览东京全图了呢？十年前第一次住在东京的时候，我甚至觉得买这种地图有些不好意思，担心别人会笑我是一个乡巴佬。不知犹豫了多少次，最后终于下定决心要买一幅。买地图时我故意用一种粗鲁的自嘲语气，拿到手后往怀里一揣，急急忙忙跑回了出租屋。晚上，我紧闭门窗，偷偷地打开了那幅地图。地图是由红、绿、黄组成的美丽图案，我屏住呼吸，看得入了神。隅田川、浅草、牛込、赤坂，也就是那些地方，想去的话任何时候都可以立马前往。我甚至觉得自己仿佛看到了奇迹。

如今，即便看着这如同被蚕食的桑叶那样的东京全景，我也只能想象住在那里的人以及他们各自的生活姿态。在这片了无生趣的平原上，络绎不绝的人群从日本全国各地蜂拥而至，大汗淋漓地你推我搡，寸土必争，时喜时忧。他们相互嫉妒，反目成仇，雌性吸引雄性，雄性一个劲儿地四处疯狂奔走。我心中相当冒昧且没来由地浮现出小说《埋木》[1]里悲哀的一句话。“所谓恋爱”，就是“梦想着美好之事而从事着污秽之业”，这是一句和东京没有任何直接关系的话。

户塚[2]——我当初就住在这个地方。我上面的一个哥哥，在这个地方一人租了一栋房子学习雕刻。昭和五年，我从弘前[3]的高中毕业，考入东京帝国大学法国文学专业学习。我根本不懂法语，即便如此，我还是很想听法国文学课，心头对辰野隆[4]老师隐隐约约有一种敬畏之情。我租下了离哥哥家三町[5]远的新建公寓靠里的一个房间。我们俩虽然都没有说出口，但在默默无言之中都自然而然地相互顾忌对方，认同了即便是亲兄弟，住在同一屋檐下也会产生芥蒂这一点。所以，尽管住在同一条街，我们也打算相距三町远独自生活。之后过了三个月，我这个哥哥就病死了，年仅二十七岁。哥哥死后，我还是住在户塚的这个寄宿公寓里。从第二学期开始，我就基本不去学校了，开始满不在乎地协助那种

---

1. 指奥地利女作家奥西普·舒宾（Ossip Schubin，1854—1934，原名 Aloisia Kirschner）的代表作 *Die Geschichte eines Genies*（《一个天才的故事》），森鸥外将其译为《埋木》。

2. 位于日本东京新宿区北部，属商业住宅区，早稻田大学位于户塚东端。

3. 位于日本青森县西南部，为津轻平原的中心城市。

4. 辰野隆（1888—1964），法国文学研究者，东京帝国大学（现东京大学）教授。代表作有《法兰西文艺闲谈》《波德莱尔研究序说》等。

5. 约 327 米。

世人最为忌惮的地下工作，开始带着轻蔑接触自称为那种工作其中一环的小题大做、装模作样的文学。那段时间，我是一个纯粹的政治家。那年秋天，一个女人从老家来到我这里，是我叫她来的，她就是H。H是我在刚入高中就读那年的初秋认识的，之后交往了三年，她是一个天真无邪的艺伎。我为了这个女人在本所[1]区东驹形[2]租了一个房间，这个房间位于木匠家的二楼。我和她在那之前从未发生过肉体关系。长兄为了那个女人的事从老家来到东京，七年前失去父亲的我们兄弟俩在户塚的寄宿公寓那个昏暗的房间里见面了，哥哥面对我这个突然变得凶神恶煞的弟弟流下了眼泪。我决定把那个女人交给哥哥，条件是一定要允许我们结婚。与交出女人的傲慢的弟弟相比，接手这事的哥哥肯定愁肠百结吧。在把她交给哥哥的前夜，我第一次拥抱了那个女人。之后，哥哥领着她暂时回到故乡。那女人自始至终都是一副心不在焉的样子，她只来了一封信，语气生硬，例行公事似的告知我说“刚刚平安到家”，之后便音信全无，好像十分安心乐意。我对此怏怏不乐，自己一直孤军奋战，弄得所有至亲惶惶不安，甚至让母亲饱尝地狱之苦，而我却一个人没心没肺地自信，一副毫无斗志的样子，真是岂有此理。我觉得她应该每天都要给我写信，能够更加爱我。但是，这个女人是一个不愿写信的人，我对她绝望了，从早到晚为协

1. 1947年之前采用的东京35区制区名之一，现属于东京墨田区。

2. 位于现日本东京都墨田区西部的町。

助那种工作而四处奔走，从未拒绝别人委托之事。我渐渐认清了自己在这方面能力的局限性，陷入了双重绝望之中。那时，位于银座后街酒吧的一个女人喜欢上了我。任何人都会有被人喜欢的时候，那个时候我真是放荡堕落，和这个女人约好一同去镰仓[1]投海自杀，因为我当时认为失败之后就是死亡之时。之前那种冒犯神灵的工作也趋于失败。即便在身体上，那种工作也是我根本无法胜任的，可我为了不想让人说自己胆小怯懦，就接受了这样的工作。H只考虑自己的幸福，“你就不是一个女人。因为你不了解我的痛苦，所以会遭到这样的报应。活该！”对我来说，众叛亲离是最为痛苦的。因为和H的事，我心里预想到了母亲、哥哥以及婶婶会目瞪口呆，这也是我要投海自杀最为直接的一个原因。结果女人死了，我活了下来。关于死去之人，我以前多次写过，那是我人生的污点。我被带到了拘留所。经调查，我被免于起诉。那是昭和五年的年末，哥哥们对我这个自杀未遂的弟弟也变得和颜悦色了。

长兄为艺伎H赎了身，在第二年的二月将她送到了我身边，真是一位言出必行的哥哥。H大大咧咧地来了，我们在五反田岛津公[2]分块出售的地产边上租了个月租三十日元的房子住了下来。H工作很卖力。那年我二十三岁，H

---

1. 位于日本神奈川县东南部的城市，历史上为镰仓幕府所在地。
2. 指岛津忠重（1886—1968），日本名门望族岛津氏第二十代族长，海军少将正二位勋一等公爵，其宅邸位于东京都五反田，现为清泉女子大学的中心建筑。

二十岁。

在五反田生活的那段时间，我日子过得浑浑噩噩的，一点主见没有，丝毫不抱有从头再来的希望，一味地讨好时而来访的朋友。对于自己丑陋不堪的前科，不但没有觉得羞愧，甚至暗地里还以此为荣。那可真是一段不知羞耻的傻头傻脑的日子，学校也几乎不再去了，讨厌所有的努力，每天满不在乎地望着 H，真是愚蠢之至。我无所事事，零零星星地开始协助那种工作。但是这次却无任何热情可言。满是无业游民的空虚，这就是我在东京一隅第一次拥有自己的家庭时的样子。

那年夏天，我们离开五反田，搬到了神田[1]同朋町，秋天时又搬到了神田和泉町。第二年早春又搬到了淀桥柏木[2]，这些也没什么可说的。我给自己取了个“朱麟堂”的雅号，专注于俳句创作，我是老实人，为了协助那种工作竟两次进了拘留所。每次从拘留所出来，我都听从朋友吩咐搬到其他地方。我没有任何感动或者厌恶，“若是为大家好的话就这么干吧”！我就是以这样一种极为沮丧的态度，稀里糊涂地和 H 一天天沉溺在二人世界中。那时 H 非常快乐，虽然一天里总会骂骂咧咧地数落我两三次，但随后便又满不在乎地开始学英语。我为她制定了课表让她学习，她似乎没怎么记住学习的内容，到了终于能读二十六个字母之后，英语学习

1. 1947 年之前采用的东京 35 区制区名之一，现属于东京千代田区。
2. 指柏木淀桥町，现为日本新宿区北新宿二丁目。

不知不觉就被放弃了。她仍然不擅长写信，也不想写信，我就为她起草稿。她好像很喜欢充当大姐姐，即便警察把我带走，她也会从容镇定，甚至有时会将那种思想理解为侠义而怡然自得。同朋町、和泉町、柏木，在这样居无定所的日子里我已经二十四岁了。

那年晚春，我不得不再一次搬家，像是又招来了警察，我就逃跑了。这次问题稍稍有些复杂，我就胡乱编造些理由，让故乡的长兄一次寄来两个月的生活费，带着钱离开了柏木。什物家具就一点点分开让各处的朋友代为保管，只带了些随身之物转移到位于日本桥八丁堀[1]一家木材店二楼的一个八铺席房间。我摇身一变成了一个出生于北海道、名为落合一雄的男人。我心里实在没底，对手头的钱也非常珍惜。用“总会有办法的”这种无用的想法来掩饰自己的不安，根本没有关于未来的思想准备。我偶尔会去学校，在礼堂前的草地上默默躺上几个小时。一天，和我毕业于同一所高中的经济学部的同学告诉我一件令人讨厌的事情，我觉得自己就像受到了要弄一般，心里怎么都不愿相信会有这种事，反而对告诉我此事的同学心生憎恶。我认为一问H就会水落石出，就急急忙忙回到八丁堀木材店二楼，却又难以启齿。那是一个初夏的午后，夕阳照进屋子，非常炎热，

1. 位于日本东京都中央区的地名。东京地铁和东日本旅客铁道（JR东日本）交通枢纽。

我让 H 去买一瓶 Oraga 啤酒[1]。当时 Oraga 啤酒一瓶要二十五钱，我喝完一瓶后说还想再喝一瓶，话音刚落，H 就大发雷霆。被她这么一骂，我也来了劲，将当天从同学那里听到的事尽可能用一种满不在乎的口吻告诉了她。H 用家乡话骂了句“愚蠢”，很生气似的微微皱了皱眉。她的反应仅此而已，接下来继续安静地缝衣服，丝毫没有心中有鬼的样子，我就相信了 H。

那天夜里，我读了一本内容不好的书，就是卢梭[2]的《忏悔录》。读到卢梭因为妻子的过往吃尽苦头这个地方时，我变得忍无可忍，再也无法信任 H 了，终于在那天夜里逼她吐出实情。原来从同学那里听到的一切都是真的，还有更加过分的事，我甚至觉得再深究下去会没完没了，就问到一半不再问了。

作为我来说，在这方面没有资格指责别人。我在镰仓与别的女人殉情之事，也是不可饶恕的。但是，那天夜里我满腔怒火。我发现，我在此之前可谓是将 H 奉若至宝并以她为荣，觉得活着就是为了她。我一味地觉得女人凭借冰清玉洁就能得到救赎，如同勇士一般单纯地认同了 H 所说的话。面对友人，我也会引以为傲地说这种话。我觉得 H 性

---

1. 日本三得利公司 1930 年推出的一款啤酒。

2. 卢梭（Jean-Jacques Rousseau，1712—1778），法国哲学家、教育家、思想家、文学家，十八世纪法国启蒙运动的代表人物之一。主要著作有《忏悔录》《社会契约论》《论科学与艺术》等。

格如此刚强，所以能够在来到我这里之前一直守身如玉，这一点无法用言辞来形容，“难能可贵”之类的任何词语都形容不了。我这个愣头青，根本不知道女人为何物，心里根本没有对她的欺骗行为产生丝毫憎恶，甚至觉得坦白这一点的H惹人怜爱，想要抚摸她的后背安慰她。我只是觉得遗憾，心里厌烦，想拿起一根棍棒将自己生活的情形敲个粉碎。总之，我精神上吃不消，便投案自首了。

检察官的调查告一段落后，没有死掉的我再次走在东京的街道上。能回的地方也只有H的房间了，我急急忙忙赶往那里。再次见面真是痛苦落寞，两人都卑微地笑着，软弱地握手言和。我们离开了八丁堀，搬到了芝区[1]的白金三光町，租住了一栋面积很大的空院落中偏房的一个房间。故乡的哥哥们虽然万分惊讶，但还是悄悄寄钱过来。H就像什么事都没有发生过似的意气风发，我却是一点一点从迷糊中清醒过来，将遗书拼凑起来，成了篇幅为上百页稿纸的《回忆》。这部作品现在成了我的处女作，我打算将自幼时（“幼时”在底本中表述为“幼儿”）开始的罪恶，原封不动地全部书写出来。那是我二十四岁那年秋天发生的事。我坐在厢房的一个房间里，眺望着郁郁葱葱的荒废的庭院，脸上明显失去了笑容，打算再次寻死。说我装腔作势的话，的确就是装腔作势。我洋洋自得，仍将人生视为一场戏。不，是

1. 1947年之前采用的东京35区制区名之一，现属于东京港区。

将戏看作人生。我如今已经对任何人都毫无用处，连唯一属于我的H，也沾染上了别人的污秽。我活下去的意义丧失殆尽，已经做好心理准备，要作为愚蠢的、行将灭亡的民族的一人而死去，我要忠实地演好时代赋予我的角色——“一定要输给别人”这一可悲的卑躬屈膝的角色。

可是，人生不是戏剧，无人知道第二幕是什么。也有一种男人，他虽以“灭亡”的角色登上舞台，却一直到最后都没有下场。原打算写一封简短的遗书，将“也有这样一个脏兮兮的小孩子”这种幼年以及少年时代的我的自白记录下来，但这封遗书却反过来强烈地让我无法释怀，在我的虚无之中点燃了一抹幽暗的灯光，真是让我欲死不能。仅仅《回忆》这一篇小说的话，不管怎样我都会有些失望。反正都写到这里了，我想还是全部写出来，将迄今为止我的全部生活和盘托出算了。这个那个的，想写的事情全都一股脑地涌现了出来。我首先写镰仓那件事，写完觉得不行，某个地方有些不到位，进而又写了一稿，仍旧不满意，叹口气后接着再写一稿。我无法为这个作品画上句号，只能让小小的逗号不断延续着，那个永远存在的恶魔逐渐啃噬着我，我的努力也是不自量力之举。

昭和八年[1]，我二十五岁，必须要在这一年的三月大学毕业。可是，别说毕业了，我根本连考试都没参加。老家的哥

1. 指1933年。

哥们对此一无所知。我虽然净干蠢事，但他们觉得我可能会因为良心上过不去而至少能做到大学毕业，暗暗期待我起码还有这点诚信，情况就是这样。可是我却彻底辜负了他们，没有要毕业的意思。欺骗相信自己的人，这几乎就是让人发疯的地狱。之后的两年，我一直生活在这种地狱之中。“明年我一定会毕业，请再宽限我一年！”我这样向长兄哭诉求情，哭诉完后又再次辜负了他，反复如此。那一年也是这样，第二年亦如此。在几乎就要死去的深刻反省、自嘲和恐惧之中，我没有死去，而是专心致志地去创作一系列任性妄为、可称为遗书的作品。“做到这一点就好了。或许那家伙归根结底只是一种不成熟的矫揉造作的感伤。”别人会这么说，可我为了这一感伤而奋不顾身。我把写好的作品装在大纸袋里，已经积攒了三四篇。作品数量渐渐增多，我就在纸袋上写上“晚年”二字，打算将其作为一系列遗书的题名，意思就是表明“就此完结”。因为芝区的空房子被人买下，我俩在这一年的早春又搬离了芝区。由于没能从学校毕业，老家寄来的生活费也大大减少，我们必须更加省吃俭用才行。我们搬到了杉并区天沼三丁目，租住了一个朋友家里的一个房间。此人在报社工作，是位优秀市民。之后我们和他一起生活了两年，真的是让他操心不少。我更没有要从学校毕业的心思了，像个傻子一般一心扑在那部作品集的创作上。我担心别人会说什么，就对朋友甚至对 H 敷衍撒谎，说自己下一年能够毕业。我大约一周去学校一次，每次都穿好学生制服离开家，在学校图书馆胡乱借来各种各样的书走马观花地翻翻，不久就打起瞌睡来，或是写写作品草稿，傍晚时分离开图书馆回到天沼的家中。不管是H还是那个朋友，丝毫没有怀疑过我。虽然我表面看起来万事大吉，但内心却暗自焦虑，时时刻刻都心急如焚，希望在老家断了我的生活费之前完成这个作品。可是，这项工作实在是劳形苦神，写了撕，撕了写，我被这个恶魔吸精食髓，折磨得不成样子了。

一年过去了，我依然没有毕业。哥哥们怒不可遏，我还是像以前那样哭诉，信誓旦旦地说下一年一定毕业。除此之外，我没有任何借口请求老家寄钱了。我无论如何也不能向任何人说出实情，不想找人一起合计此事，只想着自己一个人顶着败家子的坏名声就行了。这样一来，我相信身边的人也会立场明确，丝毫不会受到我的牵连吧。我无法说出自己为了写遗书还想再缓一年毕业这种不着调的话，最讨厌别人将我视为一个自命不凡、不食人间烟火的所谓的空想家。即便是哥哥们，我要是说出那种不切实际的事情，就算他们愿意给我寄钱，估计也只能作罢。他们要是知道实情还继续给我寄钱的话，恐怕将来会被后人视为我的同谋吧。我讨厌那种情形，自始至终必须做一个偷奸耍滑的弟弟来欺骗哥哥们。我这样认真地想着，虽然觉得自己这样子和“小偷亦有三分理”并无二致。我依旧一周一次穿着制服去学校，无论是H还是在报社工作的朋友，都美好地相信我第二年会毕业。我被逼得走投无路，不断迎来的每一天也都暗无天日。

我不是坏人！欺骗别人要下地狱。不久，我们搬到了天沼一丁目。因为朋友觉得住在三丁目上班不太方便，就在这年春天搬到了一丁目市场的后面，位于荻窪站附近。我们接受他的邀请也和他一起搬了过去，租了那栋房子二楼的房间。我每天夜不成眠，喝廉价的酒，咳出许多痰，想着自己或许是生病了，但又觉得还不至于到那种程度。我想早日将那个纸袋中的作品集整理完毕。或许这是我任意妄为、洋洋自得的想法吧，我想将这个作品集完成留存于世，以此来表达对众人的歉意。这是我竭尽全力能够做到的事情。在这一年的深秋，我总算完成了这部作品。我从二十多篇作品中选出十四篇，将其余作品和废弃的草稿一起烧掉了。它们加一起足足可以装满一个箱笼。我把这些拿到院子里烧了个精光。

“我说，你干吗要烧掉啊？”那天晚上，H突然问我。

“因为不需要了。”我微笑着回答。

“干吗要烧掉啊？”H重复说了一遍同样的话，哭了。

我开始整理自己的身边物品，准备将从别人那里借的书分别物归原主，打算把信件、笔记之类的也都卖给收破烂儿的。我不动声色地将另外两封信放入上面写有“晚年”二字的袋子里，这个样子就一切准备就绪了。我每晚都出去喝便宜的酒，因为我面对H诚惶诚恐。那时，一位同学找我商量出版同人杂志的事，我半推半就，敷衍他说杂志若取名为《青花》的话可以一起办杂志。不料戏言成真，各地的志同道合之人主动报名参加，我和其中的两位感情迅即升温，我将所谓的青春最后的热情都燃烧在这上面了，这是死亡前夜的狂舞。一起喝醉，殴打有智力缺陷的同学，像爱自己的至亲一般爱着不洁的女人。H的衣柜在她未曾发觉之时变得空空如也。那年十二月，纯文艺刊物《青花》创刊了，可仅仅出版了一期，成员就各奔东西了。这种没有目标的异常狂热真是令我目瞪口呆。之后就只剩下我们三人，人称“三笨蛋”。不过，我们三人是一生一世的好朋友，我从他们两人身上受益良多。

翌年三月，又要到毕业季了。我参加了某报社的招聘考试，心里想让住在一起的朋友、H都看一看我临近毕业兴高采烈的样子。我说自己想当一名报社记者，平平淡淡过一生，借此逗大家开心。明明总归要败露，我还是想尽可能长久地维持家中的安宁，哪怕一天、一刻也好。不管怎样，我都害怕吓到别人，所以就拼命地说那些应景的谎言，任何时候都是这样。接下来便走投无路，考虑自我了断。虽然最终事情会败露，之后只能让人加倍震惊、愤怒，但我无论如何也无法说出令人扫兴的事实，时时刻刻亲自增加虚伪带来的地狱般的痛苦，加深的虚伪的地狱。当然，我也没打算进报社工作，而且也不可能通过招聘考试，完美欺骗的阵地现在也开始沦陷，我觉得死亡时刻来临了。于是我在三月中旬独自去了镰仓。那是昭和十年，我打算在镰仓的山中自缢而死。

从镰仓投海引起的骚动开始，到现在是第五年。因为我会游泳，很难做到在海里溺水而死，我就选择了以前听说的可以必死无疑的自缢。但是，我又一次败得一塌涂地，竟然恢复了呼吸，或许是我的脖子比一般人都粗吧。我就这样脖颈上带着一圈红肿溃烂，失魂落魄地回到了天沼的家。

我想自己决定自己的命运，在这一点上我失败了，摇摇晃晃地一回到家，就发现眼前展开了一个陌生的不可思议的世界。H 在玄关轻抚我的后背，其他人嘴里说着“回来就好！回来就好”来安慰我，我被这人生中温情的一面弄得不知所措。长兄也从老家赶过来，劈头盖脸地骂了我一通，但我对长兄非常眷恋、仰慕，可以说是平生第一次品味到这种不可思议的情感。

无法预料的命运很快便持续开来。那之后过了数日，我突然腹痛难忍，甚至一夜未眠，就用汤壶暖暖肚子来缓解疼痛。我开始变得精神恍惚，就叫来医生，于是身上裹着被子被抬上救护车送到了位于阿佐谷[1]的外科医院，马上实施了手术。我得了盲肠炎，因为延误了就医时间，而且用汤壶暖肚子适得其反，导致腹膜流脓而增加了手术难度。术后第二天，我从喉咙里咳出许多血块，之前的胸部疾患也突然暴发出来。我已经奄奄一息，甚至连医生都束手无策了，但罪孽深重的我还是一点一点活了过来。过了一个月，我腹部的伤口痊愈，作为传染病患者转院到世田谷区经堂的内科医院。H 一直陪护在我的身边，她笑着告诉我，她被医生告诫

1. 位于东京的杉并区。

说即便是和我接吻也是不允许的。那个医院的院长是长兄的朋友，他特别关照我。我们租了两间宽敞的病房，将全部家当搬了进来，迁居住进了医院。五月、六月、七月，马上就到豹脚蚊出没而开始在病房挂白色蚊帐的时候。这期间，我按照院长的指示，搬到了千叶县船桥町。那里是海边，我们在市郊租了一间新房住进去。原本是转地疗养，但这里于我而言并无益处，我开始出现痛苦不堪的严重状况。从在阿佐谷的外科医院住院时起，我就染上了令人讨厌的恶习，那就是滥用麻醉剂。一开始医生也是为了缓解我患病部位的疼痛，在早晚更换纱布时使用麻醉剂。不久，我就到了不依赖药品无法入眠的地步。我无法忍受失眠的痛苦，每晚求医生给我用药。这里的医生对我的身体束手无策，总是有求必应。转到内科医院之后，我也死乞白赖地求院长给我开麻醉剂，大概求他三次，他会勉强答应一次。我已经不再以缓解身体病痛为目的，而是为了消除自己的惭愧、焦虑才求医生开麻醉药，我失去了忍受寂寞的耐力。搬到船桥町之后，我去镇上的诊所，诉说自己失眠和麻醉剂成瘾的症状，强行要求医生开药给我。之后，我又硬让那个懦弱的医生给我开证明，直接去镇上的药房买药。等我意识到这一点时，就已经彻底成了一个凄惨的麻醉剂中毒患者，很快在经济上捉襟见肘了。那时候，我每月从长兄那里收到九十元的生活费，超过这个数额的临时开销长兄会断然拒绝，这是理所当然的。我根本没有努力去报答兄长的爱，总是任性地不把自己的性命当回事。这年秋天后，我偶尔也会出现在东京街头，我那样子已经是个脏兮兮的半疯半傻之人。我对自己那个时期的各种丑态一清二楚，无法忘怀。我成了全日本最卑鄙龌龊的青年，为借十元、二十元到东京来，曾在出版社编辑面前痛哭流涕，还曾因自己过于执拗地拜托编辑而被对方怒斥。那个时候，我写的稿子也是有可能换点钱的。我在阿佐谷的医院、经堂的医院住院期间，依靠朋友们的斡旋，装在那个纸袋里的"遗书"有两三篇发表在好杂志上。作为其反响，无论是谩骂之言还是支持之语，对我来说都过于强烈，令我狼狈不堪，因为不安而大动肝火。药品依赖越发严重，屡次三番的痛苦折磨也让我恬不知耻地多次去杂志社找编辑或是社长，恳求他们预支稿费。因为过于沉溺在自己的苦恼之中，我没有注意到其他人也都在竭尽全力地生活这一理所当然的事实。那个纸袋里的作品也一篇不剩地卖了出去，手头已无可卖的作品，也不可能马上写出新作品来。写作素材已枯本竭源，什么都写不了了。那个时期，文坛之人对我多有指责，说我"有才无德"，我却相信自己"品德之芽尚存而才全无"。我根本没有所谓的什么文采，除了整个身躯机械地贸然前行之外不知道其他手段，真的是蠢上天了。我这种人拙劣地拘泥于"一宿一饭之恩"这种死板的道德，自己应付不来，反倒气急败坏地总是做出那种无耻之事。我成长于一个严厉刻板的保守家庭，借钱就是最大的犯罪，摆脱借款会欠下更多的债务。我自身为了消除借钱的羞愧也导致药品成瘾越发严重，付给药房的费用一个劲儿地增多。我也曾抽抽搭搭地哭着走在白天的银座大街上。我太渴望钱了，简直就像抢夺一般向从近二十个人手里借款。我不能死，我希望自己能将欠债彻底还清之后再死去。

我开始被人们疏远。搬到船桥町过了一年，在昭和十一年[1]的秋天，我被带上汽车送到了东京板桥区的某家医院。我睡了一夜，一睁开眼，发现自己躺在脑科医院的一间病房里。

在那里生活了一个月之后，一个秋高气爽的下午，我终于可以出院了，H来接我，我们一起坐上了汽车。

我们俩一个月没见面了，但都默默无语。车开动了，过了一会儿，H开口说道："药已经戒了吧？"她语气中带有一丝愠怒。

"我今后不再相信了。"我说出了自己在医院领悟到的唯一一件事。

"是啊，"H是个实用主义者，似乎将我的话理解成金钱层面的意思了，深深地点了点头，"别人靠不住的呀！"

"我也不相信你了呀！"

H一脸尴尬。

船桥町的家在我住院期间已经废弃，H住在位于杉并区天沼三丁目一个公寓里，我在那里安顿下来。有两家杂志社向我约稿，从出院的那个晚上起，我就开始写作了。写完两

1. 指1936年。

篇小说，我拿着稿费去了热海，不加节制地开怀畅饮了一个月。我也不知道今后怎样办，虽然这三年来每月都从长兄那里领到生活费，但住院前负债累累，还没有还清。我还有一个计划，要在热海写一部优秀的小说，至少可以用这部小说挣的稿费来偿还目前我最揪心的债务。可是，别说写小说了，我甚至难以忍受自己周围的冷落，只是一个劲儿地喝酒，切身感受到自己是一个窝囊的男人，在热海反而又增加了自己的债务。我不管做什么都一事无成，这情形真是一败涂地。

我回到了位于天沼的公寓，让自己那放弃了所有希望的脏兮兮的身体一骨碌躺了下来。我已经二十九岁了，一无所有。我有一件棉和服，H 也仅有身上穿的这件，我想或许到了这一步就是所谓的绝境吧。我们像虫子那样依靠长兄每月寄来的生活费默默地生活着。

但这还不是最坏的。这一年的早春，一位西洋画画家出乎意料地来找我商量，他是我肝胆相照的好朋友，他的话让我都快喘不过气来了，因为 H 已经犯下了悲哀的错误。我突然想起来了，从那家不祥的医院出院之时，H 在车里就对我那些无关痛痒的胡言乱语表现出了惊慌失措的样子。我让 H 吃了苦头，但我原本打算只要活着就要和她共度此生的。我不善表达爱意，H 和西洋画画家都没有注意到这一点。尽管他找我谈了，但我也不知道如何是好，我不想伤害任何人。我在三人之中年纪最大，希望至少我一个人能够冷静下来拿出一个英明的主意。但我还是因事情过于沉重而惊慌失措、狼狈不堪，慌慌张张地反而被 H 他们瞧不起。不久，那个西洋画画家渐渐想逃离这种局面。我尽管处于痛苦之中，但我还是觉得 H 楚楚可怜。H 好像已经打算赴死，实在无法忍受之时，我也考虑一死了之，两人一起去死吧，神也会原谅我们。我们就像感情笃厚的兄妹一般出游了。我俩去了水上温泉[1]，当天晚上在山上自杀。我觉得不能让 H 死掉，并为此而下了些功夫。H 没有死成，我也彻底自杀失败，因为我们用了药品。

我们终于分手了，我再也没有挽留她的勇气，可以说是我抛弃了她。尽管我人道主义地虚张声势，装出一副傲慢的样子，但我觉得自己好像明确地看到了今后每一天那丑恶的地狱。H 独自一人回到了乡下的母亲那里，西洋画画家也从此杳无音信。我独自一人留在公寓里，过着自炊自食的生活。我学会了喝烧酒，牙齿一颗一颗脱落，容貌也变得令人生厌了。我搬到了公寓附近的出租屋，那是间最低级的出租屋。“临终之眼，得见此景。立于门边，月影婆娑；奔于荒野，青松伫立。”[2]我在四铺席半的出租屋里独自喝酒，醉了就走出来，倚着门柱小声胡乱吟唱那种胡诌的和歌。除了两三个难以割舍的好友外，没有人愿意理我了。我也渐渐明白世人如何看我了。我就是一个无知傲慢的二流子，或者是白痴，抑或是下流狡猾的好色之徒，是假扮成天才的骗子。我

1. 位于日本群马县利根郡水上町的温泉胜地。

2. 原文为“見おさめと、門辺に立てば月かげや、枯野は走り、松は佇たたずむ”。

过着穷奢极欲的生活，一缺钱就假装自杀威胁故乡的父母；我像虐待猫狗一样折磨贤淑的妻子，最后把她赶出家门。此外，各种各样的风言风语带着嘲讽、厌恶、愤慨在世人中传来传去，我完全被埋葬，承受着废人这一坏名声。我发现了这一点，就想闭门不出，不离开出租屋一步了。没有酒的夜晚，我嚼着咸味仙贝看推理小说，有些乐此不疲。我没有接到任何杂志社或报社的约稿，而且我什么也不想写，也写不出什么了。但是，关于生病期间的借款，虽然没有人催我还，但我仍然连晚上做梦都痛苦不堪，我已经三十岁了。

我因为什么因缘际会成了这个样子呢？我认为自己必须要活下去。难道是老家的不幸给了我理所当然的力量？长兄当选为议员后很快就因违反选举法遭到起诉。我一直很敬畏长兄刚正不阿的人格，肯定是他身边有坏人捣鬼才出现这种情况的。姐姐死了，外甥死了，堂弟死了，而这些我都是通过传言得知的，因为我和故乡之人全都不相问闻。老家家人接二连三的不幸，让一直躺平的我一点一点坐起身来。我对自己故乡庞大的家族一直羞于启齿，因“阔少”这一对自己不利的称呼而自暴自弃，“养尊处优是不正当的”这一讨厌的恐怖感从小便让我变得自卑、厌世。我坚信有钱人家的孩子必定会坠入地狱，逃避这一点就是卑鄙无耻，我尽力做到作为罪孽之子而死去。但是，一夜之间我晃过神来一看，自己哪里是什么有钱人家的少爷，简直是一个连出门穿的衣服都没有的贱民。老家寄来的生活费应该到今年为止就没有了，我的户籍已经从老家分了出来，而且，生我养我的老家也正处于不幸的低谷。我没有任何可以堂而皇之有负他人那样的与生俱来的特权，有的只是深深的愧疚。类似的感悟还有以下一点。当我随便躺在出租屋的一室，连死的勇气都丧失殆尽时，我的身体不可思议地迅即强壮起来。这一事实也可以列为一个重要原因。另外，还可以列举出年龄、战争、历史观的动摇，对懒惰的厌恶、对文学方面的谦恭、神之存在等各种各样的原因。但关于人之因缘际会的解释，我总觉得有点矜持作态，即便期待这些解释勉勉强强近乎准确，但这一解释也肯定在某个地方隐约呈现出谎言之漏洞。因为人总是在左思右想之后才选择前进方向的，难道不是吗？许多情况下，人在不知不觉中走在了不同的原野上。

三十岁那年的初夏，我第一次下定决心专心致志地从事写作。现在想来，这一决定为时太晚。我在出租公寓一间没有像样家具的四铺席半房间里拼命写作。公寓提供的晚饭饭桶里若有剩余，我就把这些悄悄做成饭团，以备工作到深夜肚子饿时食用。这次我不是将这部作品作为遗书来书写，而是为活下去而创作。一位前辈鼓励我写下去，尽管世人都憎恶我、嘲笑我，唯有他一如既往地默默地支持我，我也必须报答他这份难能可贵的信任。不久，我完成了《弃老》这部作品，将自己和H去水上温泉自杀时的事情如实写了下来。这个作品很快就卖掉了，因为一位编辑没有忘记我，一直等待我写出新作。我没有乱花稿费，先去当铺赎回一件外出穿的和服，打扮得花里胡哨地外出旅行了。我去了甲州[1]的山里，打算进一步更新思路，着手写一部长篇小说。我在甲州待了整整一年，虽然没有写出长篇小说，但短篇倒是发表了十余篇，得到了各方支持。我觉得文坛是一个难能可贵的地方，这辈子能生活其中实乃三生有幸啊。第二年，也就是昭和十四[2]年的新春，我在那位前辈的张罗下平平淡淡地相亲、结婚了。不，并非平淡，因为我一分钱没花就举行了结婚仪式。我们在甲府市边上租了一栋只有两个房间的房子居住，房租是一个月六元五十钱。我连续出版了两本创作集，经济上也稍稍宽裕了。我一点一点清理了闹心的欠债，这确实是件相当不容易的事。这年初秋，我们搬到了东京郊外的三鹰町。这里已经不是东京市了，我的东京生活从我拿着一个提包离开荻窪的出租屋出发前往甲州之时就已经中断了。

我现在是一个靠笔杆子吃饭的人。即便去旅行，我也会大大方方地在旅店登记簿职业一栏填上“作家”二字。尽管存在许多艰辛，但我鲜有提及。即便辛苦超过以前，我也装作一笑了之，愚蠢之人都说我庸俗化了。每天，武藏野[3]的夕阳大如车轮，像滚滚煮沸了一般喷洒着余晖落下山去。我在可以看到落日景象的三铺席房间里盘腿而坐，一边吃着粗

1. 日本古代令制国甲斐国的别称，现为山梨县。

2. 指 1939 年。

3. 位于日本东京多摩地区的郊外住宅都市，市中心的吉祥寺站周围是多摩地区最为繁华的闹市区。

茶淡饭一边对妻子说："我就是这样的男人，不可能出人头地，也不会大富大贵。但是，我要想办法维系好我们这个唯一的家。"此刻，我突然想到了东京八景，种种过往像走马灯那样在我的心中回旋。

这里虽然是东京市外，但紧邻的井之头公园[1]也数得上是东京名胜之一。所以，将这武藏野的夕阳纳入东京八景也是没有问题的。为确定剩下的七景，我翻了翻自己心中的相册。但是，这种情况下，成为艺术的并非东京风景，而是风景中的我。是艺术欺骗了我吗？是我欺骗了艺术吗？结论就是艺术就是我。

户塚梅雨、本乡[2]黄昏、神田庆典、柏木初雪、八丁堀烟火、芝之满月、天沼夜蝉、银座闪电、板桥脑科医院的波斯菊、荻窪晨雾、武藏野夕阳。回忆的黑暗之花，哗啦哗啦地摇曳不定，梳理起来极不容易，而且勉强凑成八景，也是俗不可耐。在此过程中，今年的春天和夏天，我又进而发现了两处景致。

今年的四月四日，我拜访了住在小石川[3]的老前辈S先生。我五年前生病的时候，没少让S先生操心。最终被他严厉训斥，发展到断绝师生关系的地步。但是，今年新年我前

1. 又名井之头恩赐公园，位于东京都三鹰市。原为宫内省用地，1917年面向一般民众开放。

2. 1947年之前采用的东京35区制区名之一，现属于东京文京区，东京大学所在地。

3. 地名，位于东京文京区。

去拜年，向他表达了自己的歉意和感谢。那之后又一直没和他联系。四月四日这天，为了请他担任朋友作品出版纪念会的发起人我才登门拜访的。先生在家，他答应了我的请求。接下来，我还听他讲了绘画方面的话题以及芥川龙之介的文学。老前辈还用他一贯浑厚的语调说了这番话："我也觉得你找我似乎动机不纯，但现在看来，你来找我反而做对了，因为我很开心。"我们一起坐汽车去了上野，在美术馆观看了西洋画画展。索然寡味的画作为数不少，我在一幅画前停下脚步。S 先生也很快走了过来，将脸凑近了那幅画。

"真是很肤浅啊！"他直率地说。

"很糟糕。"我也明确地说。

这幅画是 H 曾交往过的那个西洋画画家的作品。

我们离开美术馆后，又在茅场町一起观看了电影《美丽斗争》[1] 的试映。之后，我们一起去银座喝茶，玩了整整一天。到了傍晚时分，S 先生说要从新桥站坐公交车回去，所以我陪他走到了新桥站。途中，我告诉了 S 先生创作《东京八景》的计划。

"武藏野的夕阳真的很大嘞！"

"真是美得可以入画啊！"S 先生在新桥站前的桥上停下来小声说道，手指指向了桥另一侧的银座方向。

"嚯！"我也停下脚步望着那个方向。

1. 法国 1938 年出品的电影 *Conflit*。

“真是美得可以入画啊！”先生像自言自语一般又重复说了一遍。

比起正被我们眺望的风景，我更想将看风景的 S 先生和曾被他扫地出门的劣徒的身影作为一景编入东京八景之中。

在那之后大约又过了两个月，我再次寻访到明亮的一景。一天，我收到妻子的妹妹寄来的一封快信。“按规定 T 明天就要启程了。听说在芝公园可以见上一面，请姐夫明天早上九点来一趟芝公园。请您将我的心意婉转地传达给 T。我傻里傻气的，对 T 还什么事都没有交代。”妻妹二十二岁了，但个头不高，看上去还像个孩子。去年她和 T 君相亲、订婚了，但下完聘礼后 T 君很快就应召入伍，进了东京的某个联队。我也曾经与身穿军装的 T 君见过一面，和他聊了三十分钟左右。他是个性格爽朗、气质文雅的青年，看情形像是明天就要出发上前线了。这封快信收到还没过两个小时，我收到了妻妹的又一封快信。“仔细一想，发现方才的请求太不矜持了。您不必和 T 说什么话，只是请您送送他吧。”看到信中这些文字，我和妻子都不由得笑了。我们非常清楚她一个人手忙脚乱的样子，因为两三天前她就去 T 君父母家帮忙了。

第二天早上，我们一大早就起来去了芝公园。增上寺的庭院里聚集了大量前来送行的人。我们拉住一位身穿卡其色消防服、焦急地拨开人群四处走动的老人询问，得知 T 君的部队会拐到山门前停一下，休息五分钟后马上又要走了。

我们就走出寺庙，站在山门前等待T君所在的部队到达。不久，妻妹也拿着小旗与T君的父母一道过来了。我和T君父母初次相见，加上和他家没有明确结成亲戚关系，不善交际的我甚至都没有好好招呼他们，只是稍稍以眼神致意。

“怎么样？心情平静些了吗？”我朝妻妹打招呼道。

“没什么的啦。”她对着我开朗地笑了。

“怎么能这样！”妻子拉下了脸，“还笑那么大声！”

为T君送行的人很多，他们就在山门前立了六面写着T君名字的旗帜。在T君家工厂工作的男工、女工都停工前来送行。我离众人稍稍远些，站在山门边那里。因为我觉得有些别扭。T君家财大气粗，我是穷酸文人一个，牙齿脱落，衣衫不整，既没穿和服裙裤，甚至也没戴帽子。T君的父母心里肯定会说儿子未婚妻的穷亲戚来了。尽管妻妹找我搭话，我也会说“今天你是重要角色，快陪在你公公身边”而将其支走。T君的部队始终没来，即便过了十点、十一点、十二点，也还是一直没有出现。女子中学修学旅行团乘坐的旅游大巴，从我眼前驶过了好几拨，车门上都贴着写有女中校名的纸条，里面也有故乡的女中。长兄的大女儿也上了那所女中，或许就在车上。我想她可能不认识我这个叔叔，车经过时天真地看到了一个愚蠢的老男人呆呆伫立在东京名胜增上寺山门前的一幕。约有二十辆大巴断断续续地从山门前驶过，每辆大巴的乘务员每次都正好指着我开始讲解什么。我一开始还装作满不在乎的样子，最后我也试着摆了个造型，像巴尔扎克像[1]那样双手轻松地交叉。这样一来，我甚至觉得自己像是成了东京名胜之一。快到一点的时候，响起了“来了，来了”的呐喊声。很快，满载士兵的卡车就开到了山门前。因为T君掌握了达特桑[2]驾驶技术，所以坐在了卡车驾驶席上。我从人群后面呆呆地看着。

“姐夫。”不知道什么时候，妻妹来到了我身边，她轻声说着，用力推我的后背。我回过神来一看，看到T君从驾驶室下来，他像是最先发现站在人群最后面的我，朝我敬礼。尽管如此，我还是一时间摸不着头脑，朝四周看了看，有些犹豫。果不其然，他肯定是在向我敬礼，我这才下定决心拨开众人，和妻妹一起来到了T君面前。

“你走后不用担心。我这妹妹虽然不灵光，可女人最重要的品德她还是知道的，根本不用操心。我们也都会照应她的。”我难得一见地用郑重严肃的语气说道。一看妻妹的脸，她也微微抬起头，有些紧张。T君羞红了脸，默默地再次敬礼。

“你有没有其他要交代的？”这下我也笑了，问妻妹。

---

1. 法国雕塑家罗丹的代表作之一，文豪巴尔扎克的青铜雕像，表现了一种全新的人体雕塑理念。

2. 达特桑（Datsun）是以生产汽车零件为主的户烟铸物株式会社（现日产汽车公司）买下DAT汽车公司而冠名的商标名。DAT公司名称由三名创始人田健沼郎、青山禄郎和竹内明太郎姓名的英文首字母拼写而成，在日语中与形容速度快的“脱兔”发音相似。达特桑这一品牌的轿车和载货汽车的产量在日本享有盛誉。原意为“达特之子”（DATSON），后考虑到英文“SON”的发音与日语汉字“损”的相同，于是改为“SUN”。

“没有了。”妻妹低下了头。

很快，出发号令下达了。我再一次迅即淹没在人群之中，但还是被妻妹从背后推向前面，这下挤到了驾驶室前，只有T君的父母两个人站在那里。

“你就安心去吧！”我大声说道。T君的父母突然回头看向我，眼神中流露出一丝不悦，像是要说“愚蠢地瞎嚷嚷什么呢！你这家伙算老几”。但是，此刻我没有退缩。我曾经有瞻前顾后生不如死的经历，人之尊严最后的底线，不就是坦然面对这一点的勇气吗？我征兵体检结果是“丙种合格[1]”，而且生活困顿，现在也没什么可顾忌的了。“东京名胜”用更加响亮的声音喊道：“以后的事你不用担心啦！”今后T君和妻妹的婚事若万一出现什么麻烦状况，我这个不顾体面的混世魔王也一定要成为帮助这对夫妻的最后力量。

寻得增上寺山门这一景后，我觉得自己的作品构思也像已经拉成满月状的弯弓一般蓄势待发。那之后又过了数日，我就带着东京市大地图、钢笔、墨水及稿纸，豪气冲天地来到了伊豆。到了伊豆温泉旅馆后又是一番什么状况呢？出来旅行已经过去十天了，可我还待在那个温泉旅馆里，我在干什么呢！

---

1. 指二战期间日本征兵检查结果，丙种合格指次于甲种、乙种，指虽然身体合格，但不适用于现役，可编入国民兵役。

猫头鹰通信

我顺利完成了一项重大任务。估计你不知道是什么样的重大任务吧。我只是在明信片上写了句“接下来我要出游了”，并未告诉你我去何处、去做什么，因为我觉得不好意思。而且，我觉得如果你知道的话，可能会像往常一样放心不下，开始对我提出忠告啦，教导啦，我心里怕你会这样，就故意没有向你说明目的就去旅行了。前些日子，我的一篇肤浅的短篇小说在广播中播放了。那时，我也祈求这篇小说不要被任何人所知，特别是如若被你听到的话，那才是一种必须要找个地缝钻进去的羞愧心情。真是一篇非常肤浅的小说。我是那种明明小里小气却胡乱花钱的性格，不管怎样都会花得一干二净，或许就是所谓的“拣了芝麻，丢了西瓜”的那种人吧。而且，我对贫困的忍受力很差，所以，也会身不由己接受非我所愿的工作。因为我想挣钱啊！像我这样土里土气的乡巴佬无论如何都写不好那种用于广播播出的小说，我对这一点一清二楚，可我还是接受了这个差事。可能是因为我也有那种可悲的弱点——明明是个乡巴佬，却憧憬花里胡哨的东西。我觉得自己不愿让你听到前些日子的广播，即便遇到你，我也会只字不提，一味地隐瞒下去。但是，真不走运，你在上野的 MILK HALL[1] 偶然听到了这篇小说，第二天就将自己的感想郑重其事地写成一封长信寄给了我，所以我真的是面红耳赤，不知如何是好。这次旅行亦如此，我本打算不告知任何人，永远闭口不提的，但天生胆小的我好像不管怎样都无法将事情隐瞒到底，所以，现在我反过来要将此次旅行中的糗事悉数告知于你，这样最好。之后我也会释然吧。即便一直藏着掖着，总有一天会暴露出来。就是上次广播小说的时候也是如此。我决定还是采取一种痛痛快快的态度吧。我现在住在新潟的一家旅馆里，这里像是一家高级旅馆，我所居住的这个房间好像也是这个旅馆最好的房间。我受到了东京名士那样的礼遇。今天下午一点开始，我在新潟的高中做了近两个小时的讲演。所谓的重大任务，就是指这件事。我总算完成了这个重大任务，现已回到旅馆，给你写这封信原原本本汇报此事。

我今天早上抵达新潟，有两个学生来车站接我，他们可能是学艺部[2]委员吧。我们从车站步行去旅馆，走了有好几

1. 日本明治末期至昭和初期城市流行的一种提供牛奶、面包及点心的简易饮食店。

2. 指学生文艺社团。

町远吧。正如你知道的那样，我不擅于估量距离，所以也说不清大约几町远，好像走了近二十分钟。新潟的街道空气莫名其妙地干燥，尘土飞扬。废弃的报纸被风一吹，犹如军舰模型一般在开阔的道路上快速行进。道路像河流一般宽阔，可能因为没有电车轨道，看上去犹为惨白、空旷。我们经过万代桥[1]，来到了信浓川的河口处。我也并没有什么特殊的感触，感觉这里比东京稍冷，后悔没有带斗篷来。我来时穿着久留米藏青地碎白花纹[2]和服配裙裤，也没把帽子带来。包里装了一条毛线围巾和一件厚衬衫。到旅馆后，我很快躺下了，但毫无睡意。

快到中午时，我起床用餐。鲜鲑鱼真是美味，像是从信浓川就可以捕捞到。味噌汤里的豆腐非常软和，品质上乘，于是我问女招待："信浓的豆腐很有名吗？"她立刻回答："哎呀，您没听说过？对的！""对的"一词发音很有特点，感觉这一发音就像用片假名书写的那样一板一眼。[3]快一点的时候，学生们驱车前来接我。听说这所学校建在海岸边的沙丘之上，上车后我问学生："上课的时候也能听到海浪声吧？"

"没那回事。"两个学生你看看我，我看看你，不禁哑然失笑。或许是觉得我那种老派的浪漫主义很可笑吧。

我们在学校正门前下了车。下车一看，发现学校是一些

---

1. 日本新潟市中央区横跨信浓川的桥。
2. 日本久留米地区出产的藏青地碎白花纹棉布。
3. 日语中原文为"はい"，片假名书写方式为"ハイ"。

黄褐色的木质结构建筑，非常低矮，就像是藏在沙丘后面的兵营。我看到三四张女人的笑脸正透过玄关旁的窗户朝我这边看。估计是办公人员吧。我心想，自己要是穿更高档点的和服来就好了。走进玄关的时候，我还对自己劣质的木屐稍稍感到有些不好意思。

我被领到了校长室，心里一直慌里慌张。带我来这里的学生告诉我，以前芥川龙之介也曾来该校演讲，那时他对礼堂的雕塑大加称赞。我心想自己是不是也必须得对什么说几句赞赏的话，就环顾四周，却没有发现自己想要夸赞的东西。

我和之后走进校长室的主任打完招呼，就离开那里前往会场。会场里除了学生之外还来了些普通市民，角落里好像还有五六位女性聚在一起坐着。我一走进会场，掌声就响了起来。我微微一笑，说道："我来时也没有特别准备，在旅馆躺下休息时思考了一下，思路还比较凌乱，考虑到可能会出现这种情况，我将两本自己的创作集装在包里从东京带过来了，还是只能读读这两本书。在朗读过程中我可能会想起什么，想到的话，我随时再讲。"

我只是朗读了初期作品《回忆》的第一章，接下来，就私小说稍稍谈了谈，还提到了私小说的告白底线。我硬着头皮，结结巴巴地将一个个突然浮现在脑海中的内容讲了出来。我还谈到了处于自我暴露深层的爱。不久，我渐渐不想讲下去了。讲话中断了，我喝了四五杯水，又拿起另一本创作集，高声朗读了近作《奔跑吧！梅勒斯》。这样一来，又有了想讲的内容。我喝了口水，这一次谈了谈友情这个话题。

“青春是友情的纠葛，有时会因为试图在友情上证实一种纯粹性而相互伤害，最终陷入一种精神失常的纯粹游戏之中。”我讲道。接下来我谈了谈朴素的信任，向他们推荐了一首席勒[1]的诗，对他们说：“诸君不要放弃理想啊！”此刻，我已经筋疲力尽了，演讲也到此结束，前后进行了一个半小时。接下来本应还安排了座谈会，但委员向我提议：“您好像很累，稍微休息一下吧！”“不！我没关系。倒是大家都累了吧。”我这么一说，会场内哄堂大笑。身心交瘁过后还能够坚持下去，这一点我与你如出一辙。

大家在会场现场休息了十分钟。接着，我将座位移至学生中间等候他们提问。

“刚才您提到，在描写幼年时代时，自己完全转变成了一种小孩子心态，这很难做到吧。我觉得作者的成年人心态也会置身其中……”这个问题合情合理。

“不，这一点我心里有数。要说为什么，那是因为就是现在我也还是小孩子。”大家都笑了。我并不是为了逗乐子才这么说的，而是原本打算认真正视自己的感受所以回答了这一问题。

---

1. 席勒（Johann Christoph Friedrich von Schiller，1759—1805），德国18世纪著名诗人、作家、哲学家、历史学家和剧作家，德国启蒙文学的代表人物之一。代表作有《阴谋与爱情》《欢乐颂》《唐·卡洛斯》等。

学生没有什么问题，迫于无奈，我只好自说自话似的讲了许多。人为什么必须要说“谢谢”“对不起”这样的寒暄语呢？在感觉要表示感谢或道歉时，就应该说这些话。一个扫兴的事实就是如果不说这些寒暄语，对方就无法明白；自卑并不可耻，一般被称为“被害妄想”的心理状况，也未必就是精神病；自我控制、谦虚非常美好，但吊儿郎当的国王也很俊美，哪一方更接近神呢？这一点我也不清楚。我想到什么就说什么，还谈到了罪恶感。不久，委员站起身来说：“那么，座谈会到此结束！”话音刚落，一种像是要说“搞什么鬼”那样的近似有气无力而又安心落意的笑声，在听众之间扩散开来。

这样就完事大吉了吗？不，接下来我还要和学生中有意一同用餐的同学一起到市里一家名叫“意大利轩”的西餐厅共进晚餐，也就是说晚餐过后我才能脱开身。我在再次响起的掌声中离开了会场，去昏暗的校长办公室和主任简短说了几句话，收到了一个用红白花纸绳精美包扎的礼金袋后走出了校门。校门旁，五六个学生无所事事地伫立着。

“一起去看看大海吧。”我向他们打招呼，劲头十足地朝海岸方向走去，学生们都默不作声地跟在我身后。

日本海，你看过日本海吗？黑色的海水，无情的海浪，佐渡岛犹如卧牛一般优哉游哉地横卧于水平线上。天空也低垂着，这是一个无风的静静的黄昏，一片片黑云在空中游弋，天色晦暗，我觉得自己好像理解了吟诵出名句“海上波浪涌，佐濆夜空一道明，天河星自横"的芭蕉[1]的悲伤。但是，芭蕉这个老爷子会出乎意料地偷奸耍滑，这首俳句或许是他躺在旅馆里无忧无虑地吟诵出来的，我不能稀里糊涂就相信了。夕阳已渐渐隐没。

“大家都看过日出吧。朝阳也有这么大吗？我没有看过日出。”

“我在爬富士山的时候曾看过朝阳升起的情景。”一个学生回答道。

“当时朝阳怎么样？也是这么大吧？这个样子有种让人热血沸腾的感觉哪！”

“不，总觉得好像不大一样，并没有这么悲凉。”

“是吗？果然还是不一样啊！还是朝阳壮观，很新鲜哪！夕阳总觉得有股子腥味，有种不新鲜的鱼的味道啊！”

沙丘一点点变暗，还可以望见远处散步之人零零星星的身影，看上去不像是人的身影而像是乌鸦。据说沙丘每年被大海一点一点地侵蚀而不断后退，最终将会消逝。

“这太好了，真是一个难忘的回忆。”我说了句言不由衷的话。

我们告别大海走向新潟的街道。不知不觉，跟在我身后的学生已超过十人。新潟的街道虽然给人一种新开发的感

1. 松尾芭蕉（1644—1694），出生于日本三重县伊贺国上野市，江户时代的俳句大师，被尊为日本俳圣，代表著作有《奥之细道》《更科纪行》等。这首描写佐渡的俳句原文为“荒海や佐渡に横たふ天の河”。

觉，但陈旧的废弃房屋也随处可见，事实上拆除它们也会比较麻烦。一看到这情景，我不由得莫名感受到一种文化气息。真不愧为明治初年[1]兴起的海港，这一点连我这样一个迟钝的游客都一清二楚。进入小胡同，就可以看到路中央流淌着一条宽为一间[2]半左右的小河。小胡同中大抵都有这样的小河，河流缓慢，甚至不知流向何方，就像一个水沟。河水浑浊，给人一种不洁之感。河两岸不用说，柳树成行，柳树枝繁叶茂，与银座的柳树比起来，感觉更有柳树的样子。

“常言道：水清则无鱼。”我渐渐开始扯一些不着调的话，“但水脏到这个份上，估计也不会有鱼吧。”

“会有泥鳅吧。”一个学生答道。

“有泥鳅？哎呀，你在说俏皮话吗？”估计他原本打算说“柳树下的泥鳅”[3]这一俏皮话吧。我生性不喜欢无聊的笑话，而且，年轻学生在说那种诙谐的笑话时多少有些洋洋自得，我觉得他这种心态真是没出息。

我们到了“意大利轩”，这里好像颇有名气，或许你也只是听说过这家店，据说这家店是明治初年某个意大利人开办的。二楼大厅里，装饰着一张巨幅照片，照片上那个意大

1. 指 1868 年。

2. 日本长度单位，一间约为 1.82 米。

3. 日语原文为“柳の下の泥鰌”，源自“いつも柳の下に泥鰌はいない”，指即便在柳树下幸运地捉到过一次泥鳅，也并不意味着始终都可以在那里捉到。

利人身着带有家徽的和服，看上去很像慕拉士[1]。据说是他作为外国马戏团的一员来到日本，被马戏团弃用后发奋图强，在新潟开了家西餐厅并大获成功。

我与十五六个学生、两位老师一起吃晚饭，学生们也开始畅所欲言了。

"我原以为太宰先生您可能是一个非常古怪的人，没想到却是一个万事通啊。"

"我一直注意要将生活常识化，因为所谓的苍白的忧郁，反而是一种通俗的东西啊。"

"您不认为自己摆着一副作家面孔活着是一件坏事吗？我觉得也有人尽管想当作家，但不得不从事其他工作而被埋没了创作才能。"

"你说的和我的情况正好相反，我可以说因为一无所成才当作家的。"

"那么，也就是说我这种人也会大有可为啦。我也是不管做什么都一事无成。"

"你迄今为止没有做错过什么事吧？自己行还是不行，如果不亲自做一做，栽栽跟头、受点伤，不经过这些历练的话就不能说这种话。在没做任何努力之前就认㞞，这就是懒惰。"

吃完晚饭，我与学生们告别。

---

1. 慕拉士（Wenceslau de Moraes，1854—1929），葡萄牙外交官，曾任葡萄牙驻日本神户领事馆总领事。代表作有《远东游记》《日本精神》《德岛日记》。

“大家上大学后，若有什么苦恼请来找我谈心。作家或许百无一用，但那种时候还是会略略有些难能可贵之处的。大家好好用功。分别之际我想说的就这些。诸君，好好用功吧！”

和学生分别后，我进了一家酒馆想小酌一杯。店里的女人看到我这个样子，天真地问：“你是剑道老师吧？”

“剑道老师”一脸认真，当即就回旅馆，脱了裙裤立刻坐在桌前开始写这封信。天下起雨来，如果明天天气好的话，我打算去佐渡岛看看。之前就一直想去佐渡岛，这次受新潟高中之邀前来这里，实际上本意也想顺道去佐渡转转的。演讲难以成为一种学业历练，“剑道老师”亦为一日之师足矣。“鸱鸮声声叫，如同一人独自笑，暮秋时节到。”我觉得此时此刻的感受正如其角[1]这首俳句描绘的那样。

十一月十六日深夜

1. 宝井其角（1661—1707），江户前期俳人，松尾芭蕉弟子，蕉门十哲之一。著作有俳句集《枯尾花》《五元集》等。文中的这首俳句原文为“みみずくのひとり笑いや秋の暮”。

佐渡

御袈裟丸，总吨位四百八十八吨。船舱旅客定员人数为一等舱二十名，二等舱七十七名，三等舱三百〇二名。船费为一等舱三元五十钱，二等舱为二元五十钱，三等舱为一元五十钱。航程为六十三千米。下午两点从新潟启航，预计下午四点四十五分到达佐渡夷，船速为每小时十五海里。我是出于何种目的想要去佐渡这种地方呢？十一月十七日，天上下着蒙蒙细雨，我身穿藏青色碎白花纹和服配裙裤，脚穿直木纹的廉价木屐站在船尾的甲板上，没披斗篷也没戴帽子。船在行驶，沿信浓川而下，轻快地向前滑行。船身倾斜着顺流直下，河岸边一排排仓库一个接一个地目送着我，不久渐渐远去。湿润的防波堤黑魆魆地呈现在眼前，其前端矗立着一座灯塔，已经到了河口处，接下来即将驶入日本海。船缓缓地大幅度晃了一下，就出了河口驶入大海。船的引擎此刻才加大马力动了真格，速度为每小时十五海里。真冷啊！我转身进入船舱，将新潟的海港抛在了身后。在二等船舱一个幽暗的角落，我把从男服务员那里租来的白色毛毯裹在身上躺了下来，祈祷神灵保佑自己不要晕船。我对不晕船根本没有信心，心中惶惶不安之至，打算装出一副随船微微晃动的死去的样子眯着眼睛一动不动。

干吗要去佐渡这种地方呢？连我自己也搞不清楚。我十六号在新潟的高中做了一场糟糕的演讲，第二天就坐上了这艘去佐渡的船。听说佐渡非常冷清，是一个冷清至死之地，我在出发之前就开始担心了。与天堂比起来，我更担心地狱。关西的华美、濑户内海的明媚，听别人说起后自己也一时心向往之，但不知为何却没有心情即刻前往。已经到了相模、骏河，接下来的目的地我一次都没去过。我想等自己上了年纪后再去那里，等有了游玩的闲情逸致后再好好去关西逛逛。现在我一味地对地狱的方位放心不下。要到新潟的话，顺路也去一趟佐渡吧，必须要顺路去一次。说起来就像被死神之手召唤了一般，我毫无缘由地被佐渡吸引了。或许我太多愁善感了，死寂之地最好。去这样的地方真是羞愧难当。

但是，像死了一般随便躺在船舱一隅，这情形令我后悔不迭。去佐渡干什么？在这寒冷的季节，我一副煞有介事的样子穿着和服裙裤，孤身一人去这么冷清的地方，是喜欢这个地方什么东西？明明知道那里什么都没有。或许马上就会晕船。我不会佩服任何人，觉得自己是傻瓜一个。为什么不管到了多大年纪，还老做这种傻事呢？我的境遇已无法承受这种徒劳无益的旅行。一想到家里的经济状况，照理说不该有哪怕一分钱的浪费。可是，我突然心血来潮筹划了这一趟无聊的旅行，明明自己根本无法做到心安理得，但突然说出口，必然要赌气付诸行动。若不如此，就觉得像是说谎欺骗了什么人一般，心里非常厌烦；觉得像是自己吃了败仗一般，心里非常厌烦。虽然知道这件事愚不可及，但还要落实，随后便会因为腹部剧烈的悔恨之痛而辗转反侧，真是不可救药。不管到什么年纪，我还老是重蹈覆辙。这次旅行也是一次愚蠢的行动，我干吗要去佐渡这种地方啊，实在没有意义！

我虽然裹着毛毯随便躺在船舱里侧的角落里，但实际上确实闷闷不乐，心里对自己愤怒之至。我觉得即便去了佐渡，肯定也是坏事连连。我眼睛眯了一会儿，心里一直骂自己“混蛋”“白痴”，不久便蓦地起身，并非因为晕船想呕吐，而是恰恰相反。我一动不动躺了一个小时左右，可以说是一副半死不活的样子，但没有晕船的迹象，就觉得自己不存在晕船问题。这样一想，我就感到躺着实在无聊，便站起身来。刚站起来，就打了一个趔趄，发现船摇摆得厉害。我倚着墙，抱着柱子，战战兢兢、踉踉跄跄地走出船舱，站在船腹的甲板上。我惊讶地睁大双眼四下张望。已经可以看到佐渡了，就在正前方，全岛满是红叶，海浪哗啦哗啦地冲刷着岸边的代赭石[1]山崖，已经到佐渡了。这样说有些过早，时间仅仅过了一小时。旅客也都能沉得住气，还在船舱里躺着。两三个四十岁模样的男人也来到甲板上，他们毫无

1. 一种氧化物类矿物赤铁矿的矿石。别称须丸、赤土等。

例外都眺望着前方的岛屿，悠然自得地抽着烟。没有人为之兴奋，兴奋的人只有我。在岛的海角上矗立着一座灯塔。这下真的到了！但是没有人为此喧闹。灰色的天空低垂着，雨已经停了。佐渡岛距离甲板不足百米，船沿着岛的岸边不慌不忙地前行着。我也一点点明白过来。也就是说，船是要绕到这个岛的背面，随后停泊在那里吧。这么一想，稍稍安下心来。我摇摇晃晃绕到了船尾，新潟，不，日本内地都已不见踪影，看到的是阴郁、寒冷的大海。海水黑压压的，可以鲜明地感受到螺旋桨卷起的喧嚣的水花翻滚着飞散开来，在黑魆魆的海水中，就像鹫鹰一般。船驶过之后留下的宽阔的航迹，就像巨大的螺旋发条弹出的一般，细微而柔和的波浪线一圈圈荡漾开去。"日本海就是一幅水墨画。"我作了一个无聊透顶的比方，有些洋洋自得。"一鸭入水中，旋即探身出，水底我看遍，得意又忘形。"[1]我也是这副表情，踉踉跄跄来到船腹的甲板上，面对眼前无言的岛屿，那个自鸣得意的小水鸭也不得不晕头转向，一头雾水。船只和小岛都是一副假装素昧平生的样子。小岛没有迎接船只的意思，只是默默地目送着它；船只也丝毫没有要向那个小岛打招呼的意思。二者似乎要保持步调一致，装模作样地擦身而过。小岛尖端的灯塔，眼看着渐渐远去。船不慌不忙地前行，本以为船或许会绕到岛的背面而稍稍安下心来，但好像并非如此。

---

1. 日语原文为"水底を見て来た貌の小鴨かな"，为松尾芭蕉弟子内藤丈草（1662—1704）的名句，收录于《丈草发句集》。

小岛像是要被船只置之不顾，或许这不是佐渡岛，“小水鸭”狼狈不堪。昨天从新潟海岸远远望到的，也是这个岛。

“那就是佐渡吧。”

“是的。”高中生回答道。

“能看见灯光吧？民谣里唱的‘佐渡睡下了吧？看不见灯光’[1]，反过来说就是‘没睡的话能看到灯光’，所以按道理应该能看见灯光，对吧？”我向他们说了自己无聊的歪理。

“看不见。”

“是吗？那么，那首民谣就是骗人的喽！”

学生们笑了。就是这座岛！千真万确。的确就是这座岛，但轮船却装作与此岛素不相识的样子由此而过，完全对其不理不睬。即便从时间上来看将其视为佐渡的话那抵达目的地也太早了，就不是佐渡了，我羞愧得手足无措。昨天在新潟的沙丘上，我煞有介事地贸然用手指着问学生“那就是佐渡吧”，或许学生们明知我的话错得离谱，却因为我随意做出判断时那大言不惭的语气觉得嘲笑并否定我的话有些于心不忍，便说“是的”来掩饰当时的尴尬，事后肯定怀疑我是一个白痴老师，特意模仿我说“能看见灯光吧”这样的话互相打趣。一想到这一幕，我恨不得立刻脱了裙裤投海算了。不，不会突然发生这种事情。即便从地图上看，新潟附近理应也就佐渡一个岛。昨天那帮学生也都是诚实之人，总

1. 日本新潟县民谣《佐渡御袈裟》的歌词。全句为“ハアー　雪の新潟吹雪にくれてヨ　佐渡は寝たかよ灯が見えぬ”。

之肯定是佐渡。我又重新考虑了一番，但又没有把握。轮船没心没肺地行进着，旅客鸦雀无声。我一个人在甲板上转来转去，坐立不安，有几次想问问人，但如果这就是佐渡岛的话，哪有坐上开往佐渡的轮船却问“那是什么岛”这种问题的人呢！我或许会被人当成疯子吧。我无论如何都无法下定决心询问别人这一问题，估计这和走在银座大街上问“这里是大阪吗”一样令人莫名其妙。我感受到的不是乐子，而是懊恼和焦躁。我很想了解一个事实，这艘轮船上众多人中只有我一人不知道这一怪异的事实，它切切实实地存在着。海面开始逐渐黯淡下来，引人注目的沉默之岛也漆黑一片，不断与船拉开距离。总之这是佐渡，新潟的海面上除此之外应该根本没有其他岛屿，必是佐渡无疑。估计是规定要沿着这个岛绕个大弯抵达背面的港口。只能这么认为了，这样的话，我就打算盖棺论定沉下心来，可我心里怎么都高兴不起来。我突然因透过前方微暗的海面看到一个东西而目瞪口呆。这一发现实属意外，并非夸大其词，我甚至感受到一种恐怖之感，令我毛骨悚然。在轮船直线行进的方向，前方遥远的地方出现了一个微微泛白的大陆的影子。我觉得自己就像看到了讨厌的东西，于是假装不看它，但大陆的影子切切实实地在地平线上呈现出淡淡的苍白色。会不会是满洲[1]呢？我这样想，但很快就彻底否定了这一想法。我内心极度

1. 日本对中国东北地区的旧称。

混乱，心想：这该不会是日本内地吧？这样方向就弄错了。是朝鲜？怎么可能！我急忙否定了这种想法，脑子里一团糟。能登半岛？或许是吧。我这样思考的时候，背后的船舱里开始喧闹起来。

“呀，已经可以看到了。”这样一句话传到了我耳朵里。

我心里非常厌烦。那片大陆就是佐渡，真是太大了，我觉得和北海道没什么两样。和中国台湾比又如何呢？我认真地想。一旦确定那片大陆的影子是佐渡，也就意味着我迄今为止煞费心机的观察完全是错误的。高中生向我说了谎。这样一来，眼前这个无聊的黑色岛屿究竟是什么呢？是“无聊岛”，是欺骗人的东西。这个岛或许自古以来就位于新潟和佐渡之间。从中学时代起我就不喜欢地理，对这门科目一窍不通。我极度灰心丧气，不再观察，返回船舱。那个云烟朦胧的大陆是佐渡的话，到达那里还有相当长的时间，自己早早四处闹腾已经失算了，就再次厌烦地拉过毛毯在船舱一角躺了下来。

但是，其他乘客与我相反，一个个蓦地坐起身来开始整理行装。少妇披上丈夫的大衣精神抖擞地走向甲板。喧闹声越来越吵，没完没了。我又坐起身，觉得自己所作所为真是没脑子。服务员来收毛毯租金。

“马上要到了吗？”我故意用刚睡醒时那种迷迷糊糊的声音问道。服务员瞥了一眼手表，“还有十分钟。”他回答道。

我慌了神，不知如何是好，从手提包里取出毛线围巾飞快地一圈圈围在脖子上后，走出船舱来到甲板上。船已经纹丝不动，引擎声也已轻柔、安静。天空、大海都已完全变暗，天上零星飘着细雨。朝黑魆魆的前方望去，果然可以看到二三十处零零星星的港口灯光，肯定是夷港了。许多旅客都穿戴整齐来到了甲板上。

“爸爸，刚才那座岛是……？”一个穿着红色外套的十来岁小女孩询问身旁的绅士。我不动声色地集中注意力听二人说话，这家人像是城里人，肯定和我一样第一次来佐渡。

“是佐渡呀！”父亲回答道。

是这样啊！我心里同少女一道认可了这一说法。我还想好好听听女孩父亲的解释，就悄悄朝那家人靠了靠。

“爸爸也不是很清楚啊！”绅士不安地补充道，“也就是说，岛的形状是这个样子，”他说着，用双手演示岛的形状给女儿看。“这个样子，轮船在这里行驶，所以看上去就像两个岛，对吧？”

我稍稍探下身，悄悄看了下女孩父亲双手的形状。“哦！”我恍然大悟，这全是小女孩询问的功劳。也就是说，佐渡岛的形状像一个倒写的“工”字，地势较低的平原就像一根细绳一样将两个平行的山脉连接起来。较大的山脉，就是之前那个云烟朦胧的大陆。早先那个沉默之岛，是一个相对小一点的山脉。平原因为地势低，根本无法从远处看到。接下来，船抵达位于平原的港口。情况就是这样，我觉得佐渡岛真是鬼斧神工。

我登上佐渡岛，与内地相比，佐渡并无特别奇特之处。大约十年前，我曾经乘船去北海道，一上岸我就欣喜若狂，因为脚踏在地面上的感觉与内地完全不同，地面基底似乎异常厚实，于是认为其地下构造上与内地土质完全是相同的类型，断定北海道肯定是大陆的延续。后来，我向北海道出身的朋友说起此事，朋友非常佩服我的直感，列举了许多例证详细向我解释——确实如我所言，在地质上，津轻海峡将北海道与内地分割开来，其实北海道在地质上和亚洲大陆同属一个类型。我借助踏上佐渡土地的第一步也悄悄体验了一下脚底感觉，没产生任何不同感觉，很快就断定这里的地质与内地相同，是新潟的延续。天上下着雨，我没带雨伞、斗篷，我这个身高五尺六寸五分[1]的地质学家手足无措，对佐渡的热情也渐渐消退，觉得这样就可以打道回府了。我茫茫然不知如何是好，抱着包在港口黑暗的广场上徘徊。

“先生。”旅馆拉客的向我打招呼。

“好的，走！”

“您要去哪里？”上了年纪的掌柜不知所措地问。或许是我说话的语气过于强硬了吧。

“去那里嘛！”我指了指掌柜手里的灯笼，上面写着“福田旅馆”。

“嘿嘿。”年老的掌柜笑了。

---

1. 约 171 厘米。

掌柜为我叫了辆汽车，我和他一起上了车。街上黑魆魆的，感觉像是房州[1]一带的渔村。

“客人很多吧？”

“不，生意已经不行了。一过九月，就完全不行了。”

“你是东京人吧？”

“呵呵。”白发老掌柜那张方脸上露出了自嘲的微笑。

“福田旅馆在这个地方算是不错的吧？”我也不是胡乱猜测。实际上，我在新潟就跟那群学生打听到两三家不错的旅馆的名字，记得福田旅馆确实是名列第一。刚才在港口广场上听到老掌柜叫我而无意间看到灯笼时，我见上面写着“福田”，当即拍板去那里。总之，就在“夷”[2]这里住一晚吧。“我今晚本打算接下来直接去相川的，但天下着雨，心里有些不安。正好这个时候你和我打招呼，我一看灯笼，发现上面写着‘福田旅馆’，就决定在这里住一晚。我从新潟人那里听说过。看到灯笼，一下子想起来了。大家都说，你那里是最好的旅馆。”

“实在不敢当！”掌柜不好意思地挠了挠头，诙谐地说，“也就是个破房子。”

到了旅馆，我发现并不是破房子。虽然是个小旅店，却古色古香。随后我从女招待那里了解到，皇族曾经下榻此

1. 日本古代地方行政区划安房国的别称，属于东海道，相当于现在的千叶县南部。

2. 指夷港。日语中“夷”的发音与“惠比寿”（日本七福神中的财神）相同，旅馆名“福田”与“福だ”谐音，可以联想到财神。

处。给我安排的房间也不错，屋内有一个小地炉。我泡完澡，刮了胡子，随后便在地炉前规规矩矩坐了下来。在新潟，我这一天一直和高中生打交道，心态还没有完全转变过来，仍是毕恭毕敬的，对女招待讲话也是腰杆挺得笔直，过于郑重其事，自己也觉得滑稽可笑，但身体又无法一下子放松，用餐时也一直端端正正跪坐着。一瓶啤酒下肚，毫无醉意。

“这个岛的知名特产是什么呢?”

“噢，海产品的话，普通海味都可以大量采获。”

“是吗?”

对话中断了。过了一会儿，我轻声细语地缓缓问：“你是佐渡人吧?”

“是的。”

“想不想去内地看看啊?”

“不想。”

“是这样啊!”连我自己都不知道是怎么回事，只是一味地装腔作势。谈话又一时中断。我吃了四碗米饭，从未吃过这么多。

“粳米好香啊!”这是粳米米饭。我意识到自己有些吃多了，发表一下感想来掩饰这一窘态。

“是吗?”女招待好像从刚才开始就一直很拘束。

“谢谢你泡的茶，我品尝下。”

“真是怠慢了。”

“哪里呀!”

我像是一个圣人，吃完饭后独自端坐在房间里。此时，睡魔正要侵袭我这个圣人，我困得昏昏欲睡。我用桌上的电话向楼下的账房问了下时间，因为圣人没有钟表。账房回答说六点四十分。我觉得这个时间点睡觉的话会被旅馆的人藐视的。圣人站起身来，在棉和服上披了件藏青地碎白花纹和服短外褂，从包里取出钱包，核查了一下里面的东西后，一本正经地来到走廊上。我慢吞吞地走下楼梯，身体挡在玄关处，吩咐刚才那个掌柜拿来木屐和雨伞，用不容置疑的语气说了句“我到街上转转”便走出了旅馆。

刚走出旅馆数步，我就突然像变了个人似的开始东张西望，只选背街走动。雨几乎停了，路不好走，而且光线很暗。我听到了海浪声，但这里并非那么冷清，没有孤岛的感觉，我感觉还是像走在房州一带的渔村一般。

终于找到了。檐灯上写着“义经”。义经[1]也好，弁庆[2]也好，我只是想体察佐渡的民情，就走了进去。

“我来喝杯酒。”我的声音稍稍变得柔和，不再是圣人了。

我不想说这个酒馆的坏话，因为是进店的家伙脑子不开窍。这里没有佐渡之行产生的旅愁，有的只是菜肴。我厌烦了堆在眼前的菜肴之山。螃蟹、鲍鱼、牡蛎，陆陆续续端了上来。刚开始我还忍着没说，后来实在忍无可忍便对女招待

---

1. 源义经（1159—1189），日本平安时代末期、镰仓时代初期的名将。为源义朝的第九子，源赖朝的弟弟。

2. 武藏坊弁庆（1155—1189），源义经的家臣。

说："我不需要菜的，在旅馆刚刚吃过。螃蟹、鲍鱼和牡蛎在旅馆都吃过了。并不是担心费用才这样说的。不，虽然也有这方面的顾虑，但与费用比起来，菜太浪费了呀！真是暴殄天物。我什么也不吃，喝上两三瓶酒就行了。"

尽管我说得很清楚，但戴眼镜的女招待笑着说："不过，这些难得做好的，还请赏脸品尝。我给您叫个艺伎吧。"

"那好吧。"我态度软了下来。

一个小个子女人走了进来，我心里还真想认真盘问一句"你是艺伎吗"，但我不愿数落这个女人的不是，因为是招来艺伎的家伙蠢啊！

"吃点菜好吗？我刚刚在旅馆吃过。太浪费了，请吃一点。"我的性格最讨厌浪费食物，认为再没有比吃不完扔掉这种事更暴殄天物的了。对一盘菜我决定要么全部吃完，要么就不动筷子。即便是金钱挥霍无度，但收钱的一方也还是会正确地用于有益之事吧。吃剩的饭菜只能扔在垃圾堆里，是彻彻底底糟蹋东西。我望着眼前一堆白白浪费的菜肴，真是痛心疾首，对这家店所有人感到气愤，觉得他们太麻木不仁了。

"你吃啊！"我强人所难地说，"如果你觉得在客人面前吃不好意思，那我就回去算了。之后大家请一起吃吧，扔掉太可惜了啊！"

"我吃了。"女人像是怜悯我的迂腐似的打着哈哈，毕恭毕敬地点头致意。不过，她并没有动筷子。

一切都有种东京郊外的感觉。

“我有点困了，回去了。”我没有感觉到一丝情调。

回到旅馆已经八点多了，我又变回一副圣人姿态，让女招待铺了被褥后马上躺了下来。明天早上打算去相川看看。半夜，我突然醒了，回过神来：啊，我在佐渡！听到一阵阵哗啦哗啦的海浪声，我清楚地意识到自己现在正躺在远方孤岛的一个旅馆里，精神兴奋得根本无法入眠。我终于体会到了所谓的“冷清至死之地”那种剧烈的孤独感。这种孤独感不是美味佳肴，而是不堪忍受之物。但是，我不正是为了追求这份冷清才来佐渡的吗？多多品味吧！更深刻地品味吧！我躺在被窝里睁大眼睛，心里想着林林总总的事情，觉得除了带着自己的丑恶来继续培育这份孤独之外别无他法。拉窗逐渐变得蒙蒙发亮，我直到此时都还没有睡着。第二天早上，我边吃早饭边向女招待坦言：“昨天傍晚我去了一家叫义经的餐厅，索然寡味的。那个地方房子很大，但品位差着呢！”

“是啊，”女招待轻松地说，“那里是最近刚建成的房子呀！听说老店寺田屋那种餐厅格调高，很不错呢！”

女招待不知为何狂笑不已，她没有笑出声，低着头笑得肩膀不断起伏。我虽然不知道个中含义，但也哈哈地笑了。

“我想您或许讨厌餐厅吧。”

“也不是讨厌吧。”我也放下了架子，觉得旅店的女招待服务是最好的。

结完账要出发的时候，那位女招待也出来送行，说道：

"您走好。"我觉得她待客非常周到。

我坐上了去相川的巴士，巴士上的乘客几乎都是清一色的当地人，许多人都有皮肤病。不知为何，渔村皮肤病病人好像有很多。

今天秋高气爽，窗外的风景和新潟地区毫无二致。植物呈淡绿色，山不高，树木低矮，长得歪歪扭扭。乡间小路凉飕飕的，姑娘们穿着吊钟形状的长斗篷走着。各个村子都装出一副一脸无知的样子过着蝇营狗苟的生活，完全无视游客的存在。佐渡还活着。总而言之就是这样，让人兴致全无。

在巴士上晃了近两个小时，终于到达相川。感觉这里也像房州一带的渔村，路面干燥，微微泛白。而且，也是装出一脸无知的样子生活着，根本不欢迎游客。我抱着包走来走去，甚至觉得不好意思。干吗要来佐渡这种地方呢？这一疑问再次浮现在我心中。我知道这里什么都没有，一开始不就很清楚这一点吗？即便如此，我最终还是来到相川。当下日本并不是游乐之时，这个我也知道。所谓参观，是出于一种什么样的心理呢？在前些日子读过的瓦塞尔曼[1]《四十岁的男人》这篇小说中有这样一节文字——"他之所以想外出旅行，即便不是因为这是原来已经决定的事，也总归是缘于内心的冲动。压制这一冲动而不去旅行之时，他认为像是对自己不忠欺骗自己。那没有观赏到的山水，那失去可能与希望

1. 雅各布·瓦塞尔曼（Jakob Wassermann，1873—1934），德国小说家。代表作有《亚当·乌尔巴斯》《毛里求斯案件》等。

的情绪，都令他心烦意乱。算了，无论现有的幸福多么大，这种难以弥补的丧失之感也会给他带来永久的不安。”或许正是因为不想咀嚼那种没去尝试的悔意我才毫不介意地来到了佐渡。佐渡一无所长，也不可能有什么可取之处，这一点不管我多么愚钝也是心知肚明的。但是，没过来看看之前，我心里忐忑不安，所谓观光心理，不就是这样吗？说得夸张一点，连人生或许也是这样的吧。看完后的空虚，没看而产生的焦躁不安，三十岁、四十岁、五十岁，今后二十年里，我只能在这两种心理的交替之中竭尽全力地辛苦生活，随后死去吧。难道不是吗？我渐渐对佐渡死了心，打算明天早上乘坐离港的船只回去。我左思右想，抱着包走在地面干燥得发白的相川街道上，总觉得自惭形秽。白天的相川街道空无一人，也是一副与我素昧平生的样子，像是在问“你来干什么”。感觉街上也并非悄然无声而是空空荡荡的。这里并不是一个观光赏景之地，街道根本不理睬我，只是快节奏地运转着自己的生活，我越发为慢慢腾腾行走的自己感到羞愧。

可以的话，我今天就想立刻回东京，但没有合适的轮船航班。御袈裟丸明天早上八点从夷港出发，我不得不等到那个时候。佐渡应该还有一个叫小木的城市。但去那里好像也要坐近三个小时的巴士，我已经哪里都不想去了，就不应该无所事事地去旅行。我决定在相川这里住上一晚。从新潟的学生那里了解到，这里有家名为浜野屋的旅馆，规格很高。我想至少旅馆得住一个整洁的地方，就很快找到了浜野屋。

这是一个规模相当大的旅馆，同样也是空荡荡的。我被领到三楼的一个房间，拉门一打开，就看到了日本海，海水有些浑浊。

“我想洗个澡……”

“噢，洗澡热水四点半开始供应。”

这位女招待像是一个很现实的人，态度极其疏远冷淡。

“当地没有什么景点吗？”

“这个……”女招待一边叠着我的裙裤，一边说道，“天这么冷了，所以……”

“有金山吧。”

“是的。从今年九月开始就不对任何人开放了。您的午饭我怎么准备好呢？”

“我不吃午饭。请早点做晚饭吧。”

我换上棉和服走出旅馆，接下来只是信步而行，去海边转了转，毫无感慨可言。我爬上山坡，看到了金山的一部分，觉得金山规模很小。继续走在山路上，偶尔停下来眺望一会儿日本海。大步流星朝山上走，感到天渐渐变冷，就急急忙忙下山，重新回到了街上，顺便在那里买了些特产。真是毫无兴致。

或许这样也就行了，因为我终于看到了佐渡。第二天早上，我五点起床，在电灯下吃早饭。我必须要赶六点的巴士。食案上有四五种饭菜，我只配着酱汤和咸菜吃了米饭，其他菜肴根本没动筷子。

“那个是蒸鸡蛋羹，吃了吧！”处事现实的女招待用那种母亲对孩子说话的语气说道。

“是吗？”我取下了蒸鸡蛋羹的盖子。

外面天还是蒙蒙亮，我站在旅馆前面等巴士。穿着黑色毡衣的一队不同年龄的男男女女一个接一个由此经过，这些人沉默不语，一刻不停地从我眼前走了过去。

“这些人是下矿山的矿工，对吧？”我小声对站在身旁的女招待说道。

女招待默默地点了点头。

（作者后记：旅馆、餐厅名字均为化名。）

清贫谭

以下记述的内容出自那部《聊斋志异》中的一篇，原文一千八百三十四字，篇幅极短，即便将其誊写在我们常用的四百字方格稿纸上也只有四页半的样子。但是，我在阅读的过程中浮想联翩，心满意足，觉得和读完一部足有三十页稿纸的优秀短篇时的感觉如出一辙。我试着将自己关于这个四页半短篇的各种幻想原封不动地记录下来。这样的行为到底算不算创作的正道，这一点可能也会有争议，但我认为，《聊斋志异》中的故事与其说是文学经典，倒不如说更加贴近乡野传说。“这个作品是二十世纪的日本作家以这一古老的故事为主旨，设置一些大胆妄为的幻想，又兼带将自己的亲身感悟寄寓其中而进行的创作”——即便我向读者这样推荐，也未必就是罪孽深重。我的新体制[1]好像也只是探索浪漫主义。

1. 日语“体制”一词可以指形式，文中“新体制”可以指“新形式”，同时也指涉了1940年近卫文麿内阁倡导的以建立带有法西斯性质的举国政治体制为目的的“新体制运动”。

据记载，很久以前，江户[1]向岛一带住着一个名字平淡无奇的男子，此人叫马山才之助，家里一贫如洗，三十二岁仍孑然一身。他酷爱菊花，若是听到某地有上佳的菊苗，即便是东拼西凑也一定要筹钱买到手，不惧路途千里迢迢，由此可知此人真的不简单。初秋时节，才之助听说伊豆沼津一带有上等花苗，当即整理行装，笑逐颜开地出发了。他翻过箱根山到达沼津后，四处寻访，终于得到一两株优质菊苗，如获至宝般小心用油纸包好，欢天喜地地踏上了归途。他再一次翻过箱根山看到小田原市之时，听到身后传来踢踏踢踏的马蹄声。马走得慢慢腾腾，因此这个声音始终与自己保持着一定距离，既没有刻意走近他，也没有离他太远，依旧踢踏踢踏地跟在他身后。才之助因为弄到了上好的菊苗，高兴得忘乎所以，并没有把马蹄声放在心上。但是，尽管他经过小田原后又向前走了二里[2]地、三里地、四里地，踢踏踢踏的马蹄声依然不绝于耳，与他保持着相同的间隔。才之助也开始发觉有些蹊跷，回头一看，发现在离自己不到十间[3]远的地方，一个眉清目秀的少年骑着一匹瘦骨嶙峋的马朝自己走来。看到才之助的脸，少年好像朝他咧嘴笑了笑，才之助觉得不好意思装作视而不见，便停了下来也朝少年笑了笑。少年到了他面前后翻身下马，对他说道：“今天天气真好啊！”

1. 指现在的东京。

2. 日本长度单位，1 里为 36 町，约 3.93 公里。

3. 约 182 米。

“天气真不错。”才之助也随声附和道。

少年牵马缓步前行，才之助与他并肩走着。仔细一看，觉得少年不像是武士之家的子弟。不过，他气度略显儒雅，打扮得干净利落，言谈举止大大方方。

“您要去江户吗?”少年以一种过分亲昵的语气问道，才之助也随之没了心理戒备。

“是的，我要回江户。”

“原来您是江户人啊。您这是去了哪里呀?”旅行的话题内容就这么些，二人接连不断地一问一答，才之助最终将这次旅行的目的一五一十告诉了他，少年的眼睛突然焕发出神采。“是吗? 您喜爱菊花，这可是件大有可为之事。关于菊花我也稍稍懂一点。与菊苗好坏比起来，养护方法更为重要啊!”少年说了一些自己栽培菊花的方法，菊花迷才之助马上开始痴迷于这个话题。

“是吗? 我觉得还是菊苗必须好才行，比如说吧……”才之助开始展示自己很早就掌握的渊博的养菊知识。少年没有明确反驳，不过，他偶尔小声嘀咕了一些简单的问题，由此可以感受到他有着非同寻常的丰富的养菊经验。才之助心急如焚，越说越没有自信，最后话里都带着哭腔了。

“我什么都不说了。理论之类的无聊透顶! 说真的，我只能给你看看我培育的菊花了。”

“您说得对。”少年平静地点了点头。才之助心里已经吃不消了，浑身火急火燎，他要想办法让少年看看自己院子里的菊花，听他啧啧惊叹。

“那么，您看这样行吗？”才之助已经失去了理智，“接下来您直接跟我去我江户的家里一趟怎么样？哪怕看上一眼也行，我想请您看看我的菊花。希望您能赏脸。”

少年笑了，说道：“我们可没有那种悠闲度日的福气。接下来到江户后，必须要找个糊口的营生。”

“这个事小菜一碟。”才之助骑虎难下了，“先到我家好好休整一下再找也不迟。不管怎样，请一定看看我家的菊花。”

“这已经够折腾的了。”少年脸上没了笑容，表情严肃地陷入了沉思。一言不发地走了一会儿，他突然抬起头，用一种落寞的语气说：“其实我们是沼津人，我叫陶本三郎。父母很早就去世了，我和姐姐两人一起生活。近来，姐姐突然对沼津心生厌倦，说无论如何也要去江户，我们便收拾了所有日常生活用品即刻赶往江户。即便到了江户，我们也没有什么目标，想来这次旅行我们心里并没有把握，没有闲情逸致来和您谈论菊花。我也不讨厌菊花，无意中说了些多余的话。好了，就此作罢，请您也不要放在心上，我们就此别过。细细想来，现在的我们哪有闲工夫看菊花啊！”说完，他以目致意，便要翻身上马离开。才之助紧紧地抓着少年的袖子说道：“等等！这样的话，更应该请您来我家了。不要愁眉苦脸了，我虽然非常贫穷，但照顾你俩这点事我自以为还是能够做得到的。啊，行了，包在我身上吧。您说与姐姐一起，她在哪里呢？”

才之助放眼望去，才看到瘦马的影子里隐约有一位穿着红色行装的姑娘的身影，而自己方才竟丝毫没留意这一点，他一下子脸红了。

姐弟二人不好意思拒绝才之助的热心提议，最终决定暂且去他向岛的寒舍。到之后一看，他们发现才之助的家比他所说的还要穷困潦倒、荒凉不堪。姐弟俩面面相觑，叹了口气。才之助却满不在乎，行装未脱便第一时间将二人带到自己的菊圃，大大自卖自夸了一番。随后，他将菊圃中的小仓库作为临时住处让给姐弟俩居住。他日常生活的主屋乌七八糟，真的是荒废得连个立脚的地方都没有，倒是这间小仓库住起来更舒心一些。

“姐姐，这下完了，没想到竟摊上这么个人来照应咱们啊。”陶本姐弟俩中的弟弟在小仓库边脱行装边和姐姐窃窃私语。

“嗯。”姐姐微微一笑，“不过，这人粗枝大叶的反倒挺好。院子也很大，今后你可以尽心培育上好的菊花来报答他的恩情呀！”

“哎呀呀，姐姐，你还真打算长久待在这里吗？”

“是啊，我很满意这里。”说完这句话，她面红耳赤。姐姐二十岁上下，冰肌玉肤，婀娜多姿。

第二天早上，才之助和陶本家的弟弟二人就发生了争执。姐弟俩轮流骑着赶路而带到这里的那匹瘦骨嶙峋的老马没了踪影。明明昨天晚上确实拴在菊圃一角的。今天早上才之助起床后首先来菊圃看花，一出来就发现马不在了。而且，马像是在花圃中四处践踏过，菊花被啃得乱七八糟，受到重创一片狼藉。才之助惊慌失措地敲响了小仓库的门。弟弟立刻走出来，问道："怎么了？您有什么事吗？"

"你看看吧！你们那匹瘦马把我的花圃糟蹋得不成样子了。心疼死我了！"

"还真是的。"少年心平气和地说，"接下来呢？马怎么样了？"

"马怎么样无所谓啦，估计是逃走了吧。"

"那太可惜了。"

"说什么呢！那种瘦马……"

"什么瘦马！真是太过分了！那是一匹聪明的马。我们快去找找吧！这样的菊圃无所谓的啦！"

"你怎么说话哪！"才之助气得脸色煞白，"你是要侮辱我的菊圃吗？"

姐姐微笑着从小仓库里走了出来。

"三郎啊，你认个错。那样的瘦马没什么可惜的，是我把它放走了。与找马相比，还是快点把一团糟的菊圃收拾一下吧。这不正是你报答恩公的好机会嘛！"

"什么嘛。"三郎长叹了一口气，小声嘟哝道，"你原本就是这样打算的吧？"

弟弟勉为其难地着手收拾花圃。看过去，那些叶子被啃得四零八落，倒在地上开始枯萎的菊花，一经三郎的手重新栽种，竟一下子恢复了生机，花茎青翠欲滴，花苞厚重、柔美，甚至枯萎的叶子也渐渐因为其叶脉的波动而舒展开来。才之助心中赞叹不已。不过，他也是位致力于养菊的有志之士，也是有自尊的，就拢了拢棉和服衣领，尽量冷冰冰地不客气地说："行了，你爱怎么弄就怎么弄吧！"说完，他返回主屋，盖上被子睡下了。但他又立刻坐起身来，透过木板套窗的缝隙偷偷窥视菊花田里的情况。果不其然，菊花一棵棵都重新焕发生机，傲然挺立。

当天夜里，陶本三郎笑嘻嘻地来到主屋。

"早上那会儿我真是太无礼了。我说，您看这样行不，我刚才也和姐姐商量过了，虽然说出来不好听，但看起来您生活似乎也并不宽裕。如果您将哪怕一半田地租给我们的话，我会为您培育出好的菊花，到时您到浅草一带将这些花拿去卖了怎么样？我想为您培育一些品质非常优良的菊花。"

今天早上，才之助那颗种菊之人的自尊心受到了不小的打击，他因为此事闷闷不乐。

"我不会答应的。你也是个鄙俗的男人哪！"才之助此刻借机向他撇嘴表示自己的轻蔑。"我一直把你当做风雅高洁之士。可是，哎呀！你的话太出乎我的意料了。竟然卖自己心爱的花充生活费，真是岂有此理！所谓令菊花蒙羞，就是指这种事。拿自己的雅兴换取钱财，啊啊，真是卑鄙无耻。我不会同意的！"他那说话的语气，简直就像武士那样义正辞严。

三郎也怒上心头，气得声音都变了。

“我认为凭借上天赐予自己的实力来挣取生活费用未必就是贪图钱财的恶行。说这种事庸俗而嗤之以鼻是不对的。公子哥才说这种话，真是太天真了！人不能对金钱贪得无厌，但过分炫耀越穷越光荣也是令人生厌的。”

“我什么时候炫耀自己贫穷了？我多少还是有些祖上传下来的遗产的，这些足够我一个人生活了。我不指望拥有比这更多的财富，你就别瞎操心了！”

二人再一次争辩起来。

“您可真够清高的！”

“说清高我也不在乎，说我是公子哥也没关系，我只是和我的菊花同甘共苦而已。”

“那我就明白了。”三郎苦笑着点了点头，“对了，您看这样行吗？那间小仓库后边有一块十坪[1]左右的空地，可否租给我们一段时间呢？”

“我不是一个小气的人。仅小仓库后面那块地方估计不够吧。我菊圃的一半还什么都没种，我就把那一半也借给你们吧！请随便用。事先声明一下，我很难与那种靠养菊花来卖钱的居心不良之人打交道，希望你们打今天开始视我为路人。”

“我知道了。”三郎一副为难的样子，“既然您话说到了这个份上，那我也租下您菊圃的一半。而且，那间小仓库后

1. 土地面积单位，1 坪约等于 3.3 平方米。

面扔了许多没有用处的废菊苗，那些我也要了。”

“这种无聊的小事你就不用一一说给我听了。”

两人别别扭扭地分手了。第二天，才之助迫不及待地将菊圃分成两半，在分界线上架起了高高的树篱，目的就是为了让彼此看不到对方，两家不相往来。

不久，秋意正浓之时，才之助菊圃里的菊花全部美丽绽放，但他总有点放心不下隔壁的菊圃。一天，他悄悄地朝那里窥视了一眼，一下子目瞪口呆。花圃的另一面开满了像是自己之前从未见过的硕大菊花，小仓库也收拾得干净整洁，俨然成了一座看上去非常舒适而又外观别致的房子。才之助心潮难平，菊花培育上才之助明显落了下风。而且，对方甚至还修建了一座雅致的房子，肯定是卖菊花赚了大钱。“真是不像话！我要好好教训教训他们。”义愤、嫉妒等各种情感五味杂陈，在心中翻来滚去，令他如坐针毡，终于忍不住翻过篱笆，闯入了相邻的庭院。他一朵一朵地看，越看越觉得完美无缺。花瓣厚实，苗壮挺拔，花朵饱满，花形紧致，微微颤动，拼尽全力地绽放着。另外，他仔细一看，发现这些都是自己丢弃在小仓库后面的废苗开的花。

“哇!”他不由自主地发出了赞叹之声。此时，背后有人向他打招呼道：“欢迎光临，我们一直都在等您来。”才之助慌慌张张地回头一看，发现陶本家的弟弟正笑眯眯地站在那里。

“我输了。”才之助近乎自暴自弃地大声说道，“我可是个痛快人，输我就堂堂正正地愿赌服输。请您收我为弟子吧！过去的事请索性……”他宽慰地松一口气，“索性就付之流水吧！不过……”

“哎呀，从前的事您就不要说了。我没有您那样冰清玉洁的品格，正如您猜测的那样，我一直在一点点地卖菊花。不过，请不要看不起我。姐姐也总是很在意这一点。我们也要拼尽全力地讨生活。我俩不像您那样还有祖上的遗产，如果不卖菊花的话就只能横尸路边了。请宽恕我们。借此机会，恳请您与我们重归于好吧！”才之助见三郎低头道歉，也悲从中来，规规矩矩地鞠躬还礼，说道：“不，不！您这么一说，我心中惶恐不安。我也并非讨厌你们姐弟俩。特别是今后我还想请您做我的养菊老师，对我多加指导，我才要请您多多关照。”

双方暂时握手言和，树篱也拆除了，两家又开始你来我往，但偶尔还是会发生争执。

“我总觉得你培育菊花有什么秘诀。”

“没那回事。迄今为止，我当然是已将自己的经验倾囊相授了，剩下的就是手指指尖的奥秘了。这一点对我来说是无意识的，我也不知道如何告诉您。也就是说，或许这一点就是所谓的才华。”

“那也就是说你是天才，我是蠢材呗！就是说你无论怎么教我，我都学不来，对吧？”

“您这样说我就无所适从了。我种菊花，是觉得不拼命将花培育好的话自己就没有饭吃。或许是因为我以这样一种迫切的心态来培育，所以花也开得硕大丰满吧。像您这样作为雅兴培育菊花的人士，仅仅是为了满足好奇心和自尊心，所以……”

“是吗？你还是要对我讲卖菊花喽！你劝我去做那种下作的事不觉得羞愧吗？”

“不，我并没有说那样的事。您为什么这个样子！”

两人似乎又无法和睦相处了。陶本家的家境眼看越来越富裕，在第二年新年，姐弟俩没有和才之助商量就叫来木匠，立刻着手建一座大房子。大房子的一头与才之助的茅屋几乎紧挨着。才之助又开始琢磨起和邻居绝交的事来。一天，三郎一脸正经地来到茅屋，用一种不容反驳的语气说：“请娶我姐姐为妻吧！”

才之助脸红耳热，因为从瞥见她的第一眼起，才之助就对她温柔纯真的一面难以忘怀。但是，因为男人的要强之心，还是引发了奇怪的争论。

“我可是连聘礼的钱都拿不起，没有娶妻的资格。你们近来像是成了有钱人啊！”才之助反过来挖苦道。

“不，一切都是您的。姐姐一开始就有那个意思。您直接来我家就行了。姐姐一直对您一往情深。”

才之助掩饰着自己的惊慌，说道：“不，这种事无所谓的。我自己有家，当上门女婿碍难从命。不过说实话，我也不是不喜欢你姐姐。哈哈哈哈！”他豪爽地笑了，“但是，作为男人，做上门女婿是奇耻大辱，我不能答应。回去请转达你姐姐，如果她不嫌我清贫的生活就过来吧！”

最终，二人闹得不欢而散。但是，就在当天夜里，一只纤弱的白色蝴蝶随风轻盈地潜入才之助那间邋里邋遢的卧室。

“清贫的生活我并不嫌弃啊。”姑娘轻声笑了，她的名字叫黄英。

二人在茅屋住了一段时间，不久，黄英在茅屋墙壁上开了一个洞，在与茅屋紧挨着的陶本家的墙上也同样开了一个洞，这样，她就从娘家将种种必要的用具搬到才之助的家里来。才之助对此耿耿于怀。

“真伤脑筋！这个火炉，这个花瓶，可全都是你娘家的东西啊！我这个做丈夫的竟然用老婆娘家的东西，真是无地自容！请不要再把这些东西往家里拿啦！”尽管被才之助训斥，黄英却总是笑嘻嘻的，还是屡屡往家里拿。以清廉之士自居的才之助就做了一个大账簿，上写“以上物品暂时保管”，将黄英带来的物品一一登录在册。但是，现如今身边的物件均为黄英的用品，甚至到了若一一登记便会出现无论多少册账簿都记不完的地步。才之助心灰意懒了。

“拜你所赐，我也最终变成了一个靠妻子养家的丈夫。依靠女人发家致富，是作为男人最大的耻辱。我三十年的清贫生活，因为你而被搞得一团糟。”一天夜里，才之助深有感触地大发牢骚，黄英也看上去确实有些失落。

“或许是我的错。我只是想报答您的恩情才费尽心思来照顾您的，没想到您对清贫生活如此执着。那么，家里的东西、我新盖的房子，所有的一切立刻卖掉吧，请将卖得的钱随心所欲地花掉吧！”

“你不要说什么傻话！你觉得身为我这样的人会接受那种不干不净的钱吗？”

“那么，我们该如何是好呢？”黄英带着哭腔说道，“就说三郎，也为了报答您的恩情每天辛辛苦苦地培育菊花，马不停蹄地往各处的大户人家送菊苗，一直这样挣钱养家。我们该怎么做才合您的心意呢？您和我们，想法简直就是天壤之别啊！”

“我们只好分开了。”才之助话说到了这个份上，不得不再讲些更为冠冕堂皇的话，说了句言不由衷的伤心之言——“清者就只能清廉，浊者就只能庸俗地生活下去，所以，我没有这样那样对他人发号施令的权利。我搬出这个家吧！打明日起，我决定在那个院子角落里盖间小房子，在那里过一种甘于清贫的生活。”虽然言不由衷，但男子汉既然话说出口，就进退两难，第二天早上，他就立马在院子一角搭了个一坪左右的简易小屋，呆在里面正襟危坐，冻得瑟瑟发抖。不过，在那里刚刚品味了两晚清贫生活，他就实在冷得受不了了，第三天晚上终于轻轻叩响了自己家的木板套窗。木板套窗开了一条缝，露出了黄英白皙的笑脸：“您的清高也不靠谱啊！”

才之助羞愧难当，从此再也不说那些逞强逞能的话了。

当墨堤[1]的樱花开始吐芳之时，陶本家的房子也落成了。房子与才之助家紧紧挨着，已经无法分清两家的界线了。才之助现在对这种事完全不再干预，一切交给陶本姐弟全权处理，自己则常常和街坊邻居下下象棋。

一天，他们一家三人去墨堤看樱花，才之助在一处恰到好处的赏樱处打开了多层方木食盒，喝带来的酒，并给三郎劝酒。姐姐向三郎使眼色，暗示他不要喝酒，三郎却满不在乎地接过酒杯，莫名其妙地说："姐姐，我已经可以喝酒了呀！家里也攒了不少钱，即便我不在了，你们也已经可以一生安然度日了。我对种菊花也完全厌倦了。"

说完，他开怀痛饮，不久便酩酊大醉横卧于地。他的身体眼看着溶化了，化作了一缕青烟，只留下衣服和鞋子。才之助大为讶异，他抱起三郎的衣物，发现衣服下面的地上长着一棵水灵灵的菊苗，这才意识到陶本姐弟并非人类。但是，才之助如今被姐弟二人的才能和亲情所折服，并未产生厌倦之意，对痛失弟弟的菊花精灵黄英愈发疼爱。那棵菊苗被移植到了自家庭院，到了秋天就会开花。花朵是浅红色，顶部红色微微加深，嗅一嗅会闻到一股酒气。关于黄英的身体，原文记载为"亦无他异"，也就是说，她的身体始终与普通女人并无二致。

1. 东京隅田川的河堤。

穿衣哲学

在极为短暂的某个时期，我曾经暗暗地为一件事情煞费苦心，那就是对着装的讲究。在弘前高中读高一的时候，我经常身着条纹和服，系着角带[1]出门。而且，我还去女师傅门下学习义太夫[2]。但那种激情也只不过持续了短短一年时间，我便气急败坏地将这身行头一股脑全给扔了，这样做也并非出于什么冠冕堂皇的动机。高一那年寒假，我来东京玩。一天晚上，我身穿这种风流之士的衣服"啪"地掀开关东煮店的绳帘。"啊，小姐，给我来瓶热乎的吧！"我姑且模仿那种实在令人作呕的风流之士的腔调装模作样地说了"热乎"这个字眼，不久便龇牙咧嘴地喝下烫得"热乎"的酒，驱使着自己的笨嘴拙舌将早先学到的流里流气的话语

1. 男性和服正装用腰带之一，用长一丈五寸、宽六寸的质地较硬的腰带面料对折缝制而成的窄腰带。

2. 日本江户时代元禄年间竹本义太夫创立的净琉璃之一种，在粗杆三味线伴奏下铿锵有力地讲述木偶剧梗概和台词的表演艺术。

一股脑全说了出来。天知道我都说了些什么呀！我说完后，关东煮店的女店员满面笑容，天真地说道："小哥你东北的吧？"或许她是为了恭维我才这么说的，但我觉得大煞风景。我也不是一个彻头彻尾的傻瓜，当晚就怒不可遏地将那身风流雅士服给扔掉了。打那之后，我尽可能穿普通衣服。不过，我身高五尺六寸五分（也有时候测量结果为五尺七寸以上，但我不相信），即便只是平平淡淡地走在大街上也会有些引人注目。上大学的时候我自以为穿着普通，可尽管如此还是受到了一位友人的忠告，说是长筒胶鞋实在怪里怪气。长筒胶鞋方便实用，不需要穿袜子，无论是套上二趾袜穿还是光脚穿，都不必担心被人看破。我大抵上是光脚穿。长筒胶鞋里面很暖和，出门的时候也不用像系带鞋那样蹲在玄关那里磨蹭半天，脚一下子踩进去就可以出门了。脱鞋的时候，两手也可以插进口袋，就那样脚轻轻向前一甩，鞋就"啪"地一下脱掉了。不管是水坑还是泥路，都可以平心静气地阔步前行，真的是便利之物，为什么就不能穿这个走路呢？尽管如此，我那位热心的友人还是告诉我说："长筒胶鞋实在是怪里怪气，还是不穿为妙，你晴天也穿着走路，看上去显得特立独行。"也就是说，他像是觉得我是为了时尚才穿长筒胶鞋走路的，这可是大错特错了。我在高一时就已经痛切地认识到自己不可能成为风流雅士了，本打算以后在衣食住行上只爱方便廉价的东西，但无论是身高、脸庞，抑或是鼻子，我都实实在在比别人突出，好像各方面都很碍眼，即便确实是随意戴顶鸭舌帽，友人也会热心地忠告：“哎呀，你一时心血来潮戴鸭舌帽啦！不太合适嘛！感觉怪怪的呀！你还是得了吧！”我不知如何是好。着装精致的男人好像要与之相应花上普通人两倍的时间来学习。我本打算自己小心翼翼地偏安于人生一隅，但别人根本不以为然。我有时甚至考虑破罐子破摔，干脆蓄一个林铣十郎[1]阁下那样的大胡子。但是，在现在只有六铺席、四铺席半、三铺席三个房间的逼仄的房子里，一个只有大胡子蔚为壮观的彪形大汉转来转去，这情景的的确确有些怪异，这一想法也就无奈地放弃了。一天，一位朋友一本正经地发牢骚：“萧伯纳[2]要是生在日本的话，恐怕不会成为作家吧。”他这么一说，我也认认真真地想了想日本现实主义的深度之类的问题，发表看法说“因为总归是心态的问题啊”，接下来准备再陈述两三条见解。此时朋友笑道：“不对，不对，听说萧伯纳身高七尺[3]哪！身高七尺的小说家，在日本根本无法生活噢！”他一脸满不在乎的表情。我彻底被他耍弄了，但我对这位朋友天真无邪的打趣无法会心一笑，总觉得后背发凉——自己要是再高一尺的话，真是岌岌可危啊！

我在高一的时候就早已注意到时尚之无常，之后便破罐

1. 林铣十郎（1876—1943），日本石川县人，陆军大学毕业，1937年出任日本第33任首相。

2. 乔治·萧伯纳（George Bernard Shaw，1856—1950），英国现代杰出的现实主义戏剧作家，1925年诺贝尔文学奖获得者。代表作有《鳏夫的房产》《芭芭拉少校》《圣女贞德》等。

3. 约212厘米。

子破摔，将现有的衣服随便地穿在身上，本以为自己穿着普通衣服出门，不料想还是成为朋友品头论足的对象。因此我谨小慎微，也逐渐开始悄悄讲究穿衣打扮了。虽说讲究了，但每一次重要场合，我还是会被别人告知自己穿着土里土气，令我心烦意乱。因此，我一次也没有起过“想穿那个”“想用这种古色古香的布料做和服外褂”之类的追求帅气的念头，总是一声不吭地给什么穿什么。而且，怎么说呢，我这人在自己的和服、衬衫、木屐方面小里小气，觉得将钱花在这些方面真的如同“切肤之痛”一词表达的那样痛苦万分。即便怀揣五元钱出门买木屐，我也会在木屐店前一味地踱来踱去，心乱如麻，最后冲进木屐店隔壁的 beer hall[1] 将五日元花个精光，就像是认准了衣服、木屐不用自己花钱买似的。而且，实际上，三四年前，故乡的母亲每个季节都会给我寄一些衣服和其他用品。母亲与我已经十年未见，看样子她还没有注意到我已经成长为这么一个像模像样的大胡子男人了，寄来的和服真的是花里胡哨。一穿上那件碎白点的单衣[2]，我就像是一名最低级的相扑手。或者，穿上那件用作睡衣的上面布满桃花图案的浴衣，我又像是一位犯了错在后台吓得哆哆嗦嗦的新剧[3]老年男演员，真是不成样子。但

1. beer hall，专卖生啤的饮食店，也提供简单的饭菜。

2. 没有衬里的单层和服。

3. 明治中期以后兴起的为抗衡歌舞伎而产生的新剧，多取材于当时的社会现象、风俗。

是，因为我一贯是别人给什么就老老实实穿什么，所以即便内心多少有些厌烦，也还是会穿着它闷闷不乐地盘腿坐在房间正中抽烟。偶尔有朋友来访，当场看到我这个样子而忍不住笑出声来。我就郁郁不乐，最后站起身，将那些和服拿去寄存到某个仓库了。现在母亲一件衣服都不给我寄了，我不得不用自己的稿费置备相应的衣服。可是，我在给自己买衣服这件事上极为吝啬，这三四年来，我仅仅新做了一件夏天穿的白地蓝花纹的棉布和服和一件久留米藏青地碎白花纹棉布单衣，其余的均为母亲寄给我的衣服。我将这些衣服寄存在某个仓库里，根据需要取回来穿。比如，现在说到我从夏天到秋天这段时间穿的衣服的话，盛夏我就穿一件白地蓝花纹棉布和服。之后随着天气变凉，出门就将久留米藏青地碎白花纹棉布单衣和铭仙绸碎白点花纹单衣替换着穿。在家的时候我主要穿宽袖棉袍里面套的那件打底浴衣。铭仙绸碎白点花纹单衣是我妻子亡父的遗物。穿上它一走路，下摆就会发出“唰唰”声，令人心情舒畅。穿这件和服出去游玩时，天空必然会匪夷所思地下起雨来，或许这是妻子亡父的告诫。我甚至遇到了洪水，一次是在南伊豆，另一次是在富士吉田，遭遇大水多少吃了点苦头。南伊豆的事发生在七月上旬，我住的温泉小旅馆被浊流淹没，差一点就被冲走了。富士吉田的洪水发生在八月末镇火大祭[1]那天。当地的朋友邀

1. 又称“吉田火祭”，每年8月26日和27日举行的“镇火大祭”是富士浅间神社与诹访神社两家神社的秋季祭祀活动。一说为镇住富士山喷发而举行的祈愿活动。

我去那里玩，我回信道：现在太热，算了吧。等天气凉快些再过去。我这么一回复，朋友又来了封信，说是吉田火祭一年只有一次，吉田已经很凉爽了，一进入下个月天气就会变冷。看样子朋友像是非常生气，于是我就慌里慌张赶到了吉田。出门之时，妻子说了句“你穿这件和服去的话，又要遇到洪水啦”，这真是句讨人嫌的丧气话，给我一种不祥的预感。行至八王子[1]一带时天气一直还是艳阳高照，但在大月[2]换乘开往富士吉田方向的电车后就已是大雨倾盆。电车里登山者或者去旅游的男女乘客挤得水泄不通，甚至到了彼此无法转身的地步。“哇！好大的雨！真让人头大！”大家七嘴八舌地抱怨着大雨。我穿着已故岳父那件具有“降雨功能”的和服，觉得自己就像是这场大雨的罪魁祸首，真的感受到一种令人担忧的模模糊糊的罪恶感而无地自容。抵达吉田之后也是瓢泼大雨，我和来车站接我的朋友一起，逃也似的跑进车站附近的一家料亭[3]。看到我这个样子，朋友非常过意不去，但我知道这场暴雨的原因在于我身上穿的这件铭仙绸和服，反过来对朋友感到内疚。不过，这件事罪大恶极，我无法坦言相告。镇火大祭之类的活动全都乱了套。据说，每年富士火把节这天，为了向木花咲耶姬[4]表示敬意，家家户户

1. 位于东京多摩地区的城市。

2. 日本山梨县大月市。

3. 日本式高级餐馆。

4. 木花咲耶姬为富士浅间神社的祭神，相传木花咲耶姬怀孕时，曾被丈夫琼琼杵命怀疑不忠，为证明自己的清白，木花咲耶姬点燃了产房，在熊熊烈火中产下三个婴儿。

门前都堆起一丈多高的木柴，将其点燃比较各家火焰燃烧的火势，力争自家不输于人。这一盛况我一次也没有看过，本想着今年能开开眼界，但好像因为这场大雨泡了汤。我们在料亭一味地喝着酒等待雨停。到了晚上，甚至还刮起了风。陪我俩用餐的女招待将木板套窗开了一条缝，小声自言自语道："啊，天空朦朦胧胧有红色亮光。"我们起身朝外面望去，南方的天空微微泛红，尽管暴风雨肆虐，但至少还有人为了致敬木花咲耶姬而点燃篝火发出信号吧。我觉得冷冷清清，这场可恶的强暴风雨，要说原因也是因为我穿了这件具有"降雨功能"的和服。我在不需要我的时候恬不知耻地来到此地，将吉田男女老少翘首以待的欢乐之夜搞得乌七八糟。如果我向女招待稍稍坦白说"造成这一切后果的雨男[1]就是我"，估计很快会被吉田市民围起来揍扁吧。我终究还是心肠不好，没有向朋友、女招待坦白自己的罪恶。那天晚上很晚雨势才小了些，我们就离开料亭，一起住进了一个位于池塘旁边的规模不小的旅馆。第二天早上，天完全放晴，我和朋友告别，搭乘巴士翻越御坂峠去甲府。巴士过了河口湖开始在山岭上行驶，刚走了二十分钟左右就到了一处发生了可怕的山体滑坡的地方。十五位乘客各自撩起和服的后衣襟，一门心思想走着翻越山岭，三三两两开始往上走。走一程又一程，发现从甲府方向来接我们的巴士并没有来，就死

1. 一种戏谑的称呼，用来指那些在参加聚会或重要活动时天气总是下雨的人。

了心又折了回来，再次失望地坐上原来那辆巴士回到了吉田町。这一切都是因为我这件诡异的铭仙绸和服。下次要是听到哪里旱魃为虐，我打算穿着这件和服前往该地，在那里溜达溜达，信步四处走走，或许大雨就会沛然而至，碌碌无为的我也就能在意想不到的地方为国家效劳了。除了这件具有降雨功能的单衣外，我还有一件久留米藏青地碎白花纹棉布单衣，那是我首次用稿费买的和服，我非常珍惜，只在至为重要的外出场合穿。我自认为这是一件高档的盛装，但别人并不怎么关注这件衣服，穿着它外出时，谈事情也不太顺利，大概自己被人轻视了，或许是因为这件衣服看上去像便服吧。于是，回家的路上我必然会不屑地“哼”一声安慰自己，不知为何会不由自主地想起葛西善藏[1]来，越发固执己见，觉得自己断然不会舍弃这件衣服。

从单衣到夹衣过渡的这段时间非常艰难。从九月末到十月初，有十天左右，我会被不为人知的忧愁所困扰。我有两套夹衣，一套是久留米藏青地碎白花纹棉布的，另一套好像是丝绸的。这两套都是之前母亲寄给我的，只有这两套花纹精致、朴素，所以我一直保存着，并没有将它们寄存在街道一角的仓库里。我的性子不允许自己穿丝绸衣服，蹬毛毡

1. 葛西善藏（1887—1928），日本私小说作家，生于日本青森县弘前市，作品多取材于作家的现实生活，内容充满哀愁、辛酸以及对社会现实的嘲讽和憎恨。代表作有《悲哀的父亲》《带着孩子》《湖畔手记》等。

草履[1]，挥着手杖出门，也就自然而然地对那件丝绸衣服敬而远之，这一两年里也就只有在朋友相亲的场合、新年去位于甲府的妻子娘家玩的时候穿过两次。但这两次也绝不会搭配毛毡草履和手杖，而是穿裙裤和用整块木板旋制的低齿木屐。我讨厌毛毡草履并不是在炫耀自己的粗犷豪放。毛毡草履外观也很优雅，而且，在进入剧院、图书馆以及其他大楼之前，也不像穿木屐时那样给看管鞋子的人添麻烦，实际上我也穿过一次，但总觉得脚底板在草履表面的草皮底上打滑走不成路，令我颇有些焦躁不安，好像比穿木屐还要累上五倍，穿了一次就马放南山了。手杖也是，一抡起手杖走路，就看上去颇有独到见解，还真不错。但是，我个头比别人稍微高一点，所有手杖对我来说都太短了。要硬拄着手杖走路的话，恐怕看起来像个扫墓的老婆婆吧。五六年前，我找到一种登山用的细长的冰杖，拄着冰杖走在街上，还是被朋友说成是品位低俗，惹他们恼火，就急急忙忙放弃了。但是，我根本不是因为品位去使用冰杖，而是总觉得普通手杖太短了，无法随心所欲地拄着走路，很快心里就会烦躁起来。我的身体还是需要那种结实、细长的冰杖的。朋友还告诉我说手杖不是拄着走路，而是拿着走路的，可是我对带着行李走路深恶痛绝，即便是旅行，我也会切实花费很多心思尽可能让自己两手空空去坐火车。不只是旅行，整个人生都要提着

1. 用毛毡材料做的人字拖。

许多行李行走，这一点甚至可以视为是抑郁之源。行李是越少越好。自打出生以来的三十二年里，我不得不背负着沉重的行李一路走来。除此之外，怎么可能还会因为喜好什么而搞得自己连散步都要带着麻烦的行李呢？外出时，我往往将大多数随身物品一股脑地硬塞进和服腰包里，但手杖怎么可能放进腰包呢！必须扛在肩上或一只手提着，真是麻烦透顶。况且，狗可能会把它误认为是可疑的武器而大声狂吠，真的是百无一用。潇洒地穿上华丽的丝绸和服，搭配毛毡草履、手杖，外加二趾袜，这身打扮无论怎么想我好像都接受不了，穿不出去。或许我就是人们所说的穷惯了的那种人。顺便说一下，自退学后的七八年里，我没有穿过西服。并非我讨厌西服，不，岂止是不讨厌，我甚至经常心向往之，觉得穿西服会非常轻便。可我一套也没有，从来没有穿过。故乡的母亲也不会寄西服给我。而且，我身高五尺六寸五分，西服成衣根本不行。要是定制的话，好像有必要同时搭配鞋子、衬衫以及其他饰物，不管怎样也得花上一百多元吧。我在衣食住行上精打细算，觉得花上一百多元定做一套西服还不如干脆要我的命，把我从断崖上扔到波涛汹涌的大海里算了。有一次，我出席 N 先生的作品出版纪念活动，那时我只有身上穿的宽袖棉袍一件衣服，就从朋友 Y 君那里借来了西服、衬衫、领带、鞋子、袜子之类的一整套，穿着这身行头低眉顺眼地笑着出席了这个活动。那时候我也被大家评头论足，说什么“难得见你穿西服，不太好啊，不合身嘛！

不管怎样，你还是……”之类的话，好像朋友都不认同似的。最终借我西服的Y君也在会场的角落里向我抱怨：“总觉得拜你所赐，连我的西服也被人说三道四。我今后再也没有心情穿这套西服出门了。”我唯一一次西服造型最后竟然成了这个样子，下次穿西服会是什么时候呢？我现在甚至连花上一百日元定制一套西服的心思都没有了，下次再穿不知到猴年马月了，暂时也只能穿着现有的和服外出了。如前所言，我有两套和服夹衣，丝绸夹衣我不太喜欢，久留米藏青地碎白花纹棉布夹衣是一套，我比较喜欢这套。我总觉得土里土气的学生款式和服穿着舒坦，也希望自己一辈子都穿学生款式的和服。在出席会议的前一天晚上，我都会将这件和服叠好铺在被褥下面后躺下。这样一来，就能微微感受到一种像入学考试前一天晚上那样的心动感觉。这套和服对我来说犹如士兵冲锋陷阵时的盛装一般。秋意渐浓，到了可以理直气壮地穿这件和服外出的季节。一到这个时候我就松了口气。换句话说，也是因为在从单衣向夹衣过渡的这段时间我没有适合外出穿的衣服。过渡期常会让我这样的无能之辈茫然不知所措。夏秋两季的过渡期让我大伤脑筋。穿夹衣为时尚早，虽然我想早点穿上那件心仪的久留米藏青地碎白花纹棉布夹衣，但这样白天就酷热难耐；坚持穿单衣的话又感到实在太寒碜。反正很寒碜，弓着腰哆哆嗦嗦走在寒风里也挺应景的吧。但这样一来，人们又会说一些诸如“贫穷代言人”啦，“乞丐之威慑”啦，“要小性子”啦之类的话横加指责。而且，我像寒山、拾得[1]那样衣衫不整、打扮异于常人，会让人神经错乱，造成精神碾压，这也不是什么好事。我想尽可能一直穿普通服装。简单来说就是我没有斜纹哔叽毛料和服，真想拥有一件好的毛料和服。实际上，我还是有一件的。这件衣服是在我喜欢打扮的高中时代偷偷买的，花色为纵横交织的浅红色条纹。当我从对着装的神魂颠倒中清醒过来一看，觉得这件衣服无论如何都不是男人穿的，很明显是女式的。没发现这一点肯定是因为我那个时候太痴迷于打扮了。我觉得这件衣服毫无意义，穿这种花哨得无法形容的和服走路，身体会显得绵软无力。一想到这里，我只能掩面叫苦了。这衣服实在是穿不出去，甚至看看都觉得厌烦，决定将它长久存放在那个仓库里。去年秋天，我稍稍整理了一下仓库里的衣服、毛毯、书籍之类的，将不需要的东西全部卖掉，只把认为可能会用到东西拿了回去。带回家后当着妻子的面打开了那个大包袱时，连我也无法淡定了，有些讪讪的。因为我结婚前的那种邋遢劲儿当场暴露无遗。肮脏的浴衣没有清洗就扔进了仓库，屁股部位破了的宽袖棉袍揉成一团就送进了仓库，根本没有令我满意的物件，净是一些脏兮兮地散发着霉味，上面的花纹花里胡哨、怪里怪气的东西，甚至让人无法相信这些是正常人用过的东西。我一边解包袱，一边频频自我解嘲："这些都是颓废的物件啊，卖给

1. 两位唐代著名诗僧，二人衣衫褴褛，形迹怪诞，因形影不离、情同手足，传说中被称为"和合二仙"。

收破烂儿的得了！”

“太可惜了。”妻子没有嫌脏，一件一件查看着。“这件可是纯毛的呀！翻新一下吧。”

我一看，竟然是那件斜纹哔叽毛料和服，狼狈不堪，真想夺门而出。印象中这件毛料和服确实放在仓库里了，这件毛料和服怎么会跑到包袱里来了？我至今也没搞清楚，应该是什么地方出了差错，真是羞死人了。

“那个是我还特别年轻的时候穿的呀！好像有些花哨了吧。”我掩饰着内心的慌乱，装作若无其事地说道。

“还可以穿的呀！你还没有一件毛料和服哪！这下正好啊！”

这件和服根本就穿不成了。在仓库存放了十年，在存放过程中布料颜色变得怪怪的，可以说成了羊羹色[1]。浅红色的横竖条纹呈现出脏兮兮的涩柿色[2]，就像老婆婆的衣服一样。时至今日，我还是对这件和服的诡形谲状甚是惊讶，把脸扭向了一边。

今年秋天，我有一个稿子必须要在当天里完成，一大早便一跃而起，发现枕边放着一件叠得整整齐齐的和服，就是那件毛料和服。马上就是秋凉时节了，这件衣服像是拆洗之后重新缝制的，多少变得雅观了些，但布料的羊羹色和条纹的涩柿色果然还是非常显眼。但是，我那天早上心里老惦记

1. 黑色、紫色、茶褐色等衣服颜色因褪色而呈现出的发红的颜色。

2. 以涩柿子的柿油染成，一种介于黄褐色和红褐色之间的颜色。

着工作的事，觉得穿衣打扮非常繁琐，二话没说很快穿上这件衣服，连早饭都没吃就开始工作了。正午刚过，我终于写完，松了一口气。恰在此时，一位好久未见的友人突然来访，正好一起吃饭，谈天说地，接下来出去散散步。走进家附近井之头公园的树林中时，我终于意识到了自己惨不忍睹的样子。

“啊，糟糕！”我不由得哀叹了一声，“这下糟了。”我停下脚步。

“你怎么了？是肚子……”朋友眉头紧蹙，有些担心地凝视着我的脸。

“不，不是肚子。”我苦笑了一下，“这件和服很奇怪，对吧？”

“是啊！”朋友认真地看了看，“好像有点花哨啊。”

“这是我十年前买的。”我又迈开了步子，“好像是女款的。而且，颜色也变了，更是……”我连走路的劲头都没了。

“没关系的呀，没那么扎眼。”

“是吗？”我精神振作了一些，穿过林子，下了石阶，在池畔溜达。

不管怎样，我心里还是挺在乎的。如今也三十二岁了，变成了这样一个胡子乱蓬蓬的彪形大汉，觉得自己多少还是受过磨炼的，身穿这种看上去恶俗的、轻佻的和服，脚踩鞋尖磨秃的木屐，明明连工作都没有却不找事做，在公园里慢腾腾地四处瞎逛，不认识的人或许会把我看作是肮脏污秽的懒汉吧。而且，即便是认识我的人，也会觉得“这家伙还是老样子，要是别这样就好啦”，越发鄙视我吧。过去很长一段时间，我一直被人误解为怪人。

“怎么样？要不要去新宿那边走走。”朋友提议道。

“这可不是闹着玩儿的！”我连连摇头，“我这副行头去新宿，被某人看到的话，我更是声名狼藉了。”

“怎么可能嘛！”

“不，真是抱歉。”我固执地没理会他，“我们去那边的茶店休息一下吧。”

“我好想喝酒啊！我说，咱俩去街面上走走吧。”

“那边的茶店也有啤酒。”我不想去大街上，这件和服是一个原因，还因为今天完成的小说很不满意，心里挺烦的。

“茶店算了吧。冷得受不了，我想找个地方静静喝一杯。”问了朋友才知道，最近他生活中也净是烦心事。

“那么，咱们就去阿佐谷吧。新宿实在……”

“那里有不错的地方吗？”

那里也不是什么特别好的地方。但是，那儿的话我之前经常去，即便这副怪异打扮，估计也不会让人生疑。那里还可以提供方便，即使酒钱不够也可以先欠着，下次补上。而且，那个店连女招待都没有，只有酒，也不用顾虑自己的穿着。

傍晚时分，在阿佐谷站下车后我和那位朋友一起走在阿佐谷的街道上，心里非常难受。像寒山、拾得似的着装怪异的我的身影映在商店橱窗的玻璃上。和服看起来红艳艳的，让我想起了庆祝米寿[1]而穿上红色衬袄的老翁。在当下这个艰难时世，我于社会没有任何积极的贡献，在创作方面也根本没有做到显姓扬名，就十年如一日地穿着鞋尖磨秃的木屐在阿佐谷徘徊。今天又刻意穿了件红色和服，或许我永远是个失败者。

"不管多大年纪，我都没变化啊。虽然我认为自己相当努力了。"走着走着，我不由得发起了牢骚，"所谓文学就是这个样子吗？总觉得自己似乎很糟糕啊！穿着这身行头走在大街上。"

"穿着还是必须得讲究一点的！"朋友一副安慰我的神情，"我这样的人在公司也经常吃大亏哪！"

朋友在位于深川的某公司就职，好像也是那种在穿着上不愿花钱的性格。

"不，不只是服装，还有更为根本的精神层面呀！因为我接受的教育不好啊。不过，魏尔伦[2]还是很不错的。"魏尔伦与红和服到底有什么关联呢？就连他自己也觉得甚为唐突而感到难为情，但我却对自己感到失落，意识到自己是个失败者的时候，必定会想起魏尔伦那张哭丧脸，从而获得一种

1. 米寿为八十八岁的雅称。"米"字拆开，其上下各是八，中间是十，故名。

2. 魏尔伦（Paul-Marie Veriaine，1844—1896），法国象征派代表诗人。代表作有《忧郁诗篇》《睿智》《平行》等。

救赎，这一点已成常态。我要活下去，魏尔伦的软弱反而给了我活下去的希望。我固执地相信，真正庄严的光明只能从懦弱的内省之终极发出。无论如何我都想更好地活着。也就是说，无论如何我都要在最高的尊严和最低的生活中活下去。

“魏尔伦太夸张了吧？我总觉得穿着这件和服，不管怎么说都无法获得救赎呀！”我有些受不了他了。

“不，没关系的。”朋友只是微微笑了笑。街上亮起了电灯。

当天晚上，我在酒馆犯了一个大错，竟然动手打了那位好朋友，确实都怪那件和服。最近我一直在修身养性，努力做到对任何事情都忍气吞声、笑然面对，根本没有丝毫粗鲁之举。但是，那天晚上我还是做了这种事，我相信都是因为那件红色的和服。衣服对人心理的影响真是可怕。那天晚上我一直在低声下气地喝酒，心里郁郁寡欢，很不开心，甚至连店老板我都觉得碍眼，就坐在角落里幽暗的地方喝酒。但友人那晚不知抽什么风，精神头十足，把古今东西的艺术家一个接一个骂了个遍，骂人势头收不住，连店老板也躺枪了。我了解老板可怕的暴脾气。一天，在这个店里，一个陌生的青年也像我这个友人那样撒酒疯，对其他客人发飙的时候，店老板像是突然换了个人似的表情严肃，当众说道：“你知不知道现在几点了！给我出去，不许再来了！”我觉得店老板是个不好惹的硬茬，现在友人这样撒泼冒犯老板，我提心吊胆地想着老板现在肯定会让我俩尝尝被扫地出门的耻辱滋味。搁在平时，我丝毫不会介意那种耻辱，肯定会和这个朋友一道气焰嚣张，但那天晚上我因为自己那件奇怪的衣服㞞到了极点，一味地看着店老板的脸色，不断小声“喂喂”地责备友人。可是友人那张嘴越说越缺德，那氛围终于要到老板下逐客令的时候了。此时此刻，作为最后一招杀手锏，我想到了那个安宅关故智[1]——“弁庆的苦肉计”。我心意已决，“啪啪”甩了友人两个耳光。打的时候尽可能不让友人感到疼痛，而且还要尽可能大地发出声响。“你给我放清醒点！你平时可不是这样子啊！今晚怎么回事！你给我放清醒点！”为了让店老板听到，我故意大声说道，心想这样大概就不会被赶出去了吧。刚松一口气，义经就站起身来扑向了弁庆。

“哎哟，你打我！我这就跟你没完。”友人嚷嚷道。可没有这样的戏剧桥段啊！懦弱的弁庆狼狈地站起身来，左躲右闪。在此过程中，一直等候的人终于来了。店老板径直走到我这里，向我下了逐客令：“请给我出去，你打扰到其他客人了！”回过头来一想，先动手施暴的确实是我，别人不可能知道我这是“弁庆的苦肉计”，这是理所当然的。客观上动粗的罪魁祸首的确是我。我被老板驱赶着离开了酒馆，将

1. 日本古典能乐《安宅》、歌舞伎《劝进账》描写的源义经逃出安宅关的故事。源义经受到兄长源赖朝的猜忌，率领随从弁庆等人假扮苦行僧逃避追捕，在经过加贺的安宅关时，守将富樫左卫门怀疑源义经身份，弁庆便故意拿金刚杖重打源义经，使富樫左卫门不再怀疑而予以放行。

醉了酒仍在大声嚷嚷的友人留在了身后，心里恨得牙痒痒。都是服装惹的祸。只要我穿戴整整齐齐，店老板也会多少认可我的人品，何至于遭受被扫地出门这样的耻辱啊。身着红色和服的弁庆弓着背垂头丧气地走在阿佐谷的大街上。现在我想要一件好的毛料和服，想要那种穿着能够信步而行的衣服。但是我想，在买衣服这一点上极为吝啬的我，今后是否也会为穿着的事情烦恼呢？

亟待继续完成的课题：穿国民服[1]会怎样呢？

1. 指二战期间日本政府根据1940年公布的《国民服令》制定的男性制服款式，设计近似军服。

香鱼小姐

佐野是我的一个朋友，我比他大十一岁，即便如此我们仍可以做朋友。佐野现在就读于东京某所大学的文科专业，但好像成绩不好，不久或许会留级。“学习上再加把劲如何？”我也曾心有顾虑地忠告他。那时候，他双手抱于胸前，垂头丧气地低声嘟哝：“已经这样了，我只能做小说家了。”我哭笑不得，他似乎认定那种讨厌学习、天资愚笨的人才应该去当小说家。这一点另当别论，佐野最近像是终于认真地做好了心理准备，认定了自己别无选择只能做小说家。或许留级一事一天天地逐渐成为事实，“已经这样了，所以我只能做小说家了。”他现在说这种话已并非说笑，而是决心已下。或许是这个原因吧，他近来的日常生活确实优哉游哉。他应是未满二十二岁，却正襟危坐在本乡寄宿公寓一室沉迷于围棋自弈。远远望着这一情景，甚至让人莫名地感受到一种闲云野鹤般的雅兴。他有时会穿着西服出游，包中总是装着稿纸、墨水、《恶之花》、《圣经·新约》、《战争与和平》(第一卷)以及其他物品。在温泉旅馆的房间里，他背靠壁龛立柱泰然自若，在书桌上展开稿纸，无精打采地望着自己吐出的香烟烟雾散去的方向，朝上拢拢长发，轻轻干咳一声，这些地方已经有了文人墨客的范儿。可是，没过多久，他像是很快也厌倦了这一白费工夫的做作姿态，起身出去散步。有时他也会从旅馆租一根钓竿去溪流中体验钓真鳟，却从未钓上来一条。实际上，他对钓鱼也并非兴味盎然，觉得更换鱼饵不胜其烦。因此，他多半用的都是毛钩[1]。他在东京购买了几种高档毛钩放在钱包里出游。他并非对钓鱼情有独钟，可为什么必须要特意买好钓钩带到旅行地去钓鱼呢？没什么大不了的，仅仅是缘于他那颗渴望品味隐士心境的心。

今年六月，在香鱼禁渔期解禁之日，佐野将稿纸、钢笔、《战争与和平》之类的塞进包里，钱包里放上数种毛钩，朝着伊豆的某个温泉地进发了。

四五天后，他买了不少香鱼回到了东京。听说他为自己钓到两条柳叶大小的香鱼而一脸得意，没料到一带回旅馆就被旅馆的人狠狠嘲弄了一通，令他茫然不知所措。尽管这两条香鱼不大，他还是让人将其做成炸鱼晚饭的时候吃了。看到偌大的盘子中摆着小拇指大小的两个“小薄片”时，他甚

1. 用羽毛做的蚊形鱼钩，把缠在空钩上的羽毛作为鱼饵以此引鱼上钩的一种钓鱼工具，常用于溪流钓。

至恼羞成怒了。他也给我家送了些不错的香鱼作为礼物，心虚地坦白说那是在伊豆的鱼店买的。“倒是也有人轻而易举就能钓到这么大的香鱼，可我没钓到。有点不好意思，这么大的香鱼我还真钓不来。我说明原因，鱼店就卖给我了。”他用这种奇怪的坦白方式解释道。

顺便说一下，他这趟旅行中还收获了另外一样奇怪的特产。他说他想结婚，也就是说在伊豆看上了当地一位好姑娘。

“是这样啊。”我也没想细问。我不太喜欢听别人的恋爱故事，因为恋爱故事之中必然在某些方面存在遮遮掩掩的成分。

我对他的讲述置若罔闻，含糊其辞地应答着。佐野对我的反应并不介意，滔滔不绝地谈起了他看上的那个好姑娘，说话的语气出乎意料地情真意切，直言不讳，我也平心静气地听他讲到最后。

他抵达伊豆是在五月三十一日夜间，当晚在旅馆喝了一瓶啤酒后便睡下了。翌日清晨，旅馆的人按照他的吩咐一大早叫醒他后，他便扛着钓竿优哉游哉地从旅馆出发了。他睡眼惺忪，脸上多少有些倦容，尽管如此，他在某方面还是一副雅兴十足的文人派头，双脚蹚着浓密的夏草朝河滩走去。草上的露珠凉丝丝的，令人心旷神怡。登上河堤，松叶菊开得正艳，山丹丹也开花了。他不经意间朝前方望去，看到一个身着绿色睡衣的良家小姐在青草地上跣足而行，修长白皙的双腿甚至裸露到膝盖以上的大腿部位。“真是冰清玉洁！啊，好美！”女孩距佐野不足十米。

“哇！”佐野内心天真无邪，不由得发出一声欢呼，还用手指着女孩那白花花的柔韧的双腿。女孩笑了一笑，将睡衣下摆放了下来，并没有表现出诧异之色，或许这是她习惯于每天早上散步的缘故。佐野有点尴尬，对自己指向对方腿部的那只手无所适从，为冒犯与自己素昧平生的女孩而后悔不迭，觉得自己轻薄无礼。“不行啊！这个样子……”他用一种责备的语气含含糊糊地嘟囔了一句，飞快地与女孩擦身而过，头也不回，急急忙忙地走着，跌了一跤后放慢了步伐。

他下到河滩上，在一棵粗得双臂抱不住的柳树树阴下坐下来，垂下了钓线。此处是否能钓到鱼另当别论，只要此处没有钓鱼之人，安安静静的就够了。据传，露伴[1]先生也指出，垂钓之妙趣并不在于钓很多鱼，而在于垂钓的同时能够品赏四季风景。佐野认为这一见解鞭辟入里。他原本是为增强自身的文人气质才开始钓鱼的，能否钓到鱼的确不是问题。他静静地垂下钓线，投入身心品赏四季风景。河水低声细语地流淌着，香鱼倏地游过来咬了咬毛钩，又悠悠地翻身逃掉了。“真是机敏！”佐野赞叹道。对面的河岸上开着绣球花，竹丛里开红花的好像是夹竹桃。他渐渐有点困了。

“能钓到鱼吗？”一个女人的声音问道。

佐野懒洋洋地回头一看，没想到之前遇到的那个女孩正站在他身后。她身穿一件款型简约的白色连衣裙，肩上扛着

1. 幸田露伴（1867—1947），小说家，出生于江户（现东京），本名为幸田成行，别号蜗牛庵。代表作有《风流佛》《五重塔》等。

一根钓竿。

“哪里呀，怎么可能钓到鱼呢！”他怪里怪气地回答道。

“是吗？”女孩笑了。她可能还不到二十岁，皓齿明眸，玉颈温润柔软，就像快要溶化了一般，身体各个部位都很美，真是惹人喜爱。她放下肩上的钓竿，说道：“今天是禁渔期解禁的第一天，就连小孩子都能轻松钓到鱼的……”

“钓不到鱼也没关系。”佐野把钓竿轻轻放在河滩的青草上抽起烟来。他并不是一个会讨女人欢心的青年，属于那种不拘小节的类型。他装出一副对女孩满不在乎的样子悠然自得地吞云吐雾，眺望着时令美景。

“请让我看一下。”女孩拿起佐野的钓竿，将鱼线拉近后瞅了一眼鱼钩，“这样怎么行哪！这不是钓桃花鱼用的毛钩嘛！”

佐野觉得自己被女孩说得有点难为情了，身子随便朝后一仰躺在了河滩上。“一样用的，我用这个钩也钓到一两条。”他撒了个谎。

“给您一个我的鱼钩吧！”女孩从胸前口袋里捏出一个纸包，在佐野身边蹲下来，开始更换鱼钩装置。佐野无拘无束地躺着，望着天上的云彩。

“这个鱼钩啊，”女孩将金色的小鱼钩绑在佐野钓线上的同时细声细语地说道，“这个钩子啊，名字叫阿染。每个好鱼钩都有专属的名字哪！这个叫阿染，很可爱的名字，对吧？”

“是吗？谢谢你！”佐野傻里傻气的，心想：什么阿染哪！要你管！还是赶快离我远点。这种心血来潮的热情反倒让人难为情。

“喂，装好了。这下就能够钓到鱼啦！这儿是个钓鱼的好地方，我常常在那块岩石上钓。”

“你是……”佐野坐起身来，“是东京人吗？”

“咦？为什么问这个问题？”

“没什么啦！只是……”佐野狼狈不堪，面红耳赤。

“我是本地人啊。”女孩的脸也微微泛红。她低着头，笑嘻嘻地朝岩石那边走去。

佐野拿起钓竿，再次平心静气地垂下钓线，眺望着时令美景。耳边传来“扑通”一声巨响，他切实听到了“扑通”一声，发现那位姑娘整个人从岩石上落入水中。水深齐胸，她紧握钓竿，“哎呀！哎呀”地叫着爬上了岸，名副其实成了落汤鸡，白裙子紧紧贴在了两条腿上。

佐野笑了，确实是发自内心地笑了，心里骂了句“活该”，一味感受到那种幸灾乐祸的快感，并没有对落水之人产生同情。突然，他收住笑声，指着女孩胸部大声叫道：“血！”

早上用手指对方的腿，现在指着对方的胸。女孩白色连衣裙的胸口部位渗出了一片玫瑰花大小的红色血痕。

女孩低头看了看自己的胸口，“是桑葚呀！”她漫不经心地说道，“我胸前口袋里装了些桑葚哪，本想着一会儿吃的，这下全完了。”

或许是她从岩石上滑下去时把那些桑葚给挤碎了吧。佐野再次觉得对方让自己颜面尽失。

“不许看啊！”女孩撂下这句话后，身影消失在河滩郁郁葱葱的棣棠花丛之中。第二天、第三天，她都没有再到河滩上来。只有佐野依然优哉游哉地在那棵柳树下垂下钓丝，欣赏时令风景，一副压根儿不想与女孩再次相遇的样子。佐野并非是一个会讨女人欢心的青年，甚至在这方面过于迟钝了。

这三天，佐野既欣赏了时令美景，还钓到两条香鱼，只能认为是名为阿染的钓钩的功劳。钓上来的香鱼如柳叶般大小，他说他让旅馆做成炸鱼自己吃了，但心情却闷闷不乐。第四天就要回东京了。第四天一大早，他去买当地特产香鱼，又碰到了那个女孩。她穿着黄色丝绸礼服，骑着自行车。

“嗨！早上好！”佐野心地单纯，大声地打招呼道。

女孩只是轻轻点头致意，随后就骑行而过，总觉得她表情有些凝重。自行车后座上放着白色、紫色的菖蒲花，花朵不停地摇曳着。

那天快到正午的时候，佐野离开旅馆，右手拿着那个提包，左手抱着装了香鱼和满满冰块的箱子朝五百米开外的汽车站牌走去。这是条尘土飞扬的乡村道路，他不时地停下来，放下手中的行李擦汗，长吁一口气后接着朝前走。在走了大约三百米远的时候，听到背后有人打招呼：“您要走了吗？”

佐野一回头，看到那个女孩正冲着他笑，手里拿着一面小国旗。她身上那件黄色的丝绸礼服雍容大方，别在头发上的波斯菊头饰也清雅脱俗。她和一位农村老爷爷在一起。这位老爷爷穿着一件条纹的棉和服，身材矮小，看上去老实巴交，黝黑宽厚的右手中拿着之前佐野看到的那束菖蒲。这么说来，一定是她为了将花送给老爷爷，今天早上才不辞辛苦骑自行车来这里的。佐野心里暗暗认定了这一点。

“怎么样？钓到了吗？”女孩调侃似的问道。

“没有。”佐野一脸苦笑，“像是因为你落水，香鱼都受惊跑掉了。”就佐野而言，这一反唇相讥算得上很精妙了。

“可能是水浑的缘故吧。”女孩收起笑容，小声嘀咕道。

那位老爷爷微微一笑，继续朝前走。

“为什么拿着国旗啊？”佐野有意转换了话题。

“因为有人出征了呀。”

“谁出征了？”

“是我外甥。”老爷爷答道，“队伍昨天出发的。我喝多了，就在这里过夜了。”他的表情看上去有些躲躲闪闪。

“那就恭喜您啦。”佐野毫不顾忌地说道。战争刚开始那会儿，他对这样的贺词总觉得难以启齿。不过，现在却可以没有任何芥蒂地说出口了。估计是情绪就像这样渐渐被同化了的缘故吧。这样挺好的，佐野心想。

“因为他非常疼爱这个外甥，”女孩用体贴、平静的语气向佐野解释，“大伯昨晚不出所料，心情非常低落，最终还是住下来了。出征不是什么坏事，对吧？我想给大伯打打气，今天早上就买了花，还带了国旗来送送他。”

“府上是开旅馆的吗？”佐野对女孩一无所知，搞得女孩和老爷爷都笑了。

到站牌那里了。佐野和老爷爷都上了汽车，女孩在车窗外呼啦啦地挥舞着国旗。

“大伯，打起精神来啊，每个人都要出征的呀！”

汽车开动了，佐野莫名奇妙地想哭。

“真是个好人，那个女孩真是个好人！我想和她结婚！”佐野一本正经地说道。我真是服了他了，我自己已对这一切心知肚明。

“你呢，还真够傻的！脑子怎么这么不开窍啊！那个女孩可不是什么开旅馆人家的小姐呀！你想想看，她像是六月一日一早就大张声势地出来散步、钓鱼，可其他日子却是不能出来游玩的。她没有在任何地方出现，对吧？当然不会出现，因为她每月只有一日休息。明白了吧？”

“是吗？原来她是那种咖啡店的女招待啊！”

“女招待的话也没什么，总觉得也不是女招待。那个老爷爷在你面前有些害臊吧。是为过夜的事而害臊的吧？”

“哎呀！原来如此！都是什么事儿啊！”佐野紧握拳头，“咚”地砸在桌了上。这种情况的话只能做小说家了，看样子他已经进一步坚定了这一决心。

良家小姐。很大程度上，与大户人家的小姐比起来，这位香鱼姑娘更是远远胜过她们，是真正的小姐。我也这么认为。可是，啊啊，或许我还是俗人一个，我的朋友要与那种处境的女孩结婚的话，我还是会反对到底的。

千代女

女子果真还是碌碌无能啊！或许在女子之中，我这样的一个女孩才是蠢材一个，我痛切地感受到自己的平庸。话虽如此，我也察觉到心灵一隅像是根深蒂固地萦绕着一个黑魆魆的冥顽不化的念头，这一念头让我相信，即便自己不中用，也还是有着一技之长的，我越发不了解自己了。现在，我感觉到一种极为沉重、无法忍受的情愫，就像自己头上扣着一口生锈的铁锅。我肯定是笨头笨脑，真的是傻头傻脑！来年我就十九岁了，已经老大不小了。

十二岁时，家住柏木的舅舅将我的作文投稿给《青鸟》[1]杂志，获得了一等奖，那些权威的评委老师对我盛赞有加。打那以后，我就走下坡路了。那时候的作文真的是拿不出手。那篇玩意儿真的好吗？到底好在何处呢？那篇作文题目

1. 日本儿童文学家铃木三重吉 1918 年创办的儿童杂志，主要刊载童话和童谣，1936 年停刊。

叫《跑腿》，描写了我被爸爸支使去买“蝙蝠”[1]时发生的一件微不足道的小事。卖烟的阿姨拿给我五盒，我看清一色的全是绿盒，觉得有些寒酸，就将一盒换成朱红色盒子的。这样一来钱反而不够了，让我很伤脑筋。阿姨笑着说了句“事后再补吧”，令我心花怒放。四盒绿色香烟上放着一盒朱红色的，摆在掌心，就像樱草一样漂亮。我非常激动，两腿都不听使唤了。我就写了这些内容，总觉得自己稚气未脱、太过矫情了，现在一想起这个就觉得如坐针毡。而且，接下来还是受柏木的舅舅怂恿，将《春日町》这篇作文投了出去，没料到这次不是在投稿栏目刊出，竟然是用大号铅字登载在了杂志首页。这篇《春日町》内容是这样的：家住池袋的婶婶告诉我，她家最近搬到了练马[2]的春日町，院子很大，要我下次一定去她家玩。六月的第一个星期日，我从驹込站乘坐省线[3]到池袋，在池袋站换乘东上线[4]，在练马站下了车。眼前只有一望无际的旱田，无法判断春日町位于何处。尽管问了田间干活的人，但对方也回答说不知道这个地方，我有点想哭。那天是个大热天。最后，我向一位四十岁左右的男人打听，他拉着一辆满载空汽水瓶的两轮拖车，落寞地笑着

---

1. 指金蝙蝠（Golden Bat）牌香烟，1906年由日本大藏省专卖局销售，是日本最早的卷烟品牌。
2. 1947年之前采用的东京35区制板桥区的一部分，现为东京23区之一。
3. 指原日本铁道省、运输省管辖的电车及铁路线的通称。
4. 日本东武铁道株式会社负责营运的铁路线，从东京池袋站至埼玉县寄居站，全长75公里。

停了下来，用一条脏成灰色的毛巾擦着那张汗如雨下的脸，同时嘴里嘀咕了好几遍这个地名，思考之后这样说道："春日町路途遥远。从这里的练马站坐东上线去池袋，在那里换乘省线，抵达新宿站后换乘开往东京的省线，在水道桥那里下车……"他用不太流利的日语一个劲儿地向我说明这段十分遥远的路程，好像那是去本乡春日町的线路。听他说话我很快就明白了，这位先生是朝鲜人。因此，我倍加感谢，心里非常激动。日本人即便知道也觉得麻烦，故作不知。然而这位朝鲜人尽管自己不甚清楚，也要想方设法告诉我，满头大汗、竭尽全力地给我指路。我说了句"谢谢大叔"，便按照他告诉我的路线去了练马站，又坐上东上线打道回府了。我可真想去趟本乡的春日町。到家之后，我总觉得身体不适，莫名地有些伤感。我老老实实地把这件事写了下来。接着，这篇作文以大号字体刊载在杂志首页，造成了很大轰动。我家位于泷野川[1]的中里町，父亲是东京人，母亲生于伊势[2]，父亲是私立大学的英语教师。我没有哥哥姐姐，只有一个身体虚弱的弟弟，弟弟今年考入了市立中学。我绝不是讨厌自己的家庭，只是尽管如此我还是孤寂难耐。以前挺好，真的挺好的，可以尽情在父母面前撒娇，经常插科打诨让家中充满欢声笑语。我对弟弟也关怀备至，是一个好姐姐。可是，自打《青鸟》刊载了那篇作文后，我突然变成了

1. 1947年之前采用的东京35区制区名之一，现为东京北区的一个地区。
2. 日本三重县伊势市，伊势神宫所在地。

一个胆小懦弱、令人生厌的女孩，甚至开始和母亲拌嘴斗舌了。《春日町》在杂志刊载之时，评委岩见先生在同期杂志上撰写了一篇比我的作文还要长上两三倍的读后感，我读了之后非常心虚，觉得自己欺骗了老师。我觉得，与我比起来，岩见先生才是一位心灵纯洁美好之人。之后，在学校里，班主任泽田老师在作文课上将那本杂志带到了教室，把我那篇《春日町》的全文抄在黑板上，慷慨激昂地表扬了我一节课，那声音大得就像劈头盖脸训斥人。我胸闷气短，眼前昏昏沉沉，自己的身体就像是石头一样逐渐变得冰凉僵硬，心里惊恐万分。虽被如此夸奖，但我对这篇作文没有价值这一点心知肚明，因此一味地担心今后作文一旦写得很烂就会让大家笑掉大牙，那样的话该多难为情、多么痛苦啊！我感到自己死气沉沉的。而且，即便是泽田老师，或许并不是真的觉得我的作文优秀，而是因为在杂志上用大号字体刊出，受到大名鼎鼎的岩见先生称赞，所以才那样情绪激昂吧。这一点连小孩子都可以大致察觉到，因此我更是觉得心虚寂寥、不堪其苦。我的担心在那之后果真一一应验了，令我痛苦、难为情的事情接连发生。学校的朋友突然与我形同陌路，连之前和我关系最铁的安藤同学也用一种不怀好意、嗤之以鼻的腔调用“一叶女士”“紫式部女史”来称呼我，很快就与我分道扬镳，投入之前我们俩深恶痛绝的奈良同学、金井同学小集团的怀抱。他们总是远远地朝我这边不停观望，你一言我一语嘀咕着什么，一会儿便异口同声“哇”

的一声大叫，这种起哄造势真是卑鄙下流。我这辈子再也不想写作文了。柏木的舅舅是母亲的亲弟弟，在淀桥区政府工作，今年三十四五，去年家里添了宝宝。可是，他好像还自以为年纪尚轻，时不时喝得酩酊大醉，有时甚至贪杯误事。每次来我家，母亲似乎都会塞点钱给他。母亲向我抱怨过，说舅舅上大学那会儿立志当一名作家，为此发奋努力，被前辈作家寄予厚望。但是，自从他交上损友后就学坏了，连大学都没念完。无论日本小说还是外国小说，他好像都读过不少。七年前，硬将那篇拙劣的作文投给《青鸟》的就是这位舅舅；之后的七年，借一些事来伤害我的也是这位舅舅。那时我讨厌小说，现在情况也不同了，但当时我那两篇孩子气的作文在杂志上连续发表，因而被朋友恶意相向，被班主任特别对待，这都令我心情郁闷，真的是对作文深恶痛绝。之后无论柏木的舅舅怎样花言巧语鼓动我，我也绝不投稿了，被他纠缠不休时我就放声大哭。学校作文课上，作文本上我也一字不写，在上面画些圆圈啦，三角啦，新娘装束的小人之类的。泽田老师把我叫到教师办公室，批评我说："不要骄傲自满！要自尊自爱！"我心里非常难过。不过，不久我小学毕业了，好歹逃离了那种痛苦。升入御茶水女中后，班里没有一个人知道那篇无聊的获奖作文，我也就高枕无忧了。作文课上我随心所欲地写，分数平平。可是，也就柏木的舅舅一个人总是讨人嫌地嘲弄我。每次来我家，他都会给我带三四本小说，嘴里说着"读吧！读吧"。我看了看，但对我来说太难了，理解不了，所以多半是我装作读完就还给他。女中三年级的时候，父亲突然收到《青鸟》评委岩见先生的长信，信里说我具有“难得的才华”什么的。这些话令我难为情，真是无法说出口，但我觉得他确实对我盛赞有加。岩见先生认真地用一种让我受之有愧的语言这样写道：“她的才华就这样埋没挺可惜的，可否再让她写一点呢？我为她推荐发表的杂志。”父亲一言不发地将那封信交给我。我拜读了先生的来信，觉得先生真的是位严谨的好人。但从信的字面意思来看，这封信背后存在着舅舅插手的成分，这也是一目了然的。舅舅肯定略施小计接近岩见先生，多方斡旋让他给父亲写了这样一封信，这一点毋庸置疑。“是舅舅拜托岩见先生的呀！肯定是这样的啊！舅舅为什么要做这种强人所难的事呢？”我心里直想哭，抬头望着父亲的脸，他也微微点了点头，像是完全看穿了这件事，不高兴地说：“你舅舅估计也没什么恶意，但我搞不懂他为何跟岩见先生通信。”父亲似乎不太待见柏木的舅舅，听说我作文获奖时，母亲、舅舅都欢天喜地的，只有父亲说了些诸如“不要让她做那种眼花耳热的事”之类的话责备舅舅，之后母亲满腹牢骚地说给我听。母亲虽然总是数落舅舅的不是，可要是父亲数落他哪怕一句，母亲就会暴跳如雷。母亲是一个态度温和、性格开朗的好人，但一说到舅舅的事常与父亲唇枪舌战。舅舅是我家的恶魔。收到岩见先生那封诚挚的来信三四天后，父亲和母亲终于大吵一架。晚饭后，父亲说：“岩见先生真心诚意地那么说，我们这边也不能有失礼数，我必须带和子去解释一下她的想法，向先生表示歉意。只写信的话也会产生误解，伤了先生感情的话就不好了。”父亲这么一说，没想到母亲低头想了一下说了句“是我弟弟不对，真是给大家添麻烦了”，然后就抬起头，用右手小拇指拢了拢鬓角的头发，连珠炮似的说：“或许是我们愚昧无知吧，和子受到那么有名的先生夸奖，我们就一时起意，想请岩见先生今后也多多关照和子。我想着她这方面有长进的话，很想让她百尺竿头更进一步。我们总是被你训斥，话说回来，你是不是也有点太顽固了？”母亲说完，轻蔑地笑了笑。父亲停下手中的筷子，用一种教训人的口气说道：“即便这点才能有所拓展也无济于事！女孩子文学方面的才气撑死也就那样了。一时因昙花一现就小题大做，这样只会白白断送她的一生！即便是和子本人也提心吊胆的。女孩子将来普普通通嫁人，做一个好母亲就是最出彩的生活。你们这是想利用和子来满足各自的虚荣心和功利心！”母亲根本不想听父亲说教，她伸手将放在我旁边的炭炉上的锅一下子放在地上，“啊呀呀”地叫着将右手拇指和食指按在嘴唇上，“哎呀，烫死我了！不过，我弟弟这么做可没什么坏心思！”母亲将脸扭向一边说道。父亲这下子撂下碗筷，大声嚷道：“你要我说多少遍才会明白啊！你们这是在利用和子，懂吗？！”父亲用左手轻轻按了按眼镜，还要继续说下去时，母亲突然哭了起来，她用围裙擦着眼泪，毫不顾忌、没完没了地哭起穷来，什么父亲的薪水啦，我们的西服费用啦。父亲扬了扬下巴示意我和弟弟回避一下，我催着弟弟进了学习室。之后，起居室传来的争吵声一直持续了一个多小时。平日里母亲是个爽快、不爱钻牛角尖的人，可一旦情绪激动起来，就会不顾一切地说出一些偏激的话来，令人难以入耳，因此我听着心里非常难受。第二天，父亲下班途中去了趟岩见先生家，向他表示感谢，同时也表示歉意。这天早上，父亲劝我一起去拜访岩见先生，但我不知怎的有点害怕，下唇不争气地哆嗦着，怎么都打不起精神去拜访先生。父亲七点左右回来，告诉我和母亲，岩见先生还很年轻，却相当了不起。他也充分理解我们的心情，自己反过来向父亲道歉，表示自己真的不太建议女孩子走文学道路，只是多次受人之托，万不得已才给我父亲写信的。岩见先生没有指名道姓，但说的就是柏木的舅舅。我捏了一下父亲的手，他隔着眼镜片悄悄朝我眯起眼睛笑了笑。母亲则像是将之前的事全盘忘了，态度平和，对父亲所言频频点头，没再说什么。

之后一段时间，舅舅也没怎么再来我家。即便来了，对我也是一反常态地生分，很快就回去了。我将作文的事忘得一干二净，一从学校回来，我就收拾花坛，为家人跑腿儿，在厨房帮厨，给弟弟辅导功课，做缝纫，学习课业，为母亲按摩身体，每天应接不暇地帮大家做事，日子过得紧张充实。

暴风雨终于还是来了。那是我读女中四年级时候的事。过年的时候，小学时的泽田老师出人意料地来我家祝贺新年，父亲和母亲都觉得老师难得一见，令人怀念，欢天喜地地招待了他。泽田老师说他很久以前就辞掉了小学教职，现在四处给人做家教，日子过得悠然自得。但是，恕我冒昧，凭我的感觉来看，他并不是一副自由清闲的样子。他和柏木的舅舅年龄相仿，却总给人一种年过四十，不，是年近五十的感觉。以前他就长得老相，四五年不见像是老了二十岁，一副身心交瘁的样子，连笑一笑都显得力不从心。因为要强颜欢笑，脸颊上堆积着无法抹去的苦涩的皱纹。不知怎的，总觉得与其说他可怜兮兮，毋宁说令人生厌。他还和以前一样剪得快成光头了，但白发明显增多。与以前迥然不同，他毫无底限地一个劲儿吹捧我，令我无所适从、苦不堪言。他夸我长相漂亮啦，端庄文雅啦，都是些让人一眼就能看穿，听了肉麻的吹捧话，待我就像对长辈似的毕恭毕敬。当着我父母的面，他唠唠叨叨地讲起了我小学时的事情，甚至都让我心生厌烦了。他竟然还提起了我好不容易才忘掉的那篇作文的事情，醉醺醺地说："你的才华难能可贵。我那时对小学生作文没怎么关注，也不知道利用作文来开发童心这种教育方法。但现在不同了，我充分研究了儿童写作，在教育方法上信心十足。怎么样？和子，要不要在我的新指导理念下再次学习写作呢？我肯定……"他竟然振振有词地说起了大话，最后还强人所难地说："来吧，和我握手达成共识吧！"父母脸上虽然挂着笑容，不过看那情形，似乎心里也挺腻烦他的。但泽田老师那时的酒后之言并非是信口开河的玩笑话。之后过了十来天，他又大模大样来到我家，对我说：“那我们就一点点开始作文的基础训练吧！”这令我茫然不知所措。事后我才了解到，泽田老师在小学因为学生考试的事情出了问题被学校开除了，之后生活并不如意，便屡屡造访过去教过的学生的家，厚着脸皮以家教的名义收取费用作为生活的权宜之计。过年时到访我家之后，好像随即就暗中给我母亲写信，对我的文笔赞不绝口，并以当时出现的写作热、天才少女横空出世等现象为例撺掇我母亲。母亲以前就对我作文的事情没有死心，于是就回信说请他作为家庭教师一周给我上一两次课，对父亲则借口说是尽微薄之力接济泽田老师生活。因为他是我过去的老师，父亲也不好一口回绝，情非得已聘请了泽田老师，个中缘由好像就是这样。泽田老师每个周六来我家，在我的书房总是低声胡扯八道，我真是不胜其烦。他将“写文章首先必须要用准‘てにをは’[1]”之类的理所当然的内容当作重中之重啰嗦个没完没了。据他讲，“太郎は庭を遊ぶ”（太郎玩庭院）这句话是错的，“太郎は庭へ遊ぶ”（太郎朝庭院玩）也是错的，必须要说“太郎は庭にて遊ぶ”（太郎在庭院玩）。我一偷笑，他就用一种恨铁不成钢的眼神目不转睛地盯着我，轻轻叹一口气说道：“你不够认真，人不管多么有才，若没有认真的态度就会一事无成。你知道寺田正子这个天才少女吧？她出身贫穷，身世非常可怜，

1. “てにをは”为日语中的助词，在此统指日语的语言表达问题。

尽管想学习，却连买本书的钱都没有。但她就是态度认真，恪守老师教导，因此才写出了那种高水平的名作。就是教她的老师，也觉得是天道酬勤呢！你要是稍稍再认真点，我也能将你培养成寺田正子那样。不，你条件也很不错，可以把你培养成更有名的作家。我觉得自己在某一点上比寺田正子的老师还强一些，就是德育这点。你知道卢梭这个人吗？让·雅克·卢梭，公元1600年，不，是1700年，1900年，你笑话我吧，使劲笑我吧！你这是恃才傲物，目无师长。古代中国有个叫颜回的人……”他喋喋不休地讲了很多，大约过了一个小时，最后满不在乎地说了句“下次再讲”，便离开书房到起居室与母亲闲聊，随后便回去了。

泽田老师在小学时多少对我有所关照，对老师说三道四实属不该，但我就是觉得老师真的是稀里糊涂。“写作重在描写，不会描写就不知写了何物”这些理所当然的常识，老师却还看着笔记本照本宣科。“比如形容下雪情景时，”他将笔记本收到胸口的口袋里，全神贯注地观察着窗外细雪像演戏那样纷纷从天而降的情景，“不能说‘雪哗哗地下’，雪的感觉没出来。‘一个劲儿地下’也不行。那‘轻飘飘地下’怎么样呢？还是差强人意。‘沙沙’这个词很接近了，渐渐接近雪天的感觉了，这个词很有意思。”他不由自主地摇头晃脑，心折首肯地双手交叉于胸，“‘淅淅沥沥’如何？这样可能就变成形容春雨了。可能还是‘沙沙’最好吧。对了，‘沙沙地轻飘飘落下来’也很有味道。”他嘴里低声嘀咕着“沙沙地轻飘飘”，像是非常玩味这一描述似的眼睛眯成了一条缝。刚这么一说，马上又转过身来最后对我说：“哎呀，仍然有些不足。啊，是‘雪似鹅毛飞散乱’[1]吧，还是旧诗文传神哪！‘鹅毛’一词真的是很形象哟！和子，你理解了吗？”我不知怎的，觉得老师可怜、可憎，眼泪都快流出来了。

即便这样，我还是忍了约三个月，持续接受了他那种空洞乏味、荒诞无稽的指导。但我无论如何再也坚持不下去了，甚至一看到泽田先生的面孔就心生厌倦，最后向父亲和盘托出，请求父亲不要让泽田老师来家里了。父亲听我讲完，说道：“真是出乎意料！”他本来是反对请家教的，只是鉴于接济泽田老师生活这一名目才决定请他来的，根本没有想到老师的写作辅导会那么不负责任，原来一直以为一周一两次多少会对我的课业学习有所帮助的。父亲立刻与母亲激烈争吵起来。我在书房听着起居室里的唇枪舌战，哭了个稀里哗啦。因为我的事闹出这么大动静，我觉得再没有比自己更忤逆不孝的女儿了。这种情况的话，我甚至考虑无论作文还是小说干脆都专心学学来讨母亲欢心得了，可我这方面又不行。即便是描绘下雪的情景，泽田先生也肯定让我自愧弗如。自己明明一无所能却嘲笑泽田老师，我这个女孩是多

1. 原文为白居易《酬令公雪中见赠讶不与梦得同相访》的首句日文训读。原诗为“雪似鹅毛飞散乱，人披鹤氅立徘徊。邹生枚叟非无兴，唯待梁王召即来”，此诗收录在日本汉诗集《和汉朗咏集》中，广为日本人所熟悉。

么愚蠢啊！连“沙沙地轻飘飘落下来”这样的描写，我也是无论如何都想不到的。听着起居室的争吵声，我痛切地感受到自己是个百无一用的坏女孩。

那时，母亲也被父亲说服，泽田老师再也不来我家了。但是，祸不单行，在东京深川，一个叫金泽富美子的十八岁少女妙笔生花，文章深受世人好评。她的书极为畅销，远远超过那些赫赫有名的小说家，一举成了有钱人。柏木的舅舅就像自己成了大款似的眉飞色舞地来到我家告诉了母亲这个消息。母亲激动不已，在收拾厨房的时候又得意洋洋地说：“就是和子你自己，也具有那种越写越好的文学才华，可你为什么这个样子嘛！现在情形与过去不同了，虽说是女孩子，也不能总宅在家里，可以向你柏木的舅舅请教请教，试着写点东西。柏木的舅舅与泽田老师可不一样，他可是上过大学的，不管怎么说还是靠得住的。要是写作能挣大钱，连你爸爸也会网开一面的呀！”

从那时起，柏木的舅舅重新出现在我家，他几乎每天都来，把我拽进书房，说些“首先要写日记！将所看所想如实写下来的话，这样就已经是气派的文学了”之类的话，接下来滔滔不绝地给我讲些晦涩难懂的理论。我丝毫没有写作的兴致，总是马马虎虎，左耳朵进右耳朵出。

母亲的性子是三分钟热度，冲动过后很快便会清醒过来，她当时的激情也就持续了个把月，之后就不太上心了。只有柏木的舅舅非但没有清醒，甚至走火入魔，一脸严肃地说什么“这回我终于痛下决心要将和子培养成小说家”，在我父亲外出的时候高声告诫我和母亲，说些“和子这女孩最终只能选择当作家”“这个天赋异禀的孩子无论怎样都不会成为一个普通的妻子”“只能抛弃一切，全神贯注于艺术之路”之类的话。自己女儿的将来被舅舅说得那么惨，母亲的心情着实也好不到哪里去，她落寞地笑着说：“是吗？那样的话，和子岂不是太可怜了！”

或许舅舅的话一语成谶。我第二年从女中毕业，也就是说，我现在拼命地反抗着舅舅那恶魔般的预言，但同样也存在着“或许真的如此”这一在心中一隅悄悄肯定舅舅预言的一面。我是个没用的女孩，笨头笨脑，越来越没有自知之明了。女校一毕业，我突然整个人都变了，整天无所事事，连帮忙做家务、收拾花坛、练琴、照顾弟弟这些事全都觉得无聊透顶，我开始背着父母一味地埋头阅读艳情小说。小说这东西为什么总写一些别人秘而不宣的丑事呢？我成了一个脑子里满是淫荡幻想的不洁的女人。就是现在，我也想着按舅舅教的那样将自己所见所感不折不扣地描写出来向神灵忏悔，但是我却没有勇气这样做。不，是没有才华。这才是那种始终让自己吃不消的感受，犹如头上扣着一口生锈铁锅一般难受，我什么都写不出。近来我打算写写看。前些日子，我为了练笔，悄悄在笔记本上写了篇题为《睡眠箱》的文章，记述了自己睡得不省人事的某天晚上发生的事。我让舅舅帮我看看，当时舅舅没读完一半就甩给了我，一副扫兴的表情严肃地说："和子，还是适可而止，断了女作家的念想吧！"打那以后，舅舅开始苦笑着说"搞文学必须得天赋异禀"以示警告，倒是父亲却反过来乐呵呵地说些"喜欢写作的话可以做做看"之类的话支持我。母亲时不时地在外面听到金泽富美子以及其他一举成名的文学少女的传闻，每次都激动万分。"和子你呢，也是挺能写的啊！可是你没耐性，就没成功。据说，古时候加贺的千代女[1]第一次到老师那里学习俳句时，老师以'子规'为题让她作一首俳句，她当即写了几首给老师看，但都没有入老师法眼。她整整想了一夜，突然发现天已大亮，不经意间写下'子规不如归，不如归子规声声，蓦然天已明'[2]一句拿给老师看，老师说道：'写得好！千代女！'，第一次表扬了她。对吧？做任何事都要有恒心的。"母亲喝了口茶，接下来低声吟哦着"子规不如归，不如归子规声声，蓦然天已明"，发自内心地说："果不其然！写得妙！"

妈妈呀，我可不是千代女。我写了一篇小说，描写了一个毫无写作才华的傻傻的文学少女，她看杂志时一将腿伸进被炉取暖很快就会昏昏欲睡，进而就认为被炉是人类的睡眠箱。我将这篇小说拿给舅舅看，他一半都没看完就甩给我

1. 加贺千代女（1703—1775），又称千代女、千代尼，出生于日本江户时期加贺国松任中町（现石川县白山市），江户中期著名女俳人。代表作有《四季帖》《千代尼句集》《松之声》等。

2. 日文原句为"ほととぎす、ほととぎすとて明けにけり"。

了。之后我自己也看了看，的确索然无味。怎样做才能写好小说呢？我昨天悄悄给岩见先生写了封信，请求他能对我这个七年前的天才少女指点一二，或许不久我就会对写作如痴如醉吧。

新哈姆雷特

前言

只能说这么一个作品完成了。不过，我想事先向读者声明一点，这个作品并非莎翁《哈姆雷特》的注解本，也绝非是一部对其进行重新阐释的作品，它归根结底只是一个作者随心所欲编造的游戏。本书只是借用莎翁《哈姆雷特》中的人名和大致时代背景，描写了一个家庭的不幸，丝毫没有超过莎翁原作之外的学术或政治意义，而是一个狭隘的心理实验。

或许可以说，这个作品塑造了一个处于过去或某一时代的一群青年的典型，书写了一个家庭（严格地说是两个家庭）围绕着一个难以管教的青年在短短三天之内发生的故事。我觉得本书似乎也存在着只读一遍就会很容易忽略的那种情况。但是，若读者说“我可没空读上两三遍”的话，那就不了了之了。但凡那些有空闲时间的读者还请尽量重读。而且，苦于没有空闲的读者若借此机会重温莎翁《哈姆雷特》，并与这部《新哈姆雷特》进行比较的话，或许会有另外一些有趣的发现。

在创作这部作品之际，作者也只是试着通读了坪内逍遥[1]博士译的《哈姆雷特》以及浦口文治著的《新评注哈姆雷特》。浦口的《新评注哈姆雷特》还收录了全部英语原文，我边看边翻辞典，费了九牛二虎之力啃了下来，觉得自己也获得不少新知识。不过，在此没有必要一一告知读者。

再者，书中的第二节中，有几行文字像是有点揶揄坪内博士的翻译，但那是作者以一种调侃的语气写的，请博士的弟子们不要生气。这次我通读坪内博士翻译的《哈姆雷特》，也感受到莎翁《哈姆雷特》这样的戏剧，还是要像博士那样必须用一种旧式的、歌舞伎文体来翻译。

读了莎翁的《哈姆雷特》，我就感觉到这果然是天才的大手笔。激情之火焰熊熊燃烧，登场人物脚步铿锵有力，我觉得真是一部了不起的鸿篇巨制。而这本《新哈姆雷特》，仅仅是一部微不足道的室内乐。

而且，这部作品的第七节朗诵剧的脚本，是作者将克里斯蒂娜·罗塞蒂[2]的《时间与亡灵》稍做夸张修饰写成的，我也要对罗塞蒂在天之灵表示歉意。

---

1. 坪内逍遥（1859—1935），日本戏剧家、小说家、评论家、翻译家。代表作有评论《小说神髓》、小说《当世书生气质》以及译著《莎士比亚全集》。

2. 克里斯蒂娜·罗塞蒂（Christina Georgina Rossetti，1830—1894），英国维多利亚时代拉斐尔前派女诗人。代表作有《谁曾见过风》《当我死去，我最亲爱的》等。

最后，我要声明一下，这部作品的形式虽然和戏剧有些相似，但作者绝非抱着写戏剧的初衷来创作的。作者原本是小说家，对戏剧创作几乎一无所知，希望读者将其视为所谓的那种 Lesedrama[1] 风格的小说。

二月、三月、四月、五月，这部作品历经四个月时间终于完成了。我重读一遍，甚至感到心里空落落的。但好像当下我也写不出比这更好的作品了。作者能力有限，即便脸红脖子粗地为自己辩解也无济于事。

昭和十六年[2]初夏

剧中人物[3]

克劳狄斯（丹麦国王）

哈姆雷特（先王之子，今王之侄）

波洛尼厄斯（御前大臣）

雷欧提斯（波洛尼厄斯之子）

霍拉旭（哈姆雷特之友）

---

1. 指只能够放在案头阅读而无法在舞台上演出的剧本文本创作，可称为“案头戏”或“书房戏”。

2. 指 1941 年。

3. 剧中人物姓名、地名的翻译参考了朱生豪译《哈姆雷特》(译林出版社，2018 年中英双语珍藏版)。

格特鲁德（丹麦王后，哈姆雷特之母）

奥菲利娅（波洛尼厄斯之女）

其他人若干。

地点

丹麦首都艾尔西诺

一　艾尔西诺王城　城堡中的大厅

国王、王后、哈姆雷特、御前大臣波洛尼厄斯、波洛尼厄斯之子雷欧提斯以及众多侍从。

国王：想必众卿都疲惫了吧，真是有劳各位。先王过世，事发突然，老夫这样的人眼泪未干便要继承王位，这次还要与格特鲁德举行新婚典礼，作为我来说也不合时宜，但这皆是为了丹麦。我在充分听取众卿家意见的基础上，做出诸多决定。王兄泉下有知，也会看在我一心为公、为国担忧的分上原谅我们吧。当下的丹麦和挪威关系确实不睦，两国间随时可能爆发战争，国不可一日无君。王子哈姆雷特年纪尚轻，所以我在众卿劝说下登上王位，我远没有先王那般雄才大略、德高望重，而且如众卿所见，其貌不扬，生性愚钝，根本不像同胞兄弟王兄，我心惶恐不安，不知自己能否担此重任，一洗他国侵略之辱。此种时候，一直德高贤淑的格特鲁德决定一生伴我左右，为国辅助于我，因此，王城之基础业已牢固安稳，丹麦国国泰民安。众卿家辛苦了。时至今日，先王驾崩已快两个月，一切于我宛如梦境。不过，多亏众卿英明地建言献策，总算没有犯下大错而平安走到今日。我治国经验不足，也请众卿一如既往忠勤时事，让我安心落意。啊，差点忘了。雷欧提斯，你说你有一事请求，什么事？

雷欧提斯：是的，陛下。实际上，我想请您恩准我再度去法国留学……

国王： 此事的话，但去无妨。你这两个月为我尽职尽责，如今我这边国事好歹告一段落，你去好好学习吧！

雷欧提斯： 不胜惶恐。

国王： 你也和你父亲事先商量过的吧。波洛尼厄斯，你意下如何？

波洛尼厄斯： 是的。他的确是百般请求我，我昨晚最终拗不过他，就告诉他“那么，你就请求陛下吧”。呵呵，年轻人好像很难忘掉法国的味道。

国王： 他的请求也是行得通的。雷欧提斯，对于一个孩子来说，比起国王的批准，父亲的许可尤为重要。一家人和睦本身就是对国王忠诚，你父亲同意即可。去游历吧，注意不要伤了身体。年轻之时，游学也很有意义，真是羡慕你。哈姆雷特，你最近好像无精打采，你也想去法国吗？

哈姆雷特： 我吗？请不要戏弄我，陛下。我要去地狱的。

国王： 你为何事愤愤不平呢？哦，是这样啊！你说过自己还想去维腾贝格的大学啊。不过，还请你迁就一下。我请求你答应我。你马上就是必须要继承我们丹麦国王位的人，现如今国家还处于多事之秋，所以我暂时即位。可一旦危机过去，民心安定之后，我便让位于你，安享天年。因此，你必须从现在起留在我身边，用心一点一滴地学习政治。不，我想让你助我一臂之力，请你打消上大学的念头吧！这也是作为父亲的愿望。你若不在，想必王后也会很寂寞吧。你最近看上去好像也伤了身体。

哈姆雷特： 雷欧提斯——

雷欧提斯： 在。

哈姆雷特： 你有个好父亲，真是很幸福啊！

王后： 哈姆雷特，你怎么会说这种话！我只会觉得你是在耍性子。快收起你那挖苦人的令人生厌的脾气！你要是心怀不满，那就像个男子汉那样堂堂正正地说出来吧！我不喜欢你那种说话方式。

哈姆雷特： 我堂堂正正地说出来吗？

国王： 我明白了。我也想借此机会两个人好好谈谈。王后也不该如此动怒，年轻人应该有年轻人的主张，我也有诸多应当反省之事。哈姆雷特，你莫要哭了。

王后： 什么，他那是装哭呢！这孩子，打小就喜欢装哭卖惨，真是太顽劣了，请您狠狠批他一顿！

国王： 格特鲁德，请注意你的措辞！哈姆雷特可不是你一个人的孩子，他是丹麦国王子。

王后： 所以我也有话要说。哈姆雷特也快二十三岁了，我们要宠他到什么时候？作为他的生母我以这孩子为耻。您瞧瞧，今日明明是初次谒见国王陛下的仪式，可只有这孩子穿着晦气的丧服，自己存心摆出一副悲伤的样子，根本没去考虑这些举动令我们多么痛苦。我对这孩子所思所想无所不知，就是这件丧服，也让我扎心难受。他居心叵测，讽刺我们已经忘了先王之死。我们没有人会忘却这一点，在心里，无论是谁都痛心疾首。可是，当下不能一味地沉溺于那种悲伤之中。我们必须要为丹麦国考虑，对我们来说，即便是悲痛也不能由着自己，我们的身体是自己的，又不是自己的。哈姆雷特完全没明白这一点。

国王： 不，你过于严厉了。不要用这种誓不罢休的语气苛责他，这样只会造成没有意义的伤害。王后，你对自己是他生母这一点心安理得，过于依赖这种亲情才要那样说吧。对年轻人而言，与内敛的爱比起来，用以表达爱的语言至关重要。我也深有体会，觉得自己的一切好像都被语言决定了。王后今日也有些状况哪！我觉得哈姆雷特尽管穿着丧服，但也无伤大雅。少年的感伤是纯粹的东西，硬将其同化为我们的生活就是罪恶。我们必须要珍视它，或许我们才必须要学习这种少年的纯粹。我们认为自己很清楚这一点，却不知不觉就失去了重要的东西，这种情况也是有的。总之，我想和哈姆雷特单独好好谈一谈，请大家暂时去对面回避一下吧。

王后： 那就拜托陛下了。我的话好像也有些重了。不过，我觉得您好像也对这孩子情面难却，过于温和宽厚了。这样下去，他不管什么时候都不可能成为一个顶天立地的男子汉。即便先王在世，也肯定会对他今日的行为怒不可遏而动手打他吧。

哈姆雷特： 你打我好了！

王后： 你又说什么话！给我再放老实点！

国王、哈姆雷特。

国王：哈姆雷特，请坐这边。若你不愿意，就那样站着也行。我也站着说吧。哈姆雷特，你长大了啊！已经和我个头差不多了，今后很快便会长成一个大小伙子。不过，你必须要再胖一些。身体太单薄了，最近脸色好像也不好，你要保重身体，想想自己将来要肩负的重任吧。今日这里就你我二人，我们好好谈谈。我之前也盼着这个机会很久了。我将自己心里的想法推心置腹地告诉你，你也不要有什么顾虑，想说什么就直率地说吧。无论怎样相互爱着对方，如若不说出口，就无法相互理解这份爱。这样的事情世上屡见不鲜。我觉得自己好像理解了哲学家“人类是语言动物”这一见解。今日我们俩好好谈谈吧。我这两个月忙忙碌碌，一直没有和你平心静气说话的机会，真的是没那个空闲，还请你谅解。感觉你也老是回避与我碰面哪！我一进房间，无论什么时候，你都夺门而出，每当此时我该是多么落寞啊！哈姆雷特，抬起头来！请认真地清楚回答我的问题。我有事想问你，你讨厌我吗？我现在是你的父亲，你是在蔑视我这样的父亲吗？憎恨我吗？喂，请你清楚回答我，一句也行，请告诉我。

哈姆雷特：A little more than kin，and less than kind.[1]

1. 原文为英语，为莎士比亚《哈姆雷特》中的一句经典台词。朱生豪译本译为“超乎寻常的亲族，漠不相关的路人”。

国王：你说什么？我没听清。你不要开玩笑，我可是认真问你的，请不要用那种谐音的俏皮话回答我，人生不是戏剧。

哈姆雷特：我说得很清楚的，叔父！你是个好叔父，但——

国王：但不是个好父亲，对吧？

哈姆雷特：真实的情感是不会说谎的。

国王：哦！谢谢你，说得好！任何时候都能像这样明确地说出来就好了，对真话我绝不生气。说实话，我也有与你相似的感受，你何必那样勃然变色，对我横眉冷对呢！你的表情稍微有些夸张啊！所有人年轻时都是这样的，自己对别人说了绝情寡义的话，但别人说自己哪怕一句就会暴跳如雷、大吵大闹。正像别人说你你会心痛那样，别人也会因为听了你的尖酸刻薄之词而非常痛苦，这一点你连想都没有想过吧？

哈姆雷特：怎么可能！我绝不可能是那个样子！——太可笑了，我任何时候都是被逼无奈、痛苦得不得不那么说的，我不记得自己对别人尖酸刻薄过。

国王：所以我说那不是你一个人的问题。就是我们，任何时候也都是身不由己地讲话，拼尽全力地活着。或许你们能够看到我们身上好像充满了具有某种实力的从容和自信，但其实都是相同的，我们和你们几乎没有差别，若能平安度过一天的话，就会安心落意，感谢神灵，情况就是这样。特别是我生来身上便流淌着哈姆雷特王室的血脉。你也知道，哈姆雷特工室血统之中流淌着优柔寡断的文弱气质。先王和我打小时候起就爱哭鼻子。他国使臣看到我们俩在院子里玩耍，误把我们当成了女孩。两个人都是病恹恹的，好像连太医也怀疑我们俩是否能健康成长。但是，先王通过后天修身养性，也成了那样伟大的明君。我现在还一直相信可以通过意志来改变宿命。先王就是榜样，我现在拼命努力，想方设法为了丹麦让你成为国家的顶梁柱，真的是殚精竭虑。可是现在，哈姆雷特，你知道吗？最让我痛苦的就是你。你刚才说真实的情感不会说谎，我也确实没有把你当作自己的孩子。再明确一点说吧，你是我可爱的侄儿。我一直打心底爱着你这个聪明的侄儿，先王在世的时候，你也特别亲近我这个山羊一样的叔父，最先发现我长得像山羊的人，就是我可爱的侄儿。你叔父我很乐意做山羊叔父，那时候真令人怀念啊！现在，我和你做了父子。这样一来，心儿却隔了千万里。我们俩过去的亲情就这样直接变成了憎恶，我们成为父子就是不幸的根源。不过，我们不能对这种情况置之不理。哈姆雷特，我有一个请求，请掩饰一下，至少在大臣们面前掩饰一下自己的真实情感，表现出和我关系和睦的样子。你不太情愿吧？这件事真的委屈你了，除此之外别无他法。王室内部不和会失去大臣的信任，让民心低落，最终会招致外国的侮辱。方才王后也说了，我们这种情况身不由己，所有一切都是为了我们丹麦国，为了祖祖辈辈这片土地，我们必须要抛弃个人情感。丹麦的这片土地、海域、人民不久将交于你的手中，我们现在必须齐心协力。我没有说要你爱戴我，说实话，我自己也无论如何感受不到从心底将你唤作我的孩子而紧紧拥抱你的那种爱。我无法要求你单方面勉为其难地爱我，只希望你在别人眼前表现出来就行。这就是相互之间痛苦的义务，我将其视为天意，必须要遵从它。我相信，与爱的洁癖比起来，对义务的服从才是上帝欣赏的。即便一开始只是表面上的爱的问候，但我认为真正的爱能够由此渗透进而喷涌而出。

哈姆雷特：我明白了。这种事我也一清二楚。我觉得很麻烦，还请让我出去游学一段时间吧！叔父，我有一个请求，请让我去维腾贝格的大学学习吧！

国王：我们二人独处的时候，你叫我叔父无关紧要，但你必须答应我，在王后、大臣面前称我为父王。虽然对这种无聊之事吹毛求疵令我难受和羞耻，但这样微不足道的形式甚至会影响丹麦国国运。我刚才已经嘱托了你这件事。

哈姆雷特：是吗？抱歉。

国王：你为什么这个样子啊？我一稍微郑重地说些什么，你便气冲冲地说那种轻薄的话，对我的话敷衍塞责。

哈姆雷特：叔父，不，国王您才是对我的请求敷衍塞责。我想去维腾贝格，仅此而已。

国王：此话当真？我觉得你心口不一，所以才打算装作没听到。想再次去大学学习，这句话并非是你的本意，只不过是一个借口。你说这种事，只是为了与我作对而已。即便是我，也很清楚这一点，年轻之时骄傲的翅膀，只是想无谓地扑棱扑棱而已，想胡乱地挣扎反抗。我认为这是动物本能，是将各种各样的理想、正义之理与这种动物本能联系在一起的无病呻吟。我可以断言，即便先王在世，现在你也肯定和他作对，藐视、憎恨先王，背地里骂他是个糊涂虫，令他左右为难吧。因为你正值这个年龄啊。你的逆反是身体性的逆反，而不是精神性的。即便你现在去维腾贝格，我好像也会预料到这样的结果：你会受到大学的朋友英雄般的欢迎吧。他们可能认为你反抗因循守旧的家风，对抗顽固冷酷的继父，为了追求自由再次回到大学，会将你作为真诚的朋友、正义高尚的王子，不断地与你亲吻、干杯吧。不过，那种不同寻常的感动是什么呢？我想将其称为生理性感伤，与狗在草坪上疯狂地撒欢打滚的样子非常相似。我说的有点过了。我不是要全盘否定那种年轻的感动。那是神为人设置的一个时期，是必须要经过的火海。但是，人必须要早一天从火海中爬上来。这是理所当然的，要尽情疯狂，焦灼，之后尽快早一刻醒来，这是最好的一条路。你也知道，我也不是聪明之人。不，我确实愚钝不才，即便现在，我也不能说自己完全醒来了。但是，我唯独不想让你受到挫折。你调查过同学们一时应景的喝彩的本质了吗？那是一种心理平衡，觉得自己多了一个品行不端的学长。他们互相夸耀自己的恶行和冒险，不久就只能相互使对方沦落为邋邋遢遢的无用的老糊涂！我用自己愚蠢的经历忠告你，我也经历过很长一段放荡不羁的大学生活，直到现在，它给我留下了什么呢？什么都没有，只是令人生厌的回忆、唉声叹气的惭愧、习以为常的色欲。我对这些坏习惯束手无策，即便是现在，我也为如何改掉这些毛病而大伤脑筋。雷欧提斯的情况就不同，他的游学之中存在着一种出人头地的渴望。在具有这一渴望期间，人不会陷入颓废之中。你没有那种渴望，只是一种想试着堕落的热情。你已经度过了三年大学生活，这已经足够了。若再度和过去的同学重复那种狂热，这次可能会造成无法挽回的后果。少年时代那种有损名誉的伤痛，在众人开怀大笑之中很容易治愈，但二十三岁的男人不光彩的伤痛却是血腥味十足，无论如何都拂之不去。请你洁身自爱。大学生们只是用不负责任的过激言辞怂恿你而已，我很清楚这一点。方才在众臣面前我以其他理由否定了你去大学的请求。不，我那时候说的话也的确是一个重要理由。但是，与那个理由相比，我更担心你现在骄傲的翅膀，担心翅膀热衷的方向。我方才在臣下面前讲的那些话，希望你铭记于心。也就是说，我希望你留在我身边学习处理实际政务。但是，除了政治上的想法之外，我想出于作为你的父亲，不，作为愚钝的前辈的义务对你的冒险提出忠告。我也说了我无法让你体会到那种亲生父亲对儿子的爱，但人的义务感又是另外一回事。我很想助你一臂之力，将从自己愚蠢的经历中最终得到的结论告知于你，好好地守护你。我念念不忘地想把你培养成一个优秀之人，你不要怀疑这一点。你是丹麦国王子，是至尊之身，请你进一步加深这一认识，不要和雷欧提斯相提并论。雷欧提斯只是一个臣子，他去法国也是为了将来给自己身上镀金，所以那位处世精明的波洛尼厄斯也同意了。你没有为自己镀金的必要，请打消去维腾贝格的念头吧！这已经不是请求，而是命令。我有义务将你培养成为一个英明神武的国王。你就下定决心留在城堡，不久后迎娶一位美丽的大家闺秀为妻吧。怎么样？哈姆雷特。

哈姆雷特：我没打算效仿雷欧提斯，他也没什么大不了的。我只是——

国王：好了好了，我明白了。你想见老同学了吧？心里有连我都不想坦言相告的事情，对吧？那样的话，确实没有必要去维腾贝格了，我专门把霍拉旭召回来了。

哈姆雷特：霍拉旭！

国王：你看上去很开心啊！他是你最好的朋友，对吧？我也对他诚实的品格大为赞赏。他应该已经从维腾贝格出发了。

哈姆雷特：谢谢！

国王：那么，我们来握个手吧。我们互相聊一聊，就会发现没什么大不了的。今后关系会渐渐变得融洽吧。今日对你也说了些冒犯的话，但不要把我想得很坏。宣告宴会开始的礼炮响了，估计大家也都焦急等候多时了，我们一起去吧。

哈姆雷特：这个嘛，我想一个人在这儿多待一会儿。您先请。

哈姆雷特一人。

哈姆雷特：哎呀，真是无聊，同样的事啰嗦个没完没了。近来突然换成一副一本正经的样子，说一些冠冕堂皇的话。不管说什么都是白搭！不过是自我辩解罢了！说到底就是山羊叔父呀！老是在醉酒后被父王训斥嘛！引诱我、带我去城堡外的女人那里游乐的不就是那个山羊叔父吗？那里的女人都称你为猪妖。山羊还算是高雅的名字，你还配不上这名字，真不配！你真是可怜，没有资格，没有当国王的资格！山羊国王，于我而言真是滑稽至极。不过，对叔父不能掉以轻心，他已经看穿我了，知道我没有去维腾贝格的意思。不能大意了！这就是俗话所说的“同道惺惺相惜”吧。啊啊，好想见霍拉旭，好想见老朋友，无论谁都可以。我有心事想讲给他们听，有事情想和他们商量。为我叫来霍拉旭这件事，是山羊叔父放的大招。放荡不羁之人，也会有非同寻常的敏锐直觉。你这只鬼山羊，到底了解了多少呢？啊啊，我也堕落了，完全堕落了！父亲过世后，我的生活也变得一团糟。与我相比，母亲更袒护山羊叔父，完全成了外人。我完全疯了，我是个自尊心强的男人，想到自己近来恬不知耻的行径实在难以忍受。我现在成了一个无法说任何人坏话的男人。真是卑鄙！无论和谁见面我都提心吊胆。啊，我该如何是好呢！霍拉旭，我父王去世，母后被叔父夺走，况且那个鬼山羊一反常态装模作样，对我啰嗦个没完没了，真是讨厌，龌龊！啊啊，不过与此相比，还有更令我闹心的事情。不，统统都这样，所有事情都令我痛苦。在这两个月里，诸多事情乱作一团朝我袭来。我没有想到，痛苦之事就这样一起不断发生。痛苦产生痛苦，悲伤产生悲伤，叹息增添叹息。自杀，摆脱痛苦唯有此法！

二　波洛尼厄斯府邸的一个房间

雷欧提斯、奥菲利娅。

雷欧提斯：你不是可以帮我打包行李嘛！啊啊，忙死我了！船已经扬帆等着起航。喂，把那本哲学小词典拿过来，这个忘了可够呛，法国贵妇们喜欢听一些哲学味的话。喂，在这个旅行箱洒点香水，这一高雅品位为绅士必备。很好，这样行李就打包好了。嗨，我出发了！奥菲利娅，我不在的时候你要好好照顾父亲，拜托啦！你怎么一副迷迷糊糊的样子？总觉得你近来老是睡眼蒙眬的，看来思春期真是令人昏昏欲睡哪！“妾心亦凄苦，夜夜思君不见君，浓睡呼噜噜”[1]，这首小曲唱的简直就是你。不要总是打瞌睡，偶尔也给你法国的哥哥写封信吧！

1. 原文为“あたしにも苦しい事があるのよと思う宵よいにもぐうぐうと寝る”。

奥菲利娅：君以为小女子不会写吗？[1]

雷欧提斯：什么呀！你说话怪里怪气的，真是讨人嫌哪！

奥菲利娅：可是，坪内先生他——

雷欧提斯：哦，是吗？坪内是东方首屈一指的学者，但他对语言有点过于精雕细琢了。“你觉得我不会写吗”这话说的太过了呀！卖乖弄俏的！不不，这并非只是坪内的责任，你最近也有点轻佻，要注意这一点。你哥哥我可是什么都懂，抹那么艳的口红，你难道不觉得俗气吗？真的是不清纯。什么呀！过于妖艳了。

奥菲利娅：对不起。

雷欧提斯：切！你立马就哭了。哥哥我是无所不知呀！迄今为止我一直装作毫不知情，即便如此，我也会拐弯抹角、不动声色地督促你自我反省，可你丝毫不放在心上。你已经被爱冲昏头脑无药可救了。可能的话我尽量不想插嘴这种无聊的事情，龌龌龊龊的。但今天实在担心我不在期间会出什么事情，就无意中抖了出来。这样的话，或许干脆全部讲给你听比较好。怎么样？对那个人死心吧！真是愚蠢。事情明摆着嘛，他什么身份啊！一想到这一点你也应该明白的，这事没得商量，我坚决反对。现在，我事先讲明，我作为你唯一的哥哥，也代表过世的母亲，坚决不同意你们俩的事。父亲粗心大意，好像还不知道这件事。如果被他知道

---

1. 英文原文为“Do you doubt that？”坪内逍遥将其译为“すまいとばし思うて?”，属于一种旧式文体，太宰在此借戏剧人物之口打趣坪内逍遥的莎士比亚戏剧翻译。

了，会造成什么后果啊！父亲出于责任，必须要辞去现在的重要职位，我的前途也会一片黑暗，你甚至会抱着私生子沦为乞丐呀！你看行吗？就这样转告他：雷欧提斯向神灵起誓，若有人胆敢玩弄他妹妹，无论是谁他都不会原谅；无论什么样身份的人，他都不会让此人活着！

奥菲利娅： 哥哥，不许说这么过分的话！那位大人是——

雷欧提斯： 混账！还在说那种梦话，真是有些龌龊。那我就说得更明白些！我反对此事不仅仅是因为那个人的身份，还因为我讨厌那个人，深恶痛绝！他是个虚无主义者，是放荡不羁之人。因为我从小时候就开始做他的玩伴，对他知根知底。那个人聪明绝顶，少年老成，无论做什么都手到擒来。弓箭、剑术、骑马，还有诗歌、戏剧等都得心应手，让我觉得不可思议。但是，他却毫无热情，大致一有长进便很快放弃了，没有长性。我讨厌那种性格的人。他敏锐地窥探到别人的内心，独自一人洋洋自得地窃笑，真是个讨厌鬼啊！他嘲笑我们孜孜不倦的努力，我将他称为轻狂才子。他总是端着臭架子。尽管如此，国王、王后一说他，他甚至不顾忌众臣在场，哼哼唧唧地哭起来，像个娘们似的优柔寡断。奥菲利娅，你一无所知，可我非常了解，他是一个完全不靠谱的人。男人在我们丹麦比森林中的树叶还要多，哥哥要为你物色一位他们之中最强壮、最温柔、最诚实且比任何人都英俊的男人。我说，你相信哥哥吧！哥哥说的话，你过去不是全都深信不疑嘛！而且，哥哥从来没骗过你，对吧？好啦，你明白了吧。求你了，时至今日，你就对他死心吧！如果下次他再啰里啰嗦纠缠你，你就告诉他，雷欧提斯生气地说了，他会要你的命。那小子胆小怕事，肯定吓得脸色铁青，哆哆嗦嗦。你明白吧？我不在期间万一你做出那种不知羞耻的轻率之事，哥哥真的不会对你们二人放任自流、置之不理的。哎呀，这种事估计也不会发生吧。哥哥一生气，会比任何人都可怕，你也知道对吧？好啦，那我们就笑着分别吧。哥哥相信你哪！

奥菲利娅：再见。哥哥也请多保重。

雷欧提斯：谢谢。我不在期间家里就交给你了。总有点担心啊！对了，你在神灵面前给哥哥发个誓吧，我总有点放心不下。

奥菲利娅：哥哥，你还是不相信我吗？

雷欧提斯：不，我不是那个意思。好啦，发誓就算了吧！你能做到，对吧？我可以放心了是吗？我不太想刨根问底地插嘴这个问题，因为作为哥哥，这个事不体面啊！

波洛尼厄斯、雷欧提斯、奥菲利娅。

波洛尼厄斯：怎么回事？还在这种地方！你方才过来辞行，我一直以为你早就出发了。好啦好啦，快出发吧。噢，且慢，且慢。分别之际，我再交代你一下游学注意事项。

雷欧提斯：啊啊，这已经是第三次，不，我确实听过四遍了。

波洛尼厄斯：无论听多少遍都有用，即便反复听上十遍也还不够。听好喽！首先，不要在意学习成绩。你有五十个同学的话，你排在四十名左右最好。不要想着自己即便出错也可能会拿第一名。波洛尼厄斯的孩子不可能那么聪明，要清楚自己几斤几两，明明白白、不骄不躁地学习，这是第一点。接下来是考试要及格。哪怕作弊也行，就是不能不及格。留级会成为你一生的伤痛。等你上了年纪，实至名归坐到重要职位上时，外人即便忘了你过去作弊的事，也不会忘记你留级之事，会挤眉弄眼、叽叽歪歪地戳你的脊梁骨笑话你。学校原本就是为了让学生不留级而建的，在学校留级，必定是学生过于喜欢这地方心甘情愿的结果。真是令人感伤啊！留级是对老师的反抗，是哗众取宠，是无聊的正义感哪！也有那种反倒将留级视为名誉而让父母吃尽苦头的学生。那些人到一定年龄开始发迹之时就会后悔。学生时代将作弊视为最大的不光彩，相信留级才是英雄之举，但是一走上现实社会，就发现适得其反，作弊并非耻辱，留级才是失败之母。你说什么？不信毕业后你和那时候的同学聊聊过去的事，大都是经常作弊的人哪！而且，即便大家彼此坦白这一点，也就相互拍拍肩膀，哈哈大笑，仅此而已，不会成为将来的创伤。但是，留级则不同，即便坦言这一点，外人也不会那么天真无邪地笑笑就当作耳旁风，你会觉得自己有点被人看扁了。留级是立身处世的障碍，卑躬屈膝的根源。人生就存在于学生生活之中，一想到这一点，留级就是大错特错，小心翼翼、毫无遗憾地过好自己的大学生活吧。你不是我波洛尼厄斯的孩子嘛！还有就是结交什么样的朋友，这也是至关重要的。一定要结交一位高自己一届的学长，为的是要问问考试要点，请教一下试卷评阅老师的批改习惯。还必须结交一位同年级的学霸，是为了让他借给你笔记以及考试的时候让你紧挨着他坐。同学有这两位就足够了，无关紧要的交友就是没有必要的费用支出。然后，就是关于金钱了。这一点特别要注意，绝对不准借钱。向他人借原本就是恬不知耻，也不可借给别人，即便饿死也不要借钱，社会是为了不让人饿死而形成的。尘世之人即便忘了把女儿嫁出去，也忘不了借给他人的一两钱。即便借钱的人将一两借款用十两来还他，他还是只记着当初借给别人的一两，这还会阻碍人长久向前发展。胸怀大志的男人，不会向他人借哪怕是一分钱，也不会借钱给别人。从你那里借钱的男人必然会说你的坏话。他亲自向你借钱，会觉得低你一等而疏远你，因此必然会在某个地方说你坏话。也就是说，这就是朋友不久失和的根源。发生损害相互之间友谊的那种事的话会非常遗憾，所以要清楚告诉对方“我不借”主动拒绝其要求。男人如果连拒绝对方都做不到，将来大概很难成大器吧。好吗？要注意处理好钱的问题，不要向别人借，也不要借给别人。接下来是喝酒。喝酒要适度，但是千万不要独自一个人喝。一人独酌是胡思乱想的导火线，是郁郁寡欢的加速器，喝了又喝也不会心情舒畅。和朋友一周喝一次吧！但是，还是不要主动邀请同学为妙。聪明人受到对方邀请，会有意识地做到勉强答应，兴致勃勃地爽快应约的都是些愚蠢的轻率之人。饮酒礼仪并非易事，切忌不要酩酊大醉后呕吐，这会被所有人蔑视。大喊大叫且不分对象地无事生非，与人唇枪舌剑，也只会让人敬而远之，毫无益处。可能的话，你尽量坐在末席，热忱倾听周围人的议论，一一向他们表示自己心悦诚服的赞同，这个样子才是最理想的。但是，如果不经意间喝多了，饮酒礼仪也就很难做到了。这个时候，你就突然站起来，扯破嗓子唱大学校歌吧！一唱完就应该笑嘻嘻地接着喝酒。对方过于固执地找茬跟你吵架的时候，你就严肃地盯着对方的脸，马上平静地说："你也是个寂寞的男人啊！"无论什么样的辩论家都会变得没了脾气。不过，尽可能笑着言听计从方是上上之策。如果宴会开始喧闹起来，你就不要迟疑，不动声色地离席回宿舍。请养成这样的习惯！有些男人在宴会上总是想着可能会有什么好事发生而磨磨唧唧地留到最后，这种缺乏决断的男人完全没有飞黄腾达的希望啊！回去的时候，别忘了找一个可靠的同学将足额的宴会费用交给他。会费若是三两，你就交五两，五两的话你就交十两，放下钱后快速抽身离开。这样的人才是好男人。不伤害别人，自己也不会受伤，这样，对你的评价自然就会提升。啊，关于饮酒还有一点最需要注意。那就是在酒席上，不要做任何承诺。这一点如果不万分小心的话，就会造成严重的后果。饮酒使人情绪高涨，神采飞扬，自然而然就容易稀里糊涂接受超过自己力所能及的事情，酒醒后尽管悔青了肠子，也已经来不及了。这是毁灭的第一步，不许喝醉后承诺别人。接下来是女人。这也是迫不得已。只是你要警惕你那种自负。你是我波洛尼厄斯的孩子，你和我一样，不是那种招蜂引蝶的体质。你不要忘了你打小就是一个鼾声如雷的孩子。那种大呼噜，肯定是除了老婆之外没有女人能吃得消。碰到女人魅惑的时候，你一定要有意识地回忆下自己那种大呼噜。可以吗？即使在法国被女人厌弃，在丹麦非你不嫁的漂亮女孩多了去了。这个就交给我，你在那边还是不要太自负为好。年轻时去风月场所并不是为了买春，而是要去炫耀自己的男人气概。所以，请把自恋当成最大的敌人。那么，接下来是——

雷欧提斯：是赌博，应该只赔五两就笑着回去，不准赢钱。

波洛尼厄斯：接下来是——

雷欧提斯：服装的事。要穿好衬衫，穿不扎眼的上衣。

波洛尼厄斯：那之后是——

雷欧提斯：不要忘了给宿管大妈带伴手礼，但也不要过于亲近。

波洛尼厄斯：然后是——

雷欧提斯：写日记、买干面包、时而剪剪鼻毛。哎呀，船快要开了。父亲，您多保重。一到那里，我再从从容容地写信给您。再见了，奥菲利娅，可别忘了刚才哥哥的叮嘱哟！

波洛尼厄斯： 啊，已经走了。这小子跑得可真快！不过，算了，说这么多也行了吧。我忘了告诉他汇款的额度了。啊，也忘记叮嘱他散步的必要性了。不过，算了吧，就随后再写信告诉他吧。咦？奥菲利娅，你脸色不太好啊！哥哥是不是对你说了什么过分的话？我很清楚呢，他缠着你向你要零花钱了吧？光靠我给他的钱还不够，所以就吓唬你，命你今后也每月偷偷给他寄一些。唉，肯定是这样，真是个坏小子！

奥菲利娅： 不，父亲，不是您说的那样。哥哥不是那种无聊的人啊！没关系的，即便您没有像刚才那样提醒他，哥哥也会记在心上的。

波洛尼厄斯： 你说的没错，这是理所当然的。到了二十三岁还不懂那点事，可真拿他没办法了。尽管是同岁，他与哈姆雷特殿下相比要成熟三倍。雷欧提斯这孩子会成为比我这个老爹更伟大的人。不过，我唠唠叨叨、零零碎碎地叮嘱他，也是我一个深谋远虑的策略。即便是那小子，虽然会感到很烦，但心里也觉得有人在各方面对他严格要求，这一想法对他来说会成为一种生活的动力。若是能让他认识到这里有一个人非常关心他的将来，我也就心满意足了。我絮絮叨叨叮嘱了他许多事，但那都是些废话啊，净是些无关痛痒的事情。雷欧提斯有他自己的生活方式，时代也在变化，他无拘无束地去做就行了，只要了解我因担心他而焦虑不安这一点就行了。只要记得这一点，他就绝不会堕落。我的焦虑之中也包含了你过世的母亲那份焦虑，希望那小子能够明白。他只要记着这一点的话，只要记着的话……啊，我总是说同样的事情，真是“人老话多”。我也不知不觉间上了岁数了啊！奥菲利娅，坐在这儿。哎，和父亲并排坐吧。这样坐就行。嗯，请再听一会儿你父亲的牢骚吧。你近来渐渐像你母亲了啊，我总觉得像是和你母亲说话似的。你母亲地下有知也会很欣慰吧。雷欧提斯长得如此健壮，你也温柔乖巧，在我身边细心地照顾我。听说连城外的人都对你大加称赞，我甚至听到一些风言风语：“波洛尼厄斯那样的父母居然生了个貌美如花的女儿，真是奇了怪了。哎呀，可真漂亮！”按道理为父我现在非常幸福，应该没什么不满足的。不过，奥菲利娅，你听我说，为父最近有时会突然莫名地感到不安。我是不是要死了？哎呀，你不必吃惊。并不是说我没事找事要去死，我也非常认真地想自己好歹要活到一百岁，不，一百零九岁，我要看看雷欧提斯有了出息的样子，对他大加称赞，这样我也就完全确定可以放心，然后就希望自己一命归西了。听起来我贪心不足，不过为父是认真地祈求这样。我现在丝毫没有自己的快乐，只是为了你们而不得不活着。没有妈的孩子多么可怜，无论是雷欧提斯还是你都不会明白的。我为了孩子无论多么痛苦的事都在所不辞。为父我呢，甚至这样认为，也就是说，人生中必须要有一个担任最后表扬角色的人。比如，雷欧提斯这种情况，他今后也会为博得人的赞美而多方努力。那时，即便世人全都轻薄地对他交口称赞，唯有我不会含含糊糊地表扬他吧。过早受到表扬的话，就过早骄傲自满。我一个人会自始至终对他正颜厉色，反过来给他泼点冷水吧。但是，最后我一定要表扬他。我就当一个所谓的至高无上的歌颂者吧。我要大加赞誉，用响彻天际的洪亮的声音颂扬他。那时，他会为自己一直努力而庆幸，会为自己一直活着感谢神灵吧。我想成为那个最后高声表扬他的人，心里一直希望自己无论如何也要活到那个时候，哪怕是一百零九岁，不，一百零八岁。他近来越来越愚蠢，我尽管想表扬他，但也忍着而去责备他，这和压抑自己的愤怒大致相同，真是痛苦不堪！这种痛苦的角色除了做父亲的没人愿意接受，这就是所谓的"糊涂父母"啊！这就是父母的贪心。为父想花大力气使雷欧提斯更加优秀而接受了那种痛苦的角色，但最近我总觉得有些落寞。不，为父今后还会在你们面前发牢骚的。方才我也对雷欧提斯啰嗦了那么多，但是说完以后，为父突然很担心。也就是说啊，所谓教育，并不是像为父所想的那样仅仅是一种心理策略，我模模糊糊明白了这一点。孩子不知不觉会彻底识破那种策略。你觉得怎么样？就我而言算是思想相当进步了吧？雷欧提斯意志坚强，但正因为是男人，还存在着单纯之处，具有一种按照我的妙计发奋努力的优点。这是他好的方面。因为知道这一点，为父也时而对雷欧提斯采取一些措施，而且也很成功。方才我大声交代了雷欧提斯要注意的方方面面，他虽然觉得我很啰嗦，可还是能够体谅为父内心焦虑之事，打心眼里感受到生存的价值后启程了。不过奥菲利娅，我说，你再靠近我一点，奥菲利娅。你明白为父刚才这番话想说什么吗？

奥菲利娅：您是在责备我。

波洛尼厄斯：是的，就是这样。为父我呀，因为要责备你，所以很怕你。近来更是明显怕你了。我的策略在你身上行不通，你立刻就看穿了。以前可不是这样的啊！奥菲利娅，是的，方才为父就一直在说你的事情，我真的是很担心你才这么说的，没有责怪你。但你为什么不更加明确地告诉为父呢？对为父来说，这让我非常寒心。雷欧提斯的事情我没有那么担心，他是个一大声训斥就随时会变得严肃认真的孩子。可是，奥菲利娅，我最近却无法批评你，也不能用强硬的语气吩咐你做什么。为父突然心有顾虑也是这个原因；对活到一百零九岁开始心生厌倦也是这个原因；开始明白教育不是心理策略也是这个原因；觉得至高无上的歌颂者非常愚蠢也是这个原因；我开始觉得自己是否快要死了也都是因为你。奥菲利娅，不要哭泣。来吧，把你觉得痛苦的事情全告诉为父吧。方才为父就一直迫不及待地等你开口，所以就发牢骚似的胡乱说了那些没有意义的事情，想让你也能轻松地说说心事，为父还是心计太多了啊。抱歉啦，为父太不像话了。来吧，为父也开诚布公，你也相信我，大胆说一说吧。喂，你站起身要去哪里啊？你不用逃避。来吧，坐下来。那么，为父就说给你听。奥菲利娅，方才你哥哥好像对你大发雷霆啊，不是因为寄钱之类的事情吗？

奥菲利娅：父亲，您太过分了！已经够了。

波洛尼厄斯：好吧，我明白了。奥菲利娅，你真傻！雷欧提斯生气也在情理之中。我今天早上收到一个部下讨厌的忠告。这忠告简直就是晴天霹雳，但和你最近意志消沉的情形联系起来一想，我觉得或许真有其事。我愿意相信这不是事实，但无论如何我想在不伤你心的情况下不露声色地和蔼地问问你。我本打算尽可能温和地安慰你后再询问，可是，你却固执地不提此事，而且，甚至还想从这里逃开。但我已经知道了。奥菲利娅，你们的恋爱真是不知羞耻啊，没有丝毫纯真美好之处。真是龌龊！你为什么一定要对我们那样隐瞒呢？你也抬头看看对方的德行吧！满不在乎地穿着丧服，对自己的不道德置之不理，反倒挖苦国王、王后。所谓的当下年轻人的恋爱就是这个样子吗？喜欢的就由着自己。虽然也存在身份的差异，但现在这种差异应该也不像过去那么严格了。为什么不坦率地直接告诉我呢？即便是克劳狄斯国王，也不是不通情理之人。我自己年轻的时候也犯过错。你不是有心做错事，但为时已晚。一出了这样的风言风语，情况就糟了。你真傻，你们俩真傻！这样不行啊。哭死都不行啊。为父也很震惊。后来呢？雷欧提斯知道这一切吗？

奥菲利娅： 不知道。哥哥说了，发生那种事的话他不会让那人活着。

波洛尼厄斯： 是啊，这像是雷欧提斯说的话。嗯，对他要守口如瓶啊。而且，那小子要是跑回来的话，会出大乱子的。真是件令人烦心的事哪！女孩子做下这种事，真是给我找麻烦。哼，奥菲利娅，你没法成功获得王后皇冠了。

三　高台

哈姆雷特、霍拉旭。

哈姆雷特： 好久不见哪！你能来真是太好喽！维腾贝格怎么样了？大家都还是老样子吧？

霍拉旭： 这里可真冷啊！我闻到了海边的气味。风从海上直接将这种气味猛烈地吹了过来，真是受不了。这里每天晚上都这么冷吗？

哈姆雷特： 不，今晚这种情况也还算是比较暖和的，今后只会越来越暖和，丹麦也很快就到春天了。对了，大家怎么样？都还好吗？

霍拉旭： 王子殿下，比起我们，您自己怎么样？

哈姆雷特： 你的说话方式很奇怪啊！是不是有什么关于我的不好的传闻？因为维腾贝格那里人都嘴碎嘛！霍拉旭，你怪怪的呀，总觉得有点生分哪！

霍拉旭：不，我绝对没什么奇怪之处的。王子殿下，您真的不要紧吗？啊，好冷！

哈姆雷特：王子殿下……啊，不应该这样啊。喂，请像以前那样叫我哈姆雷特吧。你完全变成了陌生人。你到底来艾尔西诺干什么？

霍拉旭：抱歉抱歉，果然还是哈姆雷特殿下啊，马上就动怒了。没想到你这么精神，好像没什么状况啊！

哈姆雷特：不要说话阴阳怪气的！你肯定是听到什么不好的传言才来的吧。听到什么了？是什么样的谣言？说来听听。难道我叔父跟你说了一些无关痛痒的事吗？肯定是这样的。他明明一无所知，却老是说一些废话。

霍拉旭：不是的，国王陛下的信感情真挚。“王子百无聊赖，请你过来陪他一聊。”信的措辞非常客气，令我不胜惶恐。真是一封难能可贵的来信。

哈姆雷特：撒谎！肯定那封信还写了别的内容！我本以为你是唯一一个不说谎的男人呢！

霍拉旭：哈姆雷特殿下，霍拉旭是您一如既往的挚友，不会信口雌黄。那么，我就将我在维腾贝格听到的事情原原本本地全部告诉您吧。总觉得这里实在太冷啊，我们回房间吧。您为什么把我拉到这种地方来呢？一碰面就一言不发地把我带到这种阴冷漆黑的地方，来了句“呀，好久不见啊”，这样的话，即便是我也开始怀疑了。

哈姆雷特：你怀疑什么？是这样啊，我觉得我好像大体明白了。不过，那可真令人吃惊哪！

霍拉旭：您明白了？总之，我们先回房间吧，因为我没有穿外套。

哈姆雷特：不，你就在这里说吧！关于那件事，我也有很多事情非常想讲给你听。真的是有一大摊子事，被别人听到就糟糕了。在这里说的话就不要紧。天气很冷，但还请你忍耐一下。人一旦有了秘密，就会觉得好像真的隔墙有耳似的。我最近也有点疑神疑鬼了呀！

霍拉旭：我理解您。我知道这次的事您悲痛欲绝。我也拜见过两三次已故的国王……

哈姆雷特：岂止是这个事！我的悲叹熊熊燃烧起来了呀。来，你姑且先说说你在维腾贝格听到的事吧。你冷的话，呶，我的外套给你。在文明国家留学太久的话，皮肤好像也变得金贵了呀！

霍拉旭：不好意思，没穿外套来还真不行。那我就不客气地借来穿了。嚯，身上暖和多了，已经没关系了，谢谢。

哈姆雷特：能快点说说吗？你好像来丹麦就是为了挨冻似的。

霍拉旭：确实非常冷啊。真是失礼了，哈姆雷特殿下。那我就说了。哎呀，我觉得那边好像站着个人。

哈姆雷特：你说什么呢！那不是棵柳树吗？在柳树下面微微闪着白光的是小河。河面不宽，但水有点深。就在前几天还结着冰，但冰已经融化了，水流湍急。你比我还胆小呢！总觉得在文明国家留学时间久了就……

霍拉旭：好像连感觉也变得金贵了。那么，没有人在偷听，是吧？不管我说多么重要的事都没有关系，对吧？

哈姆雷特：你太故弄玄虚了。我一开始不就说了嘛，这里绝对没问题，所以我才拉你到这里来。

霍拉旭：那我就说了，你可不要太惊讶了。哈姆雷特殿下，大学里的同伴都在传您发疯了。

哈姆雷特：发疯？这又是胡说八道。我还以为是什么风流韵事，真是荒谬。这不是一看便知吗？从哪里会传出这样的流言呢？哈哈，我知道了，是我叔父散布的吧？

霍拉旭：您又说这种话。国王陛下为什么要散布这种无聊的流言呢？绝对不是他。

哈姆雷特：你断然否定这一点啊！别看山羊叔父那个样子，他还是个响当当的浪漫主义者哩！他一和我成了父子，心就反而相隔千里万里，疼爱变成了憎恶，自然而然乖张偏执，对这种变化满腔悲愤。所以这次他完全改了主意，因为先王已死，嗣子哈姆雷特悲伤过度忧郁、发疯，背负着家族的不幸毅然站起来的新王就是克劳狄斯。若将他的宣传视为演戏，这倒是一个闪光点。叔父想方设法引人注意，非常想获得声望，所以近来把我当傻瓜对待。他在费尽心机地故弄玄虚哪！看着都觉得可怜。不过，我觉得他到处说我发疯之类的坏话就有点不正常了。太过分了，叔父真是个坏人。

霍拉旭：我再重申一遍，这不是国王陛下的宣传。哈姆雷特殿下，您真可怜，您什么都不知道吧？传到大学里的流言蜚语可没那么简单。啊啊，我不能再说了。

哈姆雷特：什么？你说话语气那么严肃！我叔父交代你什么事了吧？比如督促我反省什么的，是这样吗？

霍拉旭：我再次重申一下，国王陛下的信中只写了“请过来陪他一聊”。我认为他做梦都没想到我会带给您这么惊人的消息。

哈姆雷特：是吗？哎呀，或许如你所言。如果叔父在大学散播这样的谣言，他就不会做出将你叫到我身边这种危险的事情。因为你一来我这里，一切都暴露了啊。如果不是叔父的话，那又是谁干的呢？我越来越不明白了。总之就是说我发疯了，太过分了。不过，我现在也碰到了痛苦的事，觉得自己干脆疯了反倒是幸福的。这个事我随后跟你说。霍拉旭，大学里的流言仅此而已吗？总觉得好像有后续。你说吧，没关系的呀，我不在乎。

霍拉旭：一定要我说吗？

哈姆雷特：你得了吧！明明是你自己要开口说的，事到如今却采用这种卑鄙的回避方式。是不是维腾贝格流行这种无病呻吟般的令人作呕的说话方式？

霍拉旭：那我就说了。您如此侮辱我霍拉旭的诚实，我就说了。真的希望您当作耳旁风。这些传闻无聊透顶，不足挂齿，微臣霍拉旭当然不会相信那种可恶的流言。

哈姆雷特：这种事无所谓啦！我心里有些不痛快，连你也会用那种死板的客套语气和我说话，这点我还是第一次知道。

霍拉旭：我告诉你，那个传闻就是最近艾尔西诺王城闹鬼——

哈姆雷特：这传言还真的太过分了。霍拉旭，你不会是开玩笑吧？笑死我了。真是荒唐，维腾贝格的大学也走下坡路了啊！那种独立的科学精神搞到哪里去了？当然，听说最近大学里盛行戏剧研究，兴许这是其中脑子愚笨的学生构思出的那种拙劣的戏剧吧。即便如此，幽灵这一构思想象力也太贫乏了吧！对幽灵兴趣盎然，叽叽喳喳地大惊小怪，最近大学的品位还真是低下了啊！幽灵加上哈姆雷特发疯，是三流戏剧中可能会出现的剧目。叔父对我说大学很无聊，要我放弃，的确如此。毋宁说叔父相当聪明呢！与这种无聊的伙伴交往，连我也跟着一起鼓噪幽灵之事，这样的话，估计叔父这回打心眼里腻烦我了。怎么不散布些稍微高明点的流言呢！

霍拉旭：我不相信的。但是，请您不要说母校的坏话，我总觉得心里有点不爽。

哈姆雷特：抱歉！你是例外，叔父也只夸赞了你一个人，说你真诚可信，即便我不专程去维腾贝格，把你一个人叫到这里来也就够了。我真的不想去学校，但是，我想见到你。

霍拉旭：我发誓会效忠于您。另外，恕我冒昧，刚才说的奇怪的传言，绝不是我们维腾贝格大学传出来的。就这一点我想为了母校的名誉特意说明一下。这一传言源自艾尔西诺王城，渐渐传遍丹麦国，最终传到在国外大学留学的人耳中。的确是轻薄无礼、荒谬绝伦的传言，最近我霍拉旭也心情郁闷至极。哈姆雷特殿下，时至今日您一点都不知道吗？

哈姆雷特：我真的不知道那种荒谬的传言啊！尽管如此，好像流言也传得太广了啊。谣言四起的话，即便觉得荒唐，也不能坐视不管哪。叔父、波洛尼厄斯他们知道吗？他们这帮人的耳朵到底长在哪里了？是充耳不闻、装聋作哑吗？是因为他们为人阴险吧。霍拉旭，到底那是什么样的幽灵呢？我有点放心不下。

霍拉旭：在回答您之前，我有件事想问个清楚，行吗？

哈姆雷特：霍拉旭，我都开始有点怕你了。快说吧！什么都可以，快快告诉我吧。你再这样过分地装腔作势，我都想要和你绝交了。

霍拉旭：我说了，或许我一说完您就觉得算不了什么，捧腹大笑后就那样不当回事吧。我也觉得心情开朗些了。尽管如此，为慎重起见，我还是要问一下您。哈姆雷特殿下，您当然非常相信当今国王的人品，对吧？

哈姆雷特：真是个出人意料的问题哪！这个有点不太好回答，真伤脑筋呀！怎么说好呢，挺复杂的。这个事情算了吧，不管怎样都行！

霍拉旭：不，不行。这个时候如果不问清楚您的想法，我就什么都不能说。

哈姆雷特：你可真够苛刻的啊！你变了呀，变得冥顽不化了。你原来可不是这样子的。算了，好吧，我就答复你吧。为什么事到如今才问这个问题呢？叔父虽有不检点之处，但也不是那么坏的人。但是，你一问我是否相信他的人品，我也有些为难。关于叔父有什么不好的传闻吧？这些传闻可能人们散布了很多。不管是什么，这次情况有点不妙。不过，那并不是叔父一人决定的事情，他应该也不会做那种事。那是根据以波洛尼厄斯为首的大臣们的商议决定的事。我也不是现在马上就能登上王位的男人，因为丹麦现在处于艰难时期啊！和挪威还要打上一仗。我们不可能知道何时会发生战争，我还没有当国王的自信。叔父即位了，我反而如释重负。这是真心话啊。我还想和你们无拘无束地开开玩笑，一起玩上一段时间。叔父即位没什么大不了的，我们原本就是叔侄关系嘛，是骨肉至亲。我可真的是对叔父说了这样那样任性的话，有时也对他说些讨人嫌的话，有时还藐视他，故意和他闹别扭后对他爱答不理的时候也多了去了。不过，这种程度的事情我想叔父也是能够理解的，因为我有些方面还是要依靠叔父的呀。他是个好叔父哪！性格懦弱，政治策略上也乏善可陈，而且，不管怎么说，追根溯源的话，因为他是山羊叔父，所以我大失所望呀！他好像付出了很多努力，但原本就不是那块料啊！真是可怜。虽然他要我叫他父亲，可我做不到。母亲也干了一件糟糕的事哪！为了巩固哈姆雷特王室根基，众人说那样最好，母亲也就那样想了。可是，那是什么事嘛！他们已经上了岁数，就含含糊糊地以一种老年人一起喝茶聊天那样的交友心态结婚了，我还是觉得脸上有点讪讪的。不过，我对这种事尽可能做到不去多想，不是没有法子嘛！作为孩子这样那样下作地打听父母的事，是一种不可饶恕的不道德行为。如此卑劣的孩子不配为人。难道不是吗？我那个时候寂寞难耐，但如今我不再去想了。世界并不会因为我个人的爱憎而转动的。算了，他们的事只能任其自然了。怎么样？我只能回答到这种程度，请谅解。总觉得千头万绪的，但叔父人不坏，唯有这一点是真真切切的。他或许是一个小谋士，但绝不是一个大坏蛋。他能做什么呀！

霍拉旭：谢谢您，哈姆雷特殿下。听您这么说，我就完全放心了。请今后也一如既往地相信国王陛下。我也喜欢现在的国王。他是个有涵养的人，重情重义。哈姆雷特殿下刚才的看法给了我百倍的勇气，我向您道谢。殿下果然还是和以前一样性格开朗啊。您纯真的见解之中没有一丝阴翳。太好啦！我很开心。

哈姆雷特：不要给我戴高帽了，你不是突然心情转好了嘛！真是个随性善变的家伙啊！霍拉旭，你还是和过去一样冒冒失失的。接下来呢？所谓传言是什么？我疯了，幽灵出来了，随后又出来了什么？是老鼠之类的吗？

霍拉旭：岂止是老鼠，不，实在太愚蠢，太荒谬，太不像话了。这是丹麦的耻辱。哈姆雷特殿下，我就告诉您吧。

不，实在是无礼之至，奇怪至极，猥亵下流！

哈姆雷特：得了吧，尽管你一味地向我卖弄这种不高明的形容词，我也无话可说，你也加入维腾贝格的戏剧研究会了吧？

霍拉旭：大致就是那样吧。我很想扮演忧国诗人这种角色试试。这下完全放心去尝试了，因为方才聆听了哈姆雷特殿下那条理清晰的看法，心中便有了玩票的闲情逸致。哈姆雷特殿下，您不要笑我哟！确实有一个荒诞的传言。您肯定会笑的。不过，这个传言已经在丹麦全国传播开来，甚至传到了在国外大学留学的我们的耳朵里，我觉得也不能一笑了之，大有必要对谣言采取措施。你不要笑啊。我也开始觉得要说的事荒诞无稽。据说先王的幽灵每晚都会出现，嘴里说着“给我报仇”呢！哈姆雷特殿下，幽灵是在托付您为父报仇哪！

哈姆雷特：托付我吗？真是奇怪啊！

霍拉旭：实在奇怪，太不像话了。而且，非常荒唐。还有后续，那个幽灵说，我被克劳狄斯杀害，克劳狄斯恋慕我的王后——

哈姆雷特：鬼魂那东西太过分了，恋慕太过分了。我的母后可是满嘴假牙啊！

霍拉旭：所以我不是说了不要笑嘛？还是听我讲完吧。好了，您接着听吧，还有后续，也就是“他想占有王后，还觊觎王位，在我午睡之时趁我疏忽悄悄靠近我，将剧毒注入我的耳内”这句话啊，别有用心哪！“啊，哈姆雷特，汝若有孝心，就决不能忍下这份仇恨！”

哈姆雷特：别说了！即便你是幽灵，也不要胡乱模仿我父亲的语调。还是严肃点不要惊动死者了！你玩笑开得好像有点过头了啊！

霍拉旭：对不起，我一不小心有些得意忘形了。绝不是我忘了先王的遗德，因为这个传言太荒唐了，我不知不觉玩笑就开大了。对不起，我不是成心要触犯哈姆雷特殿下那伤感的神经，我不该这么冒失。

哈姆雷特：不，没关系。我才不该大声怒吼哪，真是失礼了。我太任性了，请不要放在心上。之后那个幽灵怎么样啦？告诉我吧！真是脑洞大开啊！

霍拉旭：是的，那个幽灵每天晚上都会站在哈姆雷特殿下的枕边这样说，哈姆雷特殿下因为恐惧、疑心、苦闷最终发疯了，就是这种捕风捉影的传言。

哈姆雷特：这是可能会发生的事。

霍拉旭：嗯？

哈姆雷特：这是有可能发生的事呀！霍拉旭，我心情有些郁闷。传言真是过分！

霍拉旭：果然还是不说为好啊！

哈姆雷特：不，你告诉我真是太好了。是“汝若有孝心”吗？哈哈，霍拉旭，那个传闻是真的呀，我以前可是个老实人哪！

霍拉旭：您在说什么呢！所谓故意跟自己过不去就是您

这样吧。这只不过是粗俗的百姓散布的流言蜚语，哪里会有什么根据呢！

哈姆雷特： 你不懂的。我非常扎心，你不可能明白的。你试想一下，因捕风捉影之事受到侮辱，与有明确依据而被人造谣，哪一种情况更扎心呢？我一定要找到那种依据。哈姆雷特王室之人、父王、叔父、母后和我，毫无根据地如此被民众嘲弄，作为我来说忍无可忍。他们可能会有某种根据哩！因为他们如此煞有介事地传播这些流言，或许真有此事，难道不是吗？如果有某种根据的话，我反而会觉得轻松。我无法忍受毫无根据的无礼的侮辱。哈姆雷特王室被民众嘲弄了。叔父也很可怜，他煞费苦心勤勉治国，竟被那种谣言恶意中伤。如此一来，一切努力付诸东流。太过分了。真是令人心情郁闷。我要直接问问叔父。不查明此事心里就不舒畅，霍拉旭，你能帮我吗？

霍拉旭： 这样的话，我责无旁贷。啊啊，这件事就交给我好吗？哈姆雷特殿下，不好意思，您在耍性子，我只能认为您在耍坏心眼。您刚才不还在那样纯真地笑着嘛！这原本就是毫无根据的恶毒的谣言。您若冒冒失失地询问国王这种事，可太不像话了，只能白白让国王痛苦。我愿意自始至终地相信您刚才明确的判断。您已经忘了吗？您不是说了相信国王的吗？那些话是胡说八道吗？

哈姆雷特： 那是有底线的啊！侮辱也是有底线的。你认为我父王真会变成幽灵，说那种肮脏愚蠢的话吗？哎呀，一切都荒诞无稽。那么，干脆我也真的疯掉算了。叔父会很开心吧。霍拉旭，我要性子了，我当然要对他要要性子。你不明白的，不会明白的。

霍拉旭：之后我想好好和您商量商量。微臣霍拉旭和您说这些，真是自己一辈子的不光彩。我根本没想到您会如此兴奋。哈姆雷特殿下，没想到您还是老样子啊！

哈姆雷特：啊啊，我还是老样子哟！一成不变的喜怒无常之人。冒失鬼之名我可以接受，我修养不足啊。我不是那种尽管被如此轻视却能一直微笑着的大人物。霍拉旭，把外套还我，这下是我感到冷了。

霍拉旭：给您。哈姆雷特殿下，横竖明天我都要和您好好谈谈。

哈姆雷特：正合我意！霍拉旭，你生气了吗？啊，能听到海浪声哪！霍拉旭，我今晚还想告诉你一个更重要的秘密，你能不能再陪我一会儿？关于当下的流言，我也想和你进一步聊一聊，另外，我还有一个痛苦的秘密呢！

霍拉旭：总之，我希望明天我们双方都能冷静下来后再说吧。今晚还请您原谅。我也好好想想，因为不管怎么说我没有穿外套。

哈姆雷特：那随你便吧！你不相信别人情绪激动的单纯性，这可不行。那么，晚安，霍拉旭，我是个不幸的孩子啊！

霍拉旭：我知道，霍拉旭永远都是您的朋友。

四　王后的会客厅

王后、霍拉旭。

王后：是我向国王请求把你从维腾贝格召了回来。昨天晚上你见到哈姆雷特了吧？他怎么样了？还完全没有改观吗？为什么突然变成那样了呢？说话不得要领，一下子怒气冲冲，转过身去就嬉皮笑脸，又出人意料地在众臣面前哭哭啼啼，而且，顺口说些子虚乌有之事与国王陛下作对。你不知道，为了那个孩子，我是多么痛苦！他以前也是一个懦弱、有点乖僻的孩子，不过没那么严重。一高兴，就会想出一些新奇的笑料逗我们开心，身上也有非常天真烂漫之处。他去世的父亲上了年纪才有了这个孩子，对他疼爱有加。因为他是重要的独生子，我也任何事情都从其所好。这种培养方式似乎对那孩子的成长并不好，我总觉得父母上了年纪后生的孩子好像有所欠缺，总是依赖父母，娇气得不得了。那孩子非常喜欢他已故的父亲，即便上了大学，他也会利用假期回城堡来，一回来就从早到晚待在他父亲的会客厅里。小时候更是过分，片刻看不到父亲，就会闷闷不乐，到处询问大家父亲去哪里了，真是让人头疼。他父亲意外因心脏病突然去世，那孩子就不知道该如何是好了。先王过世后，他突然变得极爱出风头。而且，哎呀，这个事情很不体面，但为了丹麦，我和克劳狄斯大人结为夫妻。虽然只是名义上的，对那个孩子来说却是出乎意料的大事，我想或许这个事情也会让他极为心灰意冷吧。思来想去，那孩子也挺可怜的，我觉得这种情况也在情理之中。不过，那孩子可是丹麦国王子哈姆雷特，是不久就要继承王位之人。因为父亲、母亲一时从他身边离去而总是哭哭啼啼、使小性子的话，他首先就会被臣下瞧不起。眼下正是关键的时候。虽说我和克劳狄斯大人结为夫妻，但并非去了别的城堡，而是应该还和过去一样作为哈姆雷特的生母和他一起生活下去。而且，现在的国王也并不是外人，是过去和哈姆雷特关系亲密的叔父。所以，我觉得只要哈姆雷特最近乖僻的脾气能稍稍好转的话，一切都会进展得圆满、妥当。克劳狄斯大人也一改过去那种轻率而处事稳重，当下正为了取得不逊于先王的伟业而殚精竭力，对哈姆雷特的事情也忧心忡忡。因为二人的叔侄情分，所以他也有不少顾虑吧。我介入他们二人之间，心里总是捏一把汗。哈姆雷特已经根本不把他的叔父放在眼里！那样可不行。既然成了父子，哈姆雷特也必须要有点礼貌。国王已不是他以前的山羊叔父了啊。听说丹麦当下正处于危难之际，甚至还有传言说挪威已经向边境派出军队。在真正紧要的关头，这该是多么严重的事情啊！只要哈姆雷特开开心心地亲近我们，艾尔西诺王城就会人心安定，国王也能增强信心，集中精力和外国交涉。真是个傻孩子。我觉得他缺乏身为丹麦国王子的觉悟。都二十三岁了还像个女孩子一样，总是追随在先王和母亲身后。霍拉旭，你今年多大了？

霍拉旭：谢谢您关心，我已经二十二岁了。

王后：怪不得呢。我本来就认为哈姆雷特应该比你大一岁。你们俩实际情况简直完全相反，你看起来好像反而比他大上足足五岁。你好像身体非常健壮，听说在学校里成绩也很优秀，最重要的是举止稳重。你父母身体还好吧？

霍拉旭：感谢您的关心，家父、家母还在乡下的城堡里悠闲度日，这都得益于陛下的仁政。

王后：我很羡慕你母亲，如果我有这么一个优秀的孩子，该会多么开心啊！相比而言，我觉得哈姆雷特若是你那种情况的话，好像连将来的希望也没有了。因为一点悲伤就惊慌失措，哭啊，闹啊——

霍拉旭：您的话我好像不太认同。哈姆雷特殿下，不，王子殿下，不不，哈姆雷特殿下绝不是像您说的那样逊色于我。他是我唯一尊敬的人，我才是一无是处的浅薄之人，总是被哈姆雷特殿下呵斥。我非常喜欢哈姆雷特殿下，所以一站在哈姆雷特殿下面前就总是语无伦次。哈姆雷特殿下非常聪明，他在我还没有开口说话之前便已知晓我要说什么，到了让我难以招架的程度。

王后：你说的都不是那孩子的优点。我能理解你袒护好朋友的心情，但毫无必要特别举出那孩子的缺点来表扬他。那孩子打小就能迅即读懂别人的表情，那反而就是他性格乖僻的证据。对于优秀的男人来说，这一点没有必要。

霍拉旭：您的话我好像不太认同。我觉得您不能一一数落哈姆雷特殿下的不是。我母亲从来没有比我先进卧室休息，她会一直待到我睡下为止。即便我让她先睡，她也会说“你不是我一人的孩子，而是将来要成为国王陛下杰出臣子的人。我是替国王陛下管理你的生活，不能有失礼之处”，绝不会先睡。即便像我这样一无是处的孩子，一旦被母亲如此真心敬重，也就开始想着好好用功。王后对哈姆雷殿下的责怪过于严厉了。这样哈姆雷特殿下就会无地自容。即便王后您，刚才不是也说了嘛，哈姆雷特殿下是丹麦国王子。您忘了说过这句话吗？哈姆雷特殿下是丹麦国王子，而不是王后您一人的孩子。而且，他还是我们今后要奋不顾身地守护的主人，请您加倍爱护哈姆雷特殿下。

王后：哎呀呀，真没想到你反倒来拜托我了。我理解你对哈姆雷特忠贞不贰的情感，但你们还是小孩子哪，今后可不许用这种狂妄自大的语气说话。实际上，亲生父母与子女的真实情感，很多情况下旁人无法理解，绝不能这个那个地乱插嘴。你的母亲也确实像个贤良的母亲，和我的行事方法不一样。但是，这一点连我也不能对她说三道四。父母和子女的事情，任由他们自己处理最好。臣子的情况和王家的情形也大不相同。所以，我今后不允许你因一时的头脑发热而傲慢无礼地发表意见。哈姆雷特对你说了什么？

霍拉旭：回您的话，也没说什么——

王后：你没必要突然这么拘束，刚才的精神头去哪儿了？可以说你和哈姆雷特真像哟。男子汉就要有个男子汉的样儿，即便被训斥了也应该大大方方地果断应答。哈姆雷特又说我们坏话了吧，对吗？

霍拉旭： 您的话我不认同，不，您的话——我不太——

王后： 你在说什么哪！男人战战兢兢的也太不体面了。除了胡乱教导人之外，与我意见相左的任何事情我都会原谅你的，像个男子汉那样说得再清楚一点！哈姆雷特说了我什么？

霍拉旭： 他同情您，说您很可怜。

王后： 同情？可怜？真是奇怪啊。你还在护着他，对吧？估计很多事他不让你说吧。

霍拉旭： 不，您的话我好像不太认同。堵别人嘴那种卑鄙的事哈姆雷特殿下是不会做的。哈姆雷特殿下不对人当面说的话，在背后也绝对不会嚼舌根子。一有想说的事，他一定会当面说。大学时代是这样，现在也是如此，哈姆雷特殿下总是这样做。

王后： 一提到哈姆雷特的事，你就马上噘起嘴大声申辩，看来你们俩情投意合嘛。哈姆雷特性格大大咧咧，不计较身份，不知吝啬为何物，因此好像很受属下欢迎哪！

霍拉旭： 王后，您想说什么啊？我不想再回答您的问题了。

王后： 我不是说你。你不是哈姆雷特的好朋友吗？不仅哈姆雷特，连我也很信赖你。有时在这样听你说的过程中，我也渐渐明白了不少事。你很容易动怒这点真的和哈姆雷特一模一样。现在的年轻人总有那么一点点相似。不要摆出一副脸色苍白的害怕的样子，更加开诚布公地将一切都告诉我吧。哈姆雷特不说别人坏话，这也是我听你说了才知道的。如果那是真的，我也会很开心。或许那孩子也有意想不到的优点。

霍拉旭：所以，我刚才才——

王后：已经够了，我不允许你不知天高地厚地教导我，你们太容易情绪激动了。哈姆雷特为什么又说那些“我们真可怜”之类的一本正经的话呢？真不像他平时的样子，这是真的吗？

霍拉旭：王后，连我都觉得您很可怜。

王后：你又这么说！嘲笑老年人是你们的坏毛病。我为什么可怜呢？来，你给我说清楚。我非常厌恶那种故弄玄虚的说法。

霍拉旭：我告诉您吧，那是因为王后对哈姆雷特殿下的内心一无所知。哈姆雷特殿下昨天晚上对我霍拉旭说了下面一番话。他痛切地说：“我这么年轻无知，很多事情都要麻烦叔父大人、母亲大人，真是可怜。”他还说：“叔父大人即位，对我该是多大的帮助啊！”哈姆雷特殿下相信当今国王的爱。尽管有时说些任性的话，有时说些让人不高兴的话，但那是因为他对自己和叔父之间的亲情能够放心的缘故。他甚至说：“我们是骨肉至亲啊！没什么的。或许我太娇纵了，不过，叔父大人也是理解我就行了，但他却一个人乖僻地认为我对他由爱生恨，真的很可笑。”我霍拉旭听了他这番话，高兴得热泪盈眶，觉得难能可贵，在心中高呼丹麦万岁。哈姆雷特殿下是一位非常优秀的王子，他不随便怀疑别人，其见解犹如吹过麦田的春风那样温和、爽快，流畅自如。您作为哈姆雷特殿下的生身母亲，他当然是带着绝对的信赖和骄傲向我讲述您的事情。关于这次您结婚的事情，他说作为人子卑鄙地多方批评母亲之事，就是最大的不道德，不齿于人。

王后：谁？谁不齿于人？你再清楚地给我说一遍！

霍拉旭：我应该说得很清楚了。意思就是，将王后结婚这样那样想象为下流的卑鄙之人，作为人子还是死了为好。哈姆雷特殿下气质高洁，性格爽快，就像山中的湖水一样清澈。昨天晚上，我霍拉旭从哈姆雷特殿下那里获得了许多宝贵的启示，哈姆雷特殿下是我们众学子的榜样。

王后：真是难为你了。你这么夸赞哈姆雷特，连我都脸红耳赤。你所尊敬的不是那个孩子，而是别人家名叫哈姆雷特的优秀孩子吧。我怎么也不会认为他是一个像男子汉那样说话的孩子。你为什么要掩饰呢？没有人比生身母亲更了解孩子的性格，不，孩子的弱点。因为那也是生身母亲的弱点。我也不是没有缺点的人，我身上作为人的那种缺憾可怜地传给了那孩子。关于那孩子，我甚至连他右脚小指上残缺的黑色指甲都一清二楚。即便你想花言巧语地哄我，也是达不到目的的，请你说话再开诚布公一些。你在隐瞒什么事？哈姆雷特如果像你现在说的那样是一个懂事的老实孩子，我也就不用担心了。但是，我无法相信，我根本就不认为你在对我撒谎。你是一个不擅长说谎的纯真的孩子，而且，那孩子也如你所说确实具有豪爽的一面。这一点我老早就知道。昨天晚上他向你展示了自己好的一面吧。可是，除此之外，某些事情他向你隐瞒了。这一点即便看他最近的样子也会马上清楚的。那孩子的内心绝不像现在你说的那样想得开，没有一丝荫翳。我无论如何都不会认为那孩子只是碍于骨肉至亲这一事实而矫情地惺惺作态。霍拉旭，你觉得怎么样？请告诉我真实情况。因为自己的那份母爱，我才会疑虑重重。你一个劲儿地为哈姆雷特辩护，我内心也非常欣慰，怎么可能会有不开心的事呢？哈姆雷特有要好的朋友真是幸福。不过，我的担心在于更深之处。那孩子要是有什么痛苦之事的话，能坦率地告诉我这个做母亲的就行了。我一个人忧心忡忡，哈姆雷特却总是闪烁其词地糊弄人。我祈盼我这做母亲的能和他共同面对他现在的麻烦，神不知鬼不觉地将其处理掉。你明白吗？做母亲的都很傻。从刚才开始，我一个劲儿地对你说那种故意刁难的话，但绝不是厌恶哈姆雷特才说的。这样的情况太理所当然了，说出来也是有些不好意思的，在这个世上，我最爱的人还是那孩子，就是哈姆雷特。爱到捧到手里怕化了，见不得那孩子独自一人苦闷的样子。求你了，霍拉旭，帮帮我吧！哈姆雷特是因为什么事情而苦恼呢？你不可能不知道的。

霍拉旭：王后，我不知道。

王后：你又这样！

霍拉旭：不是的。很遗憾，我确实不知道。昨天晚上，说实话我非常失策。诚如您所说的那样，哈姆雷特殿下内心确实存在着一种特别的苦恼，他那样子像是很想向我倾诉，可是我没有穿外套，天气非常冷，无法平心静气地听他讲下去。我真是个废物，一无是处。非但一无是处，昨天晚上甚至犯了过错。王后，出了件意外之事。我就像是一个特地从维腾贝格来这里放火的人。昨天晚上，我在床上痛苦了一夜，根本无法入眠。责任全在我身上，这件事不管怎样我一定会处理。今天接下来我打算和哈姆雷特殿下好好谈谈。

王后：你说什么啊？我一点也不明白。你们说的事情简直就像是从云彩上掉下蕾丝边一般莫名其妙，一切事情都无法明确预料。你到底是什么意思呢？你和哈姆雷特发生什么争执了吗？若是那样，我可以给你们调解调解。你们进行了无端的哲学争论，对吧？不必那么担心。

霍拉旭：王后，我们不是孩子，事情没那么单纯。我放火点燃了您和平的家。我是犹大[1]，是比犹大还差劲的男人，我背叛了所有我爱的人！

王后：你突然哭起来，堂堂男子汉真是不像样。这可如何是好？你们总是互相说些犹大放火那样的像演戏一样夸张而令人讨厌的事，接下来哭哭笑笑地戏耍，对吗？这真是很

---

1. 犹大（Judas），《圣经》人物，耶稣十二门徒之一。据《新约》载，犹大以三十个银币将耶稣出卖给罗马政府，之后最终悔罪，在耶稣受难后自杀。

好的游戏，大有发展前途。霍拉旭，你退下吧。今天我就原谅你，今后你可要当心点！

国王、王后、霍拉旭。

国王：你在这里啊，真让我好找。噢，霍拉旭也在哪！这样正好。今天早上你过来问候我的时候，我正忙得不可开交，也没能好好说说话。我有很多事情想找你商量。你垂头丧气的啊，怎么了？

王后：霍拉旭要走了。一个大男人说些犹大放火了之类的话，当着我的面哭了，可真无用！

国王：犹大放火？我这是第一次听说。估计有什么原因吧？王后，你不要立刻发火，霍拉旭是个认真的人，随后慢慢说吧。

霍拉旭：对不起，我实在太失败了。我从王后那里了解到做母亲的真实想法，内心深受感动，无意中顺口说些子虚乌有之事。请原谅我，让您看到我这不争气的样子。

国王：霍拉旭，请等一等。你不用退下，请待在这儿。我也有件事想问问你，请再往我这边来点。格特鲁德，我吓了一跳啊！我明白了，我终于明白了哈姆雷特焦躁的原因。

王后：是吗？还是因为我们的事？

霍拉旭：不，责任全在我身上，我一定会——

国王：你们两个都在说什么呢？好啦，我们冷静一下吧。我也坐在这儿。霍拉旭，请坐。我也想让你帮我斟酌斟酌。我刚才从波洛尼厄斯那里听到一个消息，大吃一惊。真是做梦都想不到的事。波洛尼厄斯向我提出辞呈。我决定先把此事暂时搁置一下。但是，王后，你不要吓到了，冷静地听我讲。这事有点伤脑筋，奥菲利娅——

王后： 奥菲利娅？是吗，我也曾一度怀疑过她。

国王： 好啦，不要站起来，格特鲁德。请坐下来冷静地好好想想。霍拉旭，正如你听到的那样，这是一件颜面扫地的事。

霍拉旭： 是吗？果然有罪魁祸首啊！说起奥菲利娅，那可是波洛尼厄斯的千金哪。长得那么漂亮，却毫无根据地恶毒污蔑这和平的哈姆雷特王室。丹麦全国就不用说了，谣言甚至散播到了维腾贝格的大学，真是不能大意了啊。那么，原因是什么呢？果不其然，是恋情无法实现由爱生恨或者——

王后： 霍拉旭，你还是退下吧。你什么都不清楚，净说些虚无缥缈的话。听说奥菲利娅怀孕了。

国王： 王后！请说话慎重点，我还没说到那一步。这话我作为一个男人很难说出口，明确讲出来挺残酷的。

王后： 女人对女人的身体非常敏感，看到奥菲利娅近来病恹恹的样子，任何人心里都会猜疑的。霍拉旭，你开窍了吧？

霍拉旭： 像做梦一样。

国王： 这也在情理之中，就连我都像是在做梦一样。不过，这件事不能就这样唉声叹气地看着。霍拉旭，我想拜托你一件事。你应该算是哈姆雷特的好朋友吧。迄今为止你们俩关系亲密，无话不谈，对吧？

霍拉旭：是的。昨天之前我一直都是这么认为的，但现在我已经没这个自信了。

国王：你没必要这么垂头丧气的。冷静地想一想，这也不是那么意外的大事。这两个月来，因为先王的葬礼、我继承王位的庆典以及婚礼等事情，城里闹哄哄的，杂乱无章。在这种混乱之中，哈姆雷特独自一人无法忍受已故国王去世的悲痛，就向某人寻求温柔话语的安慰。此人就是奥菲利娅。我想他是把悲伤和恋情弄颠倒了。即便哈姆雷特现在还不知道自己对奥菲利娅持有怎样的情愫，我想他现在或许也开始冷静了吧。这样的话就好办了。如果奥菲利娅在乡下待上一段时间，一切都会因此得以解决。传言像是已经在城里散布开来，波洛尼厄斯也对这件事甚是羞愧。但是，无论多么严重的传言，过半年就会被人遗忘了。奥菲利娅的事波洛尼厄斯会巧妙处理的，作为我也会为他做些力所能及之事。这件事可以交给我们处理，绝不会办砸而毁掉奥菲利娅的后半生，这点还请他放心。总之，你能好好和哈姆雷特谈谈吗？请你仔细问清楚哈姆雷特内心真正的想法！我们绝不会亏待你的。

王后：霍拉旭，这真是件苦差事啊！如果是我的话就会拒绝。这可是哈姆雷特自己惹的祸啊，你却为他承担责任，本来一切让那孩子独自处理就行了。国王好像对哈姆雷特也太宽宏大量了！您年轻时候游乐的心态与现在的男孩子还是有不同之处的啊！

国王：什么呀，男人的心态从古至今从未改变。哈姆雷特迟早会发自内心地佩服我的。霍拉旭，你怎么看？

霍拉旭：我有件事想问问哈姆雷特殿下。

国王：哦，这样最好。你好好问问他内心的真实想法，也委婉地将我们的意思传达给他，拜托了。因为我们已经决定，要哈姆雷特迎娶英吉利的公主。

王后：我也有事想问问奥菲利娅。

五　走廊

波洛尼厄斯、哈姆雷特。

波洛尼厄斯：哈姆雷特殿下！

哈姆雷特：嗐，吓我一跳！哎呀，这不是波洛尼厄斯嘛。您站在那么昏暗的地方做什么呢？

波洛尼厄斯：我一直在等您，哈姆雷特殿下！

哈姆雷特：干什么嘛，真是令人不快！请你放过我吧！我现在在找霍拉旭，你知道他在哪儿吗？

波洛尼厄斯：请不要岔开话题。哈姆雷特殿下，我今天早上提交了辞呈。

哈姆雷特：辞呈？为什么呀？出什么状况了吗？太轻率

了！你可是当下艾尔西诺王城至关重要的人物啊。

波洛尼厄斯：您在说什么啊？迄今为止，我一直被您那张天真无邪的脸蒙骗了。我昨天终于听到了城里那个令人遗憾的传言。

哈姆雷特：传言？哎呀，是那件事吧？不过，也确实够严重的。我可不是一直欺骗你，听到那种讨厌的传言却一副一无所知的样子装糊涂，这种事我根本做不来。我也是真的不知道。昨天晚上我从某人那里第一次听到这个传言甚是惊讶。但是，我很奇怪你之前不知晓此事，这也不像平时的你，有点粗心大意了啊！你真的不知道吗？不可能吧？如果你是真的不知道，这件事可能还真会导致你引咎辞职，不过，像你这样的人不可能不知道。

波洛尼厄斯：哈姆雷特殿下，不好意思，您神志清醒吗？

哈姆雷特：你说什么哪！请不要轻视我。事情不是明摆着的吗？不会连你都相信那个传言吧。

波洛尼厄斯：真是个说谎天才！您居然佯装不知说出这种话来。哈姆雷特殿下，请不要肤浅地遮遮掩掩，年轻人的话就应该有个年轻人的样，坦坦荡荡地说出来如何？这可不是能完全隐瞒得住的。我昨天直接从本人那里听说了。

哈姆雷特：什么呀，你到底在说什么！波洛尼厄斯，你的话有点过头了吧？你没有考虑我是你的主子这样的事，但你的话即便是亲密的朋友之间也不能一笑了之的。正如你所猜测的那样，我是一个邋遢、胆小的浪荡公子，无法助你们一臂之力。但是，即便是我，也决心随时为丹麦国抛弃自己的生命。对哈姆雷特王室的将来，我也是操碎了心。波洛尼厄斯，你的话太过分了。你一副凶相，在生什么气啊？真是没规矩！

波洛尼厄斯：您真是令我刮目相看，令我欲哭无泪。这还是我二十年来精心培养的孩子吗？哈姆雷特殿下，波洛尼厄斯就像是在做梦。

哈姆雷特：真是伤脑筋！波洛尼厄斯好像也老了啊。从前的智者似乎也相信我发疯了，这样子真是不可救药了。

波洛尼厄斯：发疯？是的，您确实疯了。过去的哈姆雷特殿下无论如何都不是这个样子。

哈姆雷特：你们合伙要把我弄成真正的疯子，那么，波洛尼厄斯，连你也真的对那个传言深信不疑，对吧？

波洛尼厄斯：根本就不是信不信的问题！事到如今，您还有什么话要说？请收敛一点，不要再用那种卑鄙的说话方式了。

哈姆雷特：卑鄙？什么卑鄙啊？为什么说我卑鄙？你才是失礼之至，不是吗？我也有一件事必须向你道歉，所以迄今为止一直对你有所顾虑。即便现在，在和你说话过程中，我也是好几次克制住了自己那甚至想狠揍你一顿的情绪。这样一来，你愈发蔑视我，说那些让我无法置若罔闻的恶言恶语。我也不能再对你客气了。波洛尼厄斯，我清清楚楚地告诉你，你是一个不忠之臣。你相信关于我叔父的不好的谣言，嘲笑我的母亲，试图把我逼成真正的疯子，你是哈姆雷特王室可怕的叛徒。无需提交辞呈，希望你即刻从我面前消失。

波洛尼厄斯： 原来如此！你果真诡计多端，连身为智者的我都没料到你竟然会是这种态度。我波洛尼厄斯也确实如您所言看上去一把老骨头了。原来如此，果然还有另外一个令人讨厌的传言。这种情况下，你试图只为了这一传言大呼小叫，将与自己行为不检点相关的流言置于脑后。正是因为不想提起自己做的坏事，就大张旗鼓地肆意传播别人的谣言，嘴里说着“真让人头疼”，一副思来想去无计可施的样子。这种态度可真是聪明，这就稍稍转变了丑闻的风向。克劳狄斯陛下才是头疼呢！啊，好痛！哈姆雷特殿下，您太过分了，您要做什么！您动手了！噢，好痛！碰到个疯子实在吃不消。

哈姆雷特： 还要我再揍你另一边脸吗？你的脸颊可真肥实，打上去很奏效。我不想再和你磨嘴皮子了。

波洛尼厄斯： 您等等！即便您要逃，我也不会放过您。哈姆雷特殿下，您太卑鄙无耻了。拜您所赐，我的家庭一塌糊涂。我必须退隐乡下，作为一个老农民度过余生。雷欧提斯也很可怜。明明雄心勃勃地去了法国，可不得不被召回来，那个孩子的将来也暗无天日。还有，那个——

哈姆雷特： 奥菲利娅会和我结婚，你不必担心。波洛尼厄斯，既然你憎恨我到了这般田地，那我也清楚告诉你吧。我一直将你视为一个更为开明豁达的文化人，是一个令人心情更加愉快、通情达理的人，甚至觉得不久你会成为我的朋友。有件事我必须向你道歉。关于这件事，我一直打算找个时间好好和你商量一下，我想让你助我一臂之力。正如你所知道的那样，现在我无论如何都无法与叔父、母亲融洽相处，这令我大伤脑筋。我也并不是出于喜好而和他们闹别扭，但这种情况真的不行。我感到拘束，无法与他们和睦相处，无论如何也做不到向他们说出自己痛苦的秘密，我一个人心烦意乱，甚至到了夜不成寐的地步。无论如何我都不会相信他们。我觉得一旦和盘托出商量此事的话，反而会招致极坏的结果，最近我甚至开始有意回避与他们见面。因为我害怕他们，总觉得他们非常阴沉，令人生厌。与他们一见面，我就一味地战战兢兢，变得哑口无言。他们不是坏人，总是为我担心，这我都知道。或许他们爱我至深，但我却不喜欢他们，讨厌与他们商量事情。波洛尼厄斯，我求你最后帮我一把。实在走投无路的话，我就打算将一切悉数告知于你，请求你的谅解，请你帮我斟酌一下今后的事。不知为什么，我总觉得你可能会宽恕我们的事。刚才被你一叫住，我打了个寒颤，心想："该来的还是来啦。"这正是一个好机会，我已经做好了要向你坦白一切的思想准备，因为一看到你的表情，发现你脸色苍白，一副张皇失措的样子，我就突然觉得非常闹心，正想回避，你却抓住我的手腕，说了些递交辞呈啦之类的严重事态。我想你或许不知道除此之外可能还有其他什么状况发生，就询问你，你就说了城里的传言，因此我就自以为是地断定："啊，那件事啊！"我不是一个卑鄙的男人。

波洛尼厄斯：您说得可真轻巧。非常巧妙地搪塞我。但是，我波洛尼厄斯不会再上您的当了。事到如今，您没有丝毫必要再突然将克劳狄斯陛下、王后的事情拿来做文章了。您拿这件事当遮羞的工具，真是牵强。我总觉得您还想要糊弄我。我想更加清楚地问问当前的问题。

哈姆雷特：你疑心真够重的！被你这么纠缠不休，我也想严肃郑重地坦言相告。昨天之前，我的烦恼只有一个。奥菲利娅，就是她。但是，昨天晚上，我听到了另一个令人极不愉快的事情，根本就没奥菲利娅什么事。这么一来，你会对我冷嘲热讽，说我要改变丑闻风向啦，通过这种手段来为自己遮羞啦，但绝对不是这样的。我昨天晚上非常煎熬啊，真是非常寂寞，孤寂难耐，在被窝里潸然泪下。心里都是些荒唐无聊、令人气愤而又难以忍受的念头。两个问题怪诞不经地纠缠在一起，令我束手无策。奥菲利娅的事情也在我心头挥之不去，而且，这次令人可怕的疑惑笼罩着我，乱云滚滚升腾、流动，云雾重重，令我倍加痛苦，以至于昨晚彻夜未眠。若真发疯了我倒也坦然了。波洛尼厄斯，你能理解吗？听了你说城中出现令人遗憾的传言，我一下子也想到可能是奥菲利娅的事。但是，与此事比起来，还有一个更加乌烟瘴气的传言闹得满城风雨，所以我就无意中将话扯到那里，我并非佯装不知。别人一问起我是否也持那种态度时，我的的确确内心不快，打你是因为我情绪失控了。真是对不住，是我脾气过于暴躁了。不过，也请你今后不要用那种令人不快的口气说话。若是奥菲利娅的事情，你不必担心。我们要成婚，这是理所当然的。不管有什么样的障碍，我们也必须要结婚。我爱奥菲利娅。只是，我所苦恼的是要向国王和王后坦言我们的事情并征得他们同意。我无论如何都不愿意向他俩说出心里话来请求他们。与其那样做还不如死了的好。尤其是昨晚听到了那样的传言，坦白这些对我而言更是苦不堪言。总之，我想彻底查明那个传言的来源。这里面有什么情况，肯定有，我有这样的预感。若是毫无根据的谣言的话，我会感到幸福，反而可能会借此机会为自己平素的无礼向他们二人道歉，双方一笑释然。总之，我想深入追查那个传言的真伪，一切都会在调查之后水落石出。波洛尼厄斯，你能理解我吗？奥菲利娅的事请暂时放一放，我不会做不负责任的事。啊，波洛尼厄斯，我不由得觉得自己获得了勇气。从今日开始，我要做一个有勇气的男人。人哪，一旦落入无法逃避的痛苦的深渊，就会获得新的勇气啊！

波洛尼厄斯：总觉得这很危险。哈姆雷特殿下，您太年轻了。我总觉得无法相信你们的话。事情并不是只凭借勇气就能畅行无碍的。那种因一时兴奋而四处大言不惭地说自己获得勇气之人，必定是些过去就懒惰成性的溜须拍马之辈。那种痛苦啦，寂寞啦，乱云升腾啦之类的装腔作势的话，前程远大的男人是不会说的，这种话我无论如何都无法认真听下去。您明明已经成年，嘴上长了稀疏的胡须，还不成大器，总是在做黄粱大梦，对吧？请您再脚踏实地一点。据您刚才所言，我知道您并非一时玩弄奥菲利娅的感情，我也觉得您很可怜。但是，真正的困难还在后头。我波洛尼厄斯也会尽微薄之力支持您的，请您也务必踏踏实实。真是拜托您了。今后请尽量不要再说什么乱云涌动之类的话了，我实在无法认真听下去。您一味地说那样轻率的话，您也很快就要做父亲了啊！

哈姆雷特：所以，所以我因此而痛苦不堪。痛苦的时候就不能说说吗？为什么不能说呢？我任何时候就是心直口快而已。我直言不讳，因为真的很寂寞，所以就会说很寂寞；因为有了勇气，所以就会说有了勇气，心里没有任何动机、芥蒂，这些话都是尽力为之的肺腑之言。“乱云笼罩”这一说法，在你看来或许听起来像是夸大其词、形容不当，但对我来说，它就是那样可以看得见的事实，是摸得着的触感，或许可称之为真实。因为你和奥菲利娅的血缘关系，我还是爱着你的，我想放心地将我的真实原原本本地传达给你。嗐！我太过于相信别人了，太过沉迷于爱情了。

波洛尼厄斯：随您的便，哈姆雷特殿下。社会上并不是哲学讲习所。恕我直言，您也没打算成为圣贤之人。爱情啊，真实啊，愁云啊，在您嘴上模仿圣贤之时，奥菲利娅的肚子时时刻刻都在变大。这一点就是实实在在看得见的事实。尽管现在我被您抬爱、被您信任，却根本不会发生幸运之事，反而会是一种困扰啊。现在，我只在意奥菲利娅的事——

哈姆雷特： 所以……因此，啊，你不了解我。你不会明白的。这件事你大可放心啦！我的痛苦只是——

波洛尼厄斯： 痛苦这个词，我就当您没说吧！让人后背发凉。这个词从刚才开始您已经说了上百遍了。痛苦的不仅仅是您一个人，我的家庭也拜您所赐一塌糊涂。我已递交了辞呈，也必须在明天离开王城。事态紧迫，想请哈姆雷特殿下慷慨相助。首先，为了您自己，也是为了波洛尼厄斯一家，应该采取的手段只有一个。我昨晚一眼未合思考了一夜，想到一个可以采取的手段。哈姆雷特殿下，请您慷慨相助。

哈姆雷特： 波洛尼厄斯，突然这么郑重其事，怎么回事啊？像我这样的经验不足的年轻人能帮你什么忙呀！请不要取笑我了。你才是在做梦，难道不是吗？

波洛尼厄斯： 梦？是的，也许就是梦。但是，这才是穷极之策。哈姆雷特殿下，您相信波洛尼厄斯的忠诚吗？不，这点无所谓了，我说了些废话。哈姆雷特殿下，您崇尚正义吗？

哈姆雷特： 真是讨人嫌，你摇身一变成了一个浪漫主义者了嘛！这下我好像要做一回现实主义者了。没想到从你嘴里还能吐出正义啦，忠诚啦之类的词。到底怎么了？你那样垂头丧气的，怎么回事？你在想什么哪！

波洛尼厄斯： 哈姆雷特殿下，我真是个坏人哪！我在想一件可怕的事情。我是个为了女儿的幸福连国王都要背叛的人，全部向您和盘托出吧。啊，不行，霍拉旭来了。

霍拉旭、哈姆雷特、波洛尼厄斯。

霍拉旭：哈姆雷特殿下，太过分了，太过分了啊。我丢人丢大发了。您对我一直闭口不言，也太过分了呀！不过，昨晚我也不对头，净说一些无关紧要的事，而且不管怎么说天气太冷了，所以我没心思好好听您讲，这就是事情办砸的根源。不过，我已经明白了。波洛尼厄斯大人，这次可真是事出突然啊！您很担心吧？接下来呢？哈姆雷特殿下，您到底什么想法？我觉得这种时候，殿下的想法最为关键哪！

哈姆雷特：你一个人贸然说些什么哪！你呀，还是那么冒冒失失，嚷嚷个什么啊！我不记得我让你出丑了。

霍拉旭：不行，不行，您装糊涂可不行！因为我从国王那里听到了一切。哎哟，这可不是闹着玩儿的，必须要慎重考虑！

哈姆雷特：我怎么觉得说这话的你才在暗中偷笑呢！不要戏弄我了，你到底听到些什么呀？

霍拉旭：哎哟哟，殿下明明脸都红了，却还在装糊涂呢！我倒是觉得臊得慌、不好意思，就情不自禁地笑了。

哈姆雷特：可恶！你终于看穿我了啊。可恶，我出招了！

霍拉旭：你放马过来！格斗的话，我绝不会输于你。来啊！什么呀，就这点小能耐？

哈姆雷特：稳住，稳住！真是的，不费吹灰之力你就败了。像这样我一勒紧你这个冒失鬼的喉咙，喉咙就会咔嚓一响，感觉妙不可言哦！

波洛尼厄斯：快快住手，快快住手！怎么回事？你们俩突然就在这种走廊里扭打起来，真是成何体统！你们两个都不要胡闹了。真是奇了怪了，你们俩嘻嘻哈哈扭打在一起，到底怎么回事？快快住手！现在可不是搞恶作剧的时候，你们俩还是要稍稍矜持点。好啦！适可而止吧。霍拉旭大人，到底怎么回事？这里可不是大学。

哈姆雷特：波洛尼厄斯，你不会明白的呀！我们羞愧难当的时候，就要这样胡乱干一仗。不这样就无法平复啊！

霍拉旭：确实如此！我完全被您骗了。哈姆雷特殿下，不带这样欺负人的！

哈姆雷特：哪里呀！我也有很多缘由嘛！嘿嘿。

波洛尼厄斯：哎呀，殿下笑得这么放浪，都是什么事啊！哪会有什么缘由。事情实际上是明摆着的。好啦，霍拉旭大人，请再往我这边来点。哎呀呀，您的上衣下摆都破了呀！总觉得你们粗野至极。我家的雷欧提斯也是个莽汉，但还没到你们这个份上。好啦，请殿下也消停一下吧。现在是重要关头，不是嬉戏打闹的时候。接下来也请霍拉旭大人务必助我们一臂之力。随后我希望我们三人多方合计合计。之后呢？霍拉旭大人，请告诉我，您方才从国王那听到些什么？我从今日起是哈姆雷特殿下的朋友。请相信我，将一切告诉我吧。陛下向您都说了些什么？

霍拉旭：陛下说了句“太惊讶了，就像是在做梦啊”。

哈姆雷特：之后也说我坏话了吧？

霍拉旭：不要阴阳怪气的。国王陛下相当了解您，哎呀！怎么说呢，总之他非常惊讶。

波洛尼厄斯：说话不得要领，请说得再直白点。国王是什么意见？

霍拉旭：哎呀，这个嘛……这个，哎呀，他的见解真的陈腐、荒谬，令我心惊肉跳的！我理解哈姆雷特殿下的心情。但是，国王对您的误解太严重了，我茫然不知所措，胆战心惊地退下了。哎呀，实在太严重了！

哈姆雷特：我知道啦！他说无论如何都不能原谅我，对吧？说我要迎娶英国的公主对吧？我知道哪！

霍拉旭：确实如此。哎呀，还真过分。国王说，他觉得哈姆雷特殿下也应该会渐渐心灰意冷，所以就先让奥菲利娅到乡下躲躲，这样所有事情都会解决。人们流言蜚语的影响也就两个月、五个月，不，六个月吧？总之，国王的看法就是这样，听起来好像没有什么不对，他这样说绝非怀有恶意，就是这点还请您不要误解了。他只是判断错误而已。总之，国王交代我向殿下传达他的诚意。我总觉得王后在独自发笑，那情形像是非常清楚哈姆雷特殿下的心情似的。所以绝不是毫无希望的。这个时候，您要求求王后啊。求国王行不通，压根儿就不行。也就是说，问他他又会说一些陈词滥调吧。

哈姆雷特：霍拉旭，不要敷衍搪塞了。问题不在于陈腐、清新。世俗主义者任何时候都是这样的。叔父相信世俗的幸福，作为他来说这一看法理所当然。即便是我，也是打一开始就清楚这点事的！问题就在这儿啊！这才是痛苦之处呀！忍受？逃避？光明正大地战斗？抑或又是假装妥协？欺瞒？笼络？To be，or not to be[1]，我不知道如何选择。因为我不知道，所以非常痛苦。

波洛尼厄斯：又来了！您又说“痛苦”这个词。殿下一味地张口就来这种夸张的哲学味的话，发出毫无意义的叹息，摆出一副像是演技拙劣的演员那种做作的表情，确实不像话。国王的话连我也有所开悟。不能为这么大点事乱了方寸。我清楚国王对我的处理，就提交了辞呈。当下能依靠的，也就只有殿下您了。我有我的考量，也请霍拉旭大人大力支持。一切都是为了哈姆雷特殿下。好啦，霍拉旭大人，请您发誓，发誓不将我接下来要说的事告知他人。

霍拉旭：怎么回事啊？波洛尼厄斯大人，您突然变得郑重其事了啊！

波洛尼厄斯：发誓是为了哈姆雷特殿下。您不愿起誓吗？

霍拉旭：我起誓，起誓！总觉得驴唇不对马嘴，事情太

1. 此句台词为太宰治所引英文原著原文。朱生豪译《哈姆雷特》将此句译为“生存还是毁灭”。

突兀了，令我不知所措。我发誓：若是为了哈姆雷特殿下，无论多么深恶痛绝之事，我都在所不辞。

波洛尼厄斯： 我相信您。那么，我就说了。哈姆雷特殿下，方才我刚说了个头就因霍拉旭大人的到来中断了，实际上，最近城中还有另一个传言，我波洛尼厄斯相信了那个传言。

哈姆雷特： 什么？你相信了？真是糊涂！你才发疯了。否则的话，你才是拿令人讨厌的传言为由威胁国王，试图硬要将奥菲利娅推上我的太子妃位置，这是卑鄙下贱的阴谋，太龌龊了，太龌龊了！波洛尼厄斯，你刚才说了啊，唠唠叨叨地说什么“我是一个为了女儿的幸福甚至连国王都会背叛的人，我是个坏人”，我那时还不明白怎么回事，现在已经一清二楚了。波洛尼厄斯，你这人真可怕！

波洛尼厄斯： 不，不是这样的，是我的心情变了。我从头到尾全说了吧。我听闻先王鬼魂的传言就在近期，觉得这是件令人头疼的事。在此期间，我也一直打算与国王商量，想出适当的对策。但是，近来一看国王的神情，总觉得他脸色阴沉，就对要不要和他商议犹豫不决。不知为什么，很难商量此事。明言相告吧，我渐渐开始怀疑国王了。心里认为绝不会发生这种事，但一看到国王的神情，心里总有一种令人讨厌的沉重。时至今日，我从未向任何人吐露这种情绪，一个人将其深埋于心，期待自然而然迎刃而解的那一天，暗暗祈祷这若是自己庸人自扰就好了。但是，刚才我过于怜悯女儿，突然就想出一个可怕的法子，想到哈姆雷特殿下所言的龌龊之事。不过，我波洛尼厄斯并非不忠之臣，只是瞬间起意而已。我说自己昨晚一夜未眠思考此事是谎言，自己很兴奋，就不知不觉说了些言不由衷的虚妄之词。即便上了岁数，一到孩子的事上，我无意中就想像殿下那样说一些夸大其词的话。一瞬间，也只是一瞬间那样想，即刻便猥琐地浑身发抖，这次反而强烈地喜欢上了名为正义的灵魂，真是喜不自禁。与奥菲利娅的事情比起来，首先要查证一下那个不祥传言的真伪。我察觉到这件事才是臣子的义务，不，是作为人的义务。哈姆雷特殿下，我是你们的伙伴。从今日起，我还打算请你们允许我加入青年朋友的队伍。青年的正义，社会上能够信赖的也只有这个了。

哈姆雷特：真是莫名其妙啊！羞煞我了。总觉得有点怪怪的。霍拉旭，人生之中总是发生让人始料未及的事情哪！

霍拉旭：我相信您，波洛尼厄斯大人。谢谢！我相信您哪！真是非常感动。不过，总觉得有些奇怪啊，太突然了。

波洛尼厄斯：没什么可奇怪的，你们就是胆小怯懦。我或许已是破罐子破摔了。不，不对，是正义，正义！这个词真好，我要一口气将其贯彻到底，请助我一臂之力！我们三人先试探一下国王吧。这样做或许是大不敬的事。但所有一切都是为了正义。我们探一探国王的表情，彻底查明确切的证据。怎么样？我有一个好主意，请帮我斟酌斟酌。一切都是为了正义，我理应走的路只有这一条。

哈姆雷特：在正义这方面，我都替你害臊！波洛尼厄斯，你精神错乱了。这么大岁数还丢人现眼。请冷静一下！你果真打心眼里相信那个愚蠢的传言吗？是谎言，对吧？我怎么觉得你心里像是有什么阴谋啊！

波洛尼厄斯：您说话可真无情！哈姆雷特殿下，您是一个可怜的孩子，什么都不知道。

霍拉旭：啊，这可不成。波洛尼厄斯大人，请您不要这样。国王是一个好人，即便哈姆雷特殿下，也是打心眼里敬慕国王的呀！事到如今，请不要再说那种怪里怪气的话。不行！不行！啊，我又开始觉得冷了，直打哆嗦，全身颤抖。

哈姆雷特：波洛尼厄斯，事关重大呀！请谨言慎行。你有确切可信的相关证据吗？

波洛尼厄斯：很遗憾，我有。

哈姆雷特：哈哈哈，霍拉旭，我们怀疑是玩笑而逗着玩，没想到竟然是真的！都是什么事啊，我都要笑傻了。

六　花园

王后、奥菲利娅。

王后：天气暖和起来了啊！我觉得今年的春天好像比往常来得早一些。草坪也像是微微泛着淡绿色。春天早点来就好了，冬天已经够长的了。你瞧，小河的冰已经融化，柳芽这东西柔软娇嫩，着实可爱哪！那些柳芽舒展着，随风微微拂动，叶子白色的背面隐约可见。这个时候，这一带各种各样的花草也争奇斗艳，开遍四野。毛茛、荨麻、雏菊还有紫兰。对了，奥菲利娅，你知道老百姓把紫兰叫什么吗？一看你脸红我就明白你是知道的，对吧？那些老百姓无论多么淫荡的语言都能信口胡说，我反倒羡慕他们。奥菲利娅，你们管紫兰叫什么？不会也用那种露骨的名字称呼它吧？

奥菲利娅：不，王后，我们也同样如此。因为小时候天真地叫惯了，所以即便现在我也会脱口而出的。不仅是我，其他小姐们也都满不在乎地一直说那个露骨的名字。

王后：哎呀呀，是这样啊！现在的姑娘们都这么开放，可真令我吃惊。或许这样没有罪恶念头倒也显得直爽！

奥菲利娅：不是这样的。不过，有男人在的时候，我们也会注意用词，用“死人手指”之类的名字称呼它。

王后：原来是这样啊。在男人面前确实不能说，这一点还真是有趣。但是，所谓死人手指，还是能够想到的啊。死人手指，的确如此，也并不是没有那种感觉。真是令人同情的花，戴着金戒指的死人手指。哎呀，我明明没有伤心，怎么却流眼泪了。到了这把年纪竟然会因无聊的花而流泪，我也真够愚蠢的！女人哪，不管到什么岁数，都还是想多愁善感矫情一下的。女人肯定有女人的无聊落寞吧，真是没法子啊。尽管到了这把年纪，与丹麦国比起来，我还真的会暗暗地更喜爱一朵雏菊。女人不中用啊。不，不只女人，对我来说，人这东西最近也渐渐变得极不可靠了。即便那些看上去优秀的男人，嗐，内心都一样畏首畏尾，活着一味地在意别人的看法，我最近总算明白了这一点。人这东西真是凄惨可怜哪！什么成功啦，失败啦；聪明啦，愚蠢啦；赚啦，赔啦。人热衷于这些事情而铆足了劲，从早到晚大汗淋漓地四处奔波，就这样渐渐上了岁数。我们难道仅仅就是为了这点事而生在这个世上的吗？这和虫子没什么区别嘛！真是愚蠢。不管发生多么悲伤、多么痛苦的事情，我都没有忘记为了丹麦这一点而努力活到了现在，我太傻了。先王、当朝国王以及哈姆雷特等所有人都欺骗我。我总觉得“为了丹麦”这句话像是动机高尚、意义重大，无论何时都只是考虑为了丹麦一直忍受着痛苦、悲伤。因为我骄傲地认为自己从事着神赐予的高贵的工作，所以，即使在非常落寞之时我也能够忍受。我自负地认为自己是神特意挑选并委以重任之人，正因为这种自负，一直默默地持续着忍气吞声的生活。但现在想来，真是愚蠢。凭借我这副柔弱的臂膀，又能从事什么样的工作呢？他人对我暗暗努力的决心不闻不问，只是以一种冷酷无情、怯生生的吝啬之心惦念着赚啦、赔啦这些事情而生活着。这样，他们时不时就毫无目的地挑起恶劣事件，要接连不断地改变周围人的命运，之后又互相推卸责任，真是够呛。尽管我一人为丹麦、为哈姆雷特王室精神高度紧张，但也就像漂浮在浊流上的稻草一样随波逐流，实在太愚蠢了。奥菲利娅，你身体状况如何？

奥菲利娅：嗯？没什么问题。

王后：你不必隐瞒，因为我已经知道了。请你放心。作为哈姆雷特的母亲，我觉得你很可爱。今天你气色好像也不错，令你不开心的事情已经烟消云散了吧？

奥菲利娅：是的，王后，不知道怎样感谢您才好。实际上，今天早上一醒来，心里就舒畅了，对气味也不再那么敏感了。一直到今天为止，我觉得自己身体的气味啦，被褥的气味啦，内衣的异味呀，简直就像韭菜一样，那种味道无论喷洒多少香水都无法忍受，就一个人哭了起来。不过，今天早上，我就像从噩梦中苏醒过来一般，身体也一下子轻松多了。可能是好几天没喝的缘故，我觉得汤汁也真的很美味。我现在仍然有些担心，自己不会因某种机缘而再次掉入今天之前那种心灵的地狱吧？觉得自己的身体就像被弄坏了一般内心紧张不安。即便现在，我还是提心吊胆，尽可能平静地呼吸着，战战兢兢地一步一步走在草坪上。或许已经没事了吧。再次经历那种痛苦的感受真是不胜其烦！

王后：嗯，当然没事了。接下来就会胃口大开。你真的对这种事一无所知啊！也没什么不合适的，接下来我可以帮你出出主意。你打刚才开始就毫不隐瞒地将自己的想法坦率地说了出来，我开始怜爱你了，我喜欢那种大大咧咧、勇敢说出自己想法的人。

奥菲利娅：不，王后。一直到昨天我都在说谎！再没有比骗人更令人痛苦难受的地狱了。不过，已经没有必要再说谎了，大家全都知道了。庆幸的是，我的身体打今天早上起也变得这样神清气爽，接下来就会恢复为先前的那个天真活泼的奥菲利娅。的确，这两个月每天净发生出人意料的事情，真的像做梦一般。

王后：嗐！不只是你一人有做梦一样的感觉，每个人都在这两个月里感觉像做了一场噩梦。先王在世之时的和平，现在想来感觉极不真实，甚至就像一个谎言。那个时候，王城、丹麦国迎来送往充满希望的每一天，那样的时代可能一去不复返了。我总觉得并非是因为所谓的哪个人犯了怎样的过错这样的问题，但唉声叹气和心怀不轨的悄悄议论充斥了艾尔西诺城和丹麦国，一派乌烟瘴气。我总有一种不祥的预感，觉得肯定会发生某种极为恶劣的事件，会发生悲惨之事。但只要哈姆雷特还能稳重可靠就好。可是，那孩子因为你变得疯疯癫癫，其他人好像也总是因担心自己的地位和名誉而四处奔走，所以，这种情况下根本靠不住。女人也想法肤浅，但也不能说男人就聪明，对吧？或许你们还不清楚吧，男人将我们女人想得很可怜哪！你不要那样笑，这可是真的！我并不是自命不凡地说这番话的。男人嘴上如此这般地说得冠冕堂皇，但实际上呢，生活中一门心思放在自己娇妻的想法上。发迹、成功、胜利，一切都源于取悦娇妻的那颗心。为自己的努力进取找各种借口，嗐，不过是为了让可爱的女人赞美自己而已，真的是太没出息了，甚至有些可怜。发现这一点后我大吃一惊。不，是大失所望。我敬重男人的世界，一味地认为男人们居住在我们女人无论如何都无法理解的崇高而又痛苦的理想之中。尽管我们能力有限，但心里期盼着至少能在其身后照顾他们的日常生活，给予他们微不足道的帮助，这样想真是太愚蠢了。在男人们身后帮助他们的女人才是男人生存的唯一目标，这简直就是个笑话啊！你静静地走到他身后，正要给他披上披风时，他迅即转过身来，搞得你茫然不知所措。男人们总是说着理想啦，哲学啦，苦恼啦等让人摸不着头脑的话，故作一副仰望天空高远之处的神态。嗐，实际上却只是在意女人的心思，是一种仅仅想被女人赞扬、喜欢而摆出的姿态。在我看来，这个时候的男人看起来无聊透顶。奥菲利娅，这种事你们是无法明白的。在你们这些女孩子看来，哈姆雷特这种人看上去还算是个无与伦比的好男人吧。那孩子非常愚蠢，看重自己外界的声望，为此废寝忘食。年轻的时候，他像是最看重朋友、某些评价，真是个傻孩子。明明天生是一个胆小鬼，却总是干出冒冒失失的事来博得朋友以及你的赞扬吧。然而，自己却对事后的烂摊子束手无策，就哭丧着脸一个人生闷气。接下来，他心里一直想依靠我们来解决问题，耍着小性子等我们为他善后，总是说一些装模作样、自以为是的带有哲学意味的话，令霍拉旭没有原则地崇拜他。而且，背地里别说是哲学家了，那情形简直就像一个向我们撒娇索要糖果的小孩，真是太不像话了。他可是一个爱撒娇的孩子哪！希望周围的人表扬、疼爱自己，总是想得到那种应景的喝彩而琢磨些浅薄的点子。以那种荒唐无稽的生活方式生活，将来会成什么样子啊！你的兄长雷欧提斯与哈姆雷特同岁，但已经切切实实知晓了社会规则。

奥菲利娅：不，那一点反而是我哥哥不好的地方。王后刚才说了，即便那些看上去优秀的男人，内心也都一样畏首畏尾，活着一味地在意别人的看法等等，但马上又反过来表扬雷欧提斯，真的有点滑稽可笑。即便我哥哥，本心也就那样吧。与哈姆雷特殿下相比的话，哥哥也有不拘小节、坚实可靠之处，但是，以一种过于达观的心态满不在乎地生活的人，反而让我们感到落寞。我也绝不是讨厌哥哥，不过，我不会产生将所有事都坦率地向哥哥和盘托出这样的亲密情感，对父亲也是一样的。或许我不是一个称职的女儿，不是一个好妹妹。没有办法，我对骨肉至亲感受不到一种亲切，反倒……

王后：你是说你只对哈姆雷特感受到亲切对吧？真是无聊，就不要说了吧。人沉迷于爱情之中时，不管是谁都变得讨厌自己的父亲和兄长，这是人之常情。若是一直认真听你们说，我会吃亏上当的。你要说什么呀！

奥菲利娅：不，王后，我并没有沉溺于恋情。我在出现这种情况之前，甚至更早以前就一直心怀敬慕。不，我敬慕的不是哈姆雷特殿下，我暗地里全身心地敬慕王后您。在此过程中，我不知不觉与哈姆雷特殿下走到了这一步，喜悦啦，痛苦啦，意外的想法啦，出现了各种各样的状况，我也平添了许多淡淡的期待。虽然有失礼貌，但我还是想着自己或许能够称呼您一声母亲大人而讨您喜欢，心里非常高兴。请您相信我，从小时候起，我就多么敬慕王后，而且，我爱您爱得无以复加，这一点您或许是不可能明白的。迄今为止，我的一举一动、一言一语，都一味地效仿您。对不起！我不是因为您王后的身份效仿您，而是将您视为具有女性魅力的女士、美丽的女士、优秀的女士。啊，怎么赞美您好呢？王后，您笑话我吧！我是一个傻姑娘。我觉得哈姆雷特殿下如果不是您的孩子的话，恐怕我也不会犯下这样的过错。我不是淫荡的女人。哈姆雷特殿下是王后视为至宝的孩子，所以我也想着要无微不至地伺候他。

王后：你净开那些讨人欢心的玩笑。你们总是将不经意间想到的词语就那样煞有介事地说出口，我们总是受不了。如果说你还有点喜欢我的话，那也是因为我的身份。因为身份闪闪发光，你就被它晃了眼，头晕眼花，无论什么东西都变得看上去非常美好吧。我是个无聊的老太婆，你没能拒绝哈姆雷特也是因为他身份的缘故。他是王后珍爱的孩子，你也因此想要关爱他，这种离奇古怪的想法我也就私下一笑了之，不会放在心上，也就原谅你了。你若对其他人说这种事，就会被完全视为傻子或者疯子。你天真地说你想叫我“母亲”来向我撒娇，说那是你最开心的事，但事实是明摆着的，你只是说出了自己想成为丹麦国太子妃的那种喜悦而已。成为太子妃，获得称呼王后为“母后”的身份，应该是生为丹麦国的女孩至高无上的喜悦吧。这是理所当然的。你们将庸俗的野心用一种天真的撒娇似的口气巧妙地加以掩饰，我不能疏忽大意，一不小心就会上你们的当。现在的年轻人故意装作一无所知的样子说些孩子气的话逗我们开心，但实际上呢，哪有的事！一直都在机敏地打着庸俗的如意算盘，真的是太惹人烦了。因为他们真的是见缝插针，精明得很哪！

奥菲利娅：不是的，王后。您为什么如此不相信我的善意，始终怀疑我呢？我没有那种狂妄浅薄的野心，确实只是纯粹地喜欢您而已。那是一种热泪盈眶的喜欢，我的生母在我很小的时候就过世了，即便她现在活着，也和王后您没法比。王后身上，存在着一种比我死去的母亲还要温柔、高尚的魅力。我觉得自己为了王后可以随时牺牲自己的生命，经常幻想着能称呼王后您这样的女士为“母亲大人”，谦恭朴实地度过一生。您的身份这些我一次都没有考虑过。我是一个不忠不孝的女儿，或许还是因为我没有母亲，所以对您的敬慕之情太强烈了。我真的是没有任何野心。说句不好听的话，我甚至忘记了哈姆雷特殿下的身份，只是不自觉地在哈姆雷特殿下身上某个地方感受到了您乳汁的香味，因此才情不自禁地觉得殿下可爱，最终成了羞耻之身。我没有任何心计，这一点我可以在神面前堂堂正正地发誓。想通过成为太子妃而飞黄腾达，这种狂妄的野心，我真的是做梦都没想过。我只要能够亲身感受到自己远远地与王后保持着联系的话就十分幸福了。我已经放弃了一切，现在一心盼着能平安生下王后的孙子，将其健健康康地抚养成人。我觉得自己是个幸福的女人。即便被哈姆雷特殿下抛弃，我和孩子两个人也能够开心地过好每一天。王后，我奥菲利娅有奥菲利娅的骄傲。作为波洛尼厄斯的女儿，我既有着当之无愧的智慧，也有着倔强的性格，我什么都知道。我只是欢欣雀跃地迷恋着哈姆雷特殿下，绝对没有认为他才是这个世界上最英俊、最完美的勇士。不好意思，哈姆雷特殿下的鼻子太长，眼睛小，眉毛太粗，牙齿好像也不太好，一点都说不上英俊。就连腿也有点打弯。而且，背驼得厉害，甚至看上去可怜兮兮的。性格也绝不豪爽大气，或许可以说是没出息吧。一味地在意别人背地里说的坏话，总是焦躁不安。一天晚上，殿下对我说："能信任的人只有你。我总是被人欺骗、利用，是个可怜的孩子，所以，至少请你不要抛弃我。"他说了些听着就让我心生怜悯的没骨气的话，双手掩面，做出一副哭泣的样子。为什么要那样装模作样地演戏呢？而且，我正犹豫着要不要稍稍安慰他几句时，他马上粗暴地说："啊啊，我真不幸，没有人理解我的痛苦。我是这个世界上最不幸、最孤独的！"说完撕扯着头发，痛苦地哼哼着。那情形好像是若不硬把自己当作悲剧的主人公就绝不罢休似的。有的时候突然站起身，将咖啡杯朝墙上扔去，"咣"的一声摔得粉碎，扔完杯子马上心情大悦，说什么"世上没有男人比我头脑敏锐""我反应快如闪电""我无所不知，就连魔鬼也休想欺骗我""我只要想做，没有做不成的事""无论多么恐怖的冒险，我肯定会成功”“我是天才”等诸如此类的话。我微笑着点点头，他马上又说：“不，你瞧不起我，肯定把我当成了爱吹牛的人。你不相信我可不行。”这回他起劲地胡乱数落自己的不是之处。“实际上我爱吹牛，是个骗人精啊！我是骗子，被大家识破、嘲笑。不知道这一点的就你一个。你多傻啊，受骗了呀！完全上了我的当啊。啊啊，我也是个可怜的男人，世人不理睬我，只能抓住一个你这样的傻瓜自吹自擂一下，真是窝囊。”殿下已经停不下来，满不在乎地自嘲着，听他讲话的我甚至都想哭。一说完这些话，他马上站在镜子前，一个多小时里一直看着自己挤眉弄眼做出种种表情的那张脸，像是非常在意自己的长鼻子，对着镜子常常把鼻子拽得很长。因此，我也忍不住笑了。但是，我就是喜欢他那个人。他那样的人这个世界上绝无仅有，我总觉得他像是具有一些特别优秀之处。尽管有许多可笑的缺点，但我总能在某处闻到神之子那样的气息。我也是一个自尊心强的女人，从未出现过自己没原则地过于信赖男士并为此洋洋自得这种事。即使身份是王子，我也不会轻率地做出投怀送抱那样的事情。哈姆雷特殿下是这个世界上最重情的人。因为重情，所以无法顾及自身，心理、语言都乱了方寸。肯定是这样的。王后也非常了解哈姆雷特殿下的长处，可您……

王后：是怎么一回事啊？你们说的话简直是逻辑不通。刚说完因为仰慕我才同时喜欢哈姆雷特这种奇怪的道理，这下马上又过分地说他的坏话，很快从你这张嘴中又说出世上没有比哈姆雷特这样好的人，他是神之子，净说一些令人作呕的溢美之词。拉住我这样的老太婆，随口就说出我有高尚的魅力之类的蠢话，接着马上又说“不，我根本没有迷恋您，我已经放弃了”等一本正经的话。到底我该听信哪些话，该如何听好呢？我对此完全不知所措。估计你也是受到哈姆雷特的影响了吧。甚至到了可称得上是他第一高足的地步。本以为他的弟子可能只有霍拉旭一人，没想到你也是一位相当优秀的弟子。

奥菲利娅：被王后您这样一说，我也是非常沮丧。我将自己的感受毫不掩饰地原原本本告诉了您，所说的都是事实。种种分歧肯定是因为我不善言辞的缘故。唯有对您一人我是不会撒谎的，而且，即便我撒谎，您也不是一个能被谎言蒙蔽的人。所以我急切地想将自己的所感所想一股脑地全部向您倾诉，但唯有想要倾诉的心跑在了前面，语言磨磨蹭蹭，慢慢腾腾，词不达意，怎么都无法原原本本地表达心中所想。我向神起誓，我是真心诚意的，我只对自己所爱之人诚心诚意。我喜欢王后，一直尽力做到不对您说一句谎言。可是，我越是这样努力，我的语言就越发拙劣。再没有比诚实的语言听起来更滑稽可笑、断断续续、荒诞不经的了。这样一想，我就非常悲伤。或许我的话前言不搭后语，没有一点逻辑，但我心中所想却合情合理。总觉得心中那个圆滚滚的东西非常复杂，怎么都无法用语言轻易决断。所以我断断续续说了很多，焦急地将这些片段整合在一起来向您呈现整体的感受，但我总觉得越说越出错，真让我头疼。或许是我的爱过头了吧，也可能是我不懂常识。

王后： 这些都是从哈姆雷特那里学到的歪理吧！现在的年轻人，只是在为自己辩解大讲歪理方面表现得出类拔萃，真是令人厌烦。不要再装腔作势地说话了，干脆这样说如何？——“我搞不清楚，心里很郁闷。”你若这么一说，我反而容易理解。其他事情的话，你都能大大咧咧、大胆爽快地说，确实是个好孩子，可你一提到哈姆雷特，就净说一些奇怪的歪理，试图掩盖自己的耻辱。你甚至还没有说一句“对不起”向我赔罪。

奥菲利娅： 王后，我心里一直想说“对不起”，可这样一来，不知为什么，道歉的话就说不出口了啊！我们这次的行为可不是说一句“对不起”就能被原谅的。我觉得我的整个身体都像是用蓝墨水密密麻麻地写满了“对不起”，可不知为什么却无法对王后开口说声“对不起”。我感到非常沮丧，自己明明做了非常不应该的事，却想着只说一句“对不起”就因此获得宽恕，这是那种没有意识到自己罪恶的寡廉鲜耻之人的行为，我无论如何都做不出来。我想哈姆雷特殿下当下也在为同一件事而痛苦着，在心急火燎地考虑必须要通过某种方式进行赎罪。哈姆雷特殿下和我近来一直思考的，就是如何向王后道歉这一痛苦之事。王后现在处境凄凉，我们本该安慰您，却不知不觉成了这个样子，反倒让您担心。这种事用“不对”啦，“愚蠢”啦等简单的话语已经无论如何都无法弥补，感觉比死还痛苦。我真的是从很久以前就仰慕王后，这是事实。我祈求有生之年被王后赞扬，哪怕一次也好。在礼仪方面、学识方面我都一直在努力，可是，哎呀，我多傻啊，不知不觉迷恋上您，做出了最最对不起您的事。哈姆雷特殿下也不亚于我，不，比我还要尊敬、眷恋王后。我们祈求王后保重身体，永远健康。有一天夜里，我感慨地对哈姆雷特殿下说，在王后有生之年，我们一定要当您的面向您赎罪。王后，王后，哎呀！

王后：不好意思。从刚才起我就一直忍着不要哭，违心地净说一些恶毒的话。奥菲利娅，你把我说得那么温柔，还仰慕我，我心里好难受，胸口就像要裂开了一般。奥菲利娅，你是一个好孩子啊！千真万确是一个诚实的孩子。虽然也有不像话的地方。不过，纯真的无心之谎不应受到责备。奥菲利娅，在这个世界上，再没有比天真无邪的少女的话语更美好、更令人快乐的东西了。与之相比，我们却是龌龊不堪，令人厌烦，年老不中用了。尽管这样，你们还打心里爱我，祈求我永远健康。听你这样说，我真的忍不住了。啊！即便就是为了你们，我也必须要好好活着。奥菲利娅，请你原谅我！

奥菲利娅：王后，您说什么哪！恰恰相反，是您被我勾起了其他伤心事。噢，正好，这里有长椅，您快请坐。请平复一下情绪。王后，您要是这样哭的话，连我都想哭了。好啦，我们俩就这样并排坐下来吧。哎呀，王后，这是先王去世之前坐的长椅，对吧？先王陛下坐在院子里这把长椅上晒太阳，突然身体状况恶化，等我们赶过来时，陛下已是一副令我们悲伤的神情。出事的当天早上，我平生第一次穿上了新做的红礼服。我悲痛、懊悔，红礼服也因为我的这种情绪看上去总像绿色。在极为悲痛的时候，红色好像看上去都像是绿色。

王后：奥菲利娅，不要再说了，我错了！我已经不抱任何希望了，一切都无聊至极。奥菲利娅，你今后要小心翼翼地活下去啊！

奥菲利娅：王后，我不明白您的话。不过，我的事您不用担心，我要养育哈姆雷特殿下的孩子。

七　城堡中的一个房间

哈姆雷特独自一人。

哈姆雷特：糊涂，糊涂，糊涂！我真是个大糊涂虫。我活着到底是为了什么啊？早上起床吃饭，转来转去。到了晚上就睡觉。而且，总是想着玩乐。虽然熟练掌握三门外语，但那也只是为了要读读外国淫荡下流的诗歌而已。我那幻想之胃有别人的五倍大，贪欲也有别人十倍之多，不知何为饱腹，我要追求的是更强的刺激。但是，我生性怯懦、懒惰，大多数情况下仅仅止于对强烈刺激的向往。形而上的骗子、只在内心世界进行探险的探险家、书斋里的航海家。也就是说，我就是一个微不足道的梦想家，为追求种种刺激而行动，最终中了奥菲利娅等人的圈套，之后就只能这样了。总觉得自己对奥菲利娅神魂颠倒的，真是不像话。有这样一个笑话，一人扮成唐璜[1]踏上修行之旅，一开始好不容易追到手一个小姑娘，觉得与她分手太痛苦，就住进她家结束了放荡生活。还有这样一个笑话，一人原打算为试试身手先将一个农村姑娘骗到手，琢磨女人心思后再慢慢踏上风流浪子色道修行之旅。明明是这样一种想法，却将七十年的人生全部用在研究那个农村姑娘上。我虽然摆出一副严肃的表情，却是一个喜剧小丑，或许我出人意料地具有丑角演员的才华。最近一段时间，我周围到处都是笑话。若是胡猜乱想、打趣对方的话，对方就会一本正经地说一些“我有确切证据”之类的令人败兴的事情，听了让人毛骨悚然。所谓的弄假成真，就是这种事。一口假牙的老妈被人爱慕这样的内容也是十足的喜剧；波洛尼厄斯突然煞有介事地摇身变为正义之士这一点也让人捧腹大笑；我不久就要喜当爹这一点也是奇思妙想。不，与这些以及所有内容比起来，今晚的这出朗诵剧才是压卷之作。波洛尼厄斯确实变得有点怪里怪气。竟然一下子年轻三四十岁，出乎寻常地嚷嚷着要表演朗诵剧，真是令我瞠目结舌。波洛尼厄斯找来一个英国女诗人创作了腻腻

1. 唐璜（Don Juan），欧洲传说中风流放荡的人物，不断征服女性的猎艳高手。在艺术作品中，莫里哀的喜剧和莫扎特歌剧对这一人物的塑造具有代表性。

歪歪、古腔古调的作品，将其作为脚本三人共同表演朗诵剧。因为是这样一种结果，真让我受不了。而且，波洛尼厄斯的角色是新娘，实在荒谬。对现在的叔叔和母亲来说，这首诗的内容或许确实有点沉重。波洛尼厄斯邀请国王和王后来看此剧，试图在朗诵剧上演过程中观察两人的表情变化，真是想了个馊主意。即便二人脸色苍白，又能证明什么呢？而且，即便二人满不在乎地笑了，也未必就能作为无罪的证据。估计能够判断出二人的感觉是敏锐还是迟钝吧，但不会成为有罪还是无罪的判断依据。波洛尼厄斯真是反常。我觉得他挺愚蠢的，但我也没出息。正是因为不想败了奥菲利娅老爹的兴致，我才奉承他说这是个好主意，并硬要霍拉旭也赞成。三人中午过后开始第一次朗读练习，霍拉旭一开始说了些类似泄气的话，但练习一开始，他就突然活跃起来，用一种在维腾贝格戏剧研究会学到的那种台词发声技巧，扯着嗓子尖叫。那家伙真是一个老实的男人，将自己的感情不加任何修饰地表现在言行上。无论演什么样的笨拙角色，总觉得还是很正派，没有令人讨厌之处，他是一个骨子里谦虚而达观的男人。与他相比，啊啊，我这个人就是个笨蛋、大笨蛋。我不知道放弃，欲望没有止境，想要将世界上的女人一个不剩地全部据为己有。我像是一个幻想着这种异想天开之事的傻瓜，一副吊儿郎当的样子。全世界的人都打心眼里佩服我，我聪敏的头脑、卓越的才能、严苛的人格，我想偶尔将这些略加表现，让所有人刮目相看。我也托着腮，陶醉地这样盘算着，可我什么都不会。别说全世界的女人了，就连隔壁的小姑娘一个人我都应付不了，心里真是痛苦死了；别说卓越的才能了，我对国家政治一窍不通；更别说让人刮目相看了，反倒是老是上当受骗。我总是害怕别人，总是敬畏别人。别人对我即便只是形式上的鞠躬，我也确信这一行为发自内心，甚至立刻变得兴高采烈、欣喜若狂，心想不能辜负此人的期待，不由自主地摆出一副英雄姿态，导致覆水难收，最后落了个被众人嘲笑的下场！即便被人说了坏话，我也不会发现此人对我的敌意，觉得他都是为我好，尽管坏话难以启齿，但他也要为了我勉强说出口，真是太难得了！有一天我一定要报答这份深情厚谊，视其为恩人，在心中的笔记本上清楚铭记他的名字。以上就是我的处理方式。即便被人蔑视，我反过来会将蔑视错认为是敬意或关爱而感激对方，在经过五六年后，某天夜里突然发现自己被人蔑视，心里就会骂上一声“可恶”，但转念又觉得“不，真的很难得”。一这么觉得，我马上反过来发现自己也有算计的一面，自己善待朋友后内心深处肯定会暗暗想着“赠人玫瑰，手留余香”这样的话。因此，我真是一个无可救药的男人啊！那种所谓的愚不可及的傻瓜就是我！我原本就分不清楚什么人伟大，什么人不好。一副落寞表情的人，总觉得看上去十分伟大。啊，太可怜了，人太可怜了。我、霍拉旭都很可怜。波洛尼厄斯、奥菲利娅、叔父、母亲大家都很可怜。我过去没有任何轻蔑之感、憎恶、愤怒以及嫉妒，只是模仿别人大呼小叫着憎恶啦，蔑视啦，作为真实感受却一无所知。所谓憎恨别人，是一种什么样的情绪呢？所谓的看不起人、嫉妒别人，是什么样的感受呢？对这些我一无所知。只有一种情绪像心中掀起的波澜那样让我实实在在地感受到了，这就是“噢，好可怜”这种情绪。二十三年来，我就是在这唯一的情感中生活过来的，可怜之外的其他情感我一窍不通。不过，我虽然觉得很可怜，却无能为力，只能这样想着，甚至无法用语言将其高明地表达出来，更何况在行动上往往还会出现与内心所想相反的现象。我无所事事，真是个懒惰的大傻瓜，百无一用。啊啊，真是可怜，这可不是闹着玩的。霍拉旭、叔父、母亲、波洛尼厄斯大家都很可怜。如果我的生命能发挥作用的话，我愿意将它献给任何人。最近，我不由自主地频频觉得人愈发可怜。即便大家绞尽脑汁拼命努力，也还是在一个劲儿地朝着坏的方向发展呢！

波洛尼厄斯、哈姆雷特。

波洛尼厄斯：啊啊，太忙了！咦？哈姆雷特殿下，您已经过来了啊。怎么样？这个舞台还不错吧？我刚才将毛毡、空箱子之类的拿进这个房间做了这么个舞台。那什么，这么大的舞台已经足够用了呀！因为是朗诵剧，幕布和舞台背景均不需要，是吧？不过，空无一物也有点冷清，所以就在这儿放了一棵盆栽凤尾松。怎么样？舞台是不是因这个花盆一下子看上去很引人注目了？

哈姆雷特：看上去很可怜！

波洛尼厄斯：您说什么？什么可怜啊？您是说凤尾松不能摆在这儿吗？那么，我就往舞台深处摆摆吧。果不其然，您这么一说，还真觉得这盆凤尾松摆在舞台边上的话挺可怜的，眼看着像是要从舞台上掉下去似的！

哈姆雷特：波洛尼厄斯，我说的可怜指的是你啊！不，不仅是你，叔父、母亲，大家都非常可怜。活着的人都很可怜，竭尽全力地咬着牙生活，能够开怀一笑的时间连一个晚上都没有吧。

波洛尼厄斯：事到如今您还说什么哪！可怜这样的话也不吉利。您净说一些给别人煞费苦心的计划泼冷水、让人扫兴的话。我可是为您考虑才策划这次骗小孩似的戏剧的呀。我对你们的正义纯洁之心产生共鸣，才恳求你们让我成为追求真理的伙伴的。除此之外没有任何野心。就是说请您利用这个朗诵剧摸摸底，看看这回那个不像话的传言到底有多少真实成分。

哈姆雷特：明白了，明白了。波洛尼厄斯，你的的确确是一位正义之士啊，实在令人钦佩。但是，一个人的正义感有时也会将别人安稳的家庭生活搞得鸡飞狗跳。这并不是说哪一方如何不好，而是打一开始人就是在那种情形之下不合时宜地搞在一起了。即便获得了叔父做了什么坏事的证据，又能怎么样呢？我们不还是全都比之前更加可怜了吗？

波洛尼厄斯：不，哈姆雷特殿下，恕我失礼，您还太嫩了！如果通过这次试探能够了解到国王完全心中无愧的话，我们自不必说，丹麦国国民同样也会放心地长舒一口气，全城都会是幸福的笑脸吧。正义并非就是举出他人错误进行谴责，有时候是证明人的不白之冤而拯救此人的东西。我波洛尼厄斯期待着那万分之一的幸福的结果。万一、万一是那种结果的话，啊，那可真是近似奇迹了。哎呀！可是……得了，总之还是试一试吧。随后的事情就请交给我吧！我绝不会办砸的。

哈姆雷特：波洛尼厄斯，你真是尽心尽力啊！好可怜！我一切都很清楚呀！啊啊，真是讨厌。无论叔父做什么，不都没什么关系嘛！叔父只是按照他的方式竭尽全力活下去罢了。总觉得我的情绪像是一下子变了。今天早上之前我还在那样说他的那些坏话，还嚷嚷着要追究那个恶毒流言的源头。波洛尼厄斯，或许是因为我的心情像被你巧妙地“扑哧”一声扎了一下那样要改变丑闻的风向，或许我一直还只是将丑闻作为一种遮羞的手段。之前，听到你说“很遗憾，我有确切的证据”，我突然可怜起叔父来。他真的很可怜，总是殚精竭虑的，绝不是做得出那种坏事的愚蠢之人。叔父比我还要懦弱，一直拼命地努力着。啊，我真傻，竟然一时玩笑地怀疑叔父，真是浅薄轻浮的不知羞耻之人。波洛尼厄斯，还是不要进行这场正义游戏了吧！这样轻薄的游戏会造成多么可怕的后果啊！一想到那可怕的后果，我就觉得活不下去了。

波洛尼厄斯：您过于夸大其词了。今日早上那会儿您一口一个“痛苦”，现在又一连串“可怜”，都是从哪里学来的呢！一根筋似的说个没完没了。社会并非只是情绪的世界，还有正义和意志。要精彩地活到最后的话，怜悯、反省是大忌。你若只考虑奥菲利娅的话，这样也行。与哈姆雷特殿下相比，霍拉旭大人那样的人恬淡寡欲、天真无邪，真的是生活在年轻人那种单纯的梦中。您也多少向他学学啊！霍拉旭大人就像完全忘了这个朗诵剧最终目的似的完全沉浸在演戏的快乐之中，在兴致勃勃地练习哪！他那样也不错。您台词练熟了吗？客人们快要来了啊。霍拉旭大人现在去邀请大家了。他这人劲头十足啊！心里像是想演新娘角色，但那个角色非我莫属。哎呀，客人们好像已经来了。

国王、王后、数名侍从、霍拉旭、波洛尼厄斯、哈姆雷特。

国王：啊，感谢今晚的邀请。霍拉旭说请我来听听他在维腾贝格学到的知名表演风格，我就带着大家来听了。都是自己人，举办这样的活动真是令人开心啊！所谓合家欢乐，或许就是人生中最幸福的事。最近一段时间，我感受不到快乐，总觉得人生净是沉重郁闷之事。今天晚上真的太谢谢了！哈姆雷特今天好像也很有精神，看来和好友霍拉旭在一起玩玩，心情也就会好起来。今后我们最好时不时举办一下这样的活动。哈姆雷特也心情舒畅了吧？

波洛尼厄斯：是的。实际上，我也是这个意思，就没大没小地求他们让我加入剧团。首先，为了这次陛下继位和婚礼大典。其次，为了给哈姆雷特殿下解解闷。最后，为霍拉旭大人给大家展演在外国学到的发声法，这种发声法还是相当精彩的。

霍拉旭：您这样打趣我我可吃不消。被称为发声法的话，我反而出不了声了。来吧，王后，观众席在这边，您请入坐。

王后：就像鸟突然从脚边飞起似的，为什么冷不丁地决定搞什么朗诵剧呢？是哈姆雷特心血来潮呢，还是波洛尼厄斯的阴谋诡计呢？霍拉旭像是被随随便便地唆使利用了，无论是什么名堂，我都理解不了啊！

国王：格特鲁德，戏剧行家是不说那种悉数尽知之事的。好啦，大家也落座吧！嗯，舞台布置也不错，是波洛尼厄斯搭建的吗？出乎意料地精巧呢！人啊，总之还是会在某一方面有些可取之处的。

波洛尼厄斯：的确如此。即将请大家欣赏更为精妙之处。那么，哈姆雷特殿下，请登台吧。霍拉旭大人也请上来。

哈姆雷特：我觉得这个舞台比阿尔卑斯山还要高。是要上断头台吗？嗨哟！

霍拉旭：第一次表演无论是谁都会因为舞台高而感到晕乎乎的，这是我第三次登台，所以没问题。啊！脚滑了。

波洛尼厄斯：霍拉旭大人，请小心一点。舞台是用箱子拼在一起做成的，有些凹凸不平。那么，各位，我们三人，这就是正义剧团。今晚，我们制作了英国一位女作家的诗剧《迎魂火》献给大家欣赏。因为剧团里有一位对表演还不熟练的老人，可能也会有一些粗劣之处，希望大家多多包涵。霍拉旭大人是在外国学成归来的人气演员。首先，我们由他开始向大家打个招呼。

霍拉旭： 嗯？这个我丝毫没有……哎呀，真伤脑筋。我只是一直想饰演新郎这个角色的。

波洛尼厄斯： 这个样子的鄙人饰演新娘。

王后： 真是令人作呕，波洛尼厄斯大人像是喝醉了吧。

国王： 他岂止喝了酒，还更过分，你看他那眼神！

哈姆雷特： 我的角色安排的是亡魂。波洛尼厄斯，快点开始怎么样？观众说我们是一个醉汉剧团呢！

波洛尼厄斯： 什么啊，没醉的人就我一个呀！真是太无聊了。那么，我们开始吧。

新娘（波洛尼厄斯）

恋人啊，你这温柔的人儿，请将我紧紧拥抱！
那人想要把我带走。
啊，太冷了！
这松涛之声太可怕，这冰冷的北风，
冻僵了我的身体。
远远的对面，

远远的对面，
从那里森林之影中一闪一闪出现的微光，
那是我的迎魂火！

新郎（霍拉旭）

哦，我当然会抱着你，我的小鸽子！
对面森林一带，只是星光在闪烁。
形迹可疑之人根本不存在。
北风肆虐的夜晚，星光也耀眼醒目。

亡灵（哈姆雷特）

喂！
喂！
新娘子，
一起走吧，你总不至于不认识我了吧。
我的声音是秋风，我的新居在泥土之下。
跟我一起来吧！
来到冰做的睡床。
呼唤你的人是我呀！你难道忘了吗？
那朵过去我说一句“来吧”就会害羞地靠近我的玫瑰，
现在是灿烂怒放的秋牡丹。

美丽的骗人精，
来吧！

新娘（波洛尼厄斯）

啊啊，我的心上人，再用力把我抱紧点！
那人用过去的影子折磨我，
那人用冰冷的手指抓住了我的手腕。
啊，我的心上人，你把我抱紧点。我的身体像是从你的手腕中一下子脱离开来，轻飘飘地飞向那个森林的墓地。
那松涛是人的声音，
因为突如其来的迷惘不断低语着往昔的约定，悄悄地讲着。
你再用力把我抱紧点！
啊啊，过去愚蠢的错误，
我不行了啊。

新郎（霍拉旭）

我在你身旁，
事到如今良心上没必要害怕死去之人。
我在你身旁，
形迹可疑之人根本不存在。
如果害怕风声的话，请暂时把耳朵堵上吧。

亡灵（哈姆雷特）

来吧，就算堵上耳朵，就算闭上眼睛，你也应该能听到我的声音，看到我的模样。

走吧，

快点，走吧！

正如往昔的约定，我决定真心将你守护。

我也准备好了你的睡床，那是一个不会醒来，能给你带来香甜睡眠的舒适的睡床。

快点来吧！

我的新居在泥土之下。无论如何，你只管专心往前走，一直走到路的尽头。快点，我们去吧，去实现我们过去的誓言。

新娘（波洛尼厄斯）

我的心上人，

你用不着抱着我了，我不行了。

那个具有秋风声音的人硬要把我带走。

那样的话，

即便我不在了，也请你不要消沉，酒也要多喝，还要多晒晒太阳。

啊啊，再稍稍等一下，我还有一句话。

分别之言、头发、亲吻，一切都不会留给你，我要被带走了。

已经不行了，

请不要忘了我。

亡灵（哈姆雷特）

徒劳无益！

那种招人怜爱的话徒劳无益。

你不知道新郎的心，

你挚爱的那位骑士在你离去后第三天肯定会将你遗忘。

美丽且因此而脆弱的有罪的女人啊，

你不久将在那个世界品尝到我迄今为止的苦恼相同的痛苦。

嫉妒，

这就是你祈求被爱最后的收获。

确实是极大的收获。

不久，会有比你更年轻、更羞涩的小女人以与你相似的姿态坐在那张新娘的椅子上，让新郎立下种种新的誓言，最终还会生下孩子吧。

在这个世界上，越是轻薄之人越总是被众人喜爱而非常幸福。

快点，我们去吧！

只有我和你，被风吹雨打着飞来飞去，大声哭叫，四处奔跑!

王后: 给我停下! 哈姆雷特，不要太过分了，快停下来。这到底是谁的小聪明? 太愚蠢了，真是看不下去。无论如何都打算要让人不痛快的话，还请稍稍再做得聪明些! 你们太卑鄙无耻了。我先行告辞，总觉得快要吐了。

国王: 我一点不生气，不是挺有意思的嘛! 好像还有后续。“再用力把我抱紧点”这句呼吸急促地哀求的场面也很不错。说完“我不行了啊”就突然无力地垂下头的场面确实很有少女范儿，演得相当棒啊!

波洛尼厄斯: 承蒙夸奖，实在不敢当。

国王: 波洛尼厄斯，随后来一下我的会客厅。哈姆雷特甚至说了些脚本上没有的台词对吧。但总觉得他没有激情，表情也是一副漫不经心的样子。

王后: 我走了。这样的烂剧我拒绝看下去。像波洛尼厄斯这样的新娘，只有那种传说中的秃头海怪做新郎才算般配啊! 那我就先行离席了。

国王: 哎呀! 请等一下。哈姆雷特，这幕剧已经结束了吗?

哈姆雷特: 啊，结束了。后面还有很多内容的，不过无所谓了，还是算了吧，因为演戏不是真正的目的，好啦，大家请回吧。今晚实在是太无聊了。

国王: 我原本就想着可能会是这种情形。好啦，格特鲁德，我也和你一起离开吧。哎呀，相当有趣。霍拉旭，在维腾贝格学到的这种知名表演风格的特色好像体现在结结巴巴说话上了啊。

霍拉旭： 真是玷污了您的耳朵。我总觉得在这个朗诵剧中自己演得有些不到位。

国王： 波洛尼厄斯之后请到我会客厅一趟。那么，告辞。

波洛尼厄斯、哈姆雷特、霍拉旭。

波洛尼厄斯： 普通办法行不通啊！

霍拉旭： 好像没什么啊。

哈姆雷特： 那是理所当然的呀！王后生气，国王大笑，我只是了解到这一点。但会起到什么关键作用呢！波洛尼厄斯，你太愚蠢了啊。在表现奥菲利娅那样的可爱这一点上，你像是年老昏聩了啊！“只有我和你，被风吹雨打着飞来飞去，大声哭叫，四处奔跑！”

波洛尼厄斯： 什么呀！事态接下来会急转直下。得，您走着瞧！

八　国王的会客厅

国王、波洛尼厄斯。

国王： 你背叛了我啊，波洛尼厄斯。你怂恿孩子们演那种无聊透顶的朗诵剧，到底怎么回事？你是不是脑子有问题啊！还请你自重。我大概明白了，你做这种荒唐事情威胁我们，是企图想让我们宽恕你女儿的丑事吧？波洛尼厄斯，你也真是爱孩子爱傻了！为什么不直接和我商量呢？有怨言的话，爽快地原样和盘托出不就得了。你不诚实，太阴险了，而且还净搞无聊的小把戏，那种男子汉式的孤注一掷的大阴谋你完全做不来。波洛尼厄斯，你稍微有点廉耻好不好？你和哈姆雷特啦，霍拉旭啦这些嘴上没毛的年轻人一道，朗诵那些让人肉麻的装腔作势的台词，到底算怎么回事嘛！什么朗诵剧！“远远的对面，远远的对面”，听到你抿着嘴高声朗读两遍的时候，我起了一身鸡皮疙瘩。真是太过分了啊！看戏之人都觉得羞愧难当，我眼泪都出来了。你原本就谨小慎微，这也是你的优点。事无巨细地操心方方面面，处处忧虑着长远的将来，为我献计献策。所以我打心眼儿里感谢你，觉得你帮了我的大忙，地位无可替代，也十分可靠。可是，你同时也有缺点，缺乏光明磊落的气概，在处理事情上不大气，爱发牢骚。有个怪癖，经常不如实说出自己内心所想，怪里怪气地像个绅士那样遮遮掩掩。或许可以称之为诗人气质吧。我总觉得你性格阴郁至极，总是看上去心里像是有深仇大恨似的，因此，城中之人好像觉得你难以亲近而不怎么喜欢你呀！明明不会干什么坏事，却看上去有点阴险。你的性格太懦弱，太不明朗了。

波洛尼厄斯：这或许就是所谓的“有其王必有其臣”

吧。可能我波洛尼厄斯的懦弱之处是受到国王陛下难能可贵的影响。

国王：你想说什么疯话哪！真是太无礼了。你要说什么？你郁郁寡欢的神情看上去简直就像换了个人。波洛尼厄斯，你可真的不对劲儿啊！刚才那会儿发出阴森森的尖叫，扮演新娘这种令人作呕的角色。你这个人原本就神经衰弱，时而沮丧，时而兴奋，性子变化无常。因此，为小小一件事就情绪激动，甚至忘了自己的地位和年龄而手舞足蹈。是这样吧？不过，这种事也得有个度。你波洛尼厄斯和我三十年来可以说像是一直生活在同一屋檐下，但像今天晚上这样过分的丑态尚属首次。这里面或许有着深层次的原因，我细想还是细细盘问你吧，就将你叫到这儿来。怎么回事啊？你别说道歉了，连脸色都变了，是要顶撞我吗？波洛尼厄斯！好啦，请冷静下来清楚回答我！你到底为什么会有那种心思不顾自己上了年纪还参演那种连摇篮里的小孩都要笑出声的腻歪的戏剧呢？总之，那个戏剧——不，朗诵剧，那种无聊的朗诵剧肯定是你提议上演的。我已经完全明白了，无论是哈姆雷特还是霍拉旭，都会选择风趣的脚本，那种夸张的、让人不由得直打哆嗦的老套的脚本，也就你会选了。所有一切都是你捣的鬼。好啦，波洛尼厄斯，你回答我，为什么做那种无礼的糊涂事呢？

波洛尼厄斯：陛下圣明，即便我不特意回答什么，您也已洞察了一切。

国王：现在你又用一种过分恭敬的语气说着令人生厌的话。是心里别扭吗？波洛尼厄斯，不要一副装腔作势的样子。你也成了哈姆雷特的弟子了吗？刚才听王后说，最近到处都有哈姆雷特的弟子哪！霍拉旭之前就非常崇拜哈姆雷特，甚至连撇嘴的样子都模仿哈姆雷特。听说最近还出现了年轻女弟子。接下来就在刚才，好像又出现了爷爷辈的弟子。接连不断地涌现出这么多优秀的后继者，哈姆雷特心中有底了吧。波洛尼厄斯，你上了年纪，心里就不要那样闹别扭了。心怀不满的话，就爽快地和盘托出怎么样？如果是奥菲利娅的事情，我已经有了心理准备。

波洛尼厄斯：恕我冒昧，问题不是奥菲利娅，她的命运已定，只能悄悄地去偏僻的小城，偷偷把肚子弄小而已。而且，我将辞职，雷欧提斯会中断留学，我们一家就这样败落。这些事木已成舟，我已经死心。哈姆雷特还是必须要迎娶英国公主，这是关系到国家安危的大事。奥菲利娅虽然可怜，但她无法替代国家的命运。波洛尼厄斯一族打算不管忍受多大的不幸也要活下去，这点也请您放心。问题不是奥菲利娅，而是正义。

国王：正义？你所言真是不可思议啊！

波洛尼厄斯：正义，是青年的正义。我波洛尼厄斯目前这样子已对正义产生了共鸣。陛下，就是现在，我要正大光明地和盘托出。

国王：我总觉得自己像是被迫听了朗诵剧接下来的部

分。你说话不就带着怪怪的舞台腔嘛！

波洛尼厄斯：陛下，我波洛尼厄斯是认真的，还请陛下不要挖苦我而认真听我说。首先，我有事想问您。陛下，您对最近城中那确实令人极不愉快的传言作何感想呢？

国王：什么呀？我不明白你要说什么。但若是奥菲利娅的传言的话，我早上才从你那里听说此事。在这之前，我做梦都没有想到。

波洛尼厄斯：您装糊涂可不行。奥菲利娅之事现在已不是问题，等于已经解决了。我现在问的是更为重大、可怕，解决起来相当棘手的问题。陛下，您真的丝毫不知吗？没有觉得有什么苗头吗？不可能的，不可能！

国王：我知道，我全都知道。关于先王的死因，不像话的胡乱猜测悄悄传播着，这一点我也很清楚。与愤怒相比，我为自己的失德感到羞愧。那种骇人听闻的流言传得有鼻子有眼，也是因为我德行尚不深厚的缘故。我苦闷难耐，但是，流言不胫而走，近来像是甚至传到了外国人耳中。所以，我像这样只是责怪自己、哀叹自己德不配位的话，或许流言也会越发势头强劲，最终发展到一种无法挽回的田地。关于这一流言的取缔，我正考虑要和你商量商量。我还算心平气和，但王后毕竟是个女人啊，为此忧心忡忡，看样子近来晚上也睡不踏实。若就这样拖延着熬日子的话，王后就会死去。那些年轻人明明不了解我们痛苦的立场，却说些肤浅的风凉话，将别人努力打拼的生活作为游戏的工具，真是太卑鄙了。说起这一点，不知出于什么理由，怎么这次连你也站在年轻人前面手舞足蹈。因此，我真的是讨厌这个世界。波洛尼厄斯，不会连你也相信那个流言吧？

波洛尼厄斯：我相信！

国王：什么？

波洛尼厄斯：不，我不相信，但我打算做出一副相信它的样子。这就是我波洛尼厄斯作为临别献礼的忠诚。陛下，不，克劳狄斯，三十多年来，不仅仅是臣一人，甚至我的家人都受到您的宠爱和庇护。因为此次奥菲利娅那令人遗憾的有失体统之举，我不得不辞职，我波洛尼厄斯心中百感交集。在说出痛苦的离别话之前，我想用忠诚这一临别献礼来稍稍报答您鸿恩的万分之一。从今日早上那会儿开始，我针对年轻人有意识地采取可认为是最好的手段。那些年轻人一开始将那个流言视为一个玩笑，闹着玩儿似的添油加醋，四处宣扬。但我并不否定那种骚动，反而告诉那些年轻人那个流言有根有据，是真的。

国王：波洛尼厄斯！你这是哪门子忠诚！教唆年轻人散布流言蜚语，何来忠诚与报恩啊。波洛尼厄斯，你的罪可不是仅仅辞职就能了结的。我看错人了，没想到你是如此无聊的男人。

波洛尼厄斯：还请您先不要动怒。如果老臣这次的手段用错的话，不管受到怎样的刑罚我都甘愿接受。克劳狄斯，恕我冒昧，这次奇怪的流言出乎意料地传遍四方，越想压下去就越是甚嚣尘上，普普通通的手段根本无法防范。我看穿了这一点，所以就以死中求生之法，即我非常轻率地引起骚动来杀杀年轻人的劲头，教导他们将同情集中投向陛下这边的手段。果不其然，现如今的情形便是哈姆雷特、霍拉旭都已经对我狂热地连呼“正义，正义”的样子腻烦了，甚至开始为陛下辩护了。这一倾向起于城中深处，很快便乱哄哄地向四面八方传播开去，将这些流言之火熄灭恐怕也为期不远了吧。一切都进行得很顺利。流言这东西，我们这边想压下去的话，它反而蔓延开来；我们反过来煽动的话，它会没了劲头自然消失。连我这样的人，上了年纪还混在年轻人中，哎呀，我装腔作势地说些“正义”啦、“理想”啦等肉麻的话，最后甚至饰演了新娘一角，真是痛苦万分。即便现在想来也直冒冷汗，还请体察我的一点心意。

国王：说得好！真是精彩的辩解。但是，波洛尼厄斯，我可不是小孩子，你那愚蠢的辩解我怎么可能会相信呢！即便我想要相信，也会觉得傻了吧唧、哑然失笑的。要扑灭流言之火而反过来大力煽风这种哄小孩的文过饰非的话，你若是说给哈姆雷特那样的人听，说不定还会让他心悦诚服。在我听来就只能是滑稽可笑啊！真有让人吃不消的忠臣啊！波洛尼厄斯，你什么都不要说了！我做不到傻乎乎地一直听你说。我来说给你听吧。你应该是过去就一直对格特鲁德持有一种特别的情感。这次先王突然去世，格特鲁德哭干悲伤的眼泪之时，你安慰的话语中蕴含着一种非同寻常的真情，这一点我非常清楚。你真是个可恶的家伙，是个可怜的男人。从那时起，我就开始悄悄地提防你了。波洛尼厄斯，你自己没留意到，只是心急火燎，为奥菲利娅出格之事感到羞愧，很快又出人意料地说什么“正义”啦，“廉洁”啦，充当孩子们的帮凶对我们使性子，忽而又摆出一副忠臣的样子将此次奥菲利娅的事视为转机，胡言乱语来搅局。这只不过是你把一直以来忍了又忍的某种情感如今以一种相当滑稽的形式爆发出来而已。自己没留意到，只是心急火燎，将老年人的臭脾气不分对象随意发泄，你的情绪过去一直都用某个用语来称呼，有着明确的规定，在刚才的朗诵剧里哈姆雷特高声朗读的话语中就有啊。你注意到了吗？这种情绪像是被称作“嫉妒”啊。

波洛尼厄斯：哼！您不要太自以为是了。因为恋情，人好像也变得没了理智。陛下才是有点不正常，您自己身陷爱情，就觉得他人也都处于恋爱之中。总之，我还是要把“嫉妒”这样的词还给您。老臣尽管长期过着鳏夫的生活，但不会干那种不正经的淫荡之事。陛下现在的心情才真的应该称之为嫉妒。将长期深埋于心的情愫传达给对方，陛下也心花怒放，这是理所当然的，可您竟然嫉妒像我这样俗气的老人，那么一定是您一切并非顺利。老臣想到了这一点，您觉得如何呢？

国王：闭嘴！波洛尼厄斯，你疯了吗？你在对谁说话呢？看来你因为女儿有失体统之事已经破罐子破摔了。就凭你现在这些大不敬的骂人话，就已经相当于免职、入狱之罪了。你那龌龊下贱的胡猜乱想是我最为憎恨的。波洛尼厄斯，建设是长久之事，崩塌就在一瞬间啊！你三十年的忠诚勤恳，也会因你今天晚上的失礼而丧失殆尽，真的很悲惨啊！人的命运根本无法预测啊！命运会成为什么样子我全然不知。我迄今为止一直相信能够凭借意志左右宿命，在某个地方好像还是存在着所谓的神之意志的。波洛尼厄斯，就在刚才，我还在考虑赦免你的罪行，奥菲利娅的事我心里也事先考虑过最坏的情况。看来哈姆雷特真的是迷上了奥菲利娅，听不进去我们的忠告了。这个时候，我们也无计可施，打算放弃和英国公主的婚事而允许他和奥菲利娅成婚。王后也已经成了奥菲利娅的朋友。今日傍晚，王后哭着跪在我的面前求我，今日之前还一直嘲笑我的格特鲁德第一次拉下脸来求我，即便是我，也不得不认命。迎娶英国公主这件事是一项重大决策，甚至会导致我们家庭不睦，我没有断然实行这项决策的勇气。我太懦弱了，好像不是一个优秀的政治家。与丹麦国国运相比，我更喜欢家里一团和气。只要能成为一个好丈夫、好父亲，我就心满意足了。我或许没有当国王的资格，原来一直考虑要赦免你们，大家都同样是弱者，互相帮助，今后也友好相处。我刚下定决心这样做时，波洛尼厄斯，你是个多么愚蠢的男人啊！你一个人钻牛角尖，一味地相信自己一家即将没落而变得自暴自弃，利用自己因对王后的爱无法实现而产生的报复之心，借助无聊的朗诵剧说着风凉话，而且一开始试图花言巧语蒙骗我，说什么忠臣的苦肉计，被我识破又突然翻脸，叫嚣着说一些傲慢无礼、带有恐吓性的恶言恶语。波洛尼厄斯，我已经不愿赦免你们了。你真是愚蠢，我看透你了。我原谅人的恶，但我无法原谅人的愚蠢，愚钝是最大的罪恶。波洛尼厄斯，这回可不是辞职就能完事的，你明白吧？

波洛尼厄斯：谎言！谎言！陛下说的全是谎言。允许哈姆雷特殿下和奥菲利娅成婚这种话完全就是在说谎、弥天大谎。您懦弱？不是个好政治家？与丹麦国相比，更喜欢家里一团和气？所有一切都是谎言。像您这样坚强的、手段高明的政治家整个欧洲都凤毛麟角。老臣很早以前就对您钦佩不已。陛下，您就不要藏着掖着了。这个房间里除你我二人之外并无他人。现在是丑时三刻[1]，城内之人就不用说了，连屋檐下栖息的小鸟、在顶棚里筑巢的老鼠，毫无例外都在酣睡，谁都听不到我们的谈话。那么，您请说吧。老臣知晓所有的一切。在这两个月里，您应该一直在悄悄寻找我波洛尼厄斯下台的时机。

国王：你净说一些无聊的胡话。你说丑时三刻又能怎样呢？看上去恬不知耻地罗列一大堆像演戏似的形容词，你到底为什么如此愤怒啊？真是不成体统。波洛尼厄斯，你退下吧，随后会有通告。

---

1. 约相当于凌晨二时至二时半。

波洛尼厄斯： 我会马上收到您的指令吧。老臣有思想准备，无论如何都逃不了干系，已经死心了。这两个月间，我一直被陛下盯梢。您虎视眈眈地探查我是否会出什么岔子。我知道这一点，十分注意任何事情都不违背您的意愿，一直到昨天为止，我自以为在为您效劳的过程中像是没犯什么大错。让儿子雷欧提斯去法国游学，其中原因之一就是让他逃离您那可怕的监视目光。就算是我没有失去体面，雷欧提斯也会因为年轻气盛的鲁莽行为而闯祸，若是雷欧提斯稍有些过错，陛下就会逮着正着，惩治我们一家而让我们彻底没有出头之日。这一点洞若观火，所以，为保险起见我让雷欧提斯逃往法国。“哎呀，这下安心了！”我心里刚这样想，真是意外、遗憾，我最信任的奥菲利娅很快就捅了个大娄子，我昨天得知此事，脚下的土地一下子崩塌了，自己也认定已经无能为力了。现在，我就是一种一根救命稻草也要抓住的心态，心里想着至少为了奥菲利娅的幸福也要试一试。今天早上那会儿我去找哈姆雷特殿下商量，他却顺口胡诌一些“乱云滚滚升腾”啦，“云雾重重”啦之类的不着边的话，完全靠不住。我仔细一问，才知道事情的原委。与奥菲利娅的事情相比，哈姆雷特殿下现在一门心思只关注与先王死因有关的那个可怕的传言，斩钉截铁地说一定要追溯传言的源头。所以，我不动声色地旁观这些不懂事的年轻人的行为，发现他们的做法可能会突然引起严重的后果，就像从竹丛中突然蹿出一条蛇那样令人防不胜防。这是老臣隐退之前最后的策略，或者说是名为忠诚的临别礼物，毫不犹豫地支持年轻人的疑虑，一马当先跑在前面，高呼正义，提议上演那种腻腻歪歪的朗诵剧，让年轻人目瞪口呆，杀杀他们的兴头。这件事我之前也向您说过，但您根本不相信我。在我内心深处，奥菲利娅还是那么惹人疼爱，我内心深处一直祈盼着好歹能让她一个人幸福。我尽快将讨厌的疑惑从哈姆雷特殿下心中驱逐出去，接下来只考虑奥菲利娅的事，竭尽全力为奥菲利娅而战。我是出于一片好心为了奥菲利娅引导殿下他们的。但绝非仅此而已。陛下，请相信我！人活着有一种想做好事的本能，想着别人会感谢自己。老臣自以为今天一天为陛下、为王后、为哈姆雷特殿下留下了忠诚这一厚重的临别礼物，按理说应得到您的夸赞，却被您嘲笑为愚蠢的掩饰啦，破罐破摔啦，末了还要给我泼一身嫉妒这种我做梦都想不到的脏水。所以，我波洛尼厄斯也忍无可忍，就随口说了些失礼的粗话。老臣已经听天由命。陛下在这两个月里一直翘首以待老臣陷入这样的困境之中，想必这就是您的本愿吧。老臣确实愚钝，是丹麦最傻的一个！反正我一开始就知道会是这种结果，可正是因为保持“忠诚这一临别礼物”这样不必要的情面，反而被推进不利境地。您对我的处罚估计也会相当严重吧，我这是自掘坟墓。

国王：啊！我都迷糊了，不知不觉陶醉于你高超的台词技巧。波洛尼厄斯，你是不是心有不甘啊？事到如今，即便你发发牢骚也无济于事。你退下吧，我心意已决。

波洛尼厄斯：您可真坏。陛下，您是个坏人，我憎恨您。我还是说了吧，您以为我不知道那件事吗？我看到了，亲眼清楚地看到了。两个月前，正是因为我看了一眼，打那以来就屡遭不幸。陛下发现被我看到，接下来就虎视眈眈地要拆我的台。我已经被陛下厌弃，不久必然会被推向窘境，赶出王城。我有思想准备。啊，要是没看到就好了，什么都不知道就好了！正义！之前我还只是徒有其表的正义之士，现在我想从心底为正义高声呐喊。

国王：退下！说这些我不能置之不理的话，为了让我原谅自己的过失，竟然随口说出一些带有威胁的话。你这个龌龊的老糊涂，快快退下！

波洛尼厄斯：不，我不走。我看到了。两天前的那个日子我也忘不了。早上冷得像要把人冻僵了，但快到中午的时候，阳光普照，暖洋洋的。先王来到了庭院，就是那个时候，那时……

国王：你真是疯了，现在就惩罚你！

波洛尼厄斯：老臣就接受惩罚吧。我看到了啊！因为看到了，所以我接受惩罚，啊！他妈的！短剑的惩罚！

国王：原谅我，我并没有打算杀你。不经意间剑已出鞘刺了过去。你刚才讲的混账话，也是因为过于疼爱女儿情绪激动所致，我也是看你是个可怜的老人就一直忍着听你说，你却越来越蹬鼻子上脸，最后或许是疯了，甚至大声叫嚷着奇怪的恐怖的事情，所以我情急之下拔出短剑刺向了你。原谅我！你的话也太过分了。奥菲利娅的事你就不要担心了。波洛尼厄斯，你明白我说的话吗？能看清我的脸吗？

波洛尼厄斯：为了正义，是的，为了正义。奥菲利娅，拿我的铠甲来！你父亲我是一个窝囊的父亲啊！

国王：泪水，从我这样的人眼里竟然也流出了眼泪。要是这样的泪水能洗掉我的罪孽就好了。可是，波洛尼厄斯，你到底看到了什么？你怀疑也是理所当然的。啊！谁？谁站在那儿？你不要逃，等一下！哦！是格特鲁德！

九　城中的大厅

哈姆雷特、奥菲利娅。

哈姆雷特：是吗？从昨天晚上起波洛尼厄斯就没有出现过吗？这有些奇怪啊！不过，好啦，估计没什么大事。成年人有成年人的世界。明明知道自己露骨的阴谋被看穿了，却摆出一副煞有介事的样子讳莫如深地相互点头哈腰，挤眉弄眼。哎呀，明明没什么大不了的事，也就是说，他们对这种故作姿态的权谋乐此不疲，正是因为没有得到对方回应，便想着演一场胡乱聚在一起商谈的拙劣戏码。我叔父、波洛尼厄斯都相当喜欢搞这种鬼把戏，或许两人昨天晚上在一块合计，又开始出什么幺蛾子。即便是昨晚的朗诵剧，里面也有波洛尼厄斯的深谋远虑哪！如果不是这样的话，他就疯掉了。里面会有什么天衣无缝的狡猾的阴谋。我大致能预料到这一点。他们那种人，哎呀呀，可都是老江湖啊！不过，所谓的老江湖，大都是些粗俗浅薄，令人扫兴，心里总打小算盘的可怜、卑贱的存在。虽说看破了他们的小算盘，但我要是一味地鄙视他们，一副满不在乎的样子的话就会倒大霉，一不留神就会中他们的圈套。他们的存在令人讨厌，真想不理他们，不，厌弃他们。但是，对他们不能掉以轻心。我一开始就将波洛尼厄斯的朗诵剧视为他因过于疼爱女儿而生气，冲着国王、王后冷嘲热讽的计谋，昨天晚上仔细一想，又觉得也并非都是这样。他们这些人所做之事，全都是心术的较量、卑鄙巧妙的欺诈，所以我开始讨厌他们。我昨天晚上总算搞清楚了，一弄明白我就大吃一惊，觉得他们真是可怕，根本不能相信。世上果然还是存在着坏人这类人的。我到了这个年龄，终于发现这个世界上真的有恶人这种人。这一发现也不会是什么功绩吧，是理所当然的发现，我实在是呆头呆脑！真是庆幸，现在我竟然终于发现此事理所当然而大为震惊。我真的很了不起啊！是一个不知天高地厚的幸运的野小子！昨晚的朗诵剧本来就是叔父和波洛尼厄斯事先暗中合谋后上演的。这一点千真万确！若是弄错了，我可以把眼睛挖出来给你。我已经不想再被人欺骗。叔父正因为想避开我们怀疑的眼神，就和波洛尼厄斯商量，为了欺骗我们，想出了令人极不愉快的戏剧情节，还真把我们当傻子了。也就是说，我们完全被他们牵着鼻子走。换句话说，叔父想要掩盖自己心中有愧而先发制人，命令波洛尼厄斯怂恿我们演那种荒唐的朗诵剧，借此来让我们试探国王。但是，因为国王心平气和，我们就会感到失望，心中那个可怕的疑团就会自行消失，不久，和我们同样的情愫也会接连不断在城里的人们之间传播开来，所有不好的小道消息就会了无踪影。这种浅薄的阴谋是确实存在的。我的推测不会错的。叔父和波洛尼厄斯一开始就是一丘之貉。为什么我之前没有发现这一显而易见的事呢？总觉得他们的所作所为太恶劣了。必须要将我们欺骗到那种份儿上吗？我们也信任他们，对他们感觉很亲切，也很尊敬他们，所以总是放松警惕，微笑示人。可他们绝不会向我们敞开心扉，总是不断地提防我们，算计我们。因此，我很伤心。算什么事嘛！两个人串通好，一个人做检察官，一个人当被告，你一言我一语地争吵，说一些敷衍塞责的谎言给我们看，随后见好就收，被告因证据不充分被无罪释放。我和霍拉旭神情严肃地帮助那个冒牌检察官，心里美滋滋的，所以，这一点甚至会成为后世的笑柄吧，真是光荣之至！不过，他们的计谋确实大致成功了。霍拉旭已经因此而觉得国王清白无辜，哈姆雷特王室可喜可贺，说什么“纵使是很短一段时间，我们因相信那个传言而怀疑国王，也真是很惭愧。我们演出那个无礼的朗诵剧，之后陛下不训斥我们的话就好”，完全相信叔父，反而对自己怀疑他而感到过意不去。城中之人像是也渐渐再次尊敬叔父。世人之心确实不足挂齿，就像随风摇曳的芦苇，左右摇摆，轻易就随风摆动。连我在朗诵剧一结束，也一味地觉得波洛尼厄斯因勃然大怒而神经错乱，甚至觉得叔父可怜之至，考虑自己要不要去国王的居室向他道歉。随后静下心来想想，这可不是闹着玩的，知道我们完全被耍了，觉得毛骨悚然。这是因为有什么情况。那个不吉利的流言所言非虚！叔父和波洛尼厄斯沆瀣一气，现在二人一定心照不宣，拼命防范恶行暴露。但是，我明白了，他们的行为蒙混不了我的眼睛。还这样的话，我也不得不对他们死心了。他们是坏人，波洛尼厄斯打一开始就知晓一切，将自己称为正义啦，青年之友啦，花言巧语欺骗我们，不负责任地要弄我们，真的是漂亮的伎俩。如果他是正义之友的话，那天国就人满为患，地狱就空空如也了。哎呀，对不起。我不知不觉兴奋过了头，忘记波洛尼厄斯是你父亲这茬了。不过，我并不是故意说你父亲一个人不好，我的叔父也是同样的，我是就社会上的一般成年人发火的。你不要误会这一点了。哎呀，你哭了啊。怎么了？是因为没见到你父亲心里不安吗？果然你还是很担心他啊。没关系的，他肯定是接到国王密旨在埋头于繁忙的工作。我也不知道他在做什么工作，反正不是什么正经事。

奥菲利娅：我可没有哭啊。眼睛进脏东西了，在用手帕揉哪！瞧，脏东西出来了，我没哭对吧？哈姆雷特殿下，您任何时候都古怪、夸张地揣测我的情绪。我有时就忍不住想笑哟！我明明只是陶醉地看着夕阳，觉得夕阳好美啊，可殿下却悄悄将手搭在我肩上说："我知道啊，你很痛苦吧。但是，痛苦的并非你一个。夕阳的悲伤我也非常清楚。不过，忍耐着活下去吧。至少为我一个人再活上一段时间。抱着索性死了算了这种想法却忍受着活着的人，这个世上有几万、几十万人哪！”真是岂有此理！简直像是想着我将死去似的说这些煞有介事的话。因此，我变得怪异，变得痛苦。我现在根本没有伤心事啊。您总是奇怪地脑洞大开，一个人虚张声势。因此，我完全茫然不知所措。女人并不是总那样思考深奥之事的人，不会考虑一些很深奥的事情，而是无所事事地活着。父亲从昨天晚上就不见踪影，我有些担心。不过，我一直相信父亲，他并不是像您说的那样是个坏人。您喜怒无常，即便今天狠狠地说别人坏话，明天又会对此人赞不绝口，我决定自己不能太将您的话挂在心上。不过，就像刚才那样，您胡乱怀疑我父亲，说些可怕的事，您一这样连我也想落泪。父亲生性懦弱，特别容易情绪激动。我身体这个样子，心有顾虑没去观看昨天晚上的朗诵剧，但若他说是为正义而表演的话，情况肯定如他所言。我觉得朗诵剧是出于父亲的正义之心而举办的活动。父亲经常说一些小玩笑那样的谎话，但绝对不会说令人害怕的弥天大谎。他在这一点上是一个认真的人，非常正直，责任感也很强。父亲昨天肯定为哈姆雷特殿下的热情所感动，不顾前后利害关系就贸然出演朗诵剧。还请您再稍稍相信他一些。

哈姆雷特： 哎呀呀，今天刮的什么风啊，你的红唇竟然洋洋洒洒、言辞激烈地说了这么多。你要是平时都用这种语气跟我讲话的话，我也会兴味十足，心情舒畅的。

奥菲利娅： 您这样嘲笑我，我马上什么都不想说了。我可是认真在讲哪！哈姆雷特殿下，我决定从今天起，任何想说的事我都会如实讲出来。哈姆雷特殿下也会表扬我吧。我做事总是磨磨蹭蹭、犹犹豫豫，话往往刚开个头就停了下来。这样一来，殿下就不太高兴，教导我说："你不信任我可不好，因为你对爱太计较了，所以才那样结结巴巴的。"这两个月来，我完全没了自信，不由自主地动不动就哭，想说的话也压在心底，总是一个劲儿地叹气。以前可不是这样的，但自从心中有了痛苦的秘密，我明显不行了。不过，昨天王后和蔼可亲地多方安慰我，我已经完全振作起来了。从昨天开始，我的身体也像换了个人似的神清气爽，现在我唯一的希望已经将内心充满——我要生下殿下的孩子，把孩子健健康康养大成人。现在我很幸福，总觉得非常开心哪！今后，我想回到过去那个疯丫头的样子，趾高气昂地将内心所想连炮珠似的说出来，不管心里想什么。哈姆雷特殿下，您可真有点诡辩家的风范呢！对不起，可您所说的全都让我觉得像是演戏啊！真是太矫情了。对不起，这不就是所谓的多疑症嘛！您任何时候若不把自己想象成悲剧的主人公心里好像就不会消停似的。对不起，可事实就是这样啊。不管是国王还是我父亲，绝非如殿下所言的卑鄙下流的坏人。哈姆雷特殿下您自己性格偏执，别别扭扭，就觉得国王、我父亲、王后都懦弱无能啊。我觉得就是这样的。近来，令人讨厌的流言好像在城中广为传播，但没有一个人会认真地谈论它呀。我身边的乳母和女佣会悠然自得地说一些“听说那种剧在外国很流行啦”“戏剧改编得很有意思啦”之类的话哪！看样子她们压根儿就没有认为剧里演的是国王和王后的事。大家都心情舒畅地羡慕着国王和王后，我觉得这样挺好啊！真心怀疑这一点并为之痛苦的，在这艾尔西诺王城里只有像您哈姆雷特殿下这样的人呀！听说父亲出于正义之心参演了朗诵剧，但这是怎么回事呢？我有些不大明白。父亲肯定很兴奋哪！因为他是一个容易兴奋的人。我没有任何资格对父亲所作所为说三道四。而且，女孩子即便要评价父亲的行为，也是根本不懂。这一点理所当然，所以，我虽然无法说清楚，但我相信父亲，也相信国王。王后原本就是我尊敬的对象。这些传言也没什么大不了的。哈姆雷特殿下一个人总是说什么计谋啦，老江湖啦，策略啦，说一些周围确实净是坏人那样的话，精神一直高度紧张，真是滑稽可笑啊。对不起。因为明明没有敌人，您却靠空想制造假想敌，警惕地说什么“不可大意，一不小心就会被骗”之类的话呀。不管是国王还是王后，都对殿下疼爱至深，为什么您就不明白呢？坏人什么的，根本就不存在呀！哈姆雷特殿下，或许只有您一个人才是坏人哪！在大家平安祥和地生活之时，您说一些令人费解的歪理攻击大家，折磨大家。这样，在这个世界上，只有您的爱才是纯粹的、舍己的……

哈姆雷特：奥菲利娅，你等等！你哭哭啼啼的也让我很为难，可你自信满满、咄咄逼人地大放厥词，我也无法忍受。奥菲利娅，你今天怎么啦？你什么都不知道，是吗？真遗憾啊！女人哪，无论怎样讲给她听也是白费，根本听不懂嘛！我太天真了，或许是我喝醉了，令人讨厌，太做作了。这也行吧，自己看上去这个样子的话也没办法。但是，我绝对不是洋洋自得，也不是信以为真地认为唯有自己的爱才是纯粹的、舍己的，进而胡乱地攻击、折磨别人。毋宁说恰恰相反，我是个无聊的男人，是个没出息的男人。我对此感到羞耻，惊惶失措地吵吵闹闹。我非常了解自己的缺点和恶行，所以无地自容。我绝不是诡辩家，而是现实主义者，对一切了如指掌，对自己的愚蠢程度、不体面的样子全都精确把握。不仅如此，我对别人见不得人的一面也非常敏感，能够很快嗅到别人的秘密。这一惯习真是下作。俗话说“恶行发现恶行”，确实如此，之所以能迅速指出他人的恶行，是因为自己也有与此恶行相同的恶行。自己在行不义之事的时候，对他人干的坏事也就非常敏感。这种嗅觉别说是一种骄傲了，实际上应该以此为耻。我不幸具有这种让人讨厌的嗅觉，我的怀疑从来就没有不准过。奥菲利娅，我是个不幸的孩子啊！你无法明白这一点的。我没有丝毫卓越之处，有的只是游手好闲的胆小鬼过度泛滥的感觉。这样的孩子今后到底怎样生活下去好呢？奥菲利娅，我说叔父、母亲以及波洛尼厄斯的坏话，丝毫不是因为我瞧不起他们、讨厌他们，我没有这样的资格。我好恨，恨他们总是背叛、抛弃我。我信赖他们，甚至打心眼儿里尊敬他们，可他们却莫名其妙地提防我，用一种心虚胆怯、哭笑不得的态度和我打交道，就像是要触摸什么污秽不洁的东西。啊！他们可都是那么高尚文雅的人啊！不管什么时候都会彻底背叛我，一次也没有坦诚地和我沟通过，也从未高声痛骂过我。他们为何那么讨厌我呢？我任何时候都爱着他们，深爱着他们，任何时候都愿献出自己的生命。但是，他们却躲着我，背地里嘀嘀咕咕地批评我，总是故作高雅地叹气，说什么“真令人头疼，这孩子”。我很清楚这一点。我不是性情古怪，只是准确地洞察人情世故而已。奥菲利娅，你稍稍明白些了吗？连你也加入他们，对我说一些像是忠告的话，真是太残忍了。有位哲学家这样说过：“想了解孤独的话就恋爱吧！”的确如此啊。啊啊，我渴望爱，我想听到朴素的爱的话语。“哈姆雷特，我喜欢你！”难道就没有像这样高声向我明确表达爱意的人吗？

奥菲利娅：不！我奥菲利娅这次无论如何都不会宽恕您。哈姆雷特殿下，您可真擅长敷衍塞责。我那么一说，您就和我唱反调。我一说您自负，您就反过来说再没有比自己活得更惨的男人了。若是您真的那么清楚自己缺点的话，就不会只是一味地嘲笑自己、惩罚自己了，您索性努力地默默改正那种缺点如何？只是一个劲儿地自嘲的话没有意义呀！对不起，您肯定是一个极为虚荣的人哪！真让我难办。哈姆雷特殿下，请您坚强些！今后请不要再说“想听到爱的话语”这种女孩子那样的矫情的话。大家都很爱您，您有些贪得无厌。对不起！因为别人真的爱您的话，显而易见地反而不再想说那种爱的话语了呀！爱您的人多少还是有点“我爱你”这样一种自豪感的。即便他们沉默不语，或许某一天您也会理解他们吧。因为他们具有一种谦恭的自豪感。您试图硬要他们即便扯破嗓子也要将爱大声喊出来，就是践踏他们那种微不足道的自豪感。爱人是一件不好意思的事，而且，被爱也有点难为情。所以，无论多么相爱，也很难将“我爱你”这句话说出口的。硬要人大声喊出这句话，这种做法非常残酷，也很任性。哈姆雷特殿下，即便您不相信我的爱，请您至少也要相信王后对您的爱。王后非常可怜，视殿下一个人为自己的依靠。昨天在花园里，王后拉着我的手痛哭流涕。

哈姆雷特： 太意外了！从你口中聆听到爱的哲理，实在太意外了！你从何时起变得如此知识渊博了呢？你还是适可而止，最好放弃算了。领会歪理的女人，必定会被男人抛弃的啊！耶稣使徒保罗可是说了呀！“我不许女人讲道，也不许她辖管男人，只要沉静。”这样，总的说来就是“然而女人若常存信心、爱心，又圣洁自守，就必在生产上得救”。意思就是要女人不要教导他人，不要压男人一头，安静地考虑生孩子就行了。你是一个好孩子，请不要再说奇怪的歪理了，世界都变得一片昏暗了。据我推测，我母亲教了你一些鬼点子，你格外有了自信。因为我母亲在那方面是个头头是道的理论家啊。你很快就要受到保罗惩罚的。下次你再遇到我母亲，请这样告诉她：不用语言表达的爱自古以来就根本没有一个实例。“因为真的爱对方才沉默不语”这种说法是极为顽固的自以为是。“我爱你”这句话说出来觉得不好意思，所有人都羞于说出口。但是，在对这种羞耻视而不见，用一种要跳入怒涛之中的心态来宣泄爱的语言这一点上，存在着爱的本质。之所以能一直保持沉默，归根结底是因为爱得不够深，是自私，是在某方面有私心，是害怕日后的责任。那种东西能称为爱吗？所谓的害羞说不出口，总之就是看重自己的缘故，是害怕跳入怒涛之中。若是真正爱对方，就会不由自主地说出爱的话语，就算是结结巴巴说出口也是可以的，只有一句话也是可以的，情急之下会脱口而出。无论是猫还是鸽子，不都在鸣叫吗？不用语言表达的爱，古往今来，东方西方，任何时候、任何地方都不存在。请你把这番话转达给我的母亲。爱就是语言。没有语言的话，这个世界上同时也就没有了爱。你若认为除了语言之外爱还可以作为实体表现为某一事物的话，那就大错特错了。《圣经》上也写着哪！“语言与神同在，语言就是神，语言之中存在着生命，这生命就是人之光。”[1] 我母亲总是让我读给她听。

---

1. 出自《圣经·约翰福音》第 1 章第 1 节。译文采用了中国基督教两会出版、南京爱德印刷有限公司印制的《圣经》(简化字现代标点和合本 2000 年版）相应译文。参考日语原文，可理解为文中翻译。

奥菲利娅：不，绝不是王后告诉我我才这么说的。我只是努力表达自己的内心所想而已。哈姆雷特殿下，您的话太可怕了。如果语言之外并不存在爱的话，我认为爱就是无聊的东西。这东西索性没有为好，它只会让世界变得令人心烦而已。我无论如何都无法相信您的话。神是存在的，默默地爱着众生。神绝对不会大声高喊“我爱你”，但神爱着你，一视同仁地默默地爱着众人、森林、花草、河流、少女、成人、坏人。

哈姆雷特：说话真幼稚。你所信仰的，那是邪教的偶像。你想想看，最初明确告诉我们神之存在的是什么呢？难道不是语言吗？不是福音书吗？所以，基督……哎呀，叔父带着众多随从神色凝重地过来了。难道今天大厅要举行什么仪式？我本想着这个房间平时很少使用，很适合我们俩幽会，时不时决定把你约到这里来。但竟也会发生这种出其不意之事，不能马虎大意。奥菲利娅，快，从那个门快逃出去！我们下一次再慢慢讨论吧。今后我要多多教导你。对。就是那个门！这妮子反应多敏捷啊，像风一样逃得无影无踪。所谓的“爱情像是要把女人变成杂技演员”，可真是句拙劣的俏皮话。

国王、多名随从、哈姆雷特。

国王：啊！哈姆雷特，开始打啦！战争开打了呀！雷欧提斯的船已经被击沉。刚刚传来的消息，雷欧提斯他们乘坐的船只一驶入卡特加特海峡[1]，也不知从哪里突然窜出来一艘挪威军舰，猛地向船只开炮。我们是商船，怎么能招架得住！可是，雷欧提斯非常勇敢，指挥吓呆的船员，激励他们，自己站在最上层甲板上，支好枪支连续猛击，一直打到子弹用完为止。敌人的炮弹击中了我们的桅杆，船帆很快便熊熊燃烧起来。一枚炮弹更是击中船腹，发出一声沉闷的爆炸声，船一下子倾斜起来，已经山穷水尽了。此时，雷欧提斯下令准备小艇，将四五个船客首先抱上小艇，接下来命令有妻子、孩子的船员也去避难，自己和顽强不屈、将生死置之度外的五六名年轻船员一起待在船上，各自拔剑等待敌军来袭。据说雷欧提斯抱着为国捐躯的决心，即便剩下一人，也决不让敌军靠近祖国的船只。他泰然自若，就像海格力斯[2]那样。敌舰上的人远远望着雷欧提斯勇士大义凛然的样子胆战心惊，只是在我船只周围绕来绕去，除了等待我方帆船自行燃烧，最后沉入大海之外别无他法。雷欧提斯悲壮地与船生死与共，是一位令人扼腕的男子汉，是一位像他父亲那样的真正的忠臣。不，是一位没有辱没其父之名的值得钦佩的勇士。我们必须要报答雷欧提斯的赤胆忠心。现在，丹麦也该行动起来了。我国与挪威之间长年的矛盾终于爆发了。我今天早上接到这个急报，即刻做出决定。神站在正义

1. 卡特加特海峡（Kattegat），位于丹麦的日德兰半岛和瑞典的西海岸之间，是丹麦和瑞典的边界。

2. 海格力斯（Hercules），希腊神话中的英雄，大力神。

一边，如果交战，我丹麦国必胜。什么嘛，我们以前就一直在寻找机会。雷欧提斯为国家献出了宝贵的生命。父子一道，不，必须隆重祭奠雷欧提斯的英灵，这就是我作为国王的义务。

哈姆雷特：雷欧提斯！和我一样同为二十三岁，是我的竹马之友。他有些偏执易怒，让我很头疼。不过，他是个好人。他死了啊？奥菲利娅听到的话会昏厥过去吧。还好她现在不在这里。雷欧提斯，你为了给自己镀金，为了将来能出人头地、大有作为，前去法国游学。在此之际突遭横祸。那个时候，你毫不犹豫地立刻舍弃自己的欲望，为了维护丹麦国名誉，牺牲自己而毫无后悔之色，我佩服你呀。雷欧提斯，你讨厌我对吧？我也不喜欢你。奥菲利娅的事情发生后，我甚至害怕你。我们俩从小时候起就争强好胜，彼此棋逢对手。尽管表面上笑容可掬，却相互憎恨。对我来说，你就是障碍啊。但是，你果然是个伟大的家伙，我父王——

国王：你第一次称呼我为“父王”啊！不愧为丹麦国王子。为了丹麦国的命运，我们舍弃所有个人情感吧。我召集群臣来到这个大厅，有一项重大事情要宣布。哈姆雷特，请展示一下你英姿飒爽的将军的风采！

哈姆雷特：不，我当一名懦弱的小兵吧。我不如雷欧提斯。波洛尼厄斯现在怎么样了？他心里也万分悲痛吧？

国王：那是肯定的。我正打算尽量安慰安慰他。话说回来，王后到底怎么了？从今天早上起就没看到她。刚才我已吩咐霍拉旭去找了。你没有看到她吗？今天的公告仪式连王后都不参加的话情况不太好。这种时候波洛尼厄斯不在场的话真不方便啊！

哈姆雷特：那么，波洛尼厄斯怎么了？已经不在城内了吗？他离开王城去什么地方了吗？叔父，您怎么脸色大变，出什么事了？

国王：没什么。在关乎我们丹麦国兴亡的这个重要的早上，波洛尼厄斯个人的命运不足挂齿。你说对吧？我清楚告诉你，波洛尼厄斯现在不在王城里。他是一个不忠之臣。详细情况现在还不是该说的时候。我总归会找个好时机堂堂正正、不遮不掩地公开宣布。

哈姆雷特：出什么事了吧？昨天晚上出了什么事吧？叔父的慌乱好像也并非仅仅是一种战争到来的亢奋。我也无意之中为雷欧提斯最后壮烈的牺牲血脉偾张，忘记了身边的是是非非。叔父或许要利用这次战争来掩盖自己良心的谴责。没想到这件事——

国王：你一个人在发什么牢骚？哈姆雷特！你真傻，太傻了！开玩笑也要有底线，战争可不是玩笑和游戏。在我们丹麦，现在最不严肃认真的就是你。你如此怀疑的话，那我也郑重其事地回答你。哈姆雷特，城内的流言是事实。不，所谓的我毒杀先王这个流言不实。我只是有一天晚上下定决心那样做而已。先王是突发疾病去世的。哈姆雷特，即便如此，你还是想惩罚我吗？我那样做是为了爱情，虽然我非常懊悔，但确实如此。哈姆雷特，我说了事情的全部，你打算惩罚我吗？

哈姆雷特：我问问神好吧。啊！父亲，不，叔父，父亲不是你，我有自己的父亲。可怜的父亲！过去一直微笑着生活在肮脏龌龊的背叛者之中。背叛者就得这样！

国王：啊！哈姆雷特，你疯啦？看到你拔出短剑挥舞了一下，就发现你已划伤了自己的左脸颊，真是个蠢货。你脸颊流着血，真是污秽。这到底是要唱哪出戏啊？刚想到你或许会砍我，你倒突然刀锋一转伤了自己的脸。你这是练习自杀呢，还是新型的恐吓呢？奥菲利娅的事情的话，你明明不用担心的，她是个愚蠢的家伙！在你凯旋之时，我一定会让她和你结婚的。不要哭了，战争开打的话，你也是一方指挥将领，哭成这个样子会失去部下信任的呀！啊啊！血甚至都流到上衣上了！哪位将哈姆雷特带到对面包扎一下。他可能因为要打仗的兴奋情绪出状况了。真是个窝囊废！哦，霍拉旭，什么事？

霍拉旭、国王、多名随从。

霍拉旭：我这样子张皇失措的，还请见谅！啊啊！王后在花园的那条小河中——

国王：她跳河了？

霍拉旭：为时已晚！看起来她已有离世的心理准备，穿着丧服，右手紧握着一个银的小十字架。

国王：真是太懦弱了。应助我一臂之力的人在这紧要关头竟做出愚蠢、任性的举动，这不是我的错！是她太懦弱了，栽在别人的议论上，真是太可怜了啊。唉！也还是有那种处于侮辱之中却忍辱负重活着的男人的。死去的人太任性了，我不会死，我要活着，完成我的宿命。神必然会爱像我这样的孤独的男人。强大起来吧！克劳狄斯，忘却爱情，忘掉虚荣，为了丹麦国的荣誉这面旗帜而战吧！哈姆雷特，有人比你还痛苦哪！

哈姆雷特：我不相信，我的怀疑会一直持续到我生命终结！

风中书笺

拜启

冒昧打扰，敬请谅解。您知道我的名字吗？要是您觉得似乎听说过我名字的话，我想您是知道的。我这个大男人长年累月一味地去写那些空洞乏味的小说。尽管这么说，但我并非过于自轻自贱。我已是快四十岁的人了，尚未写出一部能够令自己信服的无愧之作，而且我没有学问，是那种所谓的笨嘴拙舌、天生愚钝的乡下人，所以不可能拥有广博贯通的写作才能。加之我生性胆小，几乎不与文坛之人来往。这就像以前忧伤的和歌“友人皆比我强时，买来鲜花悦愚妻”[1]所描写的那样，我过着邋里邋遢、落后于时代的生活。啊啊，尽管如此，我不想怨天尤人。我出身于一贫如洗的木匠之家。父亲生性软弱，喜欢小鸟；继母

1. 此处引用的和歌出自石川啄木《一握沙》，原诗为“友がみなわれよりえらく見ゆる日よ花を買ひ来て妻としたしむ”。

又黑又瘦，精明算计。我夹在二人之间活得苦不堪言，最终违背父母意愿离开故乡来到了东京，从那以后二十年间，我一直在不值一提的辛酸生活中苟且偷生。感觉说这些像是在倒苦水，什么都不说了。种种阴暗的回忆也成了迄今为止我作品的主题。我像现在才明白似的向您讲述这一切，真的不好意思。只是自己快四十了仍然默默无闻、没有长进。尽管我这么说，但绝非是出自自己低三下四的偏见，也不是出于类似夸大自己的怀才不遇而不怀好意地讥讽社会名流那样的懦弱的报复心，我真的觉得自己是一个平庸的作家。真诚地向您诉说这些，如果您能理解，仅此一点我就心存感激。

我用“你”来称呼您好呢，还是称呼您为“先生”呢，这令我无所适从。若不是出于客套，我想称呼为“你”的。称呼您为“先生”的话，内心总觉得像是“仅此而已”。“仅此而已”的感觉并不是一种被你疏远、无视这样的不安，而是一种我自己可能会失去兴致对你退避三舍的感觉。我不由得感受到一种说不清楚的奇怪的落寞，像是这一感觉非常清晰地定型了。连我自己有时候也被人称呼为“先生”。当被别人毫无顾忌、天真无邪地称呼为“先生”时，我会真诚地微笑，“哦”地应答一声；当对方略施心计，有意识地叫我“先生”时，我会立刻感受到其用心，觉得不堪忍受，像是被此人拒于千里之外。“没有比被称作先生而当真的人更傻的了”[1]这句谚语，是多么令人生厌啊！因为这条谚语，日本人丧失了堂堂正正的尊敬表达。我本来光明正大、俨乎其然地非常尊敬你，即便如此，单就称呼你为“先生”这一点还是觉得过于古板。我并无他意，只是因为总是想将自己的心态更靠近你一些。我置亲人于不顾独自活着，也没有朋友，生活中总是只将你一人的作品作为自己的目标。这是我打算坦言相告的心里话。

你理应比我大上十五岁左右。二十年前，我离开故乡来到东京，做了《大和新报》的送报员。那时你的长篇小说《鹤》正在这家报纸上连载，我每天早上送完报后，在报社的车夫休息室如饥似渴般“贪婪”地阅读着你的小说。我生在赤贫之家，学历也只是高小毕业。你是富豪（这个词令人不爽，但“资本家”一词更是如此。用我掌握的少得可怜的词汇来表达的话，似乎不太容易找到恰如其分的词语。所以，我只是将“富豪”一词拿来与我那清贫的出身做对比简单描述一下而已。请你这样理解我的用意，多多包涵）及华族的一家之长，而且还有留学法国的光彩经历。然而，即便如此，我还是从你的创作中感受到了一种超越那样的闭塞环境（我斟酌了多个词语如共鸣、亲爱、理解、狂热、愉悦、惊叹、感激、勇气、救赎、融合、同类、奇异等，但这些都

1. 日文这句谚语完整表述为“先生と言われる程の馬鹿でなし”，意为即便被称为先生，但未必就包含敬意，许多时候先生带有蔑视之意。此谚语讽刺那些被人称呼为“先生”而洋洋得意的人。

不合我意，再次让我痛苦地意识到自己词汇的匮乏），毫不夸张、实实在在地生活的喜悦。这样，我就像又回到二十年前的少年时代那种甜美、活泼的状态，进行创作的同时又觉得自愧弗如。但是，我还是决定大言不惭地正言相告。

我虽然出身贫寒，却无法喜欢描写农民的小说，反而一味地阅读被世人说成是傲慢、冷酷、没思想、自以为是而被大肆攻击的你的作品。我并不是看不起农民，毋宁说正好相反。按照士农工商[1]这一排列顺序的话，我是木匠的儿子，身份更为低下。我是不满意那些书写农民题材的作家。从他们作品的深层根本感受不到作为作家个体的爱与苦恼。丝毫感受不到作家个体苦恼的作品对我来说索然无味。你的作品在《大和新报》连载，可以认为是你三十二三岁时的事。那个时候，社会上对你的恶评铺天盖地，你被人完全说成是一个卑鄙无耻之徒。但是，我却总是从你的作品深层看到那些如殉教者一样卓尔不群、水洁冰清的苦闷的容颜。强烈地意识到自己有罪，这一点似乎是天才共同的显著特征。对你来说，日复一日的生活的意义，就是不断加重对自己的惩罚。充实地过完一整个上午对你来说甚至就是一大任务。自从读了《鹤》之后，你的作品我每篇必看。从那时起二十年过去了，你现在已成为明治大正文学史上要大书特书的大作家。才华绚烂、满腹经纶、学识渊博、描写简洁明了，这些评价

1. 江户时代根据职业划分的身份等级制度，其下还有秽多、非人等贱民身份，明治维新后废止。

影响甚广，不懂文学的人也很容易就深信不疑。但与这一点比起来，我却一个劲儿地对你作品中愈来愈深入的对人悲伤情感的描绘深表敬意。《华严[1]》太棒了！这个月我拜读了你发表在《文学月报》上的短篇小说，心里久久无法平静，下了一番功夫将二十年来可以说是隐藏的情感结结巴巴地写了出来。即便对你有些失礼，也请不要生气。我已年近四十，头发也已稀稀拉拉，但是，将“藏在心中二十年的情感”这种女学生式的话语说给早就过了五十岁的你听，这一做法的确荒诞滑稽，写这些内容的我本人都肉麻得受不了，将要收到这封信的你内心的不愉快我也是可以理解的，但我总觉得除此之外实在别无他法。我是一个胸无点墨的拙劣的作家，二十年间总算发表了三十来篇羞于示人的内容单薄的小说。而你二十年来竟然出了三种气派的全集。我呢，别说明治大正文学史了，在昭和文坛一角也是一露脸便随即消失踪影，这种情形反反复复，令我心急如焚。而且，这一时期我又遇到了瓶颈，什么都写不了了。本不想发牢骚的，虽然心里这么想，但还是请你听一听我的牢骚吧。按照批评家们的划分，我属于自然主义式的私小说作家。这与他们简单地将你称作高蹈派一样，都只不过是为了分类的权宜之计而已。因为我的小说题材总是取自自己身边的日常琐事，所以就被归为那一类作家。我只想写“确切的事”，有意识地只书写自

1. 指华严瀑布，位于日本栃木县日光市。

己的手掌明确感知的事物。愤怒、悲伤、捶胸顿足的懊悔都属于我的描写对象，我不写虚构之事。但是，最近我什么都没写。你理解吗？我逐渐意识到自己没学问这一点好像成了致命伤，甚至连历史小说也无法轻松驾驭了。创作瓶颈对我这样靠当天收入来生活的普通作家而言也就意味着生活陷入僵局。我能做什么呢？我想去前线，去寻找没有虚构的真实的感动。我是认真的，要是再年轻些，要不是得了脚气病[1]，我早就报名去前线了。

我彻底陷入了困境，具体理由我就不说了。二十年来，我一直压抑着想给你写信的冲动。读了你的《华严》，我因为兴奋下定决心写信给你。实际上，除了兴奋之外，另一个理由就是我也想向你诉说自己的这一困境。在走了二十年的文学道路上，我还是第一次碰到这么严肃的问题。“自己迷茫到走投无路的话，就请你给我指点一二。”二十年来，我就是一直暗暗将这一愿望作为精神支柱生活过来的。如果你觉得我多少值得同情的话，请给我回信吧。我绝不是强迫你接受二十年来我对你的情感。好像现在才是我释放自己压抑的情感，下定决心向你诉说之时。失礼之处，还请见谅。

给你寄一本我最近出版的短篇小说集《丝瓜花》，请草草一读。

这里是武藏野近郊，深夜的松涛犹如海浪的回响。只要

---

1. 又名维生素 B1 缺乏症，轻者表现为消化不良、下肢无力等症状，重症会出现心脏病、多发性神经炎甚至危及生命。

存在着这种撕心裂肺的孤苦凄凉，文学就不会灭亡。不过，这是我这个老学生式的感伤，或许是一个笑话。先生（出乎意料地竟这样写了，我很珍惜这两个字，没有擦掉就这样留在信上），请多保重身体。

敬具

六月十日

木户一郎

致井原退藏先生

拜复

前些日子收到了您寄来的短篇小说集和书信。没能及时回信，请见谅！我会慢慢仔细拜读您的短篇集。先此致谢，不尽欲言。

十八日

井原退藏

致木户一郎先生

我不知该如何处理一张明信片，就将其放在书桌上，对着它正襟危坐。即便如此，我也无法平静下来，就把它拿在手中站起身来，在房间里踱来踱去，可这样做也只是愈发没

有头绪。于是，我就干脆一副若无其事的样子将这张棘手的明信片插入房间角落的信袋里，闷闷不乐地哼了一声，一骨碌躺在榻榻米上想好好睡上一觉。但是，我辗转反侧，毫无睡意，便又起身从信袋里抽出那张明信片，小声将短之又短的文字读了一遍，最后落寞地从中间对折，硬塞进衣服腰包里。心里好歹平静了些，便面向书桌，再次给你写这样一封有失礼貌的书信。

前些日子，我竟然给你寄了封有失体面的信，真是太失礼了。如果那天晚上写完信有意将它放在桌上一直放到第二天早上的话，我或许会因为内心羞愧不寄了吧。我深夜走过三百多米的田间小路去香烟店前面的邮筒寄信。月色格外明亮，云彩飘浮在空中，犹如可以吃的棉花糖那样洁白轻柔。即便在深夜，白云也还是飘动的，缓缓地流动着。这一情景我还是第一次看到。但是，这一美妙的发现使我心潮澎湃。这种事今后再也不会有了。“今晚是最后一次、最后一次、最后一次……”我心中不断回荡着“最后”这个词，一步一步走回了家。翌日清晨，我边吃早饭边叹气，深深后悔将这封无聊的信寄给了你。要是没有寄出就好了！真是令我无地自容而又无法弥补的羞耻。我居然将只有一晚上的感伤用二十年来隐秘的情感这一让人不寒而栗的语言进行修饰。哎呀！我是一个令人生厌的美文大家，不会嘲笑向《文章俱乐部》“读者来信”栏目投稿的文学少女。不，我更恶劣。在前些日子的信中，我多次提到自己快四十了，理应将自己描写成一个刚进入老年，性格稍微沉稳的生活型的人。但明确地说我三十八岁，非但没有进入老年，甚至还只是一个最近终于开始嗅到文学气息的少年。我不知不觉极为清楚地明白这一点。瓶颈之类的夸大其词的情况不值一提。我什么都没写，根本没有努力。我在寻找舒适安逸的各种空子，并一直在钻这些空子。最终问题在于我现在丝毫感受不到生存价值。生活中没有丝毫意义之时，甚至连自杀都无法做到。自杀反而是那些感受到生之意义的人做的事。用最通俗的话来说，我或许是一时萎靡。试着谈情说爱吧！前些日子给你写了那样不体面的信，事后又痛切地感受到自己幼稚无知，了解到自己还根本没有形成自己的风格。这种情况的话，恐怕必须得从头再来。可是，到底从哪里着手好呢？我无可奈何，斜视着贱内那皱纹增多、布满雀斑的脸庞，觉得太清苦了。我对自己感到诧异。接下来，今天早上我又看到你惜墨如金的几句话，越发对自己茫然不知了。我知道，你这种简短的回复非常适合前些日子我那封煽情的信。我绝不是在抱怨你，怎么可能嘛！还请你放心。通过今天早上收到的明信片上你那简短的回复，我迫不得已有了明确的自知之明，反而对你感激不尽。就这样在写信的过程中，我也渐渐明白了。也就是说，在今天早上收到你的明信片后，我不知如何处理，在房间里转来转去，这只是我被告知自己几斤几两后的惊慌失措而已。我作为作家多少还是有点自尊心的，自己肯定是不知将自尊置于何处而拿着你的明信片转来转去的。

我从头再来，要更为坦诚地从头再来。

那以后，我再一次细细品读了一遍《华严》。开头有一个场景，描写阿照梳完头，把脱落的头发团成一团随手扔到了院子里，随后站起身来。仅仅凭借这一行半的描写，读者就能自然而然地认同阿照的身体和命运，我不由得会心一笑。我之前觉得关于院子里苔藓的描写似乎有点多余，但我打算再重读一遍。华严瀑布雨后的情景让我一直笑容满面。“瀑布冰冷的水花溅在脸颊上，不由得感到生疼，阿照也看上去非常纤弱。”我被结尾这句清新的表达惊艳到了，女性的身体就像轻快地飞起来那样栩栩如生地呈现了出来，作者的爱和祈祷同样拯救了读者。

我穷困潦倒，所以脑海中没有任何幻想，长年累月地将筹措月末开销款项、在院子里种西红柿苗之类的琐事连篇累牍地写进小说。这些内容我近来也彻底厌倦了，内心非常焦虑，只是一味地翻看报纸，觉得自己必须做些什么。脚气病最近恢复得也不错，没有出现身体麻痹的情况。所以，从五六天前开始，我就稍稍喝上一口练练酒量。酒一下肚，幻想也会有所丰富，令我喜出望外。真没想到酒是如此难能可贵。我过去觉得喝酒让人乱性，是一种堕落，到这把年纪一直都滴酒不沾。国内酒类供应开始有些吃紧之时，我慌里慌张开始练习喝酒，实在是一个令人瞠目结舌的迟到者。不管什么时候我总是落后，干脆在跑道上比别人慢上一圈领跑好了。我很想得到你的些许指导后也开始练习谈情说爱。我要不要学历史呢？哲学之类的如何？语言学呢？

坦率地说，我从肖邦忧郁、苍白的脸上感受到了艺术的原形。用更加自轻自贱的话来说就是“憧憬”着这一原形。你会笑话我吗？“一个男人将自己疲惫不堪的瘦削的身体埋在海滨旅馆的藤椅里，像是阳光晃眼似的眯着那双睫毛长长的大眼睛眺望着大海，凌乱的头发被海风撩动着，垂在那端庄典雅的宽额头上。他轻轻托着右脸的五指犹如鹡鸰尾羽那样纤细灵巧。男人背后，静静地站着一位身穿明石绉绸和服的中年女性。”这情景是不是很不像话？我的想象平庸无奇，自己都感到腻歪。但是，我是在认认真真尝试这样写。现代艺术家都曾经暗暗憧憬着与这样的姿容如出一辙的形象，真是太滑稽了。木匠家的小子竟然憧憬肖邦，愈发短粗横胖，身患脚气病，一张脸就像螃蟹壳那样四四方方，别说头发随海风飘动了，简直就是秃瓢一个。而且，晚上喝上一合[1]酒，那张油腻的大脸盘子就会明晃晃的，还讨人嫌地对老妻呼来唤去的。我少年时代梦中的作家绝不会是这副德性。真的是所谓的“不应该是这样的，没想到会这样”这种笑话。可是，现在的我就是一个作家，甚至还被人称为“先生”。我要不要抛弃肖邦而转投山上忆良[2]的路子呢？《贫穷问答歌》的话，内容也恰如其分地贴近我的日常生活。这样

1. 日本使用的容积计量单位，1 合约等于 0.18 公升。

2. 山上忆良（约 660—733），奈良时代初期的贵族、歌人。他现存的作品均收录在《万叶集》中。代表作有《沈疴自哀文》《贫穷问答歌》等。

的感触就是所谓的“民族自觉”吗?

在写这封信的过程中，所有的一切都变得微不足道了。就写到这里吧。今天早上一大早我就郁郁寡欢，想稍稍平静下来思考一下。总觉得一切都变得令人惴惴不安。不过，希望你不要介意。就此搁笔。

这封信免回，请多多保重。

六月二十日

木户一郎

致井原退藏先生

前略。

虽然你说无需回信，但我还是要回信给你。

我也要告诉你，接触到你那赤诚的精神世界，我两三天来感觉自己（不是你）龌龊不堪而心生厌倦。我以前就知道你的名字。你的作品我没有读过，不过诗人加纳君曾经在一次聚会上带着满腔热情称赞你的作品，也推荐我一读。我自己也觉得既然这样我就读一读，但之前一直没有机会，事情就不了了之。前些日子，收到你寄来的信和短篇集，没能及时致谢也是因为自己情绪低落的缘故。我很难一视同仁地对所有来信之人都写信表示感谢或一一回复。尽管这么说会被你误解为我像是施恩于你，但不好意思，我看了一下你的短篇集后才放下心来，觉得书中像是有不少精彩之处，所以才心情舒畅地匆匆写信致谢。感谢之语过于简短，你好像非常不满，不过我认为，表示感谢的话，真诚的一句“谢谢”业已足够。除此之外不需要再说什么了吧?！那个时候，自己几乎还没有读你的作品。

但是，现在情况不同了。我把你的短篇集从头到尾彻底看完了。我觉得你是一位天资雄厚的作家。诗人加纳以前称赞你的作品，他那时的评价我现在也完全赞同。《光阴》轻快的笔触，《瘤子》的哀愁，《百日红》中强烈的自我凝视，我相信这些杰作与国外十九世纪一流的作品相比也毫不逊色。你信里说自己是个胸无点墨且极其乏味的作家，希望以后不要再说这些显而易见的矫饰做作之言。你若是才疏学浅、水平低劣的作家，反过来就成了我井原是学者、高水平作家，我不想听这种让人无谓地不知所措的话语。如果你今后打算开始与我交往的话，首先希望你不要说任何无用的遁词，并保证之后也这样。若非如此，很难期待我们俩能够交往下去。你向我诉说“我是一个胸无点墨的拙劣的作家”时，我却感到自己龌龊不堪。即便是我，也有喝酒时大脸盘子搞得红光满面的时候。我并非是从你信中感觉到了肮脏龌龊，而是觉得像是镜子反射的光线正面朝向了我自己，我因看到自己的丑陋而茫然不知所措。我想这一点你是清楚的。

对你的作品，我仅有一点甚为不满。你的作品可以比肩十九世纪的一流作品，我这句话中也包含着强烈的不满。你的作品只是略略模仿十九世纪作品的收尾，换言之，就是作品过于直白了。你作品的范本，可以轻易从十九世纪俄国作家或法国象征派诗人的作品中找到，觉得作品最后给人一种没有落到实处的感觉，感伤的方式、获得启示的过程、心境的变化都明显模式化了。你肯定是有范本的，任何作家一开始都是根据范本千锤百炼的。作为一名创作者，作品始终无法脱离范本的味道真的很窝囊。明确地说，你还在模仿某人的风格，似乎将目标放在了这上面。“艺术性”这一模糊的装饰还是抛弃掉为好。生活不是艺术，自然也不是艺术。坦率地说，小说也不是艺术。我曾经听到过“小说的堕落始于试图将小说视为艺术之时”这一说法，我自己也赞同这一观点。创作中最为理所当然地必须要努力的一点便是“力求准确”，仅此而已。当风车看上去是恶魔的时候，就应该果断地将其描写成恶魔。而且，风车看不出像其他东西时，最好如实描写风车。实际上，有些愚蠢的作家看到的就是风车本身，却认为若不把它描写成恶魔就可能不“艺术”了，进而想出一些一看便能识破的方法装浪漫，那样子即便耗费一生也不会有所收获。在小说中绝不能将“艺术氛围”作为目标，那就像将薄纸蒙在新娘图案的画片上用铅笔哆哆嗦嗦地描摹一样，完全是滑稽幼稚的游戏，没有一处值得阅读。企图营造气氛这一行为也就是抹黑自己。哪怕是稍微意识到有点

“契诃夫[1]味”也必然是一败涂地，或许还是不说为妙。你也是一名创作者，我想你已经领会了所有的一切。但是，在你作品深层存在着我有点放心不下的地方，所以我就直言不讳地说出来。文体过度修饰，特别是回避使用汉字，描写不必要的风景，随意记述花的名字，这些方面请严肃谨慎，老老实实地朝着力求印象准确这一方向努力。甚至可以看到，你似乎尚未获得自我印象这一点。这样的话，无论到什么时候，你都根本无法做到准确描写事物。请主观些！带着一种强烈的主观前进！请拥有一双单纯的眼睛！所谓复杂，反而是思想贫乏之人的表情，这才是真正的没有学识。你并不是没有学问，你的作品之中明明存在着一种顽强的思想，可是你尚未意识到它。你知道下面这句箴言吗？

“敬畏耶和华是知识的开端。”[2]

我有点忘乎所以，像是写了些多有得罪的内容。但是，我觉得在接触青年才俊的天资之时，用一种年轻的热情回复对方才是作家的礼貌。我不认为我们俩实力有别，你全力以赴冲我而来时，我也要全力以赴地回应你。

今天仅仅谈论了你的作品。针对你信中的语言，我考虑下次再详细答复你。你的两封信与你的作品比起来相差甚远。如果只读了你的来信而没有接触你的作品的话，我想我可能

---

1. 安东·巴甫洛维奇·契诃夫（Anton Pavlovich Chekhov，1860—1904），俄国19世纪末期批判现实主义代表小说家、戏剧家。主要作品有《套中人》《变色龙》《樱桃园》等。

2. 以色列王大卫的儿子所罗门的箴言，收录于《圣经·箴言》第1章第7节。全句为“敬畏耶和华是知识的开端，愚妄人藐视智慧和训诲”。

不会给你回信的，你的信满纸谎言。下次有机会再详细告诉你。说得太多了，今天就先写到这里。

我像是要交到一个好朋友了，所以自己也感觉到一种久违的兴奋。如果你无法忍受我所说的，试着出去旅游如何？书不尽言。

二十五日

井原退藏

致木户一郎先生

谨启。

我反反复复拜读了你的来信，无法立刻写信表示感谢，这三天来一个劲儿地唉声叹气。我不一定像读《圣经》那样一字一句带着一颗信仰之心阅读你的来信，对信中许多地方也颇有微词。但你提到的小说妙诀在于力求印象准确这一观点，严丝合缝、高屋建瓴，我的再次陈诉也理应由此出发。我确实说过我只想描写“确切之事”，先只写自己的手掌明确感知到的事物。可是，最近我做不到了。这是有原因的，但不便具体说。我应该将这一情况告诉你的，你却完全无视了我的信，而且随意选了一个你自己擅长的主题，讲了些冠冕堂皇的感想。可我一点都不想听你关于那个主题的说教，甚至觉得太老套了。

我想问的并不是那种高雅的方法论，而是一个迫在眉睫的问题。请你下一封信一定涉及这个问题并给予答复。郑重地拜托你了！

请原谅，我将你的好意视为理所当然而随心所欲地说了这些话，你肯定会怒火中烧吧。我反倒心平气和。

“敬畏耶和华是知识的开端”，你将这句金玉良言送给了我。从现在开始，我要针对你不遗余力、无拘无束地行动了。得到唯一一位思想高尚的前辈指导，我感觉腰杆都挺起来了。

那么，回到信的开头。我之所以这三天来没有立刻回信表示感谢而只是一味地唉声叹气，是因为我忍受不了信的深层中你那种出人意料的温和。这么说有点失礼，你内心天真无邪。或许你会露出苦笑，但你生活的世界充满阳光，这一点才是艺术性的。你之所以极端地抨击作品的“艺术氛围”，我想或许是你日常生活中腻烦了“艺术氛围”的缘故吧。或许因为我每天过着为家庭生计千辛万苦的生活，所以才格外会这样想吧。可是，五十来岁的大作家竟然恬不知耻地给我写来这么一封温柔的信，真让我目瞪口呆。你尽管发火好了，但请你不要和我绝交。明确地说，你这封温柔的长信不合我意。明信片那简短的回复令我感到失落，但即便你如此乐观地安慰我，我也会感到腻烦。我的作品甚至没有评论的价值。我现在并不是在重新向你征求对我作品的感想。但是，你就倾听一下我信中的申诉吧。我信中根本就没写什么谎言，你说的谎言在何处，又是何种程度的谎言呢？请速来信告知于我。

我知道自己很任性。但是，我强烈地顶撞你的话，似乎也会收到相应强烈措辞的信。我没有反思自己的失礼，净说一些有损口德的不敬之词。在这个世界上，我只相信你一个人。

我打算收到你的回信后再去旅行放松一下。昨天我从书店领到了《丝瓜花》的版税。另外，我与诗人加纳先生从未谋面，请你告诉他，如果有机会，我很乐意与他见上一面。加纳先生和我是同乡，都是千叶县人。顿首。

六月三十日

木户一郎

致井原退藏先生

拜复

你的信真是卑鄙无耻。我要答复的内容也显得傻里傻气的。但是，我还是要再写封回信给你，因为我对你的作品无法忘怀。

我说过你的信满纸谎言，你似乎气势汹汹地对此表示抗议，认为自己根本没写什么谎言，要我告诉你谎言在何处，是何种程度的谎言。那我就告诉你，我对你无意识中表现出来的强烈的自以为是瞠目结舌。作品中的你是一个单纯的感物伤怀之人，而且，你的感伤极为朴素，我甚至感到诧异，犹如现在直接听到了几千年前大卫[1]的歌声。读了你的作品后，我感受到一种久违的兴奋，因为我自己除了阅读优秀之作以外别无其他乐趣。对我来说，工作是一切，工作的成果就是一切，丝毫没把作家那种人格魅力当作目标。一些诗人连普通的工作都不做，却在其生活中故作清高，自卑乖戾，随口便说绝望、虚无，一味地吹嘘自身风格独具魅力来逗人开心，自己也对黏黏糊糊搞男女暧昧这点乐此不疲，我对这种人极为不齿，觉得他们胆小懦弱、卑鄙无耻。不靠作品而多方绞尽脑汁凭借个人魅力来让他人尊敬、爱戴自己，这样的作家好像自古以来就为数不少，毫无例外都是些狡猾慵懒之人，是偏执张狂、歇斯底里的虚荣之徒。所谓发表作品就是丢人现眼，是向神灵告解。而且，更为重要的并非是通过告解获得神的宽恕，而是受到神的惩罚。我自己一贯只看作品，所谓的作家的人格魅力我一概不信。我认为，无论是谁都是微不足道的卑劣的存在，唯有作品才是救赎，除了工作别无他法。一读你的信，我就明白了你最近浑浑噩噩。这样说恰如其分，你确实像一只为找一条能轻易逃脱之路而四处乱窜的黄鼠狼，实在丑陋不堪。你试图将作品的诚实替换为人的诚实。“即便不当作家也没什么，我想做一个诚实的人。”这听上去像是豪言壮语，实际上却充斥着奸猾、丑恶算计的遁词。事到如今，你还认为自己能够做一个诚实之人吗？所谓的诚实之人，你知道是什么样的人吗？唯有“爱人如己”之

1. 大卫（David），生卒年不详，古代以色列王国第二代国王，建立了统一的以色列联合王国。

人才是诚实的，你能够做到这一点吗？希望你不要对我说含糊其辞的话。你总是考虑你自己，你只爱自己以及家人，最多还会爱身边能给自己带来利益、能给自己行方便的两三个人。难道不是吗？我要不要再说些给你听呢？你快要哭了吧。“你们要小心，不可将善事行在人的面前，故意叫他们看见。”[1]这句话怎么样？希望你好好想想，你能做到吗？“希望自己至少做个诚实之人。”好像有一个厉害的女作家随口就说了句这样的话，就像“做个诚实之人”是一个谦卑的、绝望之时的最低愿望一般。什么“至少”啊！这难道不是大天才才能成就的极为艰难的事业吗？我无论如何都无法彻底成为一个诚实之人，所以为了至少能够赎罪而将小说创作一直持续下去，这么说的话还算坦诚。我认为作家毫无例外都是些无聊透顶之人。和我一样年过五十的同辈作家之中，像是也有那种总想装出一副圣人模样的作家，这些人是愚蠢的家伙，据传他们老说自己不喝酒。“你们祷告的时候，不可像那伪善之人，爱站在会堂里和十字路口上祷告，故意叫人看见。”[2]这句话很好地批判了这种人。

你的来信也是同样。你似乎想要过分地宣扬自己“虚弱”的善良，但实在不成体统。你的善良那么“虚弱”吗？你抛弃父母来到东京，不顾一切地冲进小说创作这一领域，终于凭借小说家这一职业自立门户，这是那些性格软弱、不折不扣的大好人无论如何都做不到的。失败者这个幌子还是给我

1. 《圣经·马太福音》第6章第1节。

2. 《圣经·马太福音》第6章第5节。

扯掉吧。你确实谎话连篇，你说自己创作的净是些内容单薄的小说，觉得自己在昭和文坛一角一露脸随即便消失踪影，再次露脸又很快被人遗忘，而且，你说自己最近写作完全没有进展，开始考虑学习语言学，重新研究日本历史，这些全是谎言。你只是用那种自嘲的话来向他人卖惨，试图掩盖自身的懒惰和傲慢。你虽然看起来有些朴实，但很少有男人具有你这样强烈的自我意识，你甚至看上去像一个令人恐惧的报复心很强的男人。尽管你将自己说成是一个坏男人、一个没用的男人，但你没有付出丝毫努力来改变自己的地位，一得到机会就希望维持现状。不过，尽管那种任性的想法过于明显，但因为你身体状况不好，所以就像装病那样随便皱皱眉，好像非常痛苦似的哼哼唧唧地说自己陷入僵局、走投无路。就是利用这一卖惨手段，你打心眼里说着“不过，我很伟大，我的作品会永世长存”来嘲讽对方。以上就是我从你的整封来信中感受到的印象。你将自己的身体疲劳、精神涣散、热情丧失一味地归罪于时代，巧妙地为自己的懒惰辩解，试图博得他人的同情。“我彻底陷入了困境，具体理由我就不说了”，这是一种多么故弄玄虚而又胆小懦弱的措辞啊！听起来也像是在说你自己精神可嘉，承受了极大的压迫却强忍着不说出来。到底是谁那么压迫你呢？是谁呢？大家不是很关爱你吗？你真的是贪得无厌。给作家一支笔和一沓纸，就能在纸上创造一个王国，难道不是吗？你害怕自己的影子，只是假想着一种根本不存在的压迫，胡乱地跌跌滚滚而已。你的样子真是滑稽可笑。想创作却写不下去，这句话也是谎言，估计你现在没有任何想写的东西吧。没有想写的东西的话也就没有了任何借口，仅此而已。作家死绝了，甚至没有救助之法。读了你的来信，我看到了你本质性的危机，这可不是开开玩笑就能敷衍过去的时候。你或许有些满足于自己的工作，难道不是吗？力所能及的工作已大功告成。你心里琢磨着事到如今已经无法写出超越当前水平的作品，姑且这样好了。你这样想的话真的是荒唐透顶，最终还是仅仅能够做到高明地模仿范本而已。你的作品中尽管可以看到十九世纪作品那样的完成度，但二十世纪的真实却丝毫没有得到具体呈现。所谓二十世纪的真实，换句话说就是当下的爱情小说或者现代艺术。然而，不单单你的作品，世界上所有人的作品之中都尚未清晰地表现过这一真实，试图表现之人也全都一败涂地，反反复复地刚朝上飞了飞便又坠落于地，被世人当作骗子，就像达·芬奇的飞机那样遭人耻笑。但是我相信，终有一天，真正的现代艺术总有一天肯定会被一群天才出色地创造出来。这是一种世界上前所未有的艺术，是从范本完全解放出来，从二十世纪的自然之中堂堂正正地涌现出来的艺术，它必然会实现。于是我相信，与这个世界上其他国家相比，这一新的艺术会在日本绽放出最为绚丽的花朵。我想你们和你们的后辈会创造出这一艺术吧。日本自明治以来作家辈出，然而可以说没有一个创作。我不知道“创作”一词是谁发明的，但我觉得这的确是一个好词。似乎很多人把这个词当作小说的别名那样随便地使用。我认为明治以来，真正的创作在日本还没有出现，哪怕是一篇，总能感觉到某处必定带着范本的味道，这是因为也有一段时期曾以为范本好。但是现在，关于我们要走的道路，外国的思想家、艺术家都没有给我们任何提示。或许在当今这个世界上，只有日本的艺术家没有意识到失败，对自己的工作仍感受到微弱的希望。这是幸福的工作，日本或许就是艺术之国。

一切皆从现在开始，我也要活到老写到老。万一到时候新闻出版界对政府的方针顾虑重重而拒绝发表我的小说，我也要默默地写下去。即使发表不了，我也打算写完留存于世。我显而易见是属于十九世纪的人，没有参加二十世纪新艺术运动的资格。但是，我确确实实想留下一颗种子。我想将这样的男人也曾存在过这一点清楚地写下来告诉世人。

你太散漫了。听说你要去旅行。旅行也是很不错的。你如今最为欠缺的，既不是学问也不是金钱，而是勇气。你在自己的善良上陷入了僵局。这样说真是不严谨，因为每个作家毫无例外各自心中都拥有一个恶魔，事到如今即便要做出一副好人面孔也来不及了。

希望这封信不是写给你的最后一封。

敬具

七月三日

井原退藏

致木户一郎先生

拜启

“我从京城逃了出来”[1]，你知道这句话吗？你若知道的话应该会笑出声吧？这句话是一位丰腴腻脂的可怜女作家的文字。但是这行字却具有栩栩如生的写实性。于是，我也逃离了京城，怀揣五十元。

我为什么会这样呢？我一被逼至不安和痛苦的边缘，就会突然说一些滑稽可笑的话，感受到一种在临死之人的枕边突然说一些猥琐之事而想开怀大笑的冲动。我是认真的，心里不堪忍受地紧绷着，突然就开起了玩笑。“我从京城逃了出来”这句话也是我极为痛苦之下迫不得已的插科打诨，态度极尽戏谑之能事。这首先是冒犯了那位女作家。但是，我现在忍不住要胡言乱语。

收到你的长信，我只是觉得“这家伙没得治了”，以这样一种心情将钢笔、墨水、稿纸、词典、《圣经》等物品塞进手提包，怀里揣了五十元钱。尽管是五十元，但我还是数了两遍纸币的张数，独自核定完数额后就慌慌张张奔向上野站。我结结巴巴地冲售票窗口叫嚷着“涩……涩川”[2]，买了车票坐上火车。我不知为何抿嘴笑了。这还是一种有些戏谑的写法啊！是极为痛苦之下迫不得已进行的插科打诨，还望海涵。

我在这个百无聊赖的山中温泉场已三天了，但一无所获。我因一些奇怪、愚蠢的念头总是心神不定，什么事都做

---

1. 日本小说家冈本加奈子（1889—1939）的代表作《生生流转》的开头。

2. 日本群马县地名，位于利根川和吾妻川的交汇处。

不了，一页也没写出来。我担心旅馆住宿费，杂乱无章地在稿纸边角处计算旅馆的花费，不断地写了撕、撕了写，之后倒头便睡。我来这里的目的是什么呢？实际上我干了件徒劳无益的事情。对在贫困中长大成人的我来说，这几乎是我平生第一次温泉旅行，但我总觉得自己好像不是那种能在温泉旅馆安安静静工作的人，光是住宿费用就让我牵肠挂肚。

你长长的来信让我心神不定。坦率地说，你所说的一切也未必切中肯綮。而且，也并不是说你的严厉斥责就让我惊慌失措了。我绝不是嘴硬才这么说的。你信中所言都是我过去就心领神会的，你只是比我们更坚定一些、更权威一些高声断言这一点而已。当然，你那样的表达态度才是难能可贵的，这一点我也没有忘记。我觉得你果然还是很了不起的。不仅仅是你，在你同时代的人都可以几乎间不容发地同时将思想及其表达呈现出来，总是令我们目瞪口呆，甚至在所想内容与语言表达之间看不到任何踌躇不定、投机取巧的迹象。你们一直是用语言进行思考的吧？学习时一直让思想训练和语言训练完美地平头并进对吧？这不就是在说那些笨嘴拙舌或文笔拙劣的结结巴巴的家伙没有思想吗？所以，你们任何事都可以直言不讳且毫无保留地说出来。即便是孩子气的不言而喻之事你们也讲得洋洋得意。这一点对我们来说极具诱惑力，真是伤脑筋。我们能讲什么呢？说一说“感知思想”如何？思维将语言弃置不顾独自逃走，语言因此任何时候都游移不定。我是清楚这一点的，觉得语言实在令人心烦。“确实如此！这也是一条路径。”我就像这样一直以一种马马虎虎的心态听他人讲课。我注意到语言迟钝不堪，似乎落后于感觉十万八千里。运用语言梳理主观思想，将其作为自己的思想体系建立起来，这一做法冠冕堂皇，也像是很正统似的，我也曾向往过，但总觉得“哲学”一词让人难以忍受，眼前立刻浮现出戴眼镜的女大学生的身姿、骷髅之类的意象，实在是吃不消。我读了你的信，彻底感受到你正在思考之事与你的语言严丝合缝地紧贴着站在一起。这是通过语言进行思想训练的结果呢，还是反之通过思想进行语言训练的结果呢？总之我看到了你长久的修炼之后文字所具有的不可思议的力量，这一念头无法抹去。你信中一说那是错的，我就不由自主地感觉到你像是打心眼里毫不怀疑地断定那是错的。我们不同，很多情况下明明很喜欢对方，却故意说“那家伙好讨厌”，真是没得治了。思想与语言之间有三四个齿轮。不过，也请你相信这些齿轮是奇妙而精准的。我们的语言乍一听像是一派胡言，但如果你仔细考察的话，无论何时都应该是紧紧咬合的。这或许是我俩生活的差异。这样的辩解令人不快，我黯然神伤。算了！我对你来信中那种几近暴力的表达——这正是不加粉饰的朴素的表达——惊叹不已，这一点也的确是事实。但是，你所提出的意见之中，并无丝毫启发之处，这一点也是事实。事到如今你都说了些什么话呀！将我们强行封闭在奇怪的范本里，令我们无法动弹的到底是谁呢？那就是所谓的前辈作家。我们一开始稍稍自由地创作，你们便很快零零星星地聚在一起，毫不留情地将我们的作品批得一塌糊涂，说我们心态不成熟、描写不到位、肤浅、自以为是、文笔拙劣、粗枝大叶、没有生活体验、不检点、傲慢、没教养、思想不清晰、世俗之野心旺盛、徒有虚名、夸夸其谈、内心轻佻浅薄、自我陶醉，卖弄才学、不稳重、装模作样、吹牛皮、游手好闲等等。即便我们拼命地询问你们“那该怎么办”，你们也不会对我们有丝毫指点。这才是你们的样子，将向你们寻求依靠的我们一脚踢开，一掌推开，得意洋洋地各回原处，在前辈们中说“那家伙果然是个蠢材”，将我们作为酒席上的笑料，真的太过分了。做后辈的也邋里邋遢，心里完全没底，作品一味地土里土气、空洞乏味，从侧面压制了其内心自由奔放的才华，心里觉得“若无与才华相连的诚实，这一才华或许就无法实现吧”，低眉顺眼地缩着身子坐在角落里，总是看前辈脸色行事，成为一个温顺的乖孩子，勤勤恳恳地学习《四君子[1]图》《布袋和尚[2]图》《旭日白鹤图》《田子浦[3]富士图》之类画帖，一本正经地嘴上说着“我还远远不够”，在别人面前唉声叹气，一心期待自己不犯大错。后辈之人就成了这种状态。现在，我相信，年轻的才华应该像天马那样尽情地纵横驰骋。想要尝试的技法，就应该一直灵活运用到最后。

---

1. “四君子”指梅、兰、竹、菊，中国画、日本画的重要题材之一。
2. 指中国五代时期后梁禅僧契此。契此整日袒胸露腹、笑口常开、手提布袋，有和气生财之意，世传为弥勒佛的化身，在日本被列为七福神之一。
3. 指日本静冈县富士市南部的海滨，自古以来就是观看富士山的旅游胜地。

不存在写着写着就写过头的情况。所谓艺术，原本就是浮华之物。但是，我似乎已经落伍，完全走不动了。《布袋和尚图》《旭日白鹤图》我已经画得有点过头了。读了你的信，觉得事到如今你所说的就是这一点。如果你再早个二十年明确告知我这一点该多好啊！但是，这么说像是埋怨你似的。“打破范本！二十世纪的新艺术就在你们手中！”尽管你这样大声鼓动我，我也只是痛苦地歪着头苦笑而已，我只向你说这一点，其他类似埋怨的话我决定不再提了吧。总觉得我和你一样像是一个十九世纪的作家。

我说了不少有失身份的话，但是，我确实没有从你的来信所讲述的内容中得到丝毫启发。不过，我慌了手脚，拿着你的信心神不宁。我从京城逃了出来，觉得“这家伙没得治了”，以这样一种心情将钢笔、墨水、稿纸塞进了手提包。为什么呢？那是因为我败给了你长篇累牍的来信。你像我那样给我回了这么长一封枉费心思的信，我对你这种异常的热情惊慌失措，甚至持有一种低俗的赞叹之情：这么长的文章若写在稿纸上拿来发表的话，会拿到高额稿费的，可是……我还想到你现在恐怕也极其空虚无聊吧。你会不会不只给我，给任何人你都能郑重其事地写这么长的信呢？这么一想，愈发惊慌失措了，我似乎情深意切地爱上了你，感觉到你会无法容忍在日常通信中被我如此耗费掉自己宝贵的热情。我爱你胜过爱我自己。我开始痛苦，深切地认为你是一个指望不上的好人。语言中有“大痴”这个词，你就是大痴，具有不拘小节之处。我觉得你果真就是一个奇葩。这次就算了，请不要给我以及任何人再写那么长的信了，真让人为难。我已经明白了。我要创作作品，要搞创作！“这家伙真让人受不了！”我就是以这样一种心情将钢笔、墨水、稿纸、《圣经》塞进手提包的。

想来这真是一次不明智的旅行，一件好事都没有发生。今天晚上已是住宿的第三晚了，可文章连一页都没写出来。从第一晚开始就大大失算了。我告诉你吧，我甚至连一点思路都没有。可以的话，我想试着写浪漫爱情故事（你会笑话我吧）那种东西。这一想法在心里某个角落隐隐作痛。到了这把年纪，我也曾觉得“所谓文学，不就是描写恋爱吗”这种说法有其道理，因此，有天晚上我也突然产生了一个不合乎自己身份的愿望，盼着爱上一位女性来打开自己最近困顿的创作局面。要是能通过此次旅行获得某种写作启发就太好不过了。我也产生过这种中学生式的平庸无聊的空想。可能因为我很少去旅行，所以也有些沉不住气吧。说来真是可怜哪！因为想得到那朝气蓬勃、绚烂无比的灵感，我栽了个大跟头。第一天晚上送饭菜的女招待二十七八岁，走路外八字，是一个身宽体胖的人，眼睛又细又小，两颊绯红，长相好似一个脸盘胖墩墩的丑女面具，是那种心思、性格都令人捉摸不透的人。“旅馆的客人多吗？”“大概几月最忙呢？”“是吗？姑娘是本地人啊！我说呢！”我出于礼貌勉为其难地总问一些自己丝毫不感兴趣的问题。这么一问，女招待从起先不回答转而点头回应我，她只是清晰而简短地回答我的问题，除此之外闭口不言。真是一个不太和气的服务员。我百无聊赖，完全没了话题，心情郁闷起来，在开始喝第二壶酒时，毫无缘由地突然想起坂田藤十郎[1]来。他在演技上遇到瓶颈，就在一个晚上虚情假意地主动找人谈情说爱，终于灵感上身。虽然做法令人不齿，但为了艺术也情非得已。我也付诸行动吧。“服务员小姐，”我即刻严肃地扬起眉头，拿腔拿调地打招呼，对她说了些“我好喜欢你”之类的连自己都觉得惊讶的冒失话，试图不动声色地握她的手。这样一来，没想到事情反而闹大了。“你要干什么！”服务员大声嚷道，“真是不靠谱，这可是非常时期啊！”她站起身来，像一只野兽那样一副凶神恶煞的表情瞪着我。我差点吓破了胆，接下来很不开心。“不要太自恋了，谁想真的和你谈情说爱啊！”我也翻了脸，“我就是尝试一下和你逢场作戏。过去有个叫坂田藤十郎的伟大演员，他呢……”我一开始解释，“你得了吧！离我远点！离我远点！”她又大声呵斥道，两手按在胸部，不由自主地扭动着身体，真是很不雅观。我也酒醒了，彻底变得一本正经，说了些表扬她的话：“没有人去靠近你的，坐下吧！是我不对呀！战争后方的女性必须要像你那样坚定啊！”但是，女招待完全像是对我轻蔑至极似的“哼”了一声，将衣领合拢，装模作样地从房间里出去了。我咕嘟咕嘟地喝着剩下的酒，自己盛饭吃

1. 歌舞伎演员名字。初代坂田藤十郎是元禄时代上方歌舞伎的创始人之一。

了，心情真的是无聊透顶，根本没有预料到藤十郎可能会碰到如此倒霉之事。总之，实际情况可不是像传说中那样发展的。我被女招待“你要干什么”这一嚷嚷吓到了，根本没有产生一丝灵感。这样一来，藤十郎便会后悔、羞愧，颜面无存，只能悬梁自尽了。那天晚上，来撤下食案、铺床铺的已不是那个外八字，换了一个身体消瘦、皮肤黯淡无光的女人，大约四十岁的样子，长着一张狐狸脸。连这个女人都是一副对我心存戒备的怪怪的样子，令我不胜其烦，肯定是那个外八字在众人面前大肆张扬的缘故。那天晚上我也愤愤不平，根本无法入眠。不过，第二天早上，耻辱也淡化了，对前来打扫房间的外八字笑着轻声说了句“昨晚得罪了”。男人果真是一近四十羞耻心便多少因麻痹而变得厚颜无耻啊！要是十年前的话，我昨晚多半已经神经错乱逃离这里了，或许已经自杀了。外八字听了我的道歉后不高兴地皱了皱眉，点头原谅了我，真的是惺惺作态，我打算再也不理这个女人了，真的是索然无味。今天一整天我一直躺着看《圣经》，晚上也没有喝酒。一个人将身体泡在溪流旁岩石堆砌而成的浴池里，嘴里念念有词，反复嘀咕道：“虚心的人有福了！[1]虚心的人有福了！”在此过程中，逐渐又改口为“做好工作！你个笨蛋！做好工作！你个笨蛋”，随后又小声嘟囔着“但愿能做好工作！但愿能做好工作”。我悲伤至极，抬头

1. 出自《圣经·马太福音》第5章第3节中的耶稣的讲道。全句为“虚心的人有福了，因为天国是他们的”。

仰望漆黑的夜空，更加坚定地喃喃自语道："请让我做好工作！"唯有溪流的水声令人觉得冷清——说到溪流的水声，我马上想到了今天中午的糗事，觉得脖颈发凉。实际上，今天中午，我又做了件尴尬的事。今天早上，我去不同于岩石浴池的西式现代洗澡间洗脸，从更衣处的窗户无意中朝外看去，就在我眼皮底下，有一个旅馆的大仓库。因为仓库门开着，我甚至可以看到阴暗的仓库深处。梧桐树叶绿色的影子从仓库窗户投射到了里面，看上去非常凉爽。一个女子坐在那里，里面铺了两张榻榻米，穿着休闲连衣裙的女子端坐在榻榻米上做着针线活。"长得还不错啊！"我心里想。她是圆脸，好像长得也没那么漂亮，但她那背对着绿色梧桐树叶的投影一门心思做针线活的孤独身姿之中，存在着一种处女般的文雅，我鬼使神差地对她念念不忘。早饭的时候，我试着向送餐的狐狸脸服务员打听："那个女人是做什么的呀？"服务员脸上没有一丝笑容，冷淡地说："她是附近农民的女儿，每天在那里缝缝补补旅馆的浴衣、被褥。她丈夫出征打仗去了，所以近来她看上去很落寞哪！"服务员说完直勾勾地盯着我的脸，甚至顺口问了个非常失礼的问题："这次你是不是又瞄上那个女人了？"我也怒火中烧，本想说一句"她至少比你们这些人高贵哪"来反击她，但还是忍住了，只是对着她苦笑。中午时分，我坐在走廊的藤椅上俯瞰谷底的溪流，突然发现高度约有一丈、名叫釜之渊的小瀑布水流落下之处蹲着一个女人。仔细一看，总觉得像是仓库里的那个女人，所以我有些坐不住了。看到人家落寞的身姿，我明知自己无能为力，但总想为她做些什么而手忙脚乱。我无论如何都无法这样待下去了，便站起身来重新将浴衣穿整齐，用手绢擦了擦脸上的油，从提包中取出钱包放入怀中。可能我不太适应旅行生活，对钱包小心翼翼，离开房间的时候，无论是上厕所还是去洗澡，抑或是去散步，也必会将钱包揣在怀里出门。并不是说我吝惜钱，而是讨厌钱丢失会引起的种种骚动。我朝岩石浴池走了下去，从那里趿拉着拖鞋若无其事地优哉游哉走到釜之渊。我脑海里浮现出“跟在女人屁股后面转”这一极为低俗的令人讨厌的说法。我也觉得自己的情况与这一说法不同，也感受不到上天的苛责。我很想向她说上一句安慰的话。女人瞟了我一眼站了起来，我趁机微笑着朝她说道：“你每天都很辛苦啊！”“嗯？”女人像是反问我似的略略歪头看向我，不知所措地微微笑了笑。她没听见我说什么。激流咆哮怒号，犹如咕嘟咕嘟煮得翻滚的沸水马上就要喷涌而出的样子，所以，如若不用相当大的声音说，无论说什么对方都听不到。我声嘶力竭地大声喊道：“你每天都很辛苦啊！”但我的声音还是被奔流的怒号盖过听不到了。女人愈发不知所措，眼睛一眨一眨的，脸上挂着笑容。我豁出去了，又一次咆哮似的大叫了一声“你每天都很辛苦啊”，女人仍然像是反问我似的盯着我的脸。我完全泄了气，开始觉得“你每天都很辛苦啊”这句话本身好像就非常荒谬，不知到底指什么。我甚至不高兴了，就断了这一念头，眼睛长久地注视着那撞向岩石而飞起的水沫，随后便回去了。回到房间后，我发现怀里钱包不见了踪影而惊慌失措，脑子里不知为何如闪电般闪过一个深信不疑的念头：钱包肯定是落在釜之渊附近，这样就肯定会被那个女人捡去。那人肯定有盗窃癖，尽管捡到也会装出一副不知情的样子。那个看上去落寞的女人竟然出人意料地有盗窃癖！但是，我还是原谅她吧。我稍稍收了收这些浪漫的兴奋劲儿，离开房间又朝岩石浴池走了下去。在途中，我发现钱包绕到浴衣的背部了，真的是哭笑不得。我对浪漫爱情故事死了心，打算写一个以穷困潦倒为主题的名为《五十元》的小说。一个带着五十元去旅行的穷酸的胆小鬼，将在什么情况下用这笔钱——火车费、电车费、茶钱、曼秀雷敦软膏[1]，一分不漏、事无巨细地进行汇报的小说。

我净写一些荒谬之事。今天内人来信，信中要我多多保重，我因此一下子泄了气。信中还提到静子（我的独生女，快五岁了）在家里非常乖巧。心里想着无论如何要在这里创作一篇小说，否则真的没有颜面回家了。每天这么散漫的话真的是不可救药了。

大概今天晚上写的这封信也是满纸荒唐言（照你的说法就是净是谎言）吧。铜花金龟不断地飞进房间，让我很难静下心来写作。这个房间好像是这家旅馆中最低档的，隔扇上的画完全不像样子，一棵梅树的树枝上并排立着六只黄莺。一看就让人气不打一处来。真是太拙劣了。

1. 美国曼秀雷敦公司开发并销售的一种涂抹药膏，有清凉感，可用于蚊虫叮咬、皮肤开裂等方面。

我啰里啰嗦净写了些鸡毛蒜皮的事，你若一一细读的话真的会令我诚惶诚恐。不过，请你不要再生气了，你勃然大怒我可承受不起。你给我写了那么长一封洋洋洒洒的信，仅此一点我已经不好意思了呀！

你知道吗？我将自己能和你这样互通书信视为一种幸福哪！感觉自己又年轻了二十岁似的。草草顿首。

七月七日深夜

木户一郎

致井原退藏先生

木户君：

我觉得自己还是比你技高一筹。你虽然嘴上东拉西扯的，但不管怎样，你不是已经产生了开始工作的念头了吗？我的那封长信也绝不是白费心思。作家必须要工作。说不定我这两三天也会外出旅行，到时我想也顺便去一下你居住的旅馆。这个旅馆有点意思，或许“外八字”出你所料对你有意思呢！你再试着和她套套近乎如何？我暂且先用明信片简短回复你吧。书不尽言。

七月九日

井原退藏

谨启

久疏问候。我本想等创作告一段落后再好好地向你道谢、致歉，不料想竟拖延至今，还请你谅解。还是先从难以启齿之事说起吧。非常感谢你帮我支付了那个温泉旅馆的费用。我记得借了你大概二十元，我随信附上邮政小额汇票，请你收下。我刚刚拿到《丝瓜花》的版税，也算有钱人了，还请不要有所顾虑爽快地收下吧。我生活上一紧张，就会变得异常固执，即便是亲近之人也不愿在金钱上麻烦他们。不是夸口，我没有对他人做过欠债不还的忘恩负义之事，这一点似乎算是我唯一值得骄傲的地方，我也是靠着这唯一的骄傲活着，还请你平心静气地收下吧！在女招待告诉我你要来那个乏味的山中温泉旅馆之时，我不由得“啊”地发出一声怪叫，当时就觉得你也是个不按常理出牌的人。虽然你明信片上写了要来的事，但我心里想着“这怎么可能”而根本没放在心上。你这个年龄段的作家都像小孩子那样出奇地坦诚啊！得知这个消息我目瞪口呆，刚站起身，你像学生那样用脆生生的语气说了句“你住的房间太破了”，慢腾腾地走进我的房间。你比我想象的身材要矮一些，是位面色白净的小老头。你笑了，隐隐露出洁白的牙齿，急切地说：“你所说的有六只黄莺的就是这个隔扇吧？果不其然有六只！你换个房间吧！”你当时也很尴尬，为了掩饰自己的尴尬才说起隔扇上的图案吧。我生硬地说了声“是”，向你鞠躬行礼。这样一来，你也一下子认真起来，方才用和你的文笔相同的极为明快的语气说：“在下井原，好像打扰你工作了。”

“不，哪里的话！”我手忙脚乱，非常谦卑地“嘿嘿”讪笑着。别说打扰我工作了，真的是让我高兴得头晕目眩、忘乎所以，甚至兴奋得想来个倒立。我那天在考虑要不要回东京，待了一周却一页都没有写出来。住宿费一晚五元，马上就要担心五十元撑不住了，考虑着今天就让旅馆算算账，不够的话必须得给家里发电报。我切身感觉到这次旅行成了一个大笑话，自己的散漫真是没得治了，开始心生厌倦。恰在此时，你犹如从天而降，我实实在在感受到了什么叫惊喜交集，那才是一种“喜从天降”般让人难为情得想一屁股坐下来的惊喜。

接下来的两天，我和你在那个旅馆朝夕相处，我惊叹连连，赞不绝口。你是多么睿智的一位老前辈啊！而且，我感觉到一种丰富而明朗的东西，一次也没有觉得不开心。“外八字”、“狐狸脸”二人也对你羞羞答答的，像两个黄花大姑娘一般低眉顺眼，看上去很开心似的偷偷窃笑。我甚至暗暗佩服你的才华。你果真是城里人，多少有点纨绔少爷的样子。但是，我非但没有由此感受到幻灭，甚至反而感受到一种令人悲伤、怀念的纯洁的东西。你无所顾忌地冶游，丝毫不在意周围他人的看法，这才是大张旗鼓式的高调冶游。而且，你还具有认真做好心理准备承担冶游的责任，接受冶游的刑罚，不逃避、不隐瞒的坦坦荡荡之处。你也不做一句解释，因此，你大胆的冶游看上去清清白白，并无不洁之处。我们这些人总是提心吊胆，在内心之中反复进行怯懦的自问自答，试图捏造一个绞尽脑汁才想到的微不足道的奇怪的辩解来逃避责任、逃避冶游的刑罚，所以，无足轻重的冶游也完全变成了猥亵下流、卑鄙无耻、十恶不赦。与三十八岁的我比起来，年过五十的你要年轻力壮、风流倜傥得多。这一事实对我来说确实不可思议。你我的这种差异，并非是富人和穷人这一生活悬殊造成的，而是你迄今为止经历了许多次生死攸关的危机后活下来这一点造成的。你任何时候都在全身心地战斗，全身心地游乐，然后好好地忍受孤独，我好羡慕你。

你身上存在着我无论怎么努力都绝对难以企及的东西。我认为就像野猪和熊是完全不同的两种动物一样，尽管同为人类，许多情况下也是完全不同的生物。野猪憧憬着能拥有熊那样的黑毛，但无论怎样折腾也绝不可能变成熊。我死心了。你让我在身边玩两天，我为让你在住宿费上过多破费也于心不忍，就与你告别只身一人先回东京了。你那时说过要去信州[1]一带转转，天气已渐渐转凉了，想必现在你已经回到东京了吧。

我感觉就像一个梦。二十年来，我每天都对你念念不忘，你的所有文章我都一一拜读了，总是一直将你一人作为自己努力的目标。因为一天晚上头脑发热，终于写了封信给你，此后就像血脉偾张一般死乞白赖地和你套近乎。尽管被你批评、驳斥，我也趾高气昂地高声与你纠缠，最后竟然出

1. 日本古代令制国信浓国的别称，现为长野县。

乎意料地获得了与你在温泉旅馆共同游乐的幸福。这件事现在想来就像一个悲伤的梦。或许我已经疯狂了，觉得自己像是给你写了封极其失礼的信。你对我那些疯疯癫癫的信也一一写了长长的回信。一想到老师的爱心和坦诚，我就眼睛发热。尽管我渐渐称呼你为老师，但心里已不再感到不自然，或许我的心绪就像浪花退去一般已彻底从你那里远退了。旅行归来后，我一点一点进行创作，在此过程中，我发现自己二十年来陆续形成的那种对你甚至到了狂热、不愉快程度的崇拜被清洗得一干二净，心情犹如空空如也的玻璃瓶那样神清气爽。当然，我仍然和过去一样珍视你的作品。但是，你作品的珍贵，就像不属于这个世界而在遥远的天际隐隐约约发出美丽光芒的星星一样，它彻底离我而去，看来我今后可以无拘无束地称呼你为老师了。你是重要的大人物，所谓尊敬，指的就是这样落寞的情感吧。我无论如何再也不能对你没大没小了。你天生具有“作家”的禀赋，而我却一直甩不掉土里土气的俗人这一尾巴，不管怎样都无法将自己净化为“作家”这一天使身份。

我现在的创作，是将《圣经·旧约·出埃及记》的一部分内容写成一百页左右的小说。对我来说，这是第一篇非“私小说”的小说，但我还是无法写别人的事，仍描写自己身边的事。迄今为止采用的小说形式已陷入僵局，我心烦意乱，最终决定尝试这种冒险的新形式。截至今日，我好不容易完成了故事的三分之二，也逐渐有了写作状态，稍稍放下心来，隐隐约约看到了蓝天，一副沉浸在甜美的感慨之中的样子，心想：若没有陷入绝境而痛苦不堪的经历，无论到何时我都不可能看到蓝天，我现在反而要感谢迄今为止所经历的困境。我是个不学无术之人，真的是一无所知。不过，只有《圣经》是我从做送报员时起就一直在痛苦之时打开阅读的书，我一时将它遗忘了。这次你告诉我"敬畏耶和华是知识的开端"这一箴言，令我为之愕然，发现自己像是将《圣经》遗忘很久了，从而惊慌失措，旅行期间也心无旁骛地阅读《圣经》。意识到自己的丑态后，在痛苦的时候，《圣经》之外的其他任何书我都看不进去了啊！这样，唯有《圣经》里的每一个小铅字才像宝石那样闪闪发光，真是匪夷所思。在那家温泉旅馆中，我也心神不宁，一页未写，心里觉得像是太浪费了。不过，现在想来，尽管每天只是读读《圣经》，或许也算是宝贵的旅行了。让我想起《圣经》的是你，劝我去旅行的也是你。或许我向你诉苦是对的，是你拯救了我。我越发不能对你没大没小了。所谓真正的尊敬，或许就是消除彼此的亲近感，落寞地遥遥相望吧。我现在有生以来第一次感受到了孤独。

读了《出埃及记》，我不由得设身处地地同情摩西的努力，心中充满了感动。尽管以色列人是神圣的民族，但他们却忘了民族的荣耀，习惯了做埃及城市的奴隶，在贫民窟中每天过着喧闹、懒散的生活。面对这样的百万同胞，摩西用自己那"笨嘴拙舌"的口才拼命地四处宣讲民族逃离埃及的大事，反而被众人刁难。即便如此，摩西有时批评他们，有时劝解他们，有时大声斥责他们，最终带领众人成功逃离埃及。接下来的四十年，他们在旷野上游走，离开埃及后追随摩西的百万同胞非但不感谢他，反而毫无例外都牢骚满腹地诅咒他：那家伙多管闲事，所以我们成了这个样子。即便逃离了埃及，也没有发生任何好事情，难道不是吗？啊，想来在埃及的时候还是好啊！面包管饱，肉锅里咕嘟咕嘟炖着野鸭和葱，令人馋得受不了哪！而且，白天开始就可以纵酒狂欢，公共浴室也是一早就开，连内裤都是纯棉的。“巴不得我们早死在埃及地耶和华的手下，那时我们坐在肉锅旁边，吃得饱足。”（《圣经·出埃及记》第16章第3节）那个时候死去的家伙是幸福的。我们被摩西这个骗子骗了，一出埃及都倒了大霉，根本不是什么好事！“你们将我们领出来，到这旷野，是要叫这全体会众饿死啊！”众人随心所欲地一味发着那些恶声恶气、浅见寡识的牢骚。听到这些牢骚，摩西心中会作何感想呢？在四十年旷野流浪的故事中，充斥着这种奴隶的牢骚，但摩西绝没有悲观，他钢铁般的正义感毫不动摇，高声鼓励他们，统领他们最终来到了上帝许诺的自由国土。摩西登上毗斯迦山的山顶，指着约旦河流域的土地告诉民众：“那边才是你们美丽的故乡。”之后他就这样疲惫而死。我现在书写的内容，是四十年来奴隶们日复一日的牢骚、叛逆、无知以及摩西针对这些所付出的良苦用心。我一定要写到最后。我也说不清楚自己为什么想写这些，但我感觉到自己就想认真地写写这个题材。我在温泉旅馆时有一天给你写信提到“我要写一篇名为《五十元》的小说”这样一句玩笑话，觉得真是羞愧难当。永远不愿跳出那种主题的话，我这种情况才是奴隶中的一员，盘腿坐在肉锅旁，高高兴兴地享受着“奴隶的和平”。这种心态也未必不好，我这个穷鬼也是深有感触。不过，一想到摩西的正义感和他的焦虑，即便是懒散的我也不得不起身打道回府。

我好像有些过于兴奋了，今天从早上开始我就神清气爽，无欲无求，这是近来没有的。我不恨任何人，不爱任何人，这才是近似心头灭却[1]的恬淡心境。在向你讲述的过程中，我又开始心乱如麻，你清澈的眼眸、高亢的声音，似乎动辄就要彻底湮没我这封信的文字，我用一只手拼命地撇开你的眼神和语言，心里想着自己也不能输给你，就用力写下每一个字，不知不觉间，我写得慷慨激昂。

我现在的小说，绝不是为了给当下这个时代的人提供有益的启示，没那回事！我根本没有资格教导他人，向他人发号施令。不，我是没有能力。我任何时候都只能书写自己接触到的感动。我或许是一个单纯而容易动情的隐士，无论多么细微的感动，都是我一发现就马上想写小说的素材。但是，最近我身边没有一件令我感动之事，我竟只字未写。此时，《圣经》拯救了我。我一无所知，甚至无法看透这个世

1. 日语谚语“心頭を滅却すれば火もまた涼し”(灭却心头火亦凉)，指灭除心头的妄念、欲念，进入无欲无求的境界。

道。我虽是一介贫民，但唯有自己感动与否这一点是我任何时候都想要真诚表达的，我敬畏耶和华。

总觉得自己说了些听起来冠冕堂皇的话，对此我羞愧难当。摩西那样钢铁般的正义感和四十年的责任感姑且不论，最主要的是我的心情像是在极大程度上会为当日天气状况所左右，毫无定性。我总是一开始唱高调便会慌里慌张。从七月末开始阴雨连绵，连墨水瓶里都长了霉菌，令人作呕，隔了不少时日后今天天气总算放晴了。不过，我很清楚，风变凉了，秋天渐渐悄然而至了啊！我接下来打算收拾一下院里那块田，田里的玉米因为昨夜的暴雨全部倒伏了。

或许是雨天持续太长的缘故吧，我的脚好像又有些浮肿，最近连酒也戒了。泡温泉像是对脚气病患者不大合适，真希望早日康复，还能喝两三合酒。不喝酒的话，我晚上躺下就会寂寞难耐，能听到从地下深处远远传来的某人隐隐约约却真真切切的哭声，令人心怀恐惧。

除此之外，我的日常生活一成不变，一切一如既往，虽然我的心总是在跳动。

或许这也是我最后一次给你寄这样长的信。我原打算永远保持对你的那份真诚的尊敬之情，但我无法爱你或者无法依赖你了，不知为什么做不到了。我好像开始走上了与你完全不同的道路。你是一位美好的作家，如同睡莲一般。这种美恐怕我一生都不会忘怀。可是，我将从睡莲开放的水池边一点一点远离，就像一头低头行走的野兽，我不懂美学，只有生活的感伤。我觉得自己今后将会一心专注于书写那种通俗的作品，不由得感到一种深深的绝望。

你给我的信，我会一生珍惜，永远保存。

如此种种，还请你原谅。再拜。

八月十六日

木户一郎

致井原退藏先生

拜复

我收到了你这封完全让人摸不着头脑的来信，二十元钱也着实收到。我自己也一直没有考虑过给你钱这种冒犯你的事情，本来就打算让你还给我的。而且，我自己也不是那种钱多到无法处置的大款，你还给我真是有助于我。你们或许不相信，我自己家还没有还清以前的借款，月末筹措钱款令我大伤脑筋，真不知道我们俩到底谁是穷人。你一而再再而三地哭穷，好像很悲壮似的。不过，如果这不是你自私的自我防卫的话那就太荣幸了。你说你没有对他人做过欠债不还的不义之事，认为这是你唯一值得骄傲之处，言辞背后不也表现出你那种不想勉强与人交往的小家子气吗？我讨厌这种穷人的劣根性，总是缩手缩脚，一味地察言观色。我自己不想得到你的尊敬，希望我们相互推心置腹地游玩，仅此而已。

你是一个不懂爱情的人啊！任何时候都试图得到某种好处而焦虑不安的那种神经质让我忍无可忍。给人寄信、旅行、阅读《圣经》、与女人冶游、与井原相互开开玩笑，你急功近利地希望所有这些行为直接有助于你的工作，真是服了你了！你就那么想写“杰作”啊?！就想写了杰作摆摆圣人谱对吧？你个混蛋！

我应该再三忠告过你：“作家必须要工作！”那绝不是要你写一篇杰作的意思。那种只要写上一篇就死而无憾的杰作根本不存在。我原本想要说的是，作家必须要像走路那样，任何时候都要持之以恒地工作，必须与生活同一速度，与呼吸同一节奏不间断地行走。“进行到某一阶段后就可以休息一下”“写一点这个就可以暂时名正言顺地偷偷懒”，这种遁词就像学校的应试学习，荒唐无稽、令人鄙视。你不会也是为了取得头衔、资格进行创作的吧？你必须要与生活同样速度，从从容容地不断工作。所谓拙劣之作、优秀之作、平庸之作，都是后人凭借各自的爱好做出的评价，作家倒行逆施参与作品评价的情况非常奇怪，作家平心静气地走自己的路就行了，必须永不间断地走上五十年、六十年，甚至走到终老。觉得至少要写出一部“杰作”而心里憋着一股劲的人，已经做好了逃避的准备。“很想写完这个休息。”自杀的作家中，这种杰作情结的牺牲品为数不少。

你说你最近又开始了创作，这也是一件令我安心的事情。你一定要不间断地写下去。但是，你若认为凭借《摩西》这篇作品就能彻底摆脱你所有的危机那就大错特错了。请丢掉那种“一篇小说定成败”的观念！我们自己并不是跨越卢比孔河[1]的英雄。你这次的小说好像有点意思。四十年的荒野意识，确实够丰富多彩的，请以自己的感受为主大刀阔斧地写下去吧！像你这样的作家写的小说之中，既没有成功的，也没有失败的。

据我观察，温泉旅馆的女招待好像挺喜欢你的啊。但是，照你信中所言，却是你被她们狠狠羞辱了。你总是说谎话，好像很喜欢故意将自己写得很惨。你最好还是作罢吧！这和将存折藏在地板下是同样的心理呀！你不是每天晚上都和仓库里的那位姑娘一同散步吗？这可是那些女招待说的！你们至少接吻了吧。原来如此！你们的游戏真是令人不齿。

你说你不再给我写信了，我觉得无所谓。友情不是义务，要是又想寄信给我就寄好了。总之，我决定不再相信你的话，因为我不明白你在说什么。

说实话，我在那个温泉旅馆和你游玩时真的觉得无聊透顶。你仍以作家自居，任何时候都将我们俩放在天平上比一比高下，真是无聊。

一说你太多坏话，你又写不下去了，这可不行，所以我最后再添上一句让你高兴的话：

1. 卢比孔河（Rubicone），意大利北部的一条河流。公元前49年，恺撒进攻罗马之时，恺撒下令渡河挥军进入罗马城，建立了君主制度。

“所谓天才，就是那些总认为自己不行的人。”

你开心了吧。言不尽意。

昭和十六年[1]八月十九日

井原退藏

致木户一郎先生

---

1. 指1941年。

谁

耶稣和门徒出去，前往凯撒利亚腓立比的各个村庄，在路上问门徒说："人说我是谁？"他们说："有人说是施洗的约翰，有人说是以利亚，也有人说是先知里的一位。"又问他们说："你们说我是谁？"彼得回答说："您是基督，是神之子。"（《马可福音》第8章第27节）[1]

真的好险！耶稣苦恼到最后迷失了自我，由于过度不安而向自己蒙昧无知的门徒发出了"我是谁"这一非同寻常的叩问，试图想借助蒙昧无知的门徒们提供的某一答案来确认自我。但是，彼得相信基督，极其忠厚地相信他，相信他是神之子，所以平心静气地回答了这一问题。耶稣从门徒的回答中获得启发，更加深刻地意识到自己的宿命。

一个二十世纪傻不拉几的作家经历中也有着与此类似的回忆，但结果却大相径庭。

1. 译文参照了中国基督教两会编《圣经》(简化字现代标点和合本2000年版）译文，根据小说原文和《圣经》英语译文略有改动。

秋天的一个夜晚，他和学生一起前往井之头公园，在路上问学生：“人说我是谁？”学生回答说：“冒牌货。有人说是骗子，有人说是冒失鬼，还有人说是酒疯子。”又问他们说：“你们说我是谁？”一个留级生回答说：“你是撒旦，是恶之子。”他非常惊讶，说道：“再见！就此别过。”

我和学生们告别后回到家中，心里因他们说话刻薄而愤愤不平。但是，我也无法完全否定那个留级生的惊人之语，因为我那个时候完全迷失了自我，不知自己为何物。总之，我完全搞不清楚自己是谁。干完工作一拿到钱就去玩乐；没了钱就再次工作，有点钱就用来玩乐，就这样反复挣钱、享乐。一天晚上突然一想，觉得不寒而栗。我究竟是如何认识自己的呢？这根本就不是人过的日子。我连个家都没有，三鹰的这个小房子是我的工作间，我在这里暂时闭门写作，工作一完成，就会匆匆离开三鹰，逃离这里外出旅行。不过，即便出门旅行，任何地方都无以为家。我四处闲逛，心里总是念念不忘三鹰；一回到三鹰，马上又向往旅行之地。工作间狭小压抑，但是旅行也孤独寂寞，我总是一味地到处闲逛。到底会怎样呢？我好像不是一个正常人似的。

“话说得太恶毒了。”我随便躺下翻着报纸，但觉得实在可气，便故意用一种能够让在隔壁做针线活的妻子也能听到的大嗓门说道，“这家伙真过分！”

“什么事啊？”妻子果然感受到我情绪不好，“今天晚上你好像回来得有点早呢。”

“是早啊，真是无法再和那帮家伙打交道了，他们说话太恶毒了。伊村那家伙啊，竟然说我是撒旦。他算什么东西呀，已经连着留了两级，哪有说我的道理嘛！真是太没礼貌了。”我有点像一个在外面挨了揍回到家搬弄是非的胆小的小孩子。

“还不都是因为你总是惯着他们嘛！”妻子好像很开心似的说，“你要彻底做到不要总惯着他们啦。”

“是吗？”这个忠告出乎我的意料。“不要说那些没有意义的话。我看起来像是很娇惯他们，但我是认真考虑过才一直那样做的。真没想到会从你口中听到这样的意见，你也一直认为我是撒旦，对吧？”

“这个嘛……”妻子不说话了，像是陷入了沉思。过了一会儿，她开口说道：“你这个人哪……”

“你就说说你的看法呗！全都说给我听听。照你想的说吧！”我四仰八叉地躺在榻榻米上，身体近乎成了一个“大”字。

“你是个懒汉，这一点没得说的。”

“是吗？”这不太好，但比起“撒旦”还是要好一点。“我当然不是撒旦啦。”

“不过，过于懒惰的话，看起来也像恶魔哪！”

据一位神学家所言，撒旦的本来面目就是天使，天使一堕落，就会变成撒旦。我总觉得这一说法太高明了，说撒旦和天使同族是一种非常危险的思想，我无论如何都想像不到撒旦是一种像河童那样可爱的东西。

撒旦是一个生性刚猛的大魔王，即便与神战斗也绝不服输。说我是撒旦，伊村也够愚蠢的了。可是，被伊村这么一说，我之后一个多月还是有点耿耿于怀，就多方查阅关于撒旦的种种说法，因为我想清楚地找到证据反过来证明自己不是撒旦。

“撒旦”一词通常被译为“恶魔”，据说源于希伯来语Satan，也源于阿拉米语[1] Satan、Sāṭānā。我学习很不用功，别说希伯来语、阿拉米语了，就连英语我也没达到能够随心所欲阅读的程度。所以，讲这么学术性的内容实在难为情。据说撒旦用希腊语说是Diabolos。撒旦的原意并不清楚，但有可能是“告密者”“反抗者”的意思，Diabolos是这个意思的希腊语译文。这些是我查词典刚刚了解到的内容，将这些像自己原创的知识那样洋洋得意地宣讲，总觉得于心不安，令人讨厌。但是，为了切实证明自己不是撒旦这一点，即便我不情愿也必须要说上几句。总之，“撒旦”一词最初的意思好像存在于“在人神之间制造事端，令二者扫兴，离间二者关系”这一层面上。不过，在旧约时代，撒旦并没有作为反对神的强大力量出现。在《旧约》中，撒旦甚至是神的一部分。某外国神学家对《旧约》之后的撒旦思想进展做了如下汇报：

---

1. 阿拉米人的语言，也是《圣经·旧约》后期书写时所用的语言，被认为是耶稣基督时代的犹太人的日常用语。它属于闪米特语族，与希伯来语和阿拉伯语相近。

犹太人在波斯长期生活期间，开始知道一个新的宗教组织。波斯人信奉一个叫查拉图斯特拉[1]或琐罗亚斯德的伟大教主。查拉图斯特拉将人生的一切视为发生于善与恶之间的无休无止的争斗，这对犹太人来说是一种全新的思想。在此之前，他们只认同耶和华为万物唯一主宰。一遇到行事不顺、战争失败或身患疾病，他们必然一味地将这种不幸全都归罪于自己民族信仰的匮乏。他们只敬畏耶和华，从未持有过“罪恶是恶灵独自诱惑的结果”这样一种认识。在他们眼中，伊甸园里的蛇甚至都比违背上帝命令的亚当和夏娃要好。但是，受查拉图斯特拉教义的影响，犹太人现在也开始相信另一种神灵的存在，这一神灵试图要颠覆由耶和华所成就的一切善良。

他们将其视为耶和华的敌人，即命名为撒旦。

以上是简单明了的说法。不久，撒旦就开始以凶猛之灵的身份粉墨登场。随后到了新约时代，撒旦公开与上帝作对，并肆意兴风作浪。撒旦在《新约》的字里行间被称呼为接下来提到的各种名字。所谓“有双名”的，在歌舞伎中像是成了形容坏人的代名词。撒旦的名字岂止两三个，还有迪亚波罗斯、贝利亚、别西卜、污鬼之首、世界之王、世界之神、控告者、试探者、恶人、杀人凶手、虚伪之父、灭亡者、敌人、巨龙、古蛇等等。以下是日本唯一值得信赖的神

1. 查拉图斯特拉（Zarathushtra，公元前628—前551），又名琐罗亚斯德，是琐罗亚斯德教（拜火教）创始人。

学家塚本浩二的观点：

正如根据名称也可以大致推断出来的那样，《新约》中的撒旦在某种意义上与神是对立的。也就是说，他以国家的方式进行统治，并且像神一样有自己的仆人。污鬼都是他的仆人。不清楚那个国家在哪里，好像在“天与地之间”(《以弗所书》第2章第2节)，或是“天空”(《以弗所书》第6章第12节)，或是“无底坑”(《启示录》第9章第11节、第20章第1节及之后各处)。总之，他已经统治了这个地球，并想把所有邪恶施加在人的身上。他统治着人，而人生来就处于他的权力之下。因此，他是“世界之主”，也是“世界之神”，拥有各国的一切权力和荣耀。

在这一点上，那个留级生伊村的说法就被驳斥得体无完肤。事实证明，伊村的说法是彻头彻尾的谬论，是一个谎言。我不是撒旦。这样说有些奇怪，但我没有撒旦那么伟大。他是这个世界的主宰，也是这个世界的神，拥有各国的一切权力和荣耀，真是岂有此理！我在三鹰脏兮兮的关东煮店里都会被人瞧不起，被店里的服务员训斥两句就会惊慌失措，哪里有什么权威！我从来不是撒旦那样的大人物。

我刚松了一口气，心中又涌现出另一种奇怪的焦虑。为什么伊村说我是撒旦？我觉得他说“你是撒旦”并不是想说我是一个大好人，肯定是想说我是个坏人。但我绝对不是撒旦。我既没有这个世上的权力，也没有荣耀。伊村搞错了，他肯定只是用“撒旦”这个词来表示坏人的意思。他是一个留级生，学习不用功，并不知道这个词真正的意思。我是坏人吗？我并没有断然否定这一点的自信。尽管我不是撒旦，但撒旦手下也应该有污鬼这种东西，或许伊村想说我是撒旦的仆人污鬼，可悲的是他不懂这些知识，就把我说成是撒旦了。据《圣经词典》所载，“所谓污鬼，是追随撒旦一起堕落的灵物，具有极强的憎恨人类并试图玷污人类的险恶用心，为数众多。”“我名叫‘群’，因为我们多的缘故。”[1]污鬼还这样大声吼叫，遭到耶稣训斥后就附身在两千头猪身上，连滚带爬地逃走，摔下悬崖，淹死在海里。污鬼是些没有出息的家伙，总觉得和我相像，好像很相似。《圣经词典》所言追随撒旦这一点，不是和我毫无区别吗？我的不安已经达到极致。我细细梳理了一下自己这三十三年的人生，很遗憾，我真的有这样一段时期对撒旦曲意逢迎。想到这一点的时候，我如坐针毡，急急忙忙跑到某位前辈家中。

“我要说的可能有点莫名其妙，我应该在五六年前给您写过一封信向您借钱，您现在还保存着那封信吗？”

“我保存着呢！”前辈迅即回答道。他直盯盯地看着我的脸，笑了：“你好像渐渐在乎起那封信了啊。我一直想着等你发财了就拿那封信去勒索你。可真是封过分的信哪！整篇

1. 出自《圣经·马可福音》第5章第9节。《路加福音》第8章也有相关表述。

都是谎话。”

“我知道啊。我想查一查信中的谎言在多大程度上是巧妙的谎言。给我看看吧，看一下就行。没关系的，我不会像恶鬼来取自己被砍下的手臂[1]一样拿到后一下子跑掉的，看一眼马上就还给您。”

前辈笑着拿出一个文卷匣，找了片刻，递给我一封信。

“说勒索你是开玩笑的。今后你可要注意了。”

“我知道了。”

这封信全文如下：

○○兄：

这是我这辈子唯一一次求您。我多方思量，仍没有好办法。我拿出信纸，接着又收起，来来回回五六次，终于决定给您写这封信。请您体谅我的心情。这个月底之前我一定能还上，请您到 ×× 家一带为我借二十元，实在勉强的话就借十元钱。您看这样行吗？我绝不给兄台添麻烦，借钱时您就谦恭地说“太宰出了点小状况，手头有点紧”。三月底我一定能把钱还您。您把钱寄给我，或是您出来玩的时候顺便带给我的话最好了，我会很开心的。我做好了被您训斥的心理准备。厚颜无耻、自以为是、为所欲为、狂妄自大、吊儿郎当，您怎么骂我我都接受。我现在正在创作，如果完成这项工作，

1. 被称为“罗生门之鬼”的茨木童子在与源赖光的家臣渡边纲战斗时被砍掉一只手臂，后幻化成渡边纲养母取走断臂的故事。

我就能拿到钱，越早一天完成我心里就会越轻松。我二十号需要这个钱。如果晚的话，我也能借到。一切望兄台体谅，拜托了。我没有精力将所有一切告知与您，详情改日面谈。

三月十九日

治敬上。

意想不到的是，信中处处用红笔写着前辈对我的评价，括号里的文字是他的评论。

〇〇兄：

这是我这辈子唯一一次（人之所有行为乃一生唯一）求您。我多方思量（大概也寄给三四个人了吧?），仍没有好办法。我拿出信纸，接着又收起，来来回回五六次，终于决定给您写这封信。请您体谅我的心情（我能想象到你有些不正常）。这个月底之前我一定能还上，请您到 ×× 家一带（“一带”乃怪异之语）为我借二十元，实在勉强的话就借十元钱。您看这样行吗？我绝不给兄台添麻烦（这一处即便为真也不可指望），借钱时您就谦恭地说“太宰出了点小状况，手头有点紧”。（“谦恭地说”乃怪诞之语，于我太无礼。）三月底我一定能把钱还您。您把钱寄给我，或是您出来玩的时候顺便带给我的话（此人自身似毫无行动之意，再次对我失礼）最好了，我会很开心的（“开心”似真，他也太掉价了）。我做好了被您训斥的心理准备（单单心理准备这点很好，很有自知之明。但也只是有自知之明而已）。厚颜无耻、自以为是、为所欲为、狂妄自大、吊儿郎当，您怎么骂我我都接受。我现在正在创作，如果完成这项工作（此处表示同情），我就能拿到钱，越早一天完成我心里就会越轻松。我二十号（在天数上像是有所夸大，需要注意）需要这个钱。如果晚的话，我也能借到（只是伪装，愚弄人之至）。一切望兄台体谅，拜托了。我没有精力将所有一切告知您（如同新派悲剧台词，目中无人），详情改日面谈。

三月十九日

治敬上。

（作为借钱之函实乃拙劣之至。总之，并无丝毫诚意，文字全为谎言。）

“您这也太过分啊！”我不由得发出一声慨叹。

“很过分吗？你惊呆了吧？”

“不，是您的红笔批注太过分了呀！我的文笔也不是您想的那样。我过去一直觉得这封信像是将我的狡黠发挥得淋漓尽致。但现在一读，却是出乎意料地郑重其事，甚至感到灰心丧气。最重要的是被您这样看穿了，哪有这么……”

我本来想说“哪有这么蠢笨的污鬼”，却无法说出口。因为我觉得自己或许在某个方面还在欺骗这位前辈。在我吞吞吐吐之时，他说着“哪句、哪句”，便从我手里将信纸夺了过去。

“都是老皇历了，所以我已经忘了自己都说了什么牢骚话了。”前辈嘴里嘟哝着看这封信的过程中，忍不住笑出声来，说道：“你还真是一个笨蛋哪！”

“笨蛋”这个词拯救了我，我不是撒旦，也不是污鬼，我是笨蛋，是蠢货这种货色。这样一想，我的恶行几乎完全被大家识破，一直让人吃惊，被人嘲笑。我根本无法做到无懈可击地欺骗别人，总是露出马脚。

“我呀，被一个学生说成是撒旦。”我稍稍放松了一下心情，将情况坦言相告，“实在令人讨厌之至，我进行了许多研究。这个世界上到底有没有恶魔、污鬼这类东西呢？在我看来，人只是善良、软弱的东西。我不能责怪别人的过错，觉得这好像是理所当然的。我从未看到过一个骨子里就是坏蛋的人。我们大家都是相似的，难道不是吗？”

“你有恶魔体质，所以对一般罪恶不足为怪的嘛！”前辈一脸不以为然，“在大恶人看来，这世上的人都是头脑简单的窝囊废呀！”

我的情绪再次变得黯然低落。这下坏了，我因“笨蛋”一词获得拯救，刚一洋洋自得，没料到铸成大错。

“是吗？”我心里有些愤愤不平，“那么，您还是不相信我喽！是这样吧？”

前辈笑了起来。

“别生气啦！你容易动怒可不行。你方才还说自己不能责怪别人的过错之类的话，像基督那样说得挺冠冕堂皇的，所以我就说了些你不爱听的话。你说自己没见过骨子里就是坏蛋的人，但我看到过，两三年前在报纸上看到的。有一个男人点着火柴扔进邮筒，以引燃邮筒里的邮件为乐。他不是疯子，他的行为是一种没有目的的游戏。他每天都四处放火烧邮筒里的邮件。”

“那太过分了。”这家伙是恶魔，我一点都不觉得他可怜，他是个骨子里很坏的家伙。看到这种人，我也会狠狠地揍他一顿。请判处他死刑以上的刑罚！这家伙就是恶魔。跟他相比，我只是个“笨蛋”，事情至此得以解决。我见过这世上的恶魔，这家伙和我完全不一样。我既不是恶魔，也不是污鬼。啊，前辈真是告诉了我一个好消息，令我感激不尽。在那之后的四五天里，我内心坦坦荡荡。但是，又糟了。就在前几天，我又被人骂作“恶魔”。这会是一种纠缠我一辈子的念头吗？

我的小说没有女性读者，但从今年九月开始，我几乎每天都会收到一位女性的来信。她是个病人，像是长期住院，她就像写日记解闷一样每天给我写信，慢慢地似乎没什么可写的了，便开始说想见我。她要我去医院见面，我考虑了一下，因为我不太想让女人看到我的容貌、打扮。她肯定会藐视我的，尤其是我不善言辞，这一点连我自己都受不了，还是不见为妙。我没有及时答复她。这么一来，她便给我的妻子写信。或许是因为对方是病人吧，妻子很大度，劝我去看看她。我考虑了两三天，觉得这个女人肯定是在做一个美梦，或许一看到我这张黑红色的奇怪的脸，她就会因情绪过于激动而昏厥过去。就算没晕过去，她的病也会加重，这一点是明摆着的。可以的话，我真想戴着面具与她见面。

女人一封接一封地写信给我，说实话，我不知不觉对她产生了好感。终于在前些日子，我穿上自己最好的和服去了医院。我当时紧张得要死，打算站在病房门口向她道上一句“请保重身体”，冲她开心一笑后即刻告辞，心里觉得这样可能会给她一个最美好的印象，就这样照着做了。病房里有三朵菊花，这个女人美得惊艳，她身穿蓝色毛巾睡衣，上面披着一件铭仙绸和服短外褂，笑盈盈地坐在床上，感觉根本不像一个病人。

“请保重身体。”我自以为努力做到了笑容可掬，觉得这样就行了，犹豫太久的话，会残忍地伤害到对方，于是我很快和她道了别。回家途中，我心里百无聊赖，觉得满足对方的梦想真是一件无聊的事。

第二天，她来信了。

“活了二十三年，我从来没有受过像今天这样的耻辱。你知道我是以怎样的心情等你的吗？你一看到我的样子就马上转身离开了。你对我那简陋的病房和肮脏丑陋的病体大失所望，感到无奈就回去了，就像对待一块破抹布一样瞧不起我。（中略）你是恶魔！”

没有后话。

羞耻

菊子，真是羞死我了呀！我丢人丢到家了。“脸上火烧火燎”这种形容不疼不痒，即便说我羞得想在草地上撒泼打滚、哇哇大叫也还是词不达意。《撒母耳记下》中有如下描述：“他玛把灰尘撒在头上，撕裂所穿的彩衣，以手抱头，一面行走，一面哭喊。”[1] 妹妹他玛实在可怜。当一个年轻女孩感到羞愧难当之时，真的是想在头上撒灰，哭哭鼻子这样一种情绪哪！我非常理解他玛的感受。

菊子，果然还是如你所言，小说家这种人都是人渣呀！不，是魔鬼，太不像话了，我丢死人了。菊子，我之前一直没跟你讲，我给小说家户田偷偷写信哪！随后终于见了他一面，真是丢人现眼，太蠢了我！

我就从头开始一股脑告诉你吧。九月初，我给户田写了一封信，非常做作地这样写道：

---

1. 《圣经 · 撒母耳记下》第 13 章第 19 节。描写了大卫的儿子押沙龙年轻貌美的妹妹他玛被异母兄弟暗嫩玷污并被驱逐出门的故事。暗嫩因此遭到押沙龙憎恨，后被押沙龙杀死。

非常抱歉。虽然明知道这不合常理，但我还是给您写了这封信。我觉得阁下的小说恐怕不会有一位女性读者。女人只读那种广告大肆宣传的书。女人没有自己的品位，她们读书是出于一种虚荣，觉得别人读了自己也要读。她们无原则地尊重那种装作知识渊博的人，过于相信那些无聊的道理。恕我直言，您根本不懂道理，好像也没什么学问。我从去年夏天开始读您的小说，自以为几乎将您的作品一网打尽了。因此，不需要见到您本人，我就已对您身边的情况、您的外貌、举止这一切悉数尽知。

阁下没有一位女性读者，我觉得这一点是板上钉钉的。自己的穷困、吝啬、低俗的夫妻争吵、下流的脏病以及您丑陋的相貌、邋遢的穿着、嚼着章鱼须喝完烧酒后躺在地上的丑态、欠债累累以及其他有损声誉的龌龊之事，您毫不掩饰，一味地将这些私生活暴露出来，这样可不行，女人生性尊崇冰洁玉清。读阁下的小说，尽管觉得您有些不幸，但一读到您描写的头顶逐渐变秃、牙齿松动脱落等地方时，我还是会觉得写得太过分而无奈地苦笑。不好意思，我心里鄙视您。而且，阁下好像也常去那种难以启齿的龌龊场所找女人，难道不是吗？这一点也是板上钉钉。即便是我，也是捏着鼻子读完这些内容的。凡是女人，无一例外都会鄙视、讨厌阁下，这也是理所当然的。我以前一直背着朋友读阁下的小说，他们若知我在看您的东西，就会嘲笑我，怀疑我的人格而跟我绝交吧。请您也稍稍自我反省一下。我看到了阁下才疏学浅、文笔拙劣、人格低下、思虑不周、呆头呆脑等不计其数的缺点，但也从这些缺点背后发现了一丝哀愁，我非常珍惜这份哀愁，其他女性不会明白这一点的。前面我也说了，女人只是因为虚荣而阅读，所以没有原则地喜欢那些描写故作高雅的避暑地恋情的小说，抑或是那种具有思想性的小说。不仅如此，我相信阁下的小说深处存在的哀愁也是弥足珍贵的。请阁下不要因自己容貌丑陋、过去的放荡行为以及文笔拙劣而心灰意冷，要珍惜阁下独一无二的哀愁，同时要注意身体，当下再稍稍学一点哲学和语言学来深化思想。如果阁下的哀愁能在将来加以哲学性梳理的话，您的小说就不会像现在这样被人耻笑，阁下的人格也将得以完善。在其完善之日，我也想摘下面具，明确告诉您我的住址和姓名，期待与阁下一见。但是，现在我只能做到远远地为您打气。我事先申明一下，这并非是一封粉丝来信，还请不要拿给您的夫人看，向她低俗地开玩笑说自己也有了女粉丝。我是有自尊心的。

菊子，我大致就写了这样一封信。总觉得“阁下、阁下”地称呼他不太合适，但称呼他为“你”的话，户田和我之间年龄差距又太大，而且“你”总有点过于亲密，让人心里不爽。我也觉得如果户田这把年纪还非常自恋，生出什么怪念头的话就伤脑筋了。我对他还没有尊敬到称呼他为“老师”的程度，而且户田胸无点墨，我觉得尊称他为“老师”非常突兀，因此决定称呼他为“阁下”，但“阁下”也还是有点怪怪的哪！不过，尽管寄了这封信，但我并没有受到任何良心的苛责，而是觉得自己做了一件好事，为可怜之人提供哪怕一点帮助心里也是非常欣慰的。但是，我在这封信上没有署自己的住址和姓名，因为我害怕呀！若是他穿得脏兮兮的一身酒气来到我家，我妈妈该会多么惊讶啊！或许他会威胁我们，要我们借钱给他。总之，他是一个具有不良嗜好的人，不知会做出多么可怕的事哪！我希望自己永远做一个戴假面的女孩。但是，菊子，我做不到啊，事情严重了。那之后还没过一个月，发生了一件事，让我无论如何都必须要再次写信给他。而且，这次我把住址和姓名都清楚地告诉了他。

菊子，我真是个可怜的女孩子。我把当时写的那封信的内容告诉你，你也就大体明白是什么状况了。接下来我就给你说一说信的内容，请不要见笑。

户田先生：

我非常诧异，您是怎样发现我的真实身份的呢？是的，我名字确实叫和子，而且就是教授的女儿，今年二十三岁，我的身份被您暴露无遗。我拜读了您在本月《文学世界》上发表的新作，完全目瞪口呆，觉得小说家这类人真是不容小觑。您是怎么知道的呢？而且，甚至连我的想法都能参透。“我甚至开始淫荡地想入非非了。”你射出了这么尖刻的利箭，我觉得这个地方确实体现了阁下惊人的进步。我那封戴着面具写的信即刻就唤起了阁下的创作欲，这一点对我来说也是喜出望外。女性微不足道的支持竟会让作家如此精神焕发，这一点真是出乎意料。听别人讲，即便是雨果、巴尔扎克这样伟大的作家，也是依靠女性的呵护和慰藉创作出大量杰作的。尽管能力有限，我还是会帮助您，也做好了这方面的思想准备，请您一定要坚持下去。我会时不时地给您写信。在此次发表的小说中，您对女性心理的剖析确实有了些许进步，有些地方非常巧妙，也令人佩服，但尚有许多不足之处。我是一个年轻女孩，今后会告诉您各种各样的女性心理。我觉得阁下是一位大有前途的人，作品也会渐渐写得越来越好。还请您多看书，提高哲学素养。如果修养不够，无论如何都不会成为一个伟大的小说家。如果您有什么烦心事，还请给我写信，不要有什么顾虑。我已经被您看破身份，就不再匿名了。我的住址和姓名诚如信封正面所写，并非化名，还请您放心。等阁下他日成就自己人格之际，我想一定要和您见上一面。但在那之前，还请谅解我只能与您书信交流。这次我真的惊讶万分，您竟然连我的名字都一清二楚！阁下收到我的信后肯定兴奋异常，四处向朋友张扬，接着就以信上的邮戳为线索拜托报社朋友之类的人打听，最终查到了我的名字。我说的没错吧？男人一收到女人来信就大肆宣扬，真是令人讨厌啊！你是如何得知我的名字，甚至知道我二十三岁的？还请写信告诉我。我们保持长久通信吧。从下次开始，我写给您的信或许会更温和一些。请您多多保重身体。

菊子，此刻我抄写着这封信，无数次想大哭一场，感到全身直冒虚汗。请你体谅我的感受，我真的是搞错了哟！他没有写我的事情呀，根本没把我当回事！啊啊，我好丢人，太丢人了。菊子，你可怜我吧，我要讲到最后啦！

你读过户田在本月《文学世界》上发表的短篇小说《七草》吗？这篇小说讲述了一个二十三岁的女孩子非常害怕恋爱，对沉迷于恋爱深恶痛绝，最后嫁给一个六十岁的富翁，却还是讨厌婚姻生活而自杀。小说写得虽然有些露骨、阴暗，但还是具有户田自己的风格。我读了那篇小说，一味地认为作者肯定是以我为原型的。不知道为什么，刚一读两三行我就这么深信不疑，脸色唰地变得惨白。那个女孩的名字竟然和我一样叫和子，年龄也同样是二十三岁，甚至她父亲是大学老师这一点也完全一样。其他情况与我的经历天壤之别，但不知为什么，我坚信这部小说肯定是从我的信中获得启发创作出来的。这就是令我颜面扫地的原因。

四五天后，我收到户田寄来的明信片，他在明信片中这样写道：

拜复

来信收悉，感谢您的支持。此外，您之前的来信我确实也看了。迄今为止，我从未做过将来信给家里人看并嘲笑写信人的失礼之事，也没有拿给朋友看到处卖弄。这一点还请您放心。还有，您说等我成就自己人格之后会和我见面，可是，人真的自己能够成就自己吗？书不尽言。

我觉得小说家这类人果然都很会耍嘴皮子，感到自己棋输一着，非常扎心，一整天都魂不守舍的。第二天早上，我突然很想去见户田，我必须要见见他。他现在肯定处于煎熬之中，我如果现在不去见他，他或许就会堕落。他在等我去见他，我就去见他吧。我赶紧开始打扮起来。菊子，我怎么可能会打扮得光鲜亮丽地去见一位住在大杂院的穷作家呢？根本行不通。某妇女团体的干事们围着狐狸皮围脖去视察贫民窟不就出了岔子嘛！我必须注意才行。根据户田小说描写的情况可知，他甚至没有一件能穿的和服，只有一件露出棉絮的棉袍。而且，屋里的榻榻米也破烂不堪，他就在房间里铺满报纸坐在上面。我穿着最近新定做的粉红色礼服去这样贫困的家庭，只会让户田的家人感到落寞、惭愧，太失礼了。我身着一条女中时代穿的满是补丁的裙子，接下来上身搭配一件也是过去滑雪时穿的黄色对襟毛衣。这件毛衣已经小了，手腕的地方高高地缩到了肘部附近，袖口开线了，毛线垂了下来，总之是一件无可挑剔的货色。我通过他的小说了解到，户田每年一入秋就会犯脚气病，非常痛苦，所以决定把床上的毛毯用包袱皮包起来带给他，想建议他工作时用毯子裹脚保暖。我背着妈妈偷偷地从后门溜了出来。你知道的，我的门牙有一颗是假牙，可以取下来，所以我在电车上悄悄取下了那颗假牙，故意将自己的容貌弄得丑陋一些。户田的牙齿应该差不多也掉得稀稀落落了，为了不让他觉得自惭形秽，为了让他心理平衡，我还打算让他看到我的牙齿也不好。我还把头发揉得凌乱不堪，把自己弄成一个丑陋、穷酸的女孩子。为了安慰一个软弱、愚笨的贫穷之人，我必须心思缜密才行。

户田的家位于郊外。下了省线电车后，我询问了治安岗亭，比较轻松地就找到了户田的家。菊子，户田的房子不是大杂院，而是一座看上去不大但干净利落的独门独院。庭院也打理得非常漂亮，秋天的蔷薇竞相开放。一切净是出乎意料之事。玄关一打开，就看到鞋柜上面有一个插着菊花的水盘。一位落落大方、气质高雅的女士走了出来，她向我鞠了一躬。我还以为自己找错人家了。

“请问，写小说的户田先生是住在这里吗？”我怯生生地问道。

“是的。”夫人温柔地回答道，她的笑脸让我一下子矮了半截。

“老师……”我不由得说出了“老师”这个词，“老师在家吗？”

我被带到了老师的书房。一位神色自若的男人端端正正地坐在书桌前。他没有穿棉袍。我不知道那种布料叫什么，深蓝色厚布料的和服夹衣上系着一条黑底白条纹的角带。书房有点像茶室，壁龛那里挂着一幅汉诗卷轴，上面的字我一个都不会读。竹篮里插着常春藤，非常养眼。堆在书桌旁的书像个小山。

他与我所料想的截然不同。牙齿没有缺损，头也没有秃顶，五官端正，没有一处有不洁之感。这个人这么可能会喝了烧酒后睡在地上呢？真是太不可思议了。

“小说的感觉和见到您本人的感觉完全不同。”我打起精神说道。

“是吗？”他轻声回答道，那样子像是对我漠不关心。

“您是怎样知道我的情况的呢？我就是来问问这个的。”我说起这个事，试图想掩饰一下自己的尴尬。

“什么？”他根本没有反应过来。

“我明明没有写自己的名字和地址，不还是被老师您看穿了吗？我前几天给您写了封信，首先问的就是这个问题……”

“我不知道你的事啊，这就怪了。”他一双清澈的眼睛正视着我，淡然一笑。

“哎呀！”我开始有些心慌了，“这么说，您根本没明白我那封信的意思就对这个问题不予理会，真是太过分了呀！您是把我当成傻瓜了吧！”

我真是想痛哭一场。我这是多么严重的自命不凡啊！荒谬，太荒谬了。菊子，“脸上火烧火燎”这种形容轻描淡写，即便说我羞得想在草地上撒泼打滚、哇哇大叫也还是词不达意。

“那么，请把那些信还给我。真是太贻笑大方了。请还给我。”

户田一脸严肃地点头答应了。或许他生气了，觉得我是一个过分的家伙而有些愕然吧。

“我找找看吧。我很难做到每天的信件都一一保存的，或许已经丢失了。随后我让家人找一找，如果找到就寄给你。是两封吗？”

“是两封。”我心里有些凄凉。

“你说你总觉得我的小说和你的经历很像，但是我的小说绝对不使用原型，内容都是虚构的。首先，你最初那封信嘛……”他突然止住了话头，低下了头。

“告辞了。”我是一个牙齿脱落、寒酸落魄的女乞丐，窄小的开衫毛衣袖口已经开线，藏青色裙子满是补丁，从头到脚都被人嗤之以鼻。小说家就是恶魔！是骗子！明明不穷却装作赤贫的样子；明明器宇不凡却说自己相貌丑陋来博取同情；明明一心向学却说自己不学无术；明明爱妻有加，却自爆夫妻天天吵架；明明没有痛苦却装作悲痛万分，我被骗了。我默默地躬身告辞，站起身来。

“您的病怎么样了？听说您得了脚气病。”

“我身体很好。”

我为了此人抱了个毛毯来，还是拿回去吧。菊子，在抱着毛毯回来的途中，我由于羞愧而哭了呢！我将脸埋在装毛毯的包袱上哭啊哭，开车的司机冲我大吼：“混账！走路看着点！”

过了两三天，我的那两封信被装在一个大信封里以挂号信的形式寄了过来。我仍然持有一丝幻想，心想老师或许会给我写上几句好话来安慰我的羞愧之心。这个大信封里除了我的两封信之外，可能还有一封老师亲切的安慰信。我紧紧地抱着信封，接着心里祈祷，随后打开了信封，却发现里面空荡荡的，除了我的两封信外里面什么都没有。或许他会在我那两封信的背面像乱写乱画一样随意写些感想什么的吧。这么一想，我就一页一页地仔细检查信的正反两面，但一字未写。这种耻辱你能明白吗？我真的想在自己头上撒灰，觉得自己老了十岁。小说家这种人无聊至极，都是人渣啊！写的全是谎言，毫无浪漫可言。这种人安于普通家庭生活，而且对一个衣服脏兮兮且掉了门牙的女孩冷眼相待，连送都懒得送，会永远以一副局外人的表情若无其事地装下去吧，真是太不像话了！小说家可不就是骗子嘛！

太宰治文学的趣味性

——代《新哈姆雷特》译后记

本书收录了太宰治1940—1942年间创作完成的13部（篇）作品。从小说写作特色来看，《蛐蛐》(1940)、《千代女》(1941)、《羞耻》(1942)属于太宰治(1909—1948)典型的“女性独白体”小说，呈现了太宰跨性别写作的另类文学想象；《浪漫灯笼》(1941)、《清贫谭》(1941)、《新哈姆雷特》(1941)属于翻案风格的作品，体现了作家对世界文学资源的吸收和借鉴；《风中书笺》(1941)、《猫头鹰通信》(1941)是书信体风格的小说，以内心倾诉的细腻笔触探讨了作家的生活感受和创作体验；《东京八景》(1941)、《佐渡》(1941)、《穿衣哲学》(1941)、《谁》(1941)、《香鱼小姐》(1941)风格上更接近散文和随笔，是带有私小说色彩、体现作家反俗精神的小说。如果说这13篇小说的共性的话，那就是这些小说充分体现了作家对现代个体自我存在的叩问和对小说形式实验孜孜不倦的追求。

《千代女》最初刊载于1941年《改造》第11号上。当时的读者很容易从作品中出现的“寺田正子”联想到当时的少女作家丰田正子，从“金泽富美子”联想到野泽富美子。如果说《千代女》是一篇含沙射影地指涉了出版过《作文教室》(1937)的丰田正子、写出《砖瓦女工》(1940)的野泽富美子的小说似乎也并不为过。《千代女》中出现的专有名词(如杂志《赤鸟》，在书中为《青鸟》)让人很容易联想到小说发表当时的人物、事件，体现了太宰对同时代社会动向的关注。根据太宰一贯的“道化”风格，将其理解为对同时代少女作家的善意调侃也不无道理。

十八岁的“我”(和子)到底是一个什么样的人呢？由于作文刊载在杂志上，舅舅、母亲、岩见先生、泽田老师都视“我”为天才少女，但“我”对师长的看法极为抗拒。通过解读“我”如何认识过去、现在的自己就不难发现，《千代女》并非是一个讲述“天才少女”成长的故事，而是无法明确断定自己是“天才”还是“俗人”的少女内心彷徨、自我追寻的故事。

“我”因为他人的评价而无法确认自我存在的价值，难以借助他人的评价来认识自身，怀疑自己不具有与师长评价匹配的文学才华。尽管自我焦虑使“我”在创作之路上不知何去何从，但“我”还是相信“即便自己不中用，也还是有着一技之长的”。“我”通过回顾自己的人生，通过讲述来重新定义过去，试图在自我同一性这一前提下将现在的自己和过去的自己统一起来。在反复讲述自己毫无写作才华的同时，也请求岩见先生“对我这个七年前的天才少女指点一二”。和子最后明确向母亲宣告“妈妈呀，我可不是千代女”，意味着“我”对自我的明确认知，也可视为“我就是我”的独立宣言，内心还是希望成为千代女那样有才华的女性，重新拿起笔来建构女性自我。小说结尾为自怨自艾的女性叙事平添了一种温情、光明的色彩。不得不承认，太宰高超的叙事技巧使小说自始至终充满着令人会心一笑的幽默，体现了太宰对女性存在的关注和期待。

与《千代女》相比，《羞耻》可以说是一部太宰通过女性之眼反观作家生活的小说。二十三岁的叙述者“我”（和子）阅读了小说家户田的小说，将小说中描绘的生活困窘的落魄作家等同于现实作家本人，一开始出于同情写匿名信鼓励作家，后来发现作家小说中的登场人物与自己个人状况完全一致，便自以为是地认为作家调查了自己，随后决定亲自登门拜访。她故意将自己打扮得寒酸丑陋，目的是为了不让“贫穷”的作家感到难堪。没想到作家家境优渥，自己所做的一切纯属自作多情，从而认为“小说家这种人无聊至极，都是人渣啊！写的全是谎言，毫无浪漫可言”。小说采用第一人称女性独白体叙事，讽刺了私小说作家在小说中如实描写个人私生活的普遍倾向，或者说作家太宰讽刺了一般读者将小说当作作家传记来阅读的惯常做法，从自身创作角度肯定了小说的虚构本质。小说创作是对日常生活的升华和另类想象，作品呈现的作家自我可以是多元的，甚至可以是跨性别的。《羞耻》充分体现了太宰对作家这一工作性质的深刻认识以及女性独白体这一形式本身所具有的文学意义。

《蛐蛐》是一位二十四岁的少妇写给画家丈夫的分手信。不过，与太宰其他书信体小说相比，在文本呈现上并没有严格按照书信的格式（比如署名、写信日期等），或许可以视为“我”通过倾诉来调整自己的情绪，进而坚定离婚决心的信，画家丈夫最终是否看到分手信似乎是无关紧要的。叙述者“我”回顾了与丈夫“你”长达五年的婚姻生活，哀婉地讲述了与丈夫初识、结婚、婚后贫穷却快乐的婚姻生活以及丈夫飞黄腾达后产生的夫妻情感裂痕，最后以几天前的晚上“我”睡下时听到蛐蛐鸣叫而结束。太宰通过少妇“我”的叙述，从女性角度反观了作为艺术家的自己。其中，“我”身上体现了太宰一贯的反俗精神和对自我的叩问。丈夫出名后开始贪恋钱财，变得虚荣奢侈，甚至夜不归宿，成了一个自高自大、不折不扣的伪君子。听到他题为“新浪漫派于时代形势的意义”的广播发言，“我”觉得其声音听起来“龌龊、污浊”。“我”对丈夫的厌恶、批判也意味着“我”自我意识的觉醒和自身的精神成长。在听到丈夫广播讲话的当晚，“我早早睡下，关了灯独自仰面躺着。此刻，听见一只蛐蛐在我脊背下面拼命地叫着”。这一场景为小说点题之笔，“蛐蛐”的象征意义有些暧昧不明，具有从多个角度阐释的可能性，若将其视作女性觉醒的自我意识的外化似乎也行得通。“我真想将这幽幽的低鸣封存在自己的脊骨之中，永生不忘，和它一起活下去。”象征着女性声音的“幽幽的低鸣”和广播中丈夫“新浪漫派于时代形势的意义”的发言形成了对照，是女性个体私语对男性代表的国家话语的抵抗。也就是说，“我”的控诉和分手宣言意味着“我”作为一个与世俗的丈夫格格不入、具有现代自我的女性的诞生。

以上三篇女性独白体小说集中体现了作家敏锐的感受性。太宰的女性言说不同于当时文坛占据主流地位的男性话语，其女性叙事呈现了他跨性别写作的叙事探索。他笔下的女性形象所彰显的并非只是纯粹的性别话语，而是个体、性别与意识形态等话语的杂糅，在某种程度上打破了性别写作的边界。一般认为，男性作家笔下的女性形象往往带着一种男权文化色彩，在人物主体性和真实性方面不及女性作家塑造的女性形象。与一些西方女性主义者如西苏所主张的真正的女性写作应从女性自身经验出发这一观点不同，太宰的女性书写实践为反思这一观点提供了很好的范例。在以上三篇小说发表的1940—1942这一时期，歌颂侵略战争的国策文学大行其道，文学中的女性形象多是符号化的存在，大多成为男性作家文化想象的载体或时代焦虑的投射。这三篇女性独白体小说塑造了纯真、感性的女性形象，既不同于战时语境中男性作家对女性的符号化书写，也不同于女性作家在女性主体表现方面的普遍失语状态。即便太宰的女性书写由于其自身男性身份的局限存在着男性目光的烙印，但就其所达到的精神深度和文学高度而言，其女性独白体叙事真实生动地展现了女性对自我的迷茫和探寻，构成了战时这一时代语境中一道不可或缺的风景。

除女性独白体小说外，太宰还善于运用改写（日语为“翻案”）这一技巧在文学经典之中汲取素材，在情节、主题、思想等层面进行重构来表达自己的文学诉求。我们可以看到，此类作品中有对日本文学经典进行重构的《御伽草纸》《新释诸国故事》，有借用西方文学经典的《奔跑吧，梅洛斯》《浪漫灯笼》《新哈姆雷特》，还有改编自中国古典文学的《清贫谭》《竹青》。本书收录的《浪漫灯笼》《新哈姆雷特》《清贫谭》淋漓尽致地展现了太宰对东西方文学经典的吸收和借鉴。

《清贫谭》的素材来自蒲松龄《聊斋志异》中的《黄英》。太宰将故事的舞台搬到了江户向岛附近，主人公由马子才变成了马山才之助，陶三郎变成了陶本三郎。《清贫谭》删除了《聊斋志异》中对登场人物事无巨细的介绍。如陶三郎不愿成婚，黄英派丫鬟伺候其生活起居，丫鬟生下一个女儿，陶三郎与曾生狂饮醉酒后现原形等情节。太宰大胆地改编了原著中的一些情节。原著中马子才在妻子吕氏去世后主动向黄英求婚，但在《清贫谭》中，黄英是一位风姿绰约、大胆追求爱情的女性，甚至在深夜主动进入马山才之助卧房以身相许。与黄英相比，才之助似乎是一个思想保守的知识分子形象，安于贫穷并醉心于象征着高洁精神的菊花。在他看来，菊花是传统文人清贫高洁的象征，知识分子应安贫乐道，固守清贫之志。太宰塑造了黄英这一女性人物来反思知识分子传统的安贫乐道思想，同时讽刺了当时政府号召国民勤俭节约支援战争的战时政策。不难发现，太宰笔下的人物具有率真之处。《聊斋志异》中的马子才钟情于黄英，考虑按照习俗送聘礼向黄英求亲，但被黄英拒绝，体现了黄英宽仁大度的情怀；太宰笔下的马山才之助心里虽然喜欢黄英，却表现出一副“愿者上钩”的姿态，表现出江户儿争强好胜的性格，体现出文人对自我的坚守；《聊斋志异》中陶三郎变成菊花是因为不小心喝醉而导致的事故，但《清贫谭》中的陶本三郎却是心甘情愿地饮酒变回菊苗本身。“姐姐，我已经可以喝酒了呀！家里也攒了不少钱，即便我不在了，你们也已经可以一生安然度日了。我对种菊花也完全厌倦了。”也就是说，陶本三郎最终做回了原来的自己。太宰用日本式的想象重新解读和改编中国古代传奇故事，体现了他战时状况下对现代人自我存在的沉思。他在《清贫谭》开头明确写道：“这个作品是二十世纪的日本作家以这一古老的故事为主旨，设置一些大胆妄为的幻想，又兼带将自己亲身感悟寄寓其中而进行的创作。”甚至戏谑地指涉 1940 年近卫文麿内阁倡导的以法西斯性质的举国战争体制为目的的“新体制运动”，坦言“我的新体制好像也只是探索浪漫主义”。太宰依靠天马行空的想象力来发掘中国古典文学中的浪漫主义元素，并借此来抵抗鼓吹战争的时代风潮。

《新哈姆雷特》改编自莎士比亚经典悲剧《哈姆雷特》。从形式上来看，太宰明确地将其视为“Lesedrama 风格的小说”。小说中金句频出的鲜活的戏剧对白、前言部分的散文文体、剧中出现的诗歌文体并置在一起，营造出内蕴丰富的文本空间。太宰提到的 Lesedrama（案头戏），是小说与戏剧两种文体结合形成的一种极富张力的文本形式，体现了作家试图打破戏剧与小说边界的文学创新精神。从语言表达来看，太宰运用比喻、反复、对比、引用等种种修辞手法，甚至将莎士比亚原著中的英语台词、带有歌舞伎台词风格的坪内逍遥《哈姆雷特》日译本台词引入小说，在近似插科打诨的荒诞中表现了作家对时代状况的反讽以及对小说形式实验的执着追求。

小说借用了莎士比亚《哈姆雷特》的时代背景和登场人物名字，利用戏剧的展演性生动地描绘了哈姆雷特一家和波洛尼厄斯一家三天内发生的事情。故事由九个场景构成，矛盾冲突主要集中在第一天的三个戏剧场景和第二天的五个戏剧场景。小说中的一些情节如王后投河而死、波洛尼厄斯被国王杀害等内容完全背离了莎士比亚原著。而且，与莎士比亚笔下的哈姆雷特王子相比，太宰塑造的哈姆雷特身上明显带有一种虚无色彩，他缺少决断力，任性偏执而又有些滑稽。《新哈姆雷特》的对话体现了太宰文学一贯的“道化”风格特征。哈姆雷特的软弱、克劳狄斯的阴险、波洛尼厄斯的迂腐在人物对话中生动地得以呈现。太宰甚至借助第六场王后和奥菲利娅庭院中的对话表现了女性对男性的批判，解构了男人出人头地动机的虚伪。“男人嘴上如此这般地说得冠冕堂皇，但实际上呢，生活中一门心思放在了自己娇妻的想法上。发迹、成功、胜利，一切都源于取悦娇妻的那颗心。为自己的努力进取找各种借口，嗐，不过是为了让可爱的女人赞美自己而已，真的是太没出息了，甚至有些可怜。”不仅如此，太宰还通过哈姆雷特之口表现出对战争的否定。在第九场中，国王为提高国民的战争斗志高声赞扬雷欧提斯为国家拼死搏斗的大无畏精神，甚至虚伪地大声疾呼：“神必然会爱像我这样的孤独的男人。强大起来吧！克劳狄斯，忘却爱情，忘掉虚荣，为了丹麦国的荣誉这面旗帜而战吧！哈姆雷特，有人比你还痛苦哪！”“为了丹麦国的荣誉这面旗帜而战”这一口号体现了太宰对当时日本军国主义鼓吹战争的讽刺，而哈姆雷特“我不相信，我的怀疑会一直持续到我生命终结”这一回应也可以说体现了太宰对战争的怀疑态度。太宰擅长在作品中放烟幕弹，总是用“此地无银三百两”的“道化”技法来达到对时代隐形书写的文学效果。“本书只是借用莎翁《哈姆雷特》中的人名和大致时代背景，描写了一个家庭的不幸，丝毫没有超过莎翁原作之外的学术或政治意义，而是一个狭隘的心理实验。”很明显，小说前言部分虽然并非文本主体，但其说明性特征同样耐人寻味，与《清贫谭》开头对“新体制”的提及异曲同工，间接地表达了自己对战争的看法。前言可以理解为作者的反语，从而使读者对所谓的“学术”“政治”这些用语产生不同于社会一般认识的另类想象。

在《浪漫灯笼》（1941—1942）中，太宰也同样设置了这样一种文本结构。小说最初以连载的形式发表在《妇女画报》上，是一部充满浪漫气息的作品。小说表面上描绘了四年前入江一家温馨的家庭生活，实际上间接批判了四年后的当下入江兄妹的生存状态。正如小说第二节“他（小弟）忐忑不安地广泛浏览了《安徒生童话》《格林童话》和《福尔摩斯探案集》之类的书，东拼西凑总算完成了”一句提示的那样，小说的主人公拉朋扎尔（Rapunzel，原意为“莴苣”）与格林童话《莴苣姑娘》(又名《长发公主》）的主人公同名，体现了这部小说与格林童话的互文关系。除此之外，拉朋扎尔与王子的初次见面的情节明显借鉴了安徒生童话《冰雪女王》中的“小强盗女孩”一节，而叙述者“我”来讲述故事这一结构又类似《福尔摩斯探案集》中的“褐色山毛榉宅案”。通过对以上世界文学经典的吸收和改写，太宰表达了对爱之力量的歌颂和憧憬。

在格林童话中，莴苣姑娘一出生便被父亲交由女巫带走，长大后被女巫囚禁在高塔里，是一位被女巫控制、需要王子拯救的角色。故事结局是失明、落魄的王子在荒野上与受苦的莴苣姑娘相遇而重获光明，两人回王宫过上了幸福美满的生活。《浪漫灯笼》中的故事也是一个大团圆结局。王子对拉朋扎尔的爱最终超越了巫婆的魔法，死去的拉朋扎尔重生为一位精神高尚的女性。正如长兄续写的那样，重生的拉朋扎尔“不是他人的附从，她嘴角浮现出蕴含着深深的忧郁、聪慧、温柔的微笑，像一个天生的女王那样从容淡定”。格林童话《莴苣姑娘》中的巫婆长相丑陋、内心狠毒，但《浪漫灯笼》里的女巫年轻时也曾貌美如花，因为生下女儿才变得丑陋不堪，是一个虽然有些邪恶却舐犊情深的母亲。可以看到，太宰改写了童话故事中对女性单一刻板的描绘，使她们作为爱的化身得以重生。

入江家兄妹五人合作完成的故事，是一个爱情战胜魔法，歌颂爱之力量的浪漫爱情小说。但正如叙述者“我”讲述的那样，小说是入江家一家人的素描，入江家兄妹五人合作的小说则是第二位的。入江一家人不同于当时的封建家长制家庭，家庭中父亲缺席，长兄也不是一位切实履行家长职责的人，祖父、祖母、母亲都是慈祥的长辈，对孩子疼爱有加。祖父的“勋章”制度、兄妹五人的小说接力，都是类似游戏一样的浪漫行为。叙述者“我”之所以书写这一温情的浪漫故事，目的是与当下入江家的现实做比较。“换句话说，入江家兄妹五人，还有我，大家都渐渐长大成人，都是一副文质彬彬、客客气气的所谓‘社会人’的样子，即便偶尔相互碰到，也觉得毫无情趣可言。说白了，当下的入江家对我来说索然无味。”四年前入江家兄妹合力书写的浪漫故事对爱的讴歌，暗示着当下现实中爱的缺席。入江家兄妹四年后成了“社会人”，被“社会”异化，表明入江家这一重视现代个体个性的温情的家庭共同体逐渐趋于解体。若根据小说发表的年代推算的话，四年前即与 1937、1938 这两年重合。1937 年卢沟桥事变，日本开始全面侵华；1938 年近卫文麿内阁第一次制定了《国家总动员法》，文坛开始逐渐转向歌颂战争的“国策文学”。太宰利用自己改编的浪漫故事，来抵抗所谓的“新体制”，完成了对战时社会状况的隐形书写。

《猫头鹰通信》讲述了作家“我”接受新潟高中邀请去该校讲学的经历。从“我”在演讲过程中朗读的自己的初期作品《回忆》和近作《奔跑吧！梅勒斯》来看，小说中的“我”与作家太宰最大限度地重合在一起。“我只是朗读了初期作品《回忆》的第一章，接下来，就私小说稍稍谈了谈，还提到了私小说的告白底线。我硬着头皮，结结巴巴地将一个个突然浮现在脑海中的内容讲了出来。我还谈到了处于自我暴露深层的爱”。一般认为，私小说往往脱离时代背景和社会生活，具有孤立地描写作家个人身边琐事和心理活动的倾向，甚至毫不顾忌地暴露自己的隐私、欲望。“我”在演讲中讨论私小说，将个人作品引入小说，可以视为作家太宰利用书信的私密性来呈现其个人的小说观念，利用小说中的自我指涉来打破真实与虚构的界限。“我”的叙述带有一种玩世不恭的戏谑色彩，表现出与传统格格不入的反叛性。“自卑并不可耻，一般被称为‘被害妄想’的心理状况，也未必就是精神病。”反映在创作上，“我一直注意要将生活常识化，因为所谓的苍白的忧郁，反而是一种通俗的东西啊”。“苍白的忧郁”所象征的浪漫主义实际上与现实主义并非完全对立，甚至就是“通俗的东西”。这一认识明显不同于将浪漫主义和现实主义对立起来的传统文学观念，“我”的这些认识打破了传统固有的非黑即白的二元对立思维模式，表现了太宰对小说创作的独特思考。

小说题名中的猫头鹰在西方文化语境中是智慧女神雅典娜的圣鸟，它的习性在人们看来象征着明智、忍耐、自我反省、沉思，代表着能超越一切愚昧蒙蔽的知识和博学。“我对贫困的忍受力很差，所以，也会身不由己接受非我所愿的工作。因为我想挣钱啊！”“我”坦白了自己世俗的一面，承认自己并非是一个安贫乐道的文人，同时也是对自己所走文学道路的再确认。作为书信体小说，小说中书信的收信人“你”的形象并未立体地呈现出来。“我觉得如果你知道的话，可能会像往常一样放心不下，开始对我提出忠告啦，教导啦，我心里怕你会这样，就故意没有向你说明目的就去旅行了。”不难看出，“你”站在了对“我”进行批判的立场上，犹如“我”反观自身的一面镜子，体现了太宰通过“你”的眼光将自我相对化来反思自身的匠心。这一点在《风中书笺》中进一步得以明确化。

《风中书笺》也是一篇以作家的存在作为主题，对作家小说观念进行梳理的小说。写作遇到瓶颈的作家木户一郎和小说名家井原退藏通过信件来表达各自的文学观念。木户“我穷困潦倒，所以脑海中没有任何幻想，长年累月地将筹措月末开销款项、在院子里种西红柿苗之类的琐事连篇累牍地写进小说”，而井原则是一位让木户早年从被世人恶评如潮的作品中“看到那些如殉教者一样卓尔不群、水洁冰清的苦闷的容颜”的作家。在木户眼中，井原是一位具有写作天赋的小说家。木户一味地认为自己一直甩不掉土里土气的俗人这一尾巴，“不管怎样都无法做到将自己净化为‘作家’这一天使”。可以看出，木户所理解的“作家”，就是指浪漫小说作家。在小说最后，惯于写自己身边琐事的私小说作家木户，回京后尝试创作一部将《圣经·出埃及记》小说化的作品，浪漫主义小说家井原也对这部小说充满了期待。这也意味着专注于写实的私小说作家通过与前辈作家的交流最终突破写作瓶颈，找到了将幻想导入小说来书写浪漫小说的新方法。井原和木户可以说都是太宰的分身，二人起到了将对方的艺术观念相对化的作用，体现了太宰对自身创作观念的思考。

说实话，我在那个温泉旅馆和你游玩时真的觉得无聊透顶。你仍以作家自居，任何时候都将我们俩放在天平上比一比高下，真是无聊。

井原对木户的批判也是太宰对那种将自然主义式的客观描写手法和重视主观抒情性的浪漫主义手法对立起来的文学观念的批判。如果说《猫头鹰通信》是讲述作家“我”对文学创作认识的独白剧，《风中书笺》中木户和井原二人的书信交流就可以视为关于不同风格的作家艺术观念的对话剧。

书信体使读者很容易将自己置于收信人的位置上来倾听写信人的诉说，自然产生一种亲切感。太宰的大部分小说往往既具有私小说式的入木三分的写实性，同时又富有异想天开的浪漫色彩，二者比例的不同构成了纷繁多姿的太宰文学。在此意义上，这两篇书信体小说集中体现了太宰有别于传统的文学理念。

《东京八景》《佐渡》《穿衣哲学》《谁》《香鱼小姐》五篇小说的内容取材于作家自身经历或身边琐事，带有浓厚的私小说色彩，从私人视角呈现了太宰的自我认识以及对艺术、人生的看法。

《东京八景》是一部将小说家自身作为描写对象的小说。从小说构思来看，“我”并未将东京的风景名胜作为主要描写对象，而是通过风景将过去和现在的自己相对化，凸显了处于自然风景之外的“我”的精神历程，借风景来表现小说家“我”的自我重生。叙述者“我”以“与青春的诀别之词”的心态试图将自己痛苦的东京生活回忆按照时间顺序记录下来。小说由描写“我”回忆自己参加政治运动、情死未遂、药物中毒等堕落经历的前半部分和描写“新桥站前桥上一景”“增上寺山门一景”的后半部分构成。痛苦的东京生活回忆属于“我”与家乡的亲哥哥、妻子 H 等他者的连带关系丧失的故事，描写“我”与曾将自己逐出师门的文坛前辈 S 和解的“新桥站前桥上一景”和描绘“我”鼓励妻妹即将奔赴战场的未婚夫 T 君的“增上寺山门一景”，属于“我”与他者的关系恢复、建构的故事。太宰将《东京八景》的构思与读者共享，呈现了“风景中的我”才是艺术的核心这一写作方向。这二景集中体现了“我”积极地寻求作家主体性的精神诉求，使“我”最终告别了过去那个害怕外界批评的自己。“我”满不在乎地像罗丹的巴尔扎克雕像那样双手轻松交叉呆呆伫立在东京名胜增上寺山门前的一幕，可视为一种坚定的自我确认。“增上寺山门一景”的发现让“我”确信《东京八景》的构思已经成熟，便出发去伊豆旅行，在旅馆里开始着手写这本小说。“到了伊豆温泉旅馆后又是一番什么状况呢？出来旅行已经过去十天了，可我还待在那个温泉旅馆里，我在干什么呢”这一结尾与作品开头在旅馆中构思《东京八景》的现在首尾呼应。正如“艺术就是我”这一小说中提到的文学宣言一样，《东京八景》具有了呈现作家小说理念和展示书写行为的元小说特征。结尾将叙事重新拉回“叙述的现在”，意味着《东京八景》在文本世界中是未完成的文本。但在现实世界中，署名为“太宰治”的《东京八景》却诞生了。在此意义上，《东京八景》体现了游走于现实与虚构边缘的太宰对小说形式的大胆探索。

《佐渡》在独白式的叙述中清晰、立体地描绘了秋冬季节的佐渡风景，体现了太宰高超的写实能力。《佐渡》中的“我”旅行时间设定在“当下”。“干吗要去佐渡这种地方呢”“去佐渡干什么”，“我”多次在文中自问此次旅行的意义，最后得出“就像被死神之手召唤了一般，我毫无缘由地被佐渡吸引了”这样的结论。不难发现，“我”不经意间为追求“冷清至死之地”的孤独感来到佐渡，动机之中包含着一种寻找旅愁的浪漫主义动机。

在关于“浪漫主义”的林林总总的定义中，“自然”始终是绕不开的一个核心概念，浪漫主义文学的自然书写往往因带有强烈的抒情性而呈现出作家浓厚的个性化色彩。风景与主体观念始终密切相关。对浪漫主义作家来说，佐渡自古以来就是犯人流放之地，其原始、壮观的自然景色有别于本州，非常符合浪漫主义追求奇异、神秘、令人激动的审美情趣，书写偏僻、萧瑟的佐渡景色与浪漫主义的诗学主张相吻合。但是，“我”并未品味到偏僻之地独有的浪漫情趣，反而觉得无聊乏味。在此意义上，太宰的佐渡书写并非是对孤岛风景的客观描摹，而是他用以表达自我情感、社会文化认识的一种想象方式。佐渡风景书写与太宰孤独的内心状态紧密相连，其笔下的佐渡风景反映了作家在战时社会背景下的主体认知和感性经验。

太宰对自然的关注不仅仅停留在自然与人内心的相互作用上，他还通过风景的描绘来探讨现代自我的存在问题。“当下日本并不是游乐之时，这个我也知道。所谓参观，是出于一种什么样的心理呢?”从船上来看，冷清的佐渡完全是一副拒游客于千里之外的样子，是一种未经雕琢的、粗糙的自然。这也是“我”一直反思为何来佐渡的一个原因。“佐渡一无所长，也不可能有什么可取之处，这一点不管我多么愚钝也是心知肚明的。但是，没过来看看之前，我心里忐忑不安的，所谓观光心理，不就是这样吗？说得夸张一点，连人生或许也是这样的吧。看完后的空虚，没看而产生的焦躁不安，三十岁、四十岁、五十岁，今后二十年里，我只能在这两种心理的交替之中竭尽全力地辛苦生活，随后死去吧。”“我”从个人的旅游感受上升到一般人的观光心理，进而升华至人生思考，由此不难看到太宰敏锐的感受能力。太宰阅读风景的方法从以审美角度观察风景到以认知角度理解风景，从关注佐渡的视觉特征到开始关注风景给人的精神思考。“我”发现走在佐渡街道上感觉就“像走在房州一带的渔村一般”，当下的佐渡和日本“内地”毫无二致，有的只是均质化的风景。佐渡最具地方特色的莫过于金山矿山。佐渡金山矿山发现于1601年，之后就成为江户幕府的重要财源。江户时代后期就约有1800名流浪人员、罪犯被押解到此地开矿。在1939年至1942年期间，日本政府从朝鲜半岛强征1200多人从事金山开采工作，这些矿工遭到了非人的虐待，也使佐渡金山强征劳工问题成了战后影响日韩外交关系的历史问题之一。小说中“我”从女招待口中得知，金山“从今年九月开始就不对任何人开放了”。站在小说发表的1941年这一时间点来看，不难猜测矿山不对游人开放的深层原因。在小说结尾，“我”看到了矿工队伍。

外面天还是蒙蒙亮，我站在旅馆前面等巴士。穿着黑色毡衣的一队不同年龄的男男女女一个接一个由此经过，这些人沉默不语，一刻不停地从我眼前走了过去。

“这些人是下矿山的矿工，对吧？”我小声对站在身旁的女招待说道。

女招待默默地点了点头。

到此，小说戛然而止。从“我”和女招待的反应来看，二人对这一情景讳莫如深。“沉默不语”的矿工队伍，彻底消解了关于佐渡的浪漫叙事。这一结尾如同神来之笔，使小说的乡土书写变成了对战时政治状况的隐喻，体现了太宰高超的叙事能力。

《穿衣哲学》以幽默的笔触生动描写了“我”对着装的认识。“我”高中时就留意到时尚易变，所以不太讲究穿衣打扮，总是因着装问题被朋友议论。“我固执地相信，真正庄严的光明只能从懦弱的内省之终极发出。无论如何我都想更好地活着。也就是说，无论如何我都要在最高的尊严和最低的生活中活下去。”也就是说，《穿衣哲学》与《清贫谭》在主题上具有相似之处。“我”坚信衣服象征的物质生活与精神追求相比是第二位的，却在现实面前屡屡碰壁。“我”自我调侃地将自己在现实中的出丑归结为衣服的原因，这一自我解嘲极具讽刺意味。

《穿衣哲学》中“我”的自我首先表现为服装所呈现的外部存在状态。此外，还存在一个内心精神层面的“我”。

如果说现实存在的“我”只是利用服饰装扮表演出来的外部的“我”的话，那么，真正的“我”只存在于内部精神世界之中。太宰常用的“道化”手法就是将自己的本来面目、自我作为遮蔽之物进行描绘的技巧。一般认为，“我”的本质即“自我”是一个不言自明的前提，而“我”追溯自己从高中到现在为止的服装观念后发现，服装呈现的“自我”并非以实体之形存在于关系之中，真正的“我”只是由服装所呈现“我”的样态构成的一个个幻想。小说结尾“亟待继续完成的课题：穿国民服会怎样呢”这一问题将作家对时代的批判暴露无遗。所谓“国民服”，指的是二战期间日本政府根据1940年公布的《国民服令》制定的男性制服，设计近似军服。这一制度化的服装正是国家扼杀现代个体个性的体现。虽然太宰在之后的作品中并未具体回应这一课题，但含沙射影的戏谑已经足以体现作家对战争的态度。推而广之，太宰所谓的“道化”手法就是将语言作为“服装”来使用的。《穿衣哲学》甚至可以看作是一篇谈及作家创作原理这一根本问题的小说。

与《穿衣哲学》通过着装探讨自我这一问题相同，《谁》可以说是一篇直接将“我是谁”这一身份认同问题作为主题的小说。

作家“我”从《圣经》的记载中得知，耶稣询问门徒“我是谁”，门徒们回答各不相同，彼得相信基督，回答他说是“神之子”。耶稣从门徒的回答中获得启发，更加深刻地意识到了自己的宿命。20世纪作家“我”向学生自己询问“我是谁”，得到的却是“冒牌货”“骗子”“冒失鬼”“酒疯子”、学生们眼中的“恶之子撒旦”等否定性答案。“我”对此愤愤不平，着手查阅撒旦研究史，觉得自己有点像撒旦手下的污鬼。“我”向朋友求证，从他那里得知自己既非恶魔，也非污鬼，只是一个“笨蛋”。可就在几天前，“我”又被狂热的女书迷骂作“恶魔”。小说表达了“我”希望通过他者眼光建构自我身份的焦虑。《谁》将宗教经典片段、学术文献一节、个人信件等杂糅在一起，体现出文体的狂欢化，与小说戏谑的风格一道，很好地表现了“我”对自己作家身份的再确认。“我”为了满足生病住院的书迷想见自己一面的愿望特意打扮，考虑到对方的身体状况采取了尽可能妥善的打招呼方式，没想到对方却理解为“我”蔑视她。“你对我那简陋的病房和肮脏丑陋的病体大失所望，感到无奈就回去了，就像对待一块破抹布一样瞧不起我。（中略）你是恶魔！”这一场景可以说与《羞耻》的叙述者“我”故意打扮成一副穷酸相去见“穷困潦倒”的作家，最后发现真相后骂小说家都是“人渣”这一点相似，体现了作家尝试将“我是谁”这一问题置于与不同他者的关系中进行观照的伦理诉求。

在《香鱼小姐》中，作家“我”的朋友佐野伊豆旅行期间在河边钓香鱼的时候结识了一位看上去冰清玉洁、待人温和体贴的姑娘并爱上了她，之后在“我”提醒下意识到这位姑娘并非大户人家的小姐，而是一位风尘女子的故事。作家“我”是一个非常现实的人。“我不太喜欢听别人的恋爱故事，因为恋爱故事之中必然在某些方面存在着遮遮掩掩的成分。”“我”用自己缜密的推理向佐野揭开了姑娘的身份。姑娘既不是开旅馆人家的小姐，也不是女招待，而是从事皮肉生意的女孩。“那个老爷爷在你面前有些害臊吧。是为过夜的事而害臊的吧？”不难发现，佐野这一具有浪漫爱情想象的文学青年在“我”这个总想揭露浪漫背后丑陋现实的作家面前败下阵来。也就是说，作家具有敏锐的洞察力，能够发现被表面现实遮蔽的真相。当然，“我”的思考并没有停留在非黑即白的二元对立层面上，也没有对女孩的职业表现出鄙视态度。

良家小姐。很大程度上，与大户人家的小姐比起来，这位香鱼姑娘更是远远胜过她们，是真正的小姐。我也这么认为。可是，啊啊，或许我还是俗人一个，我的朋友要与那种处境的女孩结婚的话，我还是会反对到底的。

在这篇小说中，香鱼小姐陪一位因外甥出征而心情低落的老爷爷过夜，为了让老爷爷振作起来，为他送行时还带了国旗。“出征”“国旗”这些代表着严肃、神圣的词语与性交易这种被认为是低俗的行为并置在一起，不能不说体现了太宰对战争的嘲讽态度。

以上为译者对太宰这部作品集收录作品的简单解读。近年来，太宰文学大量被译介到中国，其中，《斜阳》《女生徒》《人间失格》等作品甚至出现了多个译本并存的局面，读者的评论在“豆瓣”“知乎”等社交媒体也都有明确显示，呈现出一片出版的繁荣。然而，对于无法阅读日语原著，只关乎中文译本的大部分读者来说，社交媒体的评价多少也会存在一定的盲区。翻译要涉及日汉两种语言语码转换的博弈，同时还要考虑到中国读者的接受问题、译者的主体性问题，不能不说在当今这个通过读者星级评价来决定译本排行榜的时代，名著重译对译者来说也是一项有挑战性的工作。

译者本人长期在高校从事日本近现代文学教学和研究工作，研究领域主要是大江健三郎、三岛由纪夫等作家小说文本的叙事学、文体学研究，出于日语专业研究生教学、指导工作需要才真正涉足太宰文学以及日本文学翻译。在日本文学教学中，译者发现，优秀的中译本对学生全面、深入地理解作品具有不容忽视的重要作用，也有不少研究者、学生因日语能力所限只能凭借中译本进行研究，很多时候会对文本产生严重误读，而这些错误多数情况下可归结为译者的翻译水平问题。鉴于这样一种认识，在接到本书的翻译任务后，译者根据十三篇小说的写作风格进行简单分类，并逐篇细读，在把握文本风格的基础上，以直译方法为主，力争使译文与原著日语表达一一对应。在翻译过程中，译者切身感受到太宰文学的魔力，深入到作家私小说式书写所营造的虚构世界之中。《新哈姆雷特》的翻译可以视为译者对太宰文学的一次沉浸式阅读。太宰文学与时代息息相关，即便在翻案作品《浪漫灯笼》《清贫谭》《新哈姆雷特》中，太宰也不厌其烦地设置叙述者或作家“我”这一文本层，这恰恰是太宰文学与现实密切关联的明证。太宰善于利用“道化”这一手法，在文本的表面呈现与文本内部意图的张力中实现自己的文学诉求。他的创作犹如丹麦格式塔心理学家埃德加·鲁宾1915年设计的“人面\花瓶幻觉图”，读者在心理上倾向于将注意力集中在意义丰富、引人入胜的情节上，而情节凸显出来的文本意义背后，是作为背景的一股反讽暗流，这一暗流毋宁说更为深刻地呈现了太宰文学的意义。太宰将自己现实生活中的种种越轨之举和三次自杀经历写入作品，普通读者不自觉地就会根据作家经历按图索骥地寻找作品的意义，将其视为颓废文学或丧文化的代表。这种阅读方式势必遮蔽了作家对人性温情、光明一面的书写。译者衷心希望本书的出版能够让读者切实地深入理解太宰借个人经历这一“道化”假面营造的丰富的幻想世界，真正领略太宰文学的奇妙之味。

太宰治
新ハムレット

图书在版编目（CIP）数据

新哈姆雷特 /（日）太宰治著；兰立亮译．— 上海：上海译文出版社，2023.8
ISBN 978-7-5327-9227-6

Ⅰ.①新… Ⅱ.①太… ②兰… Ⅲ.①长篇小说—日本—现代 Ⅳ.①I313.45

中国国家版本馆 CIP 数据核字（2023）第 119236 号

新哈姆雷特

［日］太宰治　著　兰立亮　译
责任编辑 / 姚东敏　装帧设计 / 人马艺术设计 · 储平

上海译文出版社有限公司出版、发行
网址：www.yiwen.com.cn
201101　上海市闵行区号景路 159 弄 B 座
浙江新华数码印务有限公司印刷

开本 890 × 1240　1/32　印张 13　插页 5　字数 220,000
2023 年 8 月第 1 版　2023 年 8 月第 1 次印刷
印数：0,001—6,000 册

ISBN 978-7-5327-9227-6/I · 5742
定价：78.00 元